CINNAMON SOCIETY

POLARLICHTFUNKELN
Geschichten der magischen Jahreszeit

AF286300

CINNAMON SOCIETY

POLAR LICHT FUNKELN

Geschichten der magischen Jahreszeit

SPENDENPROJEKT

Bibliografische Information der Deutschen Nationalbibliothek:
Die Deutsche Nationalbibliothek verzeichnet diese Publikation
in der Deutschen Nationalbibliografie; detaillierte bibliografische
Daten sind im Internet über http://dnb.dnb.de abrufbar.

1. Auflage 2024
Dieser Titel ist auch als eBook erschienen.
© 2024 Cinnamon Society

Gründerinnen:
Anja Schöpf, Lara Pichler

Illustrationen:
Elci J. Sagittarius | @elmooarts
Nadine Koch | @nadine_koch_schreibt
Lena Zoe Dernai | @_nspken_illustration_
Umschlaggestaltung:
Elci J. Sagittarius | @elmooarts
Satz:
Natalie Gille | www.nataliegille.de

Lektorat:
Ulrike Asmussen | www.lektorat-asmussen.de,
Anna Marie Muß | @buechersindgefaehrlich
Rebecca Voeste | @buecherundpommes
Hanna C. Legnar | @word_lover17
Korrektorat:
Birgit Groß | @gross_schreibung
Marie Mosch | @crows.of.ketterdam
Rieke Conzen | @lektorat_rieke_conzen

Verlag: BoD • Books on Demand GmbH, In de Tarpen 42, 22848 Norderstedt
Druck: Libri Plureos GmbH, Friedensallee 273, 22763 Hamburg

ISBN: 978-3-7597-8633-3

Playlist

Driving Home for Christmas - *Chris Rea*
It will rain - *Bruno Mars*
It's Beginning to look a Lot like Christmas - *Michael Buble*
Santa Claus Is Comin' To Town - *Frank Sinatra*
Rockin' Around The Christmas Tree - *Brenda Lee*
All I Want for Christmas Is You - *Mariah Carey*
Jingle Bell Rock - *Bobby Helms*
Wonderful Christmastime - *Paul McCartney*
Last Christmas - *Ariana Grande*
Let It Snow! Let It Snow! Let It Snow! - *Dean Martin*
Jingle Bells - *Frank Sinatra*

und mehr ...

Hier
reinhören

Inhalt

Vorwort..9
Unsere Autor*innen 10
Unsere Helferlein 11
Über unser Spendenziel........................12

TÜRCHEN 1.................................14
    Kling, Glöckchen, klingelingeling 15
    REZEPT: Glöckchen-Likör...................25
TÜRCHEN 2.................................26
    All I want for Christmas is you.................27
TÜRCHEN 3.................................46
    Apfelwein....................................47
    GEDICHT: Jedes Jahr mein Weihnachtsgeschenk. . 63
TÜRCHEN 4.................................64
    Winterherzen................................65
TÜRCHEN 5.................................82
    Seelenkekse 83
    GEDICHT: Adventskalender 99
TÜRCHEN 6................................100
    Ein Weihnachtswunder für zwei...............101
    EXTRA: Häkelanleitung für einen Kuschelschal . . 115
TÜRCHEN 7................................118
    Die Mandelmännchen Ein Weihnachtsmärchen . . 119
TÜRCHEN 8................................124
    Väterchen Frost 125
    REZEPT: Weihnachts-Cocktail (alkoholhaltig) . . . 141
TÜRCHEN 9................................142
    Spuren im Schnee 143
    GEDICHT: Schneeflöcken, nun zeig dich doch . . 161
TÜRCHEN 10...............................162
    Ein Hauch Zimt 163
    REZEPT: Eine Tasse heiße Schokolade 171
TÜRCHEN 11...............................172
    Verloren 173

TÜRCHEN 12. 184
   Weihnachtschaos auf Arlington Castle 185
   EXTRA: Schöne Hobbies für den Winter 202
TÜRCHEN 13. 204
   Weihnachtswunsch. 205
TÜRCHEN 14. 218
   Stille Nacht, gefährliche Nacht 219
   EXTRA: Fakten zu Polarlichtern 239
TÜRCHEN 15. 240
   Gefährten aus Frost 241
TÜRCHEN 16. 260
   Weihnachten in der Nelson-Mandela-Bucht. 261
   REZEPT: Rindfleisch-Potjie 269
TÜRCHEN 17. 272
   Ruf der Lerche. 273
   GEDICHT: Buchkalender. 288
TÜRCHEN 18. 290
   Der Weg zurück. 291
   REZEPT: Meine liebsten Weihnachtsplätzchen . . 302
TÜRCHEN 19. 304
   Friend 305
TÜRCHEN 20. 326
   Von Kardamomknöpfen und brennenden Statuen . 327
   EXTRA: Filmtipps für die Weihnachtszeit. 343
TÜRCHEN 21. 344
   Ein Elf zu Weihnachten 345
   REZEPT: Schaumig-süßer Zimtkaffee. 363
TÜRCHEN 22. 364
   Was uns bleibt 365
TÜRCHEN 23. 382
   Verschenkte Freundschaft. 383
   GEDICHT: Mein Tannenbaum 402
TÜRCHEN 24. 404
   Ein Zimtstern zu Weihnachten 405

Danksagung 423
Über die Cinnamon Society 425
Über die Gründerinnen. 426
Du kannst nicht genug bekommen? 428
Projekte. 429

Vorwort

Lasst die Polarlichter in der Dunkelheit funkeln!

Bevor wir zu den stimmungsvollen Texten kommen, ein paar kleine Informationen, die wir euch nicht vorenthalten möchten: Die ehrenamtlichen Mitglieder konnten im Namen der Cinnamon Society bereits über 6000 € für wohltätige Zwecke in Österreich, Deutschland und der Schweiz spenden. Die Cinnamon Society wurde im Oktober 2021 von Anja Schöpf und Lara Pichler ins Leben gerufen. Gemeinsam mit über 60 weiteren Autorinnen und Autoren und vielen weiteren fleißigen Händen im Hintergrund, arbeiten wir seit einigen Monaten an ihrem neuesten Projekt »Polarlichtfunkeln – Geschichten der magischen Jahreszeit«.

Gefunden haben wir uns durch die Liebe zum Schreiben und den Willen, Gutes zu tun, um anderen eine Freude zu bereiten. So durfte jeder von uns unglaublich tolle Menschen kennenlernen und in eine Community voller Schreibbegeisterter einsteigen.

Wie bei all unseren Bücher, spenden wir den Erlös an eine gemeinnützige Organisation. Dieses Mal gehen sämtliche Einnahmen an den Bus Vierjahreszeiten in Halle (Saale) in Deutschland. Mehr dazu findet ihr im Kapitel »Über unser Spendenziel«.

Mit »Polarlichtfunkeln« möchten wir die dunkle Jahreszeit ein wenig erleuchten und so vielen Menschen wie möglich ein Lächeln auf die Lippen zaubern. Auch du hast mit dem Kauf dieses Buches dazu beigetragen! Vielen Dank dafür!

Jetzt wünschen wir dir herrliche Stunden voller Magie, Schneegestöber und Weihnachtsplätzchen beim Schmökern in unserem Winterbuch und eine entspannt Vorweihnachtszeit.

Deine Cinnamon Society

Unsere Autor*innen

A. S. Schoepf
Lara Pichler
Petra Baar
Karolina Stauber
Carolin Neumann
Josephine Panster
Laura C. Lys
Maria Jimenez
Kathrin Reitz
Katja Cramer-Brandt
Natalie G. Fahrner
Francine Mil
Pascal E. Harm
Julia S. Oltmanns
Laura Kister
Charlene Seebe
Martina Windvogel
A. V. Sinth
Elena König
F. L. Palao
Ursina Laura
Lois M. Heitkamp
Freya Holz
Mia-Sophie Matzke

Unsere Helferlein

Natalie Gille
Elci J. Sagittarius
Lola Bartle
Anna Marie Muß
Rebecca Voeste
Ulrike Asmussen
Hanna C. Legnar
Birgit Groß
Marie Mosch
Rieke Conzen

Über unser Spendenziel

600.000. So viele Wohnungslose gibt es schätzungsweise derzeit in Deutschland. Das sind so viele Menschen, wie beispielsweise die Stadt Dortmund Einwohner hat. Davon leiden etwa 50.000 an vollkommener Obdachlosigkeit. Die Tendenz ist hier leider steigend.

Oftmals werden die Betroffenen Opfer von Vorurteilen und ihre Situation trifft auf Unverständnis. Dabei können die Auslöser ganz verschieden sein. Häufig handelt es sich um individuelle Schicksalsschläge. Wesentliche Gründe lassen sich häufig auf psychische Probleme, häusliche Gewalt und Suchtprobleme, oftmals auch miteinander, zurückführen. Nach Angaben der Bundesarbeitsgemeinschaft Wohnhilfe, kurz BAG W, sind Miet- und Energieschulden, Konflikte im Wohnumfeld sowie Scheidungen und Trennungen für mehr als 57 % der deutschen Wohnungslosen verantwortlich. Hinzu kommen geflüchtete Personen aus beispielsweise Krieggebieten, die hier keine Anlaufstelle finden.

Der Bus Vierjahreszeit e.V. setzt sich dafür ein, dass diese Menschen nicht in Vergessenheit geraten und weiterhin als Teil der Gesellschaft wahrgenommen werden. Daher ist er dreimal pro Woche in Halle an der Saale unterwegs. Dabei hat der Bus insgesamt drei Funktionen. Die Ehrenamtlichen verteilen mit ihm nicht nur warme Mahlzeiten, die besonders in den kalten Jahreszeiten einen hohen Stellenwert haben, sondern auch Sach- sowie Lebensmittelspenden.

100 % des Erlöses dieses Buches wird an den Bus Vierjahreszeiten e.V. in Halle an der Saale gespendet. Sowohl mit finanziellen Mitteln als auch mit Warenspenden möchten wir das Engagement der Ehrenamtlichen unterstützen und den Betroffenen durch die für sie vielleicht schwierigste Jahreszeit helfen.

Genau deswegen möchten wir uns bei dir bedanken, denn auch du hast dazu beigetragen, dieses Ziel zu erreichen!

Und jetzt wünschen wir dir ganz viel Spaß beim Lesen unserer magischen winterlichen Geschichten. Hoffentlich denkst du beim nächsten klaren Winterhimmel an uns und blickst mit einem Lächeln auf dieses Buch zurück.

Quelle

1 https://www.tagesschau.de/inland/gesellschaft/wohnungslose-deutschland-statistik-100. html#:~:text=Circa%2050.000%20davon%20lebten%20ganz,wohnungslose%20 Menschen%20in%20Deutschland%20gegeben.

2 https://www.deutschlandfunk.de/ursachen-obdachlosigkeit-wohnungslosigkeit-100. html#:~:text=Sch%C3%A4tzungsweise%2050.000%20M%C3%A4nner%20und%20 Frauen,Wohnung%20scheint%20f%C3%BCr%20viele%20unm%C3%B6glich.

3 https://derbusvierjahreszeiten.de/

Kling, Glöckchen, klingelingeling

DIESE GESCHICHTE WIDME ICH MEINEN DREI OMAS –
LUISE, LISBETH UND ELLI, DIE ALLESAMT SEHR STARKE
PERSÖNLICHKEITEN WAREN UND AUCH NICHT MIT JEDEM
JOSEF ZUR KRIPPE GESCHRITTEN WÄREN.
FÜHLT EUCH GEDRÜCKT UND VERTRAGT EUCH AUF WOLKE
SIEBEN!
WIR SEHEN UNS!

Petra Baar

»Auf keinen Fall spiele ich die Maria, wenn Herr Pankratz den Josef spielt!« Energisch verschränkt Frau Berghoff die Arme vor der Brust und schaut mit einem Blick, der Eisblumen erzeugen könnte, in die Runde der Theatergruppe des Seniorenheims Sonnenaufgang. Nervös knete ich meine Handflächen, das kann ja heiter werden. In diesem Jahr hat man mir die Leitung des Krippenspiels anvertraut, da ich mittlerweile meine Ausbildung zur Altenpflegerin abgeschlossen habe und angeblich hier die Kreativste bin.

»Ich glaube, dass Herr Pankratz einen ganz hervorragenden Josef abgeben wird. Schließlich hat er früher in einer Band gespielt und ist daher an Auftritte gewöhnt«, versuche ich Frau Berghoff freundlich zu überzeugen. Doch ich sehe ihr an, dass sie meine Meinung zu null Prozent teilt.

»Er trägt Ohrringe und ist überall tätowiert«, entgegnet sie Nase rümpfend, als wäre sie in einen dampfenden Hundehaufen getreten.

»Ich habe auch eine Tätowierung und wir verstehen uns doch prima«, wage ich einen erneuten Versuch und tippe auf die Rose mit dem Namensschriftzug, die mein Handgelenk ziert.

Frau Berghoff zieht einen Flunsch. »Blumen und Totenköpfe kann man nicht miteinander vergleichen!«

Ich seufze. Die Verspannungen meiner Nackenmuskulatur kriechen langsam die Halswirbelsäule empor, um es sich als Migräne unterhalb meiner Schädeldecke gemütlich zu machen. »Frau Berghoff«, beginne ich erneut, diesmal mit einer energischeren Stimme. »Die Theateraufführung ist bereits morgen und alle Gäste sind eingeladen. Die Stinktier- und die Schmetterlingsgruppe aus dem Arche-Kindergarten, eine Abordnung der Strickkreisgruppe und nicht zu vergessen, die anderen Heimbewohner. Niemand kann etwas dafür, dass Dr. Hugendöbel als Josef ausfällt, weil er sich den Knöchel verstaucht hat. Ich finde es wunderbar, dass sich Herr Pankratz, der gerade erst als neuer Bewohner zu uns gestoßen ist, spontan bereiterklärt hat, einzuspringen. Das sollten wir würdigen und dankbar sein. Ohne ihn würden wir morgen eine Menge enttäuschter Gesichter sehen. Denken Sie an die Kinder. Das können wir ihnen doch nicht antun!«

Mein Monolog scheint Früchte zu tragen, denn die ersten klatschen meinen Worten Beifall und Frau Berghoff schaut nachdenklich auf ihre Fußspitzen. »Und den Text, kann er den bis morgen?«, fragt sie schließlich und zieht dabei skeptisch ihre Augenbrauen hoch.

»Ganz sicher. So viele Sätze braucht Josef nicht zu sagen. Er muss nur um eine Unterkunft bitten und Maria trösten, das war es für ihn. Leider kann er bei unserer letzten Probe jetzt nicht dabei sein, da er einen wichtigen Termin hat, so wie er sagte«, erkläre ich schnell und bin glücklich, dass anscheinend doch alles ein gutes Ende nimmt.

Ich habe eine unruhige Nacht hinter mir. In meinen Träumen diskutierten Herr Pankratz und Frau Berghoff darüber, ob man eine Kindergartengruppe die Stinktiere nennen darf. Tatsächlich habe ich darüber auch schon nachgedacht, jedoch weiß ich aus zuverlässiger Quelle, dass die Kinder sich selbst diesen Namen gegeben haben. Also – warum nicht?! Mein Traum endete mit einer heftigen Auseinandersetzung auf der Theaterbühne, die in einer wilden Schlägerei mit Polizeieinsatz ihren krönenden Abschluss fand.

Als um sieben Uhr mein Wecker klingelte, war ich im ersten Moment so verwirrt, dass ich Traum und Realität kaum unterscheiden konnte. Nun steht mein Freund Thomas im Schlafzimmer, um mir zur Beruhigung einen zimtig duftenden Cappuccino ans Bett zu bringen, der meine flatternden Nerven streicheln soll.

»Du schaffst das! Bleib cool und lass dich von den Omis und Opis nicht vor den Karren spannen. In diesem Spiel bist Du der Boss! Du weißt ja: So wie Du bist, so bist Du toll! Von Kopf bis Fuß ganz wundervoll!« Ich muss lachen. Thomas ist Lehrer an einer Grundschule und manchmal merkt man ihm das auch im Umgang mit Erwachsenen an.

Trotzdem haben mich seine beruhigenden Worte gestärkt und ich mache mich wenig später mit einem Lächeln im Gesicht auf Richtung Sonnenaufgang.

Es ist bereits nach neun, als ich den Seniorenstift betrete. Ich bin spät dran. Um zehn Uhr beginnt die Aufführung und die Empfangshalle füllt sich bereits mit den ersten neugierigen Gästen. Der große Raum mit den hohen Decken wurde gemeinschaftlich von allen in den letzten Tagen weihnachtlich geschmückt. Wohlgenährte Engelchen seilen sich vom Kronleuchter ab und Girlanden aus Tannenzweigen umranden die Fenster, auf denen fröhliche Schneemänner und Nikoläuse kleben.

Das Bühnenbild wurde ebenfalls schon aufgebaut. Einige Strohballen deuten einen Stall an und in einer Wiege, die die Krippe darstellen soll, liegt unter Decken versteckt, die Babypuppe meiner kleinen Nichte und wartet auf ihren Einsatz. Eine kribbelige Vorfreude durchströmt meinen Körper. Weihnachten ist einfach die schönste Zeit des Jahres. Ich lasse meinen Blick schweifen und nicke den Strickkreisdamen zur Begrüßung zu, die gerade durch die Eingangstür treten und offensichtlich äußerst aufgebracht sind.

»Alle weg, das kann doch nicht wahr sein! Wer klaut fünfundvierzig Glöckchen vom Tannenbaum?«

»Bitte was?« Irritiert schaue ich in die Runde und glaube, mich verhört zu haben. Der Hausmeister, der dabei ist, die letzten Stuhlreihen aufzustellen, winkt mir zu.

»Moin Iris, hast Du es noch nicht gehört? Jemand hat gestern Abend den halben Tannenbaum aus dem Innenhof leergeräumt. Die Lichterkette und die Kugeln sind noch dran, denn anscheinend brauchte jemand nur die Glöckchen. Deine Theatergruppe hat sich übrigens im Aufenthaltsraum versammelt. An Deiner Stelle würde ich direkt hingehen. Da herrscht, glaube ich, dicke Luft.«

Uff! Das war's auch schon wieder mit meiner aufkeimenden weihnachtlichen Stimmung, die augenblicklich wie eine Fehlzündung in der Atmosphäre verpufft. In Windeseile flitze ich durch die Stuhlreihen und stürze in den Aufenthaltsraum. Ich verschaffe mir einen schnellen Überblick und erkenne sofort: Alle Darstellerinnen und Darsteller sind da. Alle, bis auf Herr Pankratz! Frau Berghoff fängt meinen suchenden Blick auf und deutet ihn richtig.

»Wenn Sie den Pankratz suchen, der bemüht sich aktuell um ein Kostüm, da ihm der Fellmantel, der eigentlich für den Josef vorgesehen ist, nicht passt. Tja, das hätte ich ihm gleich sagen können. Schließlich hat er keine athletische Figur wie Dr. Hugendöbel!«

In meinem Magen bildet sich ein Kloß. So ein Mist, daran hätte ich denken müssen! Herr Pankratz ist im Gegensatz zum Doktor ein bulliger Riese, natürlich kann die Kostümierung ihm nicht passen.

»Aber er meinte, er hat noch etwas Ähnliches von seinen Konzertauftritten im Schrank. Damit wäre das Problem gelöst«, erklärt Herr Winkler beruhigend, der zusammen mit Herrn Meierholt und Frau Brinkmann die Schafherde bildet, die von Frau Becker als Hirtin angeführt wird. Dabei schaut er mich unter seiner Schäfchenmütze mit so treuen braunen Augen an, dass mir unwillkürlich ein Lächeln über das Gesicht huscht. Ich beschließe, mich zunächst um die Heiligen Drei Könige zu kümmern, von denen sich einer mit seinem pompösen Umhang im Reifen von Frau Beckers Gehwagen verheddert hat.

Der Herbergsvater, der von unserem ehemaligen Dorfpfarrer gespielt wird, fordert nach einem Schnaps, um seine Nervosität in den Griff zu bekommen. Es ist mir ein Rätsel, wie er vor seiner wohlverdienten Rente die Gottesdienste abhalten konnte, ohne jedes Mal einen Nervenzusammenbruch zu erleiden. Ich verabreiche ihm ein paar zur Entspannung dienende Baldriantropfen, die er mit zittrigen Händen auf einem Teelöffel entgegennimmt.

»Alles wird gut«, sage ich und klopfe ihm aufmunternd auf die Schulter. Plötzlich steckt Frau Gruber, die Leiterin des Seniorenheims, den Kopf durch die Tür.

»Guten Morgen zusammen. Sie sehen alle ganz zauberhaft aus. Ich wollte Ihnen Bescheid geben, dass das Publikum vollzählig ist und die Kinder langsam unruhig werden. Es kann also losgehen. Toi, toi, toi!«

Auf Kommando schlüpfen alle Schafe, Hirten, Könige und der Herbergsvater durch die Hintertür hinaus, um sich von dort aus passend im Bühnenbild aufzustellen. Nur Frau Berghoff bleibt mit straffer Zornesfalte im Gesicht zurück.

»Er ist nicht da! Hab' ich es doch gleich gesagt! Auf solche Kerle ist kein Verlass!« Schweiß bricht mir auf der Stirn aus. Tatsächlich ist Herr Pankratz noch immer nicht aufgetaucht. Was mache ich jetzt nur?! Ein Krippenspiel ohne einen Josef ist quasi unmöglich. Ein Paradoxon wie eine Holz-Eisenbahn oder kalte Heißwürstchen. Nervös knibble ich so heftig an meiner Unterlippe, als hätte diese dadurch eine Lösung parat. Auf einmal springt die Tür auf und ein völlig abgehetzter Herr Pankratz stürmt hinein. Meine spontane Erleichterung weicht jedoch einem Gefühl von Irritation und Entsetzen. Egal, wie ich mir eine alternative Darstellung eines Josefs vorstellen würde – *so* würde sie nicht aussehen. Auch Frau Berghoff hat es die Sprache verschlagen, denn sie starrt *Josef* mit offenem Mund an.

»Sorry Leute, ich musste mehrere Kartons mit meinen eingelagerten Bühnenkostümen auf den Kopf stellen, um etwas Passendes zu finden. Aber jetzt kann es losgehen.« Er hakt sich schwungvoll bei Frau Berghoff unter und zieht sie mit sich hinaus.

Ich bleibe wie erstarrt in der Tür stehen und schaue dem bizarren Paar nach, das mit tosendem Applaus empfangen wird. Maria trägt ein schlichtes, braunes Kleid und dunkelgrüne Sandalen. So könnte man sich eine Maria vorstellen, wenn man von den dreiundachtzig Jahren Lebenserfahrung mal absieht, die natürlich auch optisch nicht spurlos an ihr vorbeigegangen sind.

An ihrer Seite schreitet ein Josef, wie ihn die Welt wahrscheinlich noch nie gesehen hat: Seine stattlichen zwei Meter Körpergröße hat Herr Pankratz in einen bodenlangen schwarzen Ledermantel gehüllt, der mit silbernen Pailletten bestickt ist, die hier und da kleine Totenköpfe darstellen. Den Kragen bildet ein schwarzer Fuchs, dem die knallrote Zunge heraushängt. Zum Glück sieht man auch aus größerer Entfernung, dass dieses Tier nicht leiden musste, sondern aus synthetischen Fasern hergestellt wurde. Um Josefs Hals baumelt an einer Kordel ein glitzerndes Kreuz, welches die Größe eines Kuchentellers hat. Den Knauf seines schwarzen Gehstocks scheint ein silberner Greifvogel zu bilden, ganz genau kann ich es nicht erkennen.

Oh – mein – Gott!!!

Josef sieht aus, als wäre er einer Reportage über die Reeperbahn entsprungen. Ich bin fassungslos und muss mich am Türrahmen festhalten. Meine Beine fühlen sich an, als würden sie aus Wackelpudding bestehen.

Das Paar schreitet durch die Stuhlreihen und bleibt schließlich vor einem sichtlich nervösen Herbergsvater stehen. Ich schließe die Augen und als ich höre, dass Josef seinen potenziellen Stallvermieter mit »Moin, alles klar?« begrüßt, schließe ich auch die Tür.

Was für ein Desaster! Was für eine Blamage! Was für ein Kackmist!

Mir kommen die Tränen. Frau Gruber wird mich an die Wand tackern, möglicherweise halte ich in weniger als einer Stunde eine Abmahnung in den Händen. Der Sonnenaufgang wird heute zu meinem persönlichen Sonnenuntergang! Tausend Gedanken schwirren mir durch den Kopf, die zu keinem glücklichen Ende führen. Ich weiß nicht, wie lange ich wie versteinert auf dem Boden hockend verharre, bis sich mein Verstand wieder einschaltet. Es hilft nichts – ich muss raus zu meiner Schauspieltruppe und hinter ihnen stehen. Schließlich geben alle da draußen ihr Bestes, einschließlich Josef 2.0!

Mit dem Handrücken wische ich mir die letzten Tränen aus dem Gesicht. Was hat meine Oma immer gesagt? Kopf hoch, Brust raus, Arsch rein, los geht's! Noch einmal tief durchatmen, dann öffne ich die Tür.

Das Krippenspiel ist bereits vorbei und meine Seniorengruppe steht Hand in Hand vor dem Publikum und verbeugt sich, als wären sie alte Showhasen. Zu meiner Überraschung erklingen die ersten Zugabe-Rufe und die Kindergartenkinder hält es nicht mehr auf den Sitzen. Alle hüpfen wild durcheinander und trampeln euphorisch mit den Füßen. Habe ich mich etwa geirrt und hat das Krippenspiel trotz aller Widrigkeiten die kleinen und großen Zuschauer überzeugt?

Plötzlich zieht Herr Pankratz eine Gitarre hinter einem Strohballen hervor. Als er den Zeigefinger auf seine Lippen legt, wird das Publikum binnen weniger Sekunden ruhig.

»Ich möchte etwas sagen.« Er zeigt dabei ein breites und freundliches Lächeln, dass ihn trotz seiner zwei Meter und fast achtzig Jahren, wie einen spitzbübischen Jungen aussehen lässt. »Ich bin erst vor einer Woche in diesen Laden eingezogen und gebe zu, dass ich mich dagegen gesträubt habe. Meine Selbstständigkeit und den letzten Rest meines alten Rockerlebens aufzugeben, ist mir wirklich schwergefallen. Doch trotz meines zugegebenermaßen unkonventionellen Aussehens wurde ich hier ohne Vorurteile aufgenommen, was ich nicht zuletzt der Iris zu verdanken habe – unserer jungen, engagierten Altenpflegerin, die das Herz am rechten Fleck hat! Das ist doch einen Applaus wert, oder?«

Tosender Beifall setzt ein und ich bemerke, wie mir die Röte ins Gesicht schießt. Gleichzeitig freue ich mich über dieses schöne Kompliment, das mir eine Ganzkörper-Gänsehaut verpasst.

»Wie Ihr wisst, bin ich durch und durch Musiker und was wäre da passender, als gemeinsam eine Runde Weihnachtslieder zu singen. Entschuldigen Sie bitte, Iris, dass ich das nicht mit Ihnen abgesprochen habe, aber es sollte eine kleine Überraschung werden.« Ich grinse über beide Ohren und Herr Pankratz nickt mir freundlich zu. »Bevor wir starten, möchte ich Euch bitten, den Korb mit den Glöckchen zu holen, der hinter dem Lehnstuhl steht. Ich war so frei, sie mir vom Weihnachtsbaum zu borgen, damit wir es beim ersten Lied Kling, Glöckchen, klingelingeling so richtig krachen lassen können. Oder was meint Ihr, Kinder?«

Ein vielstimmiges »Ja« ertönt, während zwanzig Kindergartenkinder versuchen, gemeinsam das Körbchen hervorzuziehen. Mit großem Gejohle und Gehüpfe wird in Windeseile der Inhalt verteilt und kurze Zeit später hört man das fröhliche Bimmeln von fünfundvierzig Glöckchen zu Gesang und Gitarrenmusik. Sogar Frau Berghoff trägt ein Lächeln auf den Lippen und trällert fleißig mit. Die Blicke, die sie Herrn Pankratz dabei zuwirft, sind freundlich und mit einem Hauch Bewunderung gespickt. Wer hätte das vor einer Stunde gedacht?

Auf einmal tritt Frau Gruber an meine Seite und schaut mich strahlend an.

»Iris, Sie haben sich selbst übertroffen! Was für eine wunderbare Veranstaltung haben Sie da auf die Beine gestellt? Ein aufgepepptes Krippenspiel, das teilweise in die Jetzt-Zeit geholt wurde und durch den besonderen Josef für Toleranz und Vielfältigkeit wirbt. Dann diese warmen Worte unseres neuen Bewohners … ich bin völlig begeistert! Kommen Sie doch später in mein Büro, wenn alles hier beendet ist.«

Damit habe ich nicht gerechnet. Anscheinend ist der vorweihnachtliche Zauber heute Morgen auf alle übergesprungen. Die Stimmung könnte nicht besser sein, die Glöckchen erfüllen in den Händen der Gäste einen viel schöneren Zweck als am Baum und in jeder Pore meines Körpers spüre ich, dass Weihnachten vor der Tür steht. Beseelt schmettere ich die dritte Strophe des alten, volkstümlichen Kinderliedes aus vollem Herzen mit:

Kling, Glöckchen, Klingelingeling
Kling, Glöckchen Kling
Hell erglühn die Kerzen
Öffnet mir die Herzen …

Glöckchen-Likör

Petra Baar

Ihr benötigt:

150 g weiße Schokolade
1 Ei
80 g Zucker
500 ml Sahne
300 ml Amaretto

So wird's gemacht:

Die Schokolade kleinhacken und im Wasserbad zum Schmelzen bringen.
Ei, Zucker und die Hälfte der Sahne hinzugeben, unterrühren und unter weiterem Rühren erwärmen, so dass alles eine glatte Masse bildet.
Den Amaretto hinzugeben, umrühren und bei mittlerer Hitze etwa 10 Minuten ziehen lassen.
Dann die restliche Sahne dazugießen und gut umrühren.

Nun kann der Likör in Fläschchen abgefüllt und im Kühlschrank aufbewahrt werden.

Schmeckt übrigens auch wunderbar über Nusseis!

Guten Appetit!

All I want for Christmas is you

Karolina Stauber

Drei Jahre zuvor

»Lola. Mach jetzt keine plötzlichen Bewegungen und schau langsam über deine Schulter. Ganz beiläufig«, weist mich meine Kollegin und beste Freundin Sarah an. Ihre braunen Augen funkeln vergnügt. Ich tue wie mir geheißen und lasse meinen Blick über die Weihnachtsfeier des St. Luis-Krankenhauses schweifen, ohne zu wissen, wonach ich Ausschau halte ... bis meine Augen seine finden.

»Dr. To-hot-to-handle checkt dich schon die ganze Zeit aus.« Sarahs Stimme springt vor Freude beinahe drei Oktaven nach oben. »Ich habe dir gesagt, das smaragdgrüne Kleid wird die richtigen Männer anziehen.«

Ich löse mich von den eisblauen Augen des neuen Assistenzarztes und sehe zurück zu meiner Freundin, die ihr Glas an meines stößt.

»Ihm könnte auch einfach die Farbe gefallen«, erwidere ich so gelassen wie möglich, streiche aber dennoch ein paar Falten im Samtstoff glatt.

Sarah zieht skeptisch eine Augenbraue hoch.

»Er ist ein Mann. Die können Farbtöne nicht voneinander unterscheiden, selbst wenn man ihnen die Definitionen vorlegen würde.« Sie schnaubt verächtlich.

»Vielleicht hat er mehr Geschmack, als du denkst. Außerdem ist er angehender Herzchirurg. Da sollte er die Farbenlehre schon verstehen.«

»Ich bin jedenfalls der Meinung, er sieht sich lieber deinen Hintern an.« Sie wackelt mit den Augenbrauen. »Seit ungefähr einer Viertelstunde, wenn ich schätzen müsste.«

»Und du sagst mir erst jetzt Bescheid?«, frage ich gespielt entrüstet.

Sie zuckt mit den Schultern.

»Ich wollte erst sichergehen, um dir keine falschen Hoffnungen zu machen.«

»Hoffnungen? Ich mache mir keine Hoffnungen.«

»Oh, bitte. Du hast letzte Woche fast auf die Akten gesabbert, als er im Flur sein T-Shirt wechseln musste, nachdem Mr. Norris ihn angespuckt hat.«

Meine Wangen werden heiß.

»*Trotzdem*«, verteidige ich mich.

Da murmelt Sarah plötzlich: »*Er kommt rüber!*«

»*Was?!*« Entsetzt reiße ich die Augen auf.

»*Er. Kommt. Rüber.*«

Mein Herzschlag beschleunigt sich. »*Oh Gott.*« Ich fahre mit meiner Hand über meine offenen, roten Locken. »*Wie sehe ich aus?*«

Sie schmunzelt. »*Perfekt.*«

»*Hallo, die Damen.*«

Als ich seine Stimme höre, drehe ich mich langsam zu Dr. To-hot-to-handle herum. Er lächelt charmant und obwohl er uns beide angesprochen hat, entgeht mir nicht, dass sein Blick ausschließlich auf mir liegt.

Mein Kopf ist bei seinem Anblick wie leer gefegt. Ein hübsches, markantes Gesicht, blondes Haar und diese fantastischen Augen.

»*Hallo*«, erwidere ich mit klopfendem Herzen.

»*Ich glaube, wir wurden einander noch nicht vorgestellt. Ich bin Simon. Der neue Assistenzarzt in der Herzchirurgie.*«

Er streckt mir die Hand hin und ich ergreife sie. Sie ist warm und weich. Bei unserem Hautkontakt beginnen meine Finger zu kribbeln.

»*Lola. Pflegeleitung der Kinderstation*«, erwidere ich und schenke ihm mein schönstes Lächeln, während ich mich einen Moment lang in der Tiefe seiner Augen verliere.

»*Dort drüben ist jemand, dem ich Hallo sagen muss. Bitte entschuldigt mich*«, verkündet Sarah neben mir und zieht sich zurück, aber nicht ohne mir noch einmal unauffällig zuzuzwinkern.

In der Zwischenzeit hat sich das Kribbeln in Funkensprühen verwandelt und erst jetzt realisiere ich, dass wir einander immer noch die Hand geben.

Warum fühlt sich das so gut an?

»*Genießt du deine erste Krankenhaus-Weihnachtsfeier?*«, frage ich. In seinen Augen blitzt etwas auf und er schenkt mir ein breites Lächeln, woraufhin mein Herz einen Sprung macht. Noch bevor er antwortet, weiß ich, dass ich hoffnungslos verloren bin.

Das Glas fällt klirrend zu Boden und zerspringt auf dem dunklen Laminatboden in tausend Einzelteile, während im Radio der Song »Christmas Light« von Coldplay erklingt.

»Doesn't even feel like Christmas at all.« Wie wahr.

»Verdammt nochmal«, fluche ich. Vorsichtig steige ich über den Scherbenhaufen hinweg, ziehe die Tür des hellen Küchenschrankes auf und hole ein Kehrblech sowie einen Handfeger hervor.

Scherben bringen Glück, schießt mir der alte Spruch meiner Mutter durch den Kopf.

»Na dann, sollte ich vielleicht gleich den ganzen Schrank auf den Boden schmeißen«, brumme ich beim Zusammenfegen.

Als ich mich wieder auf meine graue Couch fallen lasse, bleibt mein Blick an der großen Tanne hängen, die schätzungsweise ein Viertel des Wohnzimmers einnimmt. Die Lichterketten spiegeln sich in den roten Christbaumkugeln und tauchen den Raum in einen orangefarbenen, warmen Ton. Das Weihnachtsornament in Form einer silbernen Elfe mit Flügeln aus Federn, die Simon mir letztes Jahr geschenkt hat, glänzt nervtötend auffällig im Licht.

Dennoch kommt mir alles kalt und einsam vor.

Drei Wochen zuvor

»Was hast du getan?«, rufe ich halb lachend und halb entsetzt, als Simon am ersten Advent mit einem überdimensionalen Baum durch die Tür unserer gemeinsamen Wohnung gestapft kommt.

»Du hast doch gesagt, ich soll einen Baum besorgen«, antwortet er unschuldig. Auf seiner Stirn haben sich Schweißperlen gebildet.

»Ja, aber einen, der hier reinpasst!«, erwidere ich. Mittlerweile halte ich mir den Bauch vor Lachen. Mit seinen

1,90 m gibt es im Alltag wenig, das meinen Freund überragt. Umso witziger ist es zu sehen, wie er gegen einen deutlich über zwei Meter hohen Tannenbaum kämpft.

Trotz der hohen Decken unserer Altbauwohnung sägen wir ein gutes Stück der oberen Spitze ab, bevor wir ihn wenig später vollständig aufstellen können. Jetzt sieht es aus, als wachse er durch die Decke und zu den Nachbarn hinauf. Die Äste sind derart voll mit Schmuck behangen, dass sie sich biegen.

Meine Lippen verziehen sich zu einem Lächeln.

»Er ist perfekt«, flüstere ich und Simon schlingt von hinten die Arme um mich. Er drückt mir einen sanften Kuss auf die Wange und flüstert zurück: »Ich kann es gar nicht abwarten, das erste Weihnachten in unserer gemeinsamen Wohnung zu feiern und mit dir vor dem Baum zu tanzen.«

»Decorations of red on a green Christmas tree won't be the same, dear, if you're not here with me.« Elvis Presleys gedämpfte Stimme in »Blue Christmas« holt mich zurück aus der Erinnerung und mein Herz zieht sich schmerzhaft zusammen. Tränen brennen in meinen Augen und ich reiße meinen Blick von dem Baum los, um stattdessen aus dem Fenster zu starren.

Die Kinder unten auf den Straßen ziehen ihre Schlitten in Richtung der Häuser. Das wird auch Zeit, denn die ersten fremden Autos werden schon in der Straße geparkt. Menschen, beladen mit Unmengen an Geschenken, bahnen sich ihren Weg über die langen Einfahrten zu den hübschen Anwesen hinauf und klopfen an die geschmückten Türen. In den Wohnungen brennen Lichter und selbst von hier aus erkenne ich herzliche Umarmungen und fröhliche Gesichter. Noch bis vor wenigen Tagen habe ich mir unser Weihnachten genauso ausgemalt.

Zwei Wochen zuvor

»Sehen wir uns heute Abend? Wie wäre es mit Punsch auf dem Weihnachtsmarkt?«, frage ich hoffnungsvoll.

Dort hatten wir vor bald zwei Jahren unser erstes richtiges Date.

Aber wie auch schon in den vergangenen Wochen schüttelt Simon auf meine Einladung hin, mit einem traurigen Blick in den Augen, nur den Kopf.

»Ich wünschte, ich könnte, aber Dr. Ramirez hat mich für weitere Stunden im Labor eingetragen. Sie möchte mir ein neues, minimalinvasives Verfahren beibringen. Tut mir sehr leid.«

Ich ringe mir ein tapferes Lächeln ab, von dem ich weiß, dass es meine Augen nicht erreicht. »Schon okay.«

Simon umfasst sanft mein Gesicht. »Ich mach das wieder gut. Versprochen.« Er drückt mir einen Kuss auf die Stirn, der meinen ganzen Körper kribbeln lässt. »Wollen wir kurz…?« Seine Augen huschen zur Tür des Bereitschaftsraumes gegenüber. Ich will gerade antworten, da geht sein Pager los.

»Ach, Mist.« Widerwillig löst er sich von mir. »Ich lass mir was einfallen!«, ruft er, als er bereits in Richtung OP-Saal losrennt.

Missmutig wende ich mich wieder meinen Akten zu.

»Das wird schon wieder«, muntert mich Sarah auf, die gerade das Büro betritt. Sie hatte uns für das Gespräch etwas Privatsphäre gegeben.

»Da wäre ich mir nicht so sicher«, erklingt die schnippische Stimme meiner Kollegin Anna aus dem Pausenraum nebenan. »Na ja, ihr hattet eine gute Zeit, aber ich schätze, alles kommt mal zu einem Ende.«

Sarah rollt mit den Augen. An anderen Tagen hätte ich ihren Kommentar einfach ignoriert, aber heute…

»Was willst du damit sagen?«, frage ich und wenige Sekunden später erscheint ihr dunkler Haarschopf im Türrahmen, gegen den sie sich nun lehnt.

»Seien wir doch mal ehrlich. Die Krankenschwester und der Herzchirurg? Das ist nett für eine Weile, aber wenn er

weiß, was gut ist, dann hängt er sich lieber weiterhin an seine Mentorin dran.«

Weiterhin?

Mein entsetzter Blick gleitet einen Moment lang zu Sarah.

»Oh.« Anna schlägt sich ihre Hand vor den Mund und kichert. »Ihr wisst es noch nicht.«

»Was wissen wir noch nicht?«, bringt Sarah zwischen zusammengebissenen Zähnen hervor.

»Die beiden wurden letzte Woche dabei gesehen, wie sie zusammen im Bereitschaftsraum der Neurologie verschwunden sind.« Mein Herz setzt einen Schlag aus... »Als sie wieder rausgekommen sind, hat wohl sein Oberteil nicht mehr ganz korrekt gesessen und ihr Make-up war verschmiert.« ...und zerschellt am gefliesten Fußboden.

Anna wird zu einem Patienten gerufen, woraufhin mich meine beste Freundin zur Seite nimmt.

»Lola, hör nicht auf sie!« Sie schüttelt mich an den Schultern. »Es ist nur ein dummes Gerücht. Wahrscheinlich hat sie es sich sogar selbst ausgedacht. Simon würde nie ...«

In meinen Ohren rauscht es so laut, dass ich sie nicht mehr höre. Mir ist immer klar gewesen, dass ich außerhalb seiner Liga spiele, aber dass er mich wirklich betrügen würde?

»Die ist nur eifersüchtig und auf Drama aus. Das war sie schon immer. Das weißt du doch«, erinnert mich Sarah...

... aber der Schaden war schon angerichtet. Die kommende Woche kann ich nur noch an fiktive Bilder von Simon und Dr. Ramirez denken. Sie ist eine wunderschöne Frau mit gebräunter Haut, pechschwarzen Haaren und prächtigen Kurven. Zusammen mit Simon stellen die beiden in meinem Kopf ein umwerfendes Paar dar, das, im Gegensatz zu uns, einander ebenbürtig ist. Ich zerlege jedes Gespräch, jede Absage, jede Nachricht zwischen uns, seit er die Stelle bei ihr angetreten hat, um mich davon zu überzeugen, dass Anna lügt. Ich sinke schließlich sogar derart tief, dass ich sein Handy durchsuche, während er duscht. Am liebsten hätte ich mir anschließend die Haut vom Körper gezogen, so ekelhaft hatte ich mich gefühlt.

Gleichwohl ich nichts finde, was das Gerücht meiner ungeliebten Kollegin bestätigt, bleibt dieses nagende Gefühl bestehen.

Eine Woche zuvor

Heute Abend lädt Simon mich zu unserem Jahrestag ein und ich freue mich unendlich drüber. Aktuell sehen wir uns höchstens zum Frühstück und selbst dann komme ich häufig von einer Nachtschicht heim, wenn er gerade los muss oder umgekehrt. Dieses Aneinander vorbeileben hat meinem Kopf nicht gutgetan und inzwischen zerfrisst mich die Eifersucht von innen heraus.

Auf dem Weihnachtsmarkt in der verträumten kleinen Altstadt herrscht reges Treiben, als ich pünktlich ankomme. Die Holzbuden sind voll besetzt und dennoch bilden sich lange Schlangen davor. Der Geruch von Crêpes, Tannennadeln und Bratwurstbrötchen liegt in der Luft und irgendwo wird Stille Nacht, Heilige Nacht gesungen.

Schon nach kürzester Zeit spüre ich die Kälte in den Knochen. Umso wohltuender ist die heiße Tasse Punsch in meinen Händen. Ich bin mit meiner Zweiten fertig, als Simon verspätet und sichtlich gehetzt neben mir auftaucht.

Ob er bei ihr war?

Ich beiße mir auf die Zunge, bevor mir der Gedanke über die Lippen kommt.

»Es tut mir so leid. Ich habe im Labor vollkommen die Zeit vergessen.«

Ich will ihm gerade den Rest meines Punsches anbieten, da zieht er mich völlig unerwartet in eine feste Umarmung und vergräbt seinen Kopf an meinem Hals.

»Du hast mir gefehlt. Gott, wie kann man so gut riechen?«, murmelt er, wobei sein Atem auf meiner Haut kitzelt und ich kichere.

Langsam lasse ich meine Hände über seinen weichen Wollmantel gleiten und mit jeder Sekunde, die er mich festhält, fühle ich mich besser. Die giftige Eifersucht, die in meinem Bauch köchelt, klingt ab und meine Muskeln entspannen sich.

Irgendwann lösen wir uns voneinander und spazieren Hand in Hand über den Markt.

Nach einem schnellen Abendessen gelangen wir über einige Seitenstraßen aus der Altstadt heraus und an den nahegelegenen Fluss. Wir lassen uns auf einer kleinen Bank am Wasser nieder. Der Halbmond spiegelt sich darin und ich lasse meinen Kopf an Simons Schulter sinken, während wir entspannt von einen Gesprächsthema zum nächsten gleiten. Derart viel Zeit für einander hatten wir seit Wochen nicht.

Irgendwann spüre ich, dass er unruhig wird und sehe auf.

»Alles in Ordnung?«, frage ich unsicher und er beißt sich auf die Lippen.

»Ähm, nein … doch. Eigentlich schon.« Er schenkt mir ein unsicheres Lächeln.

»Was denn nun?«

Ich lege den Kopf schief und beobachte ihn aufmerksam, während er sich räuspert und anschließend durch die Haare fährt. Mein Puls beschleunigt sich, als er eine kleine Schachtel aus der Manteltasche zieht, meine Hand nimmt und mich mit so viel Liebe in den Augen ansieht, dass ich schwach werde.

Will er etwa …?

Wenn mein Herz noch schneller schlägt, springt es mir aus der Brust.

»Lola, ich …«, setzt er an. Da klingelt sein Handy und reißt mich aus dem Moment. Simon holt erneut Luft, um weiterzusprechen, wird jedoch wieder unterbrochen. Er seufzt und zieht das Telefon aus der Tasche seines Mantels.

Sofort entziehe ich ihm meine Hand.

»Du willst da jetzt nicht wirklich ran gehen, oder?«

»Ich muss, Lola«, antwortet er entschuldigend nach einem kurzen Blick auf das Display. »Es ist meine Chefin. Es tut mir wirklich leid, okay? Nur zwei Minuten. Versprochen.«

Da ist sie wieder. Die Eifersucht. »Du hast heute keine Rufbereitschaft!«, kontere ich, aber er hat bereits abgehoben *und sich weggedreht. Vor Wut will ich ihm das Gerät am liebsten aus der Hand schlagen und in den Fluss werfen.*

»Wo waren wir?«, fragt Simon mehr an sich selbst gerichtet, als er sich nach fünf Minuten wieder zu mir dreht. »Ach ja, genau.«

Er will erneut meine Hand nehmen, aber ich denke gar nicht dran und rutsche von ihm weg. »Schläfst du mit ihr?«

Die Frage ist schneller über meine Lippen, als ich darüber nachdenken kann. Simon sieht mich an, als hätte ihn der Blitz getroffen.

»Was?«, krächzt er. Ich balle die Hände zu Fäusten. »Du hast mich schon verstanden.« Er blinzelt. So oft, dass ich mich frage, ob er das alles für Einbildung hält.

»Du glaubst, ich würde dich betrügen? Im Advent?!« Ich verschränke die Arme. »Das tut dabei nichts zur Sache!«

»Okay.« Er hebt beschwichtigend die Hände. »Ich weiß nicht, wie du darauf kommst, aber ich schwöre dir, da läuft nichts. Hat es nie. Wird es nie.« Er klingt aufrichtig. »Was ist mit den Gerüchten?«, hake ich nach.

Er zieht die Brauen zusammen. »Was meinst du?«

»Von dir und Dr. Ramirez im Bereitschaftsraum.«

»Wie bitte? Wer erzählt so was?«, fragt er entsetzt.

»Anna und die halbe Station.«

Unmöglich, dass er davon nichts gehört hat.

»Anna?« Er lacht freudlos auf. »Du glaubst irgendwas von dem, was Anna erzählt?«

»Du warst so abwesend in letzter Zeit!«, platzt es aus mir heraus. »Ständig hast du mich versetzt. Bist länger als nötig im Krankenhaus geblieben. Überstunden ohne Ende.«

»Ich bin Assistenzarzt im 2. Jahr. Ich arbeite mindestens sechzig Stunden die Woche. Aber das ist nur eine Phase bis zu meinen Prüfungen. Ich dachte, das wüsstest du.«

»Sie ist dir außerdem ebenbürtig. Was soll ich denn sonst denken?« Simon schaut mich unglaubwürdig an.

»Du denkst, dass du mir unterlegen bist?«

Ich sehe betreten zu Boden, statt zu antworten.

Schließlich holt er tief Luft.

»Du vertraust mir nicht«, stellt er dann fest.

»Doch, das tue ich«, verteidige ich mich sofort.

»Dann würdest du mir eine derartige Frage niemals stellen.« Die Niedergeschlagenheit in seinen Worten zerreißt mich beinahe. Die Schachtel verschwindet zurück in seiner Tasche. »Nicht zu fassen, dass ich … ich wollte doch … vielleicht ist es gut, dass du mich das jetzt gefragt hast. Offenbar sind wir noch nicht so weit. Ich sollte gehen. Wir sind hier erst mal fertig.«

»Ja, das sind wir«, antworte ich tapfer, obwohl mein Herz gerade im Fluss ertrinkt.

Simon steht auf und stapft davon, ohne sich ein weiteres Mal umzudrehen.

Die Tränen flossen erst, nachdem er schon lange gegangen war. Als ich später die Kraft fand, mich aufzurappeln und nach Hause zu gehen, musste ich feststellen, dass er nicht dort war. Ich fand lediglich eine Nachricht, dass Simon einige Tage Abstand von mir brauchte und solange bei einem Kollegen schlief. So wütend ich auf ihn war, so einsam fühlte ich mich ohne ihn.

Am Tag darauf meldete ich mich krank und pflegte mein gebrochenes Herz mit jeder Menge Eiscreme und Wein. Sarah kam mich am Abend besuchen und musste mich davon abhalten, vor Wut den Weihnachtsbaum aus dem Fenster zu werfen.

Sie brachte Nachrichten aus dem Krankenhaus mit. Dr. Ramirez hatte heute die gesamte Belegschaft versammelt, nachdem sie von den Gerüchten erfahren hatte. Sie hatte für alle klargestellt, dass sie ein derartiges rufschädigendes Gerede nicht akzeptieren würde. Jeder, der sich zukünftig an so etwas beteiligt, würde sofort eine Abmahnung erhalten.

Vollkommen erfunden.

Zwar hatte ich seine Worte am Fluss geglaubt, aber nun hatte ich eindeutige Gewissheit.

Es war wirklich alles nur ein Gerücht gewesen.

Ich versuchte sofort, ihn zu erreichen, um mich für mein Verhalten und die Anschuldigungen zu entschuldigen, aber es ging nur die Mailbox ran und meine Nachrichten blieben ungelesen.

War es zu spät?

Wie hatte ich nur so dumm sein können?

Meine Unsicherheiten hatten mich das Beste in meinem Leben gekostet. An diesem Abend weinte ich mich an Sarahs Schulter in den Schlaf.

Auch heute, Tage später, meldet sich Simon nicht und mein Herz blutet weiterhin. *Schlimmer geht immer,* erklingt ein weiterer nerviger Spruch meiner Mutter in meinem Kopf. Ich unterdrücke ein Schaudern, als ich an einen Autounfall vor zwei Jahren denke, bei dem ein junges Mädchen an Weihnachten wegen eines betrunkenen Fahrers umgekommen ist. Unaufhörlich wiederhole sich das furchtbare Mantra in meinem Kopf, aber mein gebrochenes Herz bleibt der schlimmste Schmerz, den ich jemals gefühlt habe.

Noch dazu ist es kurz vor Weihnachten. Da alles in unserer Beziehung mit dieser Zeit verbunden ist, erscheint es mir nur passend, dass wir uns kurz vor der ersten Feier in unserer gemeinsamen Wohnung so zerstreiten.

Ich starre vor mir ins Nichts, während Taylor Swift »Back to December« singt.

»Mein einziger Weihnachtswunsch ist es, die Zeit zurückdrehen zu können«, flüstere ich schließlich in die Dunkelheit.

Irgendwann fallen mir die Augen zu.

»Hey!« Sarahs Stimme lässt mich hochschrecken. »Wieso bist du denn noch hier?«

Sie tritt gerade aus einem Patientenzimmer und hat einen Stapel Akten auf dem Arm. In ihren kurzen braunen Haaren steckt ein Haarreif mit Elfenohren und auf ihre Wangen hat sie goldene Runen gezeichnet. Ich runzele die Stirn.

Genau dasselbe hat sie doch schon letzte Woche auf der Kinderstation getragen. Meine Freundin trägt nie das gleiche Outfit zu nahe hintereinander. Sie will es für unsere kleinen Patienten abwechslungsreich halten.

Ich blinzle sie verwirrt an und als ich mich umsehe, realisiere ich, dass ich im Krankenhausflur meiner Station stehe.

Die gelb-weißen Wände sind mit bunten Bildern verziert und frisch bezogene Krankenbetten stehen vereinzelt neben den Zimmertüren. Irgendwo piepst ein Beatmungsgerät und hastige Schritte erklingen durch die Gänge.

Habe ich nicht gerade noch auf meinem Sofa gelegen?

Wann bin ich wieder zur Arbeit gegangen?

»Ich dachte, du wärst bereits vor zehn Minuten los?«, reist Sarah mich aus meinen Gedanken. »Hast du nicht deinen Jahrestag mit Simon?« Meinen Jahrestag? Der war doch bereits letzte Woche?

Mein Blick gleitet auf das Datum in der unteren Ecke vom Computerbildschirm. Ich erschrecke.

»Das ist unmöglich«, murmele ich und sehe an mir hinab. Ich trage meine Lieblingsjeans, einen cremefarbenen Rollkragenpullover und einen langen roten Mantel. Genau das Outfit, das ich auf dem Weihnachtsmarkt anhatte.

»Das ist der merkwürdigste Traum, den ich jemals hatte«, stelle ich fest, als ich mit den Fingern über die Schutzfolie eines Bettes gleite, die daraufhin leise knistert.

Was, wenn es kein Traum ist?

Der Gedanke schießt mir so schnell durch den Kopf, dass ich mir nicht sicher bin, ob es mein eigener ist.

Vielleicht ist es auch eine zweite Chance?

»Was hast du gesagt?«, erkundigt sich meine Freundin.

»Ach nichts … ähm … ich schätze, ich sollte mal los.«

»Alles klar. Viel Spaß und bleib anständig!«

Mit wild klopfendem Herzen verlasse ich das Krankenhaus. Ich kann mich unmöglich eine Woche in der Vergangenheit befinden.

Oder?

Ich bin zwar nur eine Krankenschwester, dennoch glaube ich an die Wissenschaft.

Märchen, Zauber und Wunder sind noch nie mein Fall gewesen und dennoch kann ich das Gefühl nicht abschütteln, dass das hier vielleicht wirklich …

Das Handy in meiner Tasche zeigt mir dasselbe Datum an, wie Sarahs Computer. Ebenso wie die Zeitschrift eines alten Mannes mit dichtem, weißem Bart und rotem Jackett, neben dem ich mich in die völlig überfüllte U-Bahn quetsche. Auch als ich mich in den Arm kneife, verändert sich nichts.

Dann ist das hier echt?

Zwischen den Stationen fällt mir ein junger Mann ins Auge. Er hat dieses ganz bestimmte Glitzern in den Augen. Als kann er es gar nicht erwarten, die Zeit mit seinen Liebsten zu verbringen. So muss ich letztes Jahr ausgesehen haben.

Ein Jahr zuvor

Bisher habe ich Weihnachten nur mit meiner Familie oder allein verbracht. Jedoch noch nie mit einem Partner. Zögerlich betätige ich die Klingel des Wohngebäudes und drücke die Tür auf, als das Surren erklingt.

Kaum habe ich den Treppenabsatz erreicht, da finde ich bereits seinen Blick. Entspannt lehnt Simon im Türrahmen. Die blonden Haare sind ordentlich zurückgekämmt und sein weißes Hemd spannt leicht über der Brust. Ein Lächeln umspielt seine Lippen.

»Hallo, Schönheit.«

»Hi«, hauche ich. »Und danke schön. Du siehst auch toll aus.«

Als ich an ihm vorbeigehen will, hält er mich zurück.

»Nein, nein. Hiergeblieben.«

Grinsend zieht er mich an sich. Dann deutet er nach oben. Simon hat dort einen Mistelzweig befestigt, also stelle ich mich auf die Zehenspitzen und komme seiner stummen Aufforderung nach.

Er stöhnt überrascht auf, als ich ihm mit meiner Zunge über seine Unterlippe streiche und den Kuss vertiefe. Gemeinsam stolpern wir in die Wohnung und er gibt der Tür noch einen Tritt, damit sie zufällt.

Nach unserem Weihnachtsessen sitzen wir vor dem geschmückten Baum, dessen Lichter den Raum erhellen. Da unterbricht

Simon die angenehme Stille: »Ich hatte mich gefragt ... ob du vielleicht ... also ich dachte, du verbringst sowieso viel Zeit hier ... vielleicht möchtest du ja dauerhaft bleiben?« Er kratzt sich verlegen am Hinterkopf.

»Fragst du mich gerade, ob ich bei dir einziehen will?« Meine Lippen verziehen sich zu einem Grinsen.

»Es war nur so ein Gedanke. Die Wohnung ist nah am Krankenhaus und wir würden beide Geld sparen und ...«

Über meine Antwort brauche ich keine Sekunde nachzudenken.

Ich unterbreche ihn, indem ich meine Lippen auf seine presse.

Er schmeckt noch nach Pfefferminze und Schokolade vom Dessert.

»Ja«, hauche ich und er zieht mich enger an sich.

Die Erinnerung verschwimmt und ich bin wieder allein, umgeben von hunderten Menschen, die sich an der Haltestelle gleichzeitig aus der Bahn drängen. Eilig folge ich dem Strom und bin schon bald in der Nähe des Weihnachtsmarktes. Ich finde eine ruhige Seitenstraße und überlege mir meinen nächsten Schritt. Meine Hände zittern vor Aufregung. Ich muss versuchen, das wieder geradezubiegen. Entschlossen, den Streit niemals geschehen zu lassen, lege ich mich auf die Lauer und als ich wenig später eine Frau in einem roten Mantel und mit langen, roten Haaren erspähe, fackele ich nicht lange.

Sanft, aber bestimmt umfasse ich ihren Ellenbogen und ziehe sie zu mir in die Gasse zwischen Fachwerk und Sandstein. »Was zum ... Hey! Loslassen! Geht's Ihnen noch gut?«, flucht mein anderes Ich und entreißt mir wütend ihren Arm. Sie verstummt in der Sekunde, in der sie mein Gesicht sieht.

Unser Gesicht.

Einen Moment lang bin ich selbst zu schockiert, um etwas zu sagen.

Sie steht wirklich vor mir.

Ich stehe wirklich vor mir.

Das ist krass.

Ich erkenne Details an mir, die ich so noch nie wahrgenommen habe. Meine langen Wimpern. Die großen, grünen Augen. Es wirkt ganz anders, als wenn man in den Spiegel schaut.

»Heilige Scheiße«, rutscht es ihr heraus.

Ich bringe gerade mal ein »Hi.« hervor.

»Ich muss mir den Kopf gestoßen haben«, murmelt Vergangenheits-Ich und wendet sich zum Gehen.

»Nein, warte.« Ich greife erneut nach ihrem Arm. »Ich bin wirklich du!«

»*Ich* bin ich!«

»Ich bin du, aber aus der Zukunft«, erkläre ich. Erst danach fällt mir auf, dass das wie ein Satz aus einem schlechten Science-Fiction-Film klingt.

Sie starrt mich entsetzt an. »Ist das irgendein dummer Scherz? Sehr witzig. Wenn Sie mich jetzt entschuldigen würden, ich habe eine Verabredung.«

»Ich weiß! Du triffst dich mit Simon. Es ist euer … unser Jahrestag.«

Ihre Augen weiten sich, aber da sie nichts erwidert und auch nicht geht, spreche ich weiter.

»Ich habe einen riesigen Fehler gemacht und will das wieder in Ordnung bringen.« Ich hole tief Luft. »Er wird einen Anruf von Dr. Ramirez annehmen …«

In der Ferne höre ich ein Klacken und mein Blickfeld verschwimmt.

Irgendwas stimmt hier nicht.

»Im Ernst? Anna hatte doch Recht! Dieser blöde …«

Ich hebe abwehrend die Hände. »Nein, Stopp! Deshalb bin ich hier. Ich weiß, was du denkst, aber es stimmt nicht!«

Mir wird schwindelig und ich muss mich an der Hauswand abstützen. Vermutlich wird meine Zeit knapp.

»Du musst mir glauben! Er würde dich niemals betrügen. Du kennst ihn! Sei vernünftig. Lass die Eifersucht dich nicht verschlingen und höre auf dein Bauchgefühl«, flehe ich.

Das Letzte, was ich sehe, bevor mein Blickfeld schwarz wird, ist mein jüngeres Ich, das mich mit verwirrtem Gesichtsausdruck mustert.

Hoffentlich ist meine Botschaft angekommen.

Ruckartig setze ich mich auf. Alles um mich herum ist dunkel. Mein Kopf pocht wie wild.

Was für ein Traum.

Sofort brennen wieder Tränen in meinen Augen.

Es ist doch nur ein Traum gewesen.

Keine zweite Chance für mich.

Ich zucke zusammen, als erneut ein Klacken erklingt und im nächsten Moment die Tür aufgeht.

»Lola? Ich bin zu Hause!«, ruft Simon und knipst das Deckenlicht an. Mein Herz setzt einen Schlag aus, als er mich auf der Couch entdeckt und sich unsere Blicke treffen.

»Entschuldige die Verspätung. Die Schlange war ewig lang. Wer hätte gedacht, dass es so viele Menschen gibt, die an Weihnachten nicht kochen wollen? Ich dachte immer, dass wir da einzigartig wären.«

Mein Herz hämmert wie wild, als ich mich aufrichte.

»W-w-was tust du hier?« Meine Stimme zittert.

»Was meinst du?« Er runzelt die Stirn. »Ich habe doch gesagt, dass ich Essen für uns besorge.«

Simon hebt eine Tasche mit der Aufschrift unseres Lieblingsrestaurants hoch. Er setzt an, um weiterzusprechen, aber ich will keine Sekunde mehr verschwenden. Auf wackeligen Knien durchquere ich den Raum und falle ihm um den Hals.

»Es tut mir so leid«, hauche ich. Er ist wieder da! Tränen laufen mir unaufhörlich über das Gesicht und die Worte sprudeln nur so aus mir heraus. »Ich war eine eifersüchtige, unsichere Bitch und hab das an dir ausgelassen. Das war nicht fair. Du kannst nichts für meine Unsicherheiten und natürlich vertraue ich dir! Ich würde dir mein Leben anvertrauen.«

Simon hält mich einfach fest und streicht mir sanft übers Haar. »Schhhh … ganz ruhig. Es ist alles gut.«

Schniefend löse ich mich von ihm.

»Du bist nicht wütend?«

»Weswegen denn?«, fragt er sanft.

»Wegen des Gerüchts und …«

»Ach, das. Das hat Dr. Ramirez doch ganz gut gehändelt.« Er drückt mir einen Kuss auf die Stirn. »Außerdem bin ich der glücklichste Mann auf der Welt, seit du letzte Woche Ja gesagt hast! Und das auch noch, nachdem ich dieses unnötige Telefonat angenommen habe. Dafür habe ich mich immer noch nicht oft genug entschuldigt.« Es folgt ein weiterer Kuss. »Als ob ich mich da von Gerüchten stören lasse.«

Ich blinzele die Tränen weg.

»W-was?« Ich lasse ihn los und blicke auf meine linke Hand. An meinem Ringfinger glänzt der schönste Ring, den ich jemals gesehen habe. Ein filigranes goldenes Band mit einem kleinen, herzförmigen Smaragd.

»In Erinnerung an dein umwerfendes Kleid, weshalb ich dich vor drei Jahren angesprochen habe und weil dir mein Herz gehört«, erklingen seine Worte klar in meinem Kopf.

Erinnerungen flackern wie Dias vor meinem inneren Auge auf. Simon, der nach dem Telefonat am Wasser vor mir auf die Knie geht. Ein Ring in seiner Hand und ein Kuss unter Sternen, um die Frage aller Fragen zu beantworten. Die einzelnen Bilder ersetzen meine tatsächlichen Erinnerungen Stück für Stück, bis sich diese nur noch wie ein Albtraum anfühlen.

Da dämmert es mir … Mein größter Weihnachtswunsch … er ist mir gewährt worden.

Erneut falle ich Simon um den Hals.

»Ich liebe dich. So sehr.«

»Ich liebe dich auch. Ich kann es gar nicht erwarten, mit dir den Rest meines Lebens zu verbringen.« Er strahlt mich an und nimmt meine Hand in seine. Dann fällt sein Blick auf den Weihnachtsbaum hinter mir.

»Lass uns tanzen, damit ich mir meinen Weihnachtswunsch erfüllen kann.«

Ich lege meinen Kopf an seine Schulter, als könnte er sich jeden Moment in Luft auflösen.

Nie wieder werde ich meinen Unsicherheiten erlauben, mir im Weg zu stehen.

»Es ist ein Weihnachtswunder«, murmele ich, während Sarah Connors Stimme in »The best side of life« aus dem Radio erklingt: »*The best time of the year, I'll share it with you.*«

Noch nie in meinem Leben bin ich derart von Dankbarkeit erfüllt gewesen.

3

Apfelwein

Carolin Neumann

Für einen Augenblick schien die Welt um Maris vollkommen stillzustehen. Die Sonne spiegelte sich auf der türkisblauen Oberfläche der See wider und das gleißende Licht tauchte die Umgebung in einen schimmernden Glanz.

Sie war schon immer neugierig gewesen, hatte es selten geschafft, sich nur in ihrer Bucht aufzuhalten. Dafür war die Welt um sie herum viel zu aufregend. Vor allem die Oberwelt hatte es der Meerjungfrau angetan. Sie konnte niemals an einem versunkenen Schiffswrack, geschweige denn an einem Schatten an der Oberfläche, vorbeischwimmen. Obwohl man ihr von klein auf beigebracht hatte, sich von den Menschen fernzuhalten, ging sie ihrer Neugierde viel zu oft nach. Dennoch schwamm sie nie allzu weit weg, blieb in ihrer gewohnten Umgebung und wahrte genügend Abstand zwischen sich und den Schiffen. Denn Maris war neugierig, aber keineswegs naiv.

An diesem Tag jedoch waren die Segel nicht weiß und die Männer, die sie an Deck erkennen konnte, trugen keine einheitliche Gewandung, waren nicht so gepflegt, wie sie es gewohnt war. Die Segel waren schwarz, an einigen Stellen zerrissen, genau wie die Kleidung der Männer. Auch der Geräuschpegel war ungewohnt, anstrengend, gar schmerzvoll in ihren Ohren. Alles in ihr schrie danach, unterzutauchen und wegzuschwimmen, und doch wollte sie unbedingt wissen, was diese Männer hier zu suchen hatten. Piraten segelten selten durch die Gewässer ihrer Heimat, bisher hatte sie diese erst ein einziges Mal aus der Ferne beobachten können. Das meiste Wissen über sie hatte sie aus Geschichten ihres Stammes aufgeschnappt.

Mit Bedacht glitt sie näher, um einen besseren Blick auf das seltsame Schiff und seine unrasierten, wild aussehenden Besatzungsmitglieder zu werfen. Solch eine Vielzahl an unterschiedlichen Erscheinungsbildern hatte Maris bisher selten unter den Menschen entdecken können. Im Normalfall fiel es ihr gar schwer, sie auseinanderzuhalten. Hier war es anders. Vor allem ein junger Mann mit dunklen Haaren und Bartschatten hatte ihre Aufmerksamkeit auf sich gelenkt. Er stand an die Reling gelehnt, die muskulösen Unterarme lagen locker auf dem morschen Holz.

Vor allem seine Augen zogen sie in ihren Bann. Sein Blick war auf das Wasser gerichtet, den Kopf hatte er auf die Handfläche gestützt und er schenkte dem Trubel um sich herum kein bisschen Beachtung, schien vollkommen in Gedanken versunken zu sein.

Maris beobachtete ihn eine Weile, fasziniert von seiner Anziehungskraft. Auch wenn sich ihr Verstand komplett dagegen sträubte, schwamm sie ein Stück näher, um eine bessere Sicht auf ihn zu erhaschen. Es war nur ein Stück, und doch reichte es aus, damit der Fremde sie bemerkte. Ihre Blicke trafen sich und Maris' Augen weiteten sich ein wenig. Sie schüttelte leicht den Kopf, als wollte sie ihm und sich selbst damit sagen, dass das hier falsch war. Er hätte sie nicht sehen dürfen und sie hätte gar nicht erst so nah kommen dürfen.

Als sie untertauchte, um zurück in die sichere Bucht zu schwimmen, war es zu spät. Irgendetwas umklammerte ihre Flosse. Keuchend griff Maris danach, machte es damit aber nur noch schlimmer. Ein stechender Schmerz breitete sich aus, wanderte von der Spitze ihrer Flosse bis hoch zu ihrem Hals. Sie verfing sich mehr und mehr in einem Netz. Panik durchzuckte sie, als sich die dünnen Seile wie eine zweite Haut um ihren Körper schlangen. Ihre Bewegungen wurden hektisch und unkontrolliert. Ihr Herz raste. Immer schneller und schneller, während sie mit weit aufgerissenen Augen zur Oberfläche starrte, zu dem dunklen Schemen des Schiffes. Verzweifelt suchte sie nach einer Möglichkeit zu entkommen, schwamm unter größter Anstrengung gegen den kräftigen Griff der Falle an. Sie wollte doch nur zurück in die Tiefe, zurück nach Hause, aber das Netz wickelte sich mit jeder Bewegung enger um ihren Körper. Maris wurde immer weiter nach oben gezogen, bis sie die Meeresoberfläche durchbrach und panisch nach Luft schnappte. Mehrere Männer hatten das Netz gepackt und stemmten die Meerjungfrau aus dem Wasser. Es kostete sie keine Mühe, wohingegen Maris schon jetzt kaum mehr Kraft hatte.

»Sind wir verfluchte Fischer, oder was? Nur weil wir eins ihrer Schiffe gekapert haben, müssen wir doch nicht jeden Dreck benutzen, den sie uns hinterlassen haben.« Sofort zog ein beleibter Mann mit rauchiger Stimme Maris' volle Aufmerksamkeit auf sich. Sie verstand seine Worte, konnte mit der Bedeutung dahinter jedoch wenig anfangen. Wie ein Fisch im Trockenen hing sie in der Luft, der kühle Wind schnitt beißend in ihre nasse, olivfarbenen Haut.

Maris kämpfte verzweifelt gegen das Netz an, ihre kräftige Schwanzflosse zuckte unter Schmerzen und ihre Hände griffen nach den Maschen, aber es war aussichtslos. Je panischer sie mit der Flosse schlug, desto schlimmer wurde es. Ihre lila-schimmernden Schuppen verfingen sich in den kratzigen Seilen, einige landeten im Wasser. Ihr Blick glitt zum Meer, welches sich unter ihr erstreckte und jetzt schon so fern wirkte. Es verschwand immer weiter aus ihrem Blickfeld, wurde durch den hässlichen Braunton des Schiffes ersetzt.

»Lasst sie fallen!« Ein leises Wimmern entglitt ihr, als ihr Körper mit einem dumpfen Aufprall auf dem harten Holzboden aufkam. Schmerzvoll stöhnte sie auf und versuchte, sich auf den Rücken zu drehen, doch sie schaffte es nicht. Ihre Muskeln waren wie gelähmt von dem Kampf im Wasser, zuckten unkontrolliert. Die Luft um sie herum legte sich unangenehm über sie und ein Gefühl der Hilflosigkeit breitete sich in ihr aus, während sie sich unter der plötzlichen Schwere ihres eigenen Körpers wandte. Sie musste zurück ins Wasser.

Die Piraten traten näher. Sie erkannte die Gier in ihren Augen. Die zerrissene Kleidung und die ungepflegten Gesichter sorgten dafür, dass Maris' Herz in ihre Flosse rutschte. Sie machten den Eindruck, als hätten sie nie etwas anderes gekannt als Gewalt und Entbehrung. Aber vielleicht dramatisierte sie die Situation auch gerade, angesichts ihrer misslichen Lage. »Verflucht nochmal, das ist kein Fisch. Das ist eine Nixe und eine Hübsche noch dazu.« Die Worte des dicken Mannes hallten über das Deck. Doch es war der Dunkelhaarige, der zuvor noch ihre volle Aufmerksamkeit auf sich gezogen hatte, der sich zuerst näherte. Sofort stoppte Maris in ihren Bewegungen und hob den Kopf, um den Piraten anzusehen. Ihre braunen Haare wehten im rauen Wind der See, legten sich wie ein Schleier um ihren unbedeckten Oberkörper.

»Es tut mir leid«, flüsterte er ihr leise zu, scheinbar darauf bedacht, dass niemand außer Maris ihn hören konnte. Bevor sie verstand, was er meinte, erblickte sie das kühle Silber eines Messers, welches er aus der Hosentasche gezogen hatte. Ihr Atem stockte und ihr Körper bereitete sich schon auf den Schmerz vor, doch dieser kam nicht. Der Unbekannte durchschnitt lediglich mit ein paar flinken Bewegungen das Netz. Mit jeder Masche wurde Maris' Hoffnung größer, die Freiheit rückte näher und näher. Sie war wie gelähmt, starrte den jungen Mann nur mit weit aufgerissenen Augen an, während er sie befreite. Seine Hände waren geschickt, und er schien zu wissen, was er tat.

Der Rest der Besatzung beobachtete das Geschehen mit gemischten Reaktionen. Manche grinsten vor Begeisterung, andere sahen zufrieden aus, schienen sich schon auszumalen, was man alles mit ihr anstellen konnte und wieder andere waren doch recht skeptisch. Angeregte Diskussionen sorgten für eine viel zu laute Geräuschkulisse und mit jeder Sekunde wuchs das beklemmende Gefühl in Maris immer weiter an.

Als das letzte Seil durchtrennt war, schob der junge Mann das Netz beiseite, und Maris war endlich frei. Der Holzboden unter ihr war glitschig und kalt und sie konnte es kaum erwarten, zurück ins vertraute Nass zu tauchen, das Wasser um sich zu spüren. Als sie allerdings zur Reling robben wollte, verstand sie, wieso er sich entschuldigt hatte.

»Gut gemacht, Henry.« Der Dicke betrachtete die Meerjungfrau grinsend und rieb sich die dreckigen Hände. »Das wird dem Captain gefallen.«

Er ließ sie nicht gehen, ließ sie nicht zurück ins Meer. Stattdessen packte er ihre Handgelenke und noch bevor Maris reagieren konnte, waren ihre Hände mit groben Seilen hinter ihrem Rücken gefesselt. Zwei Männer zogen die sich windende Meerjungfrau über die harten Holzdielen, mussten immer wieder neu zupacken, weil sie nicht aufgab. Sie wehrte sich mit Händen und Flosse, fauchte die Männer verzweifelt an, doch es gelang ihr nicht, sich ihren Griffen zu entziehen. Mit einer Eisenkette wurde sie an den Mast gebunden, direkt in der Mitte des Schiffes.

Maris konnte nicht anders, als zu Henry zu sehen. Hilflos blickte sie ihn an, die Furcht musste deutlich in ihren Augen zu erkennen sein. Doch obwohl er mit dieser Entscheidung nicht einverstanden zu sein schien, sagte er nichts.

Mit einem Mal herrschte Stille und nur noch das sanfte Rauschen des Meeres war zu hören, vermischte sich mit dem leisen Knarzen des Holzes. Das Gemurmel und das widerwärtige Gegröle verstummte und die Aufmerksamkeit richtete sich auf die knirschende Tür, durch die ein weiterer bärtiger Mann trat. Im Vergleich zum Rest der Besatzung sah er mit seinen schwarzen Haaren und der sauberen Kleidung recht ordentlich aus. Langsam und gemächlich schlenderte er über das Deck und kam vor Maris zum Stehen. Einen Moment sah er sie einfach nur an, ehe sich ein breites Grinsen auf seine Lippen schlich, das ihr das Blut in den Adern gefrieren ließ.

»Was ein hübsches Ding.« Er fuhr sich mit seinen dreckigen Händen durch den Bart, ehe er lauthals lachte. Maris wurde schlecht. »Nehmt Kurs aufs Festland. Bis wir dort sind, überleg ich mir, was wir mit dem Fang anstellen werden.«

»Aye, aye, Captain!«, rief einer der Piraten mit rotem strubbeligen Haar und einer langen Narbe mitten im Gesicht. Einige der Männer stimmten mit ein, hoben ihre Schwerter jubelnd in die Luft. Nur wenige gingen wieder auf ihre Posten. Die meisten von ihnen blieben noch einen Moment stehen, um Maris zu betrachten, wie eine Trophäe, wie den größten Schatz, den sie jemals an Land gezogen hatten. Vielleicht war sie das auch, schließlich sollte sie sich nicht umsonst von den Menschen fernhalten.

Dafür war es jetzt allerdings zu spät. Das Piratenschiff entfernte sich mehr und mehr von ihrer Heimat und mit jeder Seemeile schwand Maris' Hoffnung. Ihre Brust wurde schwer, mehr und mehr Tränen sammelten sich in ihren

Augen. Sie wusste nicht, was diese Männer mit ihr vorhatten, aber sie konnte erahnen, dass sie ihr Zuhause nie wieder sehen würde.

Heiß und unerbittlich schien die Sonne auf das Deck des Fischerbootes, welches die Piraten vereinnahmt hatten. Allein die schwarzen Segel deuteten darauf hin, dass sich keine Fischer mehr an Deck befanden. Immerhin spendeten sie Maris ein wenig Schatten. Ein schwacher Trost, denn es war vor allem die Luft, die ihr zu schaffen machte. Sie brannte in ihren Lungen, sorgte für einen unangenehmen Druck in ihrem Brustkorb. Sie war es nicht gewohnt, sie nutzen zu müssen. Zwar hielt Henry ihre Kiemen feucht, aber das reichte nicht, um durch sie an Sauerstoff zu kommen. Mittlerweile waren drei Nächte seit ihrer Gefangennahme vergangen und die Chance, diese Strecke nach Hause irgendwie allein zurücklegen zu können, sank von Minute zu Minute weiter.

»Wo sind die Vorräte?« Auf dem Schiff herrschte reges Treiben, überall wurde geschrubbt, Tücher gespannt, und die Männer wuschen sich mit alten Lappen und gut duftenden Seifen von ihren Beutezügen. Einige von ihnen griffen sogar nach den Rasierklingen und den Kämmen, um ihre Bärte und das Haar zu ordnen. Ein seltenes Bild, aber für Maris nur willkommen, der Gestank war nämlich kaum auszuhalten. »Ich hoffe, keiner von euch Hunden hat Hand an die Lebkuchen gelegt!«

»Ungewohnt, hm?« Schmunzelnd ließ Henry sich neben Maris sinken und atmete einmal tief durch.

»Du meinst, ungewohnt sauber?« Die Ketten, die sie noch immer am Mast hielten, klirrten leise, als sie sich zu ihm wandte. Seitdem sie hier war, war Henry der einzige, der sich um sie kümmerte. Er versorgte sie mit Essen und Trinken, überkippte sie regelmäßig mit einem Eimer Wasser, damit sie nicht austrocknete, und leistete ihr oft Gesellschaft. Ihr war egal, dass er dies wohl allein tat, um ihr Vertrauen zu gewinnen, dass es ein geschicktes Manöver der Piraten war. Es tat ihr gut und allein das zählte für sie.

Ein raues Lachen entglitt seinen Lippen und er schüttelte kurz den Kopf. »So wollte ich das eigentlich nicht ausdrücken. Aber jetzt, wo du es sagst …«

Ein angenehmes Kribbeln breitete sich bei diesem Geräusch in Maris' Magen aus. Dieser Mann sorgte dafür, dass sie ihre Hoffnung nicht verlor.

»Wie hättest du es denn ausgedrückt?« Ihr Blick huschte einmal über das Deck. Die Stimmung war schon den ganzen Tag über anders gewesen, auf eine angenehme Art und Weise. Die Männer waren lockerer, gelöster. Beinahe hätte sie behauptet, sie waren gar netter zu ihr. »Oder vielleicht frage ich anders: Gibt es einen Grund für all das?«

»Weihnachten«, antwortete Henry sofort. Er nahm dieses Wort mit solch einer Selbstverständlichkeit in den Mund, als müsste jeder wissen, was es bedeutet. Vielleicht war das unter den Menschen auch so.

»Ist das ein Ort?« Unsicherheit zuckte in ihrer Stimme, vielleicht gar Angst. Sie wollte zurück ins Meer, wollte sich frei bewegen können. Reflexartig zog sie an den Seilen, die unangenehm in ihre Handgelenke schnitten. Ihre Flosse war mit einer Kette aus Eisen an dem Mast befestigt, die Fesseln an ihren Händen waren also vollkommen unnötig und eine reine Demonstration ihrer Macht.

»Ein Ort?« Ein tiefes, raues Lachen drang aus Henrys Kehle. Kopfschüttelnd sah er sie an und legte den Kopf etwas schief, als könnte er nicht glauben, dass sie es nicht kannte. »Weihnachten ist ein Fest. Eigentlich ein christliches Fest. Doch obwohl Gott uns alle in der Hölle schmoren lassen wird, kommen auch wir dank dem Captain nicht darum herum«, erklärte er und obwohl Maris die ganzen Begrifflichkeiten nicht kannte, hörte sie ihm gern zu. »Wir feiern die Geburt Jesu, also dem Sohn von Gott. Er hat die Menschen irgendwie gerettet, blah, blah und jetzt feiert die ganze Welt diesen Tag mit der Familie.«

»Hmm …« Maris' Blick ging kurz Richtung Himmel, bevor sie den Kopf schüttelte. »Von einem Gott habe ich schon einmal gehört. Ihr betet ihn an, richtig? Und sein Sohn hat euch gerettet? Wovor?«

»Wenn man dem Ganzen Glauben schenken mag, hat er den Menschen die Sünde genommen. Keiner von meinen Kameraden glaubt daran, aber es ist ganz nett, diesen Tag besonders zu verbringen. Es gibt gutes Essen, wir spielen Karten und trinken den edlen Wein. Und ich konnte ein gutes Wort für dich einlegen.« Auf Henrys Lippen machte sich ein warmes Lächeln breit, ehe er aufstand und um den Mast herumging. Im ersten Moment verstand die Meerjungfrau nicht, was er meinte. Verwundert folgte ihr Blick seinen Bewegungen, versuchte über die Schulter hinweg zu erspähen, was er vorhatte. Doch bevor ihr das gelang, spürte sie, wie sich die Schlingen um ihre Handgelenke lösten. Ruckartig zog sie ihre Hände nach vorne und stieß ein leises, schmerzerfülltes Stöhnen aus. Ihre Arme hatten sich ein wenig zu sehr an diese unangenehme Position gewöhnt.

»Danke. Wirklich, vielen Dank.« Sofort begann sie, nicht nur ihre Arme, sondern ihren gesamten Körper zu strecken. Eine so normale Handlung, bei der sie es niemals für möglich gehalten hat, sie je vermissen zu können.

Henry sah sich kurz nach seiner Mannschaft um, die allesamt jedoch besseres zu tun hatten, als die beiden zu beobachten. »Der Vorteil an dem guten Wein ist übrigens, dass sich selbst der Captain morgen an gar nichts mehr erinnern wird.« Erneut drehte er seinen Kopf nach links und rechts. Dann lehnte er sich herab und flüsterte ihr zu, so nahe an ihrem Ohr, dass sich die Härchen an ihrem Hals aufstellten: »Ich wünschte, ich könnte dich freilassen.«

Maris Augen weiteten sich. Meinte er das ernst? Wollte er ihr wirklich helfen oder trieb er nur seine Scherze mit ihr?

»Das würdest du tun?«

Er nickte direkt, ohne auch nur eine Sekunde zu zögern. »Das würde ich, aber nicht heute«, bestätigte er leise. »Die Tiefen der See sind eine Welt, der wir uns nicht annehmen sollten. Kein Mensch hat das Recht, das Gleichgewicht der Natur durcheinander zu bringen. Und kein Geld der Welt ist das hier wert. Glaub mir, ich weiß, was man mit dir machen wird. Da wäre ein schneller Tod das geringere Übel. Das hat niemand verdient. Nicht einmal einer von uns. Erst recht keine Meerjungfrau, die einfach nur ein wenig zu neugierig ist.« Wieder schenkte er ihr dieses warme Lächeln, welches ihr Herz zum Hüpfen brachte. Er war aber auch der Einzige an Bord, der ihr mit ein wenig Mitgefühl gegenübertrat. Dass sie sich an dieses klammern würde, war also kein Wunder.

»Danke. Von Herzen, danke.« Sie blinzelte die Tränen, die drohten, über ihre Wange zu rollen, schnell weg und schloss kurz die Augen. Sie wollte sich keine zu große Hoffnung machen, wollte ihm nicht blind vertrauen und doch verlor sie sich viel zu sehr in diesem Versprechen.

»Dank mir noch nicht, Maris. Ich kann dir nicht versprechen, dass mir dies gelingt.« Mit diesen Worten verschwand Henry zu den anderen Männern und ging seinen Aufgaben nach. Scheinbar gab es noch viel zu tun, denn auch in den nächsten Stunden schenkte man der Meerjungfrau kaum Aufmerksamkeit. Lediglich ein paar indiskrete Blicke wurden ihr zugeworfen. Nichts, was sie nicht schon kannte und doch war es jedes Mal aufs Neue unangenehm, so entblößt vor den vielen Männern zu sitzen. Nur fühlte sie sich mit dem neu gewonnenen Bewegungsspielraum direkt ein wenig mächtiger, konnte ihnen mit hervorgereckter Brust begegnen.

Die Sonne sank immer tiefer, bis sie in schillernden Orangetönen am Horizont glitzerte. Das gesamte Deck wurde von einem atemberaubenden Duft eingenommen, den Maris nur zu gern aufsog. Das Essen der Menschen, welches sie bisher kosten durfte, war durchweg widerlich. Pökelfleisch, Trockenfrüchte, Bohnen und noch einiges mehr. Und doch war sie dankbar, überhaupt etwas zu bekommen. Nur den gesalzenen Fisch hatte sie nicht angefasst.

»Hier, kleine Nixe.« Maris war so in Gedanken versunken, dass sie gar nicht bemerkt hatte, dass Henry wieder zu ihr gekommen war. Sie sah auf und empfing ihn mit einem dezenten Lächeln. Wer Nettes tut, hat eine entsprechende Reaktion verdient.

»Danke.« Sie nahm den Krug entgegen und beobachtete kurz, was Henry mit seinem eigenen tat, ehe sie an ihrem nippte. Die süßliche Flüssigkeit breitete sich direkt in ihrem Mund aus, floss ihren Hals herunter und sie nahm einen zweiten Schluck. Wahrscheinlich stellte sie sich nicht sonderlich geschickt an, aber das störte sie nicht. Das schmeckte verflucht gut!

Auch Henry schien ihre Reaktion zu bemerken, denn er lachte leise. »Apfelsaft. Der war unter unseren Vorräten und ich dachte mir, dass er dir besser bekommt als der Apfelwein«, erklärte er und trank dann selbst einen Schluck aus seinem Krug.

»Sehr lecker«, bestätigte Maris mit einem Nicken. Sie musste sich zusammenreißen, nicht alles auf einmal zu trinken. Sie wusste zwar nicht, worin der Unterschied liegen sollte, aber ihr schmeckte der Saft so gut, da musste sie das nicht unbedingt herausfinden.

Die meisten der Männer tummelten sich mittlerweile auf dem Deck mit eigenen Krügen in der Hand und prosteten sich damit fröhlich zu. Ein angenehmes Bild, zumindest in Maris' Augen. Weniger ungezügelt und ungehobelt als sonst.

»Eigentlich wird hier öfter getrunken. Der Alkohol ist das Beste auf solch langen Reisen. Aber vor Weihnachten reißen wir uns zusammen.« Henry zwinkerte ihr zu.

»Aye, kleine Nixe.« Einer der Piraten hatte sich ihnen genähert und dadurch, dass sie und Henry so in dem Gespräch versunken waren, zuckte Maris unweigerlich zusammen. Unsicher blickte sie auf. Vor ihr stand nicht irgendeiner der Männer, sondern der Captain persönlich. »Hast du schon mal von Weihnachten gehört?«

Zögerlich nickte sie.

Ein süffisantes Lächeln schlich sich auf seine Lippen. »Hervorragend. Was du hier auf meinem Schiff erleben wirst, hat nichts gemein mit dem Weihnachten, das auf dem Festland gefeiert wird. Solcher Firlefanz liegt uns fern. Doch manch einer meiner Männer hatte einst Frau und Kind daheim. Ein bisschen Tradition wollen wir uns also bewahren«, erklärte er. »Nimm diese Feier hier nicht als Paradebeispiel.«

Am liebsten hätte Maris gefragt, wie man dieses Weihnachten auf dem Festland feierte, ob der Captain noch etwas anderes darüber erzählen konnte als Henry, aber sie schluckte es herunter. Das traute sie sich schlichtweg nicht.

»Und was hat mein bester Mann dir zu trinken gegeben?« Er nahm, ohne auf Maris' Reaktion zu warten, ihren Becher an sich und roch daran. »Saft.« Lachend schüttelte er den Kopf und gab ihr dann seinen Becher. »Behandeln wir so etwa unsere Gäste?«

»Natürlich nicht, Captain.« Henry knirschte mit den Zähnen. »Ich war mir nur nicht sicher, wie sie darauf reagieren würde. Nachher geht uns deswegen noch das Geld flöten.«

»Ach was.« Der Captain schüttelte den Kopf. »Ein halber Becher schadet nicht. Trink«, befahl er und Maris traute sich nicht, zu widersprechen. Sie nippte bedächtig an dem Krug und musste direkt husten, als die brennende Flüssigkeit ihren Hals herunterlief. Sie konnte sich nicht verkneifen, angewidert den Mund zu verziehen.

Die beiden Männer lachten und zum Glück gab man ihr den leckeren Apfelsaft zurück, von dem sie sofort einen großen Schluck trank, um den Geschmack loszuwerden.

»Es war den Versuch wert.« Mit diesen Worten leerte der Captain den Wein und winkte einen der Männer herbei, damit man ihm nachschenkte. »Kommt her! Wir zeigen unserem Gast, wie man pokert.«

Es dauerte nicht lange und der Mittelpunkt des Schiffs hatte sich zum Mast verlagert. Die meisten der Piraten gesellten sich zum Captain und seiner Gefangenen. Die Stimmung war ausgelassen, deutlich weniger streng, als noch die Tage zuvor. Es fühlte sich an, als wäre er nicht der Captain, sondern einer von ihnen. Für Maris war es faszinierend, diese Dynamik nicht mehr nur als Außenstehende zu betrachten, sondern mittendrin zu sein.

»Und nun wirst du eine Runde mitspielen, Nixe. Nur zuschauen ist gewiss langweilig.« Wenn sie sich recht entsinnte, hieß der Mann Bill. Seine stechend blauen Augen und die weißblonden Haare konnte sie gut zuordnen. Bei den vielen dunkelhaarigen Piraten fiel ihr das um Einiges

58

schwerer. Trotz der ständigen Anspannung war es eine unerwartete Erleichterung, nicht wie eine Gefangene behandelt zu werden. Dieser Abend fühlte sich unheimlich friedlich an, wie die Ruhe vor dem Sturm.

»Sehr gern. Ich denke, ich verstehe, was ihr da macht.« Sie schnappte sich den Becher und schüttelte diesen kräftig. Als die Würfel verdeckt fielen, warf sie einen Blick darauf und biss sich leicht auf die Unterlippe. Sie beobachtete die anderen Männer, versuchte, ihren Gesichtsausdruck zu studieren, aber sie ließen sich nichts anmerken. Nach und nach gab jeder seinen Tipp ab.

»Ich denke, dass sich mindestens neun Dreien unter den Würfeln befinden«, warf sie selbstbewusst in den Kreis, übersteigerte die letzte Aussage damit um ganze vier Dreien. Da ging keiner mit.

»Sicher, dass du es verstehst?« Überrascht beugte sich Henry zu ihr und warf einen Blick unter ihren Becher. »Tatsache.« Henry offenbarte seine Würfel als erstes und die anderen zogen mit. Insgesamt waren zwölf Dreien im Spiel.

Das war ein Spiel, welches ihr eindeutig lag. Sie spielten einige Runden, die Männer tranken dabei ihren Wein, Maris ihren Apfelsaft.

Mit jeder Runde, die die Meerjungfrau allerdings gewann, wurde die Stimmung bedrückter, die Männer grummelten vor sich hin. Manch einer stieg einfach aus, ohne ein Wort zu sagen, die anderen kontrollierten genau, ob Maris nicht doch betrog.

»Bei den Klabautermännern! Die Nixe schummelt doch! Das ist Hexerei!« Schwankend stand der rothaarige Pirat auf und fummelte in den Taschen seiner dunklen Hose rum. Der Wein zeigte deutlich die Wirkung, die Henry ihr versprochen hatte.

Henry reagierte noch vor allen anderen und sprang genauso schnell auf. »Ziggy, entspann dich. Wir spielen hier weder um Geld, noch um Bier oder Wein. Sie hätte keinen Grund zu hexen. Abgesehen davon, dass sie es nicht kann, Bill. Sonst hätte sie es längst getan«, beschwichtigte er ihn und nahm ihm das Messer ab, das Maris vorher gar nicht gesehen hatte.

»Ja, und? Hexerei, nichts weiter!« Er versuchte es ihm wieder abzunehmen, doch Henry war schneller und vor allem deutlich geschickter.

»Wenn die Nixe schläft, spielen wir noch eine Runde um Geld. Wie klingt das?«

Er schien nicht überzeugt zu sein, murmelte irgendetwas in seinen Bart hinein, bevor er sich einfach von Henry abwendete und Maris wütend anfunkelte. »Hexe«, wiederholte er leise und verschwand in die Schatten der Laternen, die das Schiff in der Nacht erhellten.

»Tut mir leid.« Seufzend ließ Henry sich wieder auf den Boden fallen und schnappte sich seine Würfel. »Piraten spielen in den seltensten Fällen fair, wusstest du das?«, versuchte er die bedrückte Stimmung wieder zu heben, doch es gelang ihm nicht so ganz. So würde sie nie gehen dürfen. Sollten sie nicht dafür sorgen, dass man ihr weniger Aufmerksamkeit schenkte, anstatt mehr?

»Möchtest du noch eine Runde spielen?« Henry reichte ihr ihre Würfel, doch Maris zögerte. Es war nur ein kleiner Vorfall, mit dem sie eigentlich hätte rechnen müssen, und doch war die Hoffnung, die sie zuvor noch verspürt hatte, wie weggepustet. Doch Henry ließ sich von seinem Plan nicht abhalten. »Komm, eine Runde noch«, bestärkte er sie und hob dann seinen Krug in die Höhe. »Und ihr Männer, trinkt! Frohe Weihnachten!«

Wie auf Kommando hoben auch die restlichen drei Männer der Besatzung ihre Becher und jeder von ihnen trank einen großen Schluck. Maris tat es ihnen gleich, auch, wenn in ihrem Becher noch immer nur der leckere Saft war, den sie sich sogar von den Lippen leckte, um keinen Tropfen zu verschwenden.

»Noch eine Runde«, stimmte sie schließlich zu und ergriff die Würfel.

Die Laternen tauchten das Deck in ein schummriges Licht, welches perfekt zu der weihnachtlichen Stimmung passte. Hier und da wurden Lieder gesummt, oder vielmehr gelallt, und vermischten sich mit dem sanften Rauschen des Meeres. Es dauerte nicht lange und keiner außer Maris und Henry war noch in der Lage, die Würfel vernünftig zu rollen. Einzelne Männer unterhielten sich in den Ecken und auch der Captain war sichtlich angetrunken, scherzte lauthals mit seiner Besatzung. Das war also Weihnachten.

Die Spiele hielten bis spät in die Nacht an, am Horizont waren bereits die ersten sanften Sonnenstrahlen zu erkennen, als Maris und Henry einen unbeobachteten Moment zu zweit hatten. Gähnend hielt die Meerjungfrau sich die Hand vor den Mund - eine Handlung, die sie bei Henry aufgeschnappt hatte. Die wenigsten der Männer an Bord taten dies, wobei Maris sich darüber sogar gefreut hätte. So hätte sie ihnen nicht auf die fauligen Zähne schauen müssen.

»Darf ich dich einen Moment allein lassen?« Henry stellte seinen Becher mit Apfelwein zur Seite, der noch bis zur Hälfte gefüllt war. Die rote Flüssigkeit schwappte über den Rand und hinterließ einen unschönen Fleck auf dem dunklen Holz des Schiffes.

Maris nickte. Ihre Augen folgten Henry, der in den Schatten des Hecks verschwand. Ob er ihnen noch mehr Saft holen wollte? Maris Becher war nämlich fast schon wieder leer. Doch anstatt mit einem Krug, kam Henry mit etwas silbrigem wieder, das im Schein der Laternen glänzte. Bevor sie überhaupt fragen konnte, was er vorhatte, ging er schon vor ihr in die Hocke und hantierte an ihrer Kette herum. Ihre Finger zitterten, als sie das eifrige, gar ein wenig ungeschickte Tun beobachtete.

»Was wird das?«, fragte sie zaghaft.

Es dauerte ein paar Sekunden, bevor Henry knapp antwortete: »Vertrau mir.« Sein Blick war konzentriert auf die Ketten um ihre Hüfte gerichtet. Das leise Klicken der Schlösser ließ Maris' Herz einen Schlag aussetzen. Konnte das wirklich sein?

Als die Ketten schließlich abfielen, konnte Maris die Erleichterung nicht verbergen. »D-Das-« Weiter konnte sie nicht sprechen, denn Henry hob sie sofort hoch.

»Beeilung«, er legte einen Arm unter ihre lila Flosse, die andere schob sich an ihren Rücken. »Wir müssen zur Reling«, erklärte er und ging auf leisen Sohlen los. Obwohl sie nur wenige Meter von der Reling entfernt waren, spielten sie mit dem Feuer, denn wenn auch nur eine Person sie sah, wäre es vorbei. Es war ein Balanceakt zwischen Vertrauen und Furcht, denn Maris konnte in diesem Augenblick nichts anderes tun, als sich auf Henry zu verlassen. Jeder Schritt fühlte sich wie ein Stein an, der von ihrem Herzen fiel, bis er sie schließlich auf der Reling absetzte, weit weg von den anderen Piraten.

»Pass gut auf dich auf, Maris, hast du verstanden?« Noch hielt Henry sie gut fest und auch Maris zögerte, ihn loszulassen. Sie wusste, dass sie sich beeilen mussten, aber sie wollte den letzten kleinen Augenblick in sich aufsaugen und ihn nie wieder gehen lassen. Auch, wenn sie hier eine Gefangene war und dieses Weihnachten recht unkonventionell schien, genoss Maris es, die Sitten und Bräuche der Menschen kennenzulernen. So nah würde sie ihnen nie wieder sein. Denn so viel war sicher: Sobald sie das Boot verlassen durfte, würde sie sich so schnell keinem weiteren mehr nähern. Ganz egal, ob es helle oder dunkle Segel trug. Sie würde nach Hause zurückkehren und ihren Schwestern davon erzählen, würde diese Geschichte mit jedem teilen. Und aus diesem Grund musste sie ihn loslassen.

Maris seufzte, als sie den kalten Wind spürte, der ihr Haar zerzauste. »Ich werde dich nie vergessen, Henry.« Sie schenkte ihm ein letztes Lächeln und hauchte ihm einen sanften Kuss auf die Wange, ehe sie sich nach hinten fallen ließ und direkt in die Wellen stürzte.

Jedes Jahr mein Weihnachtsgeschenk

Lara Pichler

Ich sehe dich zufällig, als ich aus dem Zug aussteige.
Du schenkst mir ein Lächeln.
Damit können meine Weihnachtsfeiertage beginnen.

Wir treffen am Adventsmarkt aufeinander - erneut vom
Zufall gelenkt.
Was hat sich in den letzten Monaten getan?
In Erinnerung bleibt nur der Geruch von Glühwein und
deine Stimme.

An Heiligabend klopft es an der Tür.
Die Kinder sind bereits im Bett.
Hast du dich nur zufällig hierher verlaufen?

»Ich hatte gar kein Weihnachtsgeschenk für dich«, sage ich.
Du wartest auf Mitternacht, küsst mich ganz zufällig unter
dem Feuerwerk.
»Für mich bist du das größte Geschenk.«

Diese Zufälle sind es, die es erträglich machen, wieder in
den Zug zu steigen.
Zurück zu fahren in ein Leben, in dem du nicht da bist.
Ich kann mir nur den nächsten Dezember herbei sehnen.

4

Winterherzen

FÜR MEINE LIEBSTEN. DANKE FÜR DIE KRAFT, DIE IHR MIR
IMMER WIEDER GEGEBEN HABT.

Josephine Panster

Wie kann es mitten am Tag schon so dunkel sein? Vor dem Fenster trudeln dicke weiße Flocken vorbei und landen sanft im gefrorenen Gras. Missmutig ziehe ich mir die Decke über den Kopf. Obwohl bereits der Nachmittag angebrochen ist, weigere ich mich, das Bett zu verlassen. Die Welt außerhalb der Daunen wirkt auf mich grausam und kalt. Da gibt es nichts, wofür sich das Aufstehen lohnen würde, vor allem nicht der Haushalt. Schon der Gedanke daran erschöpft mich. Vor einer Stunde hat Mom angerufen und ich habe einfach nur gewartet, bis der Klingelton endet. Ich wollte sie nicht hören lassen, dass ich immer noch im Bett liege, denn die Frau hat ein Gehör, das jedes winzige Rascheln der Decke wahrnehmen könnte. Sie würde sofort merken, wie unproduktiv ich vor mich hin vegetiere. Irgendwann werde ich zurückrufen müssen.

Mittlerweile habe ich Rückenschmerzen vom Liegen, doch die Wärme hüllt mich ein und langsam fallen mir wieder die Augen zu. Süße, süße Betäubung. Als mein Smartphone auf dem Nachttisch erneut klingelt, zucke ich zusammen und werfe einen zerknirschten Blick auf das Display. Anscheinend hat Mom etwas Dringendes. Doch meine Augen weiten sich, als ich den Namen des Anrufers lese. Auch nur drei Buchstaben, aber eine gänzlich andere Person. Es ist Tom. Ich setze mich abrupt auf und starre mein Handy an, als käme es von einem anderen Planeten.

Tom, der immer ein ehrliches Lachen parat hat. Tom, der für jede Situation die richtigen Worte findet. Und der mein Herz berührt hat wie niemand zuvor. Mein Puls beschleunigt sich. Einerseits reizt es mich, seine Stimme zu hören und zu erfahren, warum er mich anruft, obwohl wir vor ein paar Wochen beide noch ziemlich gekränkt den Kontakt vorläufig abgebrochen haben. Andererseits befürchte ich, dass meine Stimme nach Schlaf klingt, und das wäre mir um diese Uhrzeit peinlich. Mit schwitzigen Händen halte ich das klingelnde Gerät fest und kann mich nicht entscheiden, welche Seite überwiegt. Während ich noch in meinen Gedanken feststecke, verstummt das Smartphone und nimmt mir so die Entscheidung ab. Erleichtert, aber auch von mir selbst enttäuscht, atme ich auf. Tom ist einer der verständnisvollsten Menschen, die ich kenne und ich glaube nicht, dass er mich verurteilen würde. Trotzdem ertrage ich den Gedanken nicht, auch nur das kleinste Anzeichen meiner negativen Stimmung nach außen durchscheinen zu lassen. Wovor genau ich dabei Angst habe, weiß ich gar nicht. Vielleicht vor Mitleid. Vielleicht vor Hilfe. Jeder hat doch mal ein Tief und irgendwann ist das auch mal wieder vorbei. Ich muss nur durchhalten. Da soll niemand anderes das Gefühl bekommen, mir helfen zu müssen.

Mein Blick schweift durch mein Schlafzimmer und bleibt an verschiedenen Dingen hängen: an den Klamotten auf dem Fußboden, der sterbenden Pflanze auf dem Fensterbrett, an dem Schreibtisch, der mit Unterlagen und Notizen überfüllt ist. Irgendwann muss ich das in Ordnung bringen. Genauso wie den sich stapelnden Abwasch, den überquellenden Papiermüll und die ungeöffneten Briefe auf dem Küchentisch. Diese Flut an Aufgaben kommt mir vor wie ein kaum zu bewältigender Berg. *Was ist denn los mit mir? Das sind doch eigentlich nur Kleinigkeiten, die man gut abarbeiten kann.* Seufzend ziehe ich meine Beine an und lege das Kinn auf den Knien ab. Das Bett ist wunderbar weich, doch auf einmal finde ich es abstoßend und verspüre den Drang, zu flüchten. Also stehe ich auf und mache mich auf den Weg ins Bad, um mir endlich mal die Zähne zu putzen und mich meiner zerzausten Haare anzunehmen.

Ich:
Hey! 😊 Sorry, dass ich nicht drangegangen bin. Ich war leider beschäftigt. Ist alles in Ordnung?

Mit einem unordentlichen Halbzopf auf dem Kopf hocke ich an meinem Schreibtisch und versuche, mich auf meine Mitschriften zur Vorlesung zu konzentrieren. Ich weiß nicht, ob es ein Grund ist, stolz auf mich zu sein, dass ich mich zum Lernen aufgerafft habe, doch ich bin es. Immer wieder wandert mein Blick zum leuchtenden Handydisplay, auf dem mein Chat mit Tom offen ist. Eigentlich hänge ich sonst nicht so am Bildschirm fest, doch ich fühle mich schuldig, weil ich Toms Anruf einfach ignoriert habe. Ich wende mich gerade dem nächsten Thema zu, als ein *Ping* eine neue Nachricht ankündigt.

Tom:
Hey Joca! Ist doch kein Problem, das kommt vor. Ich glaube, ich habe dich damit auch ziemlich überrumpelt. Eigentlich wollte ich dir nur erzählen, dass ich an dich denken musste und dich fragen, wie es dir geht. Mir geht es gut. Ein paar kleinere Baustellen, aber das ist ja meistens so. 😊

Ein leichtes Kribbeln macht sich in meinem Bauch breit. Was mir an Tom schon immer so gut gefallen hat, ist seine Fähigkeit, seine Gedanken und Gefühle ohne unnötigen Filter preiszugeben. Selbst Smalltalk ist mit ihm alles andere als langweilig.

Was mich jetzt wundert, ist sein lockerer Umgangston, trotz dem, was zuvor zwischen uns stand. Immer wieder hatte ich vergessen, Nachrichten zu beantworten oder war überfordert mit der Kommunikation. Tage- und wochenlang. Ich kann mir nicht erklären, warum. Aber ich war einfach zu erschöpft. Körperlich und mental. Allerdings machte ich auch den Fehler, ihm das nicht genau so zu sagen. Ich war nicht fähig, die eine aufrichtige Nachricht zu tippen, in der ich ihm meinen Zustand hätte erklären können. Kein Zweifel, er hätte es verstanden. Doch ich dachte, ich bekomme alles alleine wieder in den Griff und es hätte keinen Zweck, diese Schwäche zuzugeben. Und vielleicht hatte ich auch ein wenig Angst, meine Labilität könnte ihn abstoßen. Sein Rückzug hatte mich verletzt, doch ich hatte einfach nicht die Energie, alles zu richten. So schmerzhaft das alles auch war – ich konnte und kann verstehen, dass er so gehandelt hat. Auch ihm muss das wehgetan haben. Und ich war schuld daran.

Ich:
Das ist schon irgendwie süß. 😊 Es freut mich, dass es dir gut geht! Willst du mir von den Baustellen erzählen? Musst du natürlich nicht. Mir geht es … okay? Ich habe in letzter Zeit einige Probleme, aber ich hoffe, das gibt sich bald wieder.

Noch etwas, was mir an Tom gefällt: Ich weiß, dass er niemals vorschnell urteilt. Er gibt mir einfach das Gefühl, dass alles okay ist. Alles Schöne, alles Schwere, alles Besondere. Ich weiß, dass ich nicht mit einem halbherzig gelogenen »gut« antworten muss, wenn er mich nach meinem Befinden fragt, sondern dass ihn ehrlich interessiert, wie es mir wirklich geht. Es dauert nicht lange, da erscheint die nächste Nachricht auf dem Display.

Tom:
Oh, das klingt ja nicht so toll. Möchtest du darüber reden? Ich würde mich freuen, dich mal wieder zu sehen. Da könnten wir darüber sprechen und wenn du willst, erzähle ich dir dann auch von meinen Baustellen. Was hältst du davon?

Ich umklammere das Smartphone mit kalten Fingern und verharre in meiner vorgebeugten Sitzposition. In mir toben widersprüchliche Emotionen – Freude über seinen Vorschlag und Angst vor einem möglichen Treffen. Seit wir uns das letzte Mal gesehen haben, habe ich eindeutig zugenommen. Ich habe tiefe dunkle Ringe unter den Augen und meine Haut sieht so schlimm aus wie schon lange nicht mehr. Ich wüsste nicht, dass Tom sich etwas aus Äußerlichkeiten macht, doch ich fühle mich unwohl mit mir selbst. Fieberhaft überlege ich, mit welchem Outfit ich das Extragewicht kaschieren könnte und welcher Concealer am besten abdeckt.

Ich:
Klingt nach einer guten Idee. Ich würde dich auch gern mal wieder sehen und einfach quatschen.

Mit einem zittrigen Laut atme ich durch. Natürlich ist Tom mir immer noch wichtig. Wir haben nie wirklich direkt über eine mögliche Beziehung gesprochen, aber es hat sich immer angefühlt wie stilles Einverständnis, dass zwischen uns mehr sein könnte. Bis ich alles kaputt gemacht habe. Ich kann verstehen, dass er sich durch mein Verhalten nicht wertgeschätzt gefühlt hat. Er hätte jedes Recht, einen Haken unter die Sache zu setzen. Dass er jetzt wieder Kontakt aufnimmt, löst eine Lawine in mir aus, die sich durch mein Gefühlsleben wühlt. Mein Blick fällt auf die Kleidung am Boden, dann auf den Spiegel am anderen Ende des Raumes. Als ich meine zusammengekauerte Haltung bemerke, regt sich plötzlich ein Gedanke in mir. Das alles hier ist nicht normal – sollte es zumindest nicht sein. Und ich muss etwas ändern.

Eine letzte Korrektur am Eyeliner und mein Make-up ist fertig. Die Augenringe und die Pickel sind abgedeckt, auf den Lippen liegt ein leichter rosafarbener Schimmer und meine Augenbrauen sind präzise nachgezogen. So viel Mühe habe ich mir für mein Aussehen schon lange nicht mehr gegeben. Ich bin froh, dass ich den größten Teil meines Studiums online machen kann. So bin ich nicht gezwungen, die Wohnung zu verlassen und unter Leute zu gehen. Doch genau das wird heute passieren. Tom hat vorgeschlagen, gemeinsam den Weihnachtsmarkt zu besuchen. Und da ich, was Unternehmungen angeht, nicht besonders kreativ bin, habe ich zugestimmt. Da wir in einer recht kleinen Stadt wohnen, ist der Weihnachtsmarkt nicht ganz so überlaufen und damit komme ich zurecht. Ich trete einen Schritt vom Spiegel zurück und begutachte mein Outfit. Unter meiner entspannt sitzenden Latzhose trage ich einen weichen Pullover mit bunten Streifen. Noch ein kurzer Griff, um alles zu glätten, dann bin ich zufrieden mit dem, was ich daraus gemacht habe. Meine blassblauen Augen kommen durch den Eyeliner gut zur Geltung und glänzen ein wenig mehr als sonst.

Als ich Jacke und Schuhe anhabe, halte ich vor der Wohnungstür inne. Was wird mich draußen erwarten? Toms Nachrichten klangen sehr freundlich, aber eine leise Angst meldet sich in meinem Hinterkopf. Was, wenn er immer noch verletzt ist? Wenn er irgendwie sauer auf mich ist und das einfach von Angesicht zu Angesicht klären will? Meine Hand liegt auf der Türklinke. Ich atme durch. *Das wird schon. Lass dir den Tag jetzt nicht von solchen Gedanken versauen.* Damit drücke ich die Klinke herunter und trete auf den Hausflur hinaus.

Schon vom Fenster des Busses aus sehe ich Tom an der Haltestelle warten. Er trägt eine skandinavisch gemusterte Jacke und seine dunklen Locken stecken unter einer schwarzen Mütze. Anders als die Menschen um ihn herum hat er sein Smartphone nicht in der Hand, sondern blickt erwartungsvoll dem ankommenden Bus entgegen. Der Fahrer bremst und das Gefährt kommt zischend zum Stehen. Mein Herz beginnt zu flattern, als ich mich von meinem Sitz erhebe und die sich öffnende Tür anstrebe. Ich trete hinaus in die Kälte und stehe Tom direkt gegenüber. Ein warmes Lächeln erstrahlt auf seinem Gesicht, als er mich ansieht. Das aufgeregte Kribbeln in mir wird stärker und ich habe fast das Gefühl, keine Luft zu bekommen. Als Tom die letzte Distanz zwischen uns überwindet und mich in eine feste Umarmung zieht, atme ich auf und nehme dabei seinen angenehmen Geruch wahr. Nicht zu herb und irgendwie ein bisschen … heimelig. *Er ist nicht mehr sauer.*

»Hi Joca! Wie war die Fahrt, alles in Ordnung?«, will Tom wissen, während er mich wieder loslässt.

Ich fühle mich fast ein wenig überrumpelt von seinen strahlenden Augen und dem ganzen Enthusiasmus. »Ja, alles in Ordnung. Busfahren ist nicht gerade meine Lieblingsbeschäftigung, aber heute saßen nicht so viele Leute drin«, antworte ich mit einem unsicheren Lachen.

»Super, dann hast du ja die besten Voraussetzungen, jetzt die Zeit zu genießen!« Tom nimmt wie selbstverständlich meine Hand und zieht mich mit sich in Richtung Ladenstraße. Schon von Weitem höre ich die weihnachtliche Musik und die Soundeffekte der Fahrgeschäfte. Ich spüre meine Mundwinkel nach oben wandern. Auch wenn mir das Gedränge manchmal zu viel ist, liebe ich Weihnachtsmärkte. Die Weihnachtszeit und alles, was damit zu tun hat, gibt mir immer das Gefühl, dass es doch noch Nächstenliebe und Herzenswärme gibt. Beides liegt irgendwie in der Luft, wenn ich über den Weihnachtsmarkt schlendere und alle Eindrücke in mich aufnehme.

Tom bleibt stehen und lässt meine Hand los. »Wo willst du zuerst hin? Hast du Hunger? Willst du ein Fahrgeschäft ausprobieren? Willst du dir den Holzarbeitsstand anschauen?« Seine tiefbraunen Augen leuchten förmlich und ich muss lachen.

»Okay, okay, ganz langsam. Wie wäre es, wenn wir uns erst einmal umschauen und dann zusammen entscheiden?«.

»Ja, du hast recht! Also dann – lass uns gehen.«

Ich laufe neben Tom her und vergrabe meine Nase in meinem Schal. Die Kälte zwickt in meine Haut und wahrscheinlich habe ich jetzt schon eine rote Nasenspitze. Wir betreten die Ladenstraße, über die sich der Weihnachtsmarkt erstreckt, und ich lasse die wunderschöne Beleuchtung auf mich wirken. Quer zwischen den Häusern und hoch über den Köpfen der Menschen sind warm leuchtende Lichterketten gespannt und an den Laternen wurden winterliche Figuren angebracht. Engel, Sterne und Tannenbäume strahlen uns entgegen. Der Geruch von frischem Gebäck und Glühwein steigt mir in die Nase und ich schließe genießerisch die Augen. Toms Blick huscht hin und her, er scheint alles gleichzeitig anschauen zu wollen. In gemächlichem Tempo lassen wir uns treiben und schlendern die Straße entlang, vorbei an Ständen mit süß duftenden Backwaren, Fleisch und Käse vom eigenen Hof und handgemachter Kleidung. Ich überlege, wie ich Tom darauf ansprechen soll, was das hier bedeutet. Warum wollte er mich plötzlich wieder sehen? Was hat sich zwischen uns verändert, dass er wieder so positiv auf mich reagiert? Während ich noch meine Gedanken hin und her wälze, bleibt Tom stehen und zeigt auf einen hübsch geschmückten Stand, der warme Getränke anbietet. »Wie wäre es für den Anfang mit etwas zum Aufwärmen?«

Ich werfe einen kurzen Blick auf die Karte des Standes und nicke.

»Was möchtest du haben?«, fragt Tom und geht auf den Stand zu.

»Ich hätte gerade echt Lust auf eine heiße Schokolade.«

Tom besteht darauf, mein Getränk zu bezahlen, so sehr ich auch protestiere. Kurz darauf stehen wir uns an einem der wackeligen Tische gegenüber und pusten in unsere dampfenden Tassen. Als ich den ersten Schluck nehme, entfährt mir ein Seufzen. Der süße, schokoladige Geschmack hüllt meine Sinne ein und das Getränk rinnt mir warm die Kehle hinunter. Ich setze die Tasse ab und atme durch. *Jetzt oder nie.*

»Ich wollte dich gern noch was fragen«, murmle ich.

Überraschung spiegelt sich in Toms Blick. »Klar, schieß los.«

Ich umschließe meine heiße Tasse mit den Fingern und halte mich förmlich daran fest. »Ich hatte fest damit gerechnet, dass du noch sauer auf mich bist. Weil das alles damals so mies gelaufen ist. Wie kommt es, dass du so leicht mit mir umgehen kannst?«

Toms Augenbrauen wandern nach oben und er stellt seine Tasse ab. Dann senkt er seinen Blick und scheint nach Worten zu suchen. »Ich gebe zu, dein Verhalten hat mich schon getroffen und ich war ziemlich gekränkt. Ich dachte, du hättest das Interesse an mir verloren oder ich wäre nicht mehr wichtig genug für dich.«

Mein Herz rutscht ein Stück nach unten. Das war nie meine Absicht gewesen. Jetzt direkt aus seinem Mund zu hören, was mein Verhalten bei ihm ausgelöst hat, lässt einen Kloß in meinem Hals entstehen. »Das tut mir so leid. Ich wollte dir nie weh tun«, bringe ich hervor.

Er lächelt und winkt ab. »Alles gut, mittlerweile habe ich mich viel damit auseinandergesetzt.« Sein Blick schweift kurz ab und er kratzt sich verlegen am Hinterkopf. »So übertrieben das jetzt vielleicht klingt, aber ich habe auch etwas darüber gelesen, warum es vorkommt, dass Menschen Schwierigkeiten haben, Nachrichten regelmäßig zu beantworten. Dass das viel mit emotionaler Erschöpfung zu tun haben kann, neben anderen Gründen wie einfach dem Stress des Lebens.«

Ich spüre, wie mir die Hitze in die Wangen schießt und versenke den Blick in meiner Tasse. »So in etwa könnte man das wohl nennen, was bei mir los war. Das Studium ist sehr fordernd, dann der Nebenjob und irgendwie wollte ständig jemand etwas von mir. Diese ständige Erreichbarkeit für alles und jeden hat mich unfassbar angestrengt.«

»Ja, im Nachhinein habe ich dafür vollstes Verständnis. Also habe ich beschlossen, einen Schritt auf dich zuzugehen, anstatt dir aus meiner Verletzung heraus weiter Vorwürfe zu machen. Davon hat ja keiner was.«

Der Kloß in meinem Hals wird größer und meine Augen beginnen zu brennen. *Jetzt bloß nicht weinen!* Ich blinzele einige Male, um die Tränen zurückzudrängen und schlucke, um den Hals frei zu bekommen. »Das ist wirklich lieb von dir. Du hättest eigentlich Grund genug, dich gar nicht mehr mit mir zu befassen.«

»Aber das tue ich, weil du mir sehr am Herzen liegst. Was auch immer zwischen uns war, hat sich besonders angefühlt – das tut es immer noch.«

Falls das überhaupt möglich ist, erröte ich noch ein wenig mehr und ziehe den Schal über meine Nase. Toms Worte lösen einen Sturm in mir aus. Ein warmer Schauer läuft durch meinen ganzen Körper und ich muss mir ein aufgedrehtes Quietschen verkneifen.

»Du hast ja keine Ahnung, wie glücklich mich deine Worte machen«, flüstere ich.

Toms Lächeln wird noch ein wenig breiter. »Können wir uns darauf einigen, einfach ehrlich und geduldig miteinander zu sein und aufeinander zu achten?«

Ich nicke und strahle ihn an. So lebendig wie jetzt habe ich mich schon lange nicht mehr gefühlt. Wir leeren unsere Tassen und setzen unseren Weg über den Weihnachtsmarkt fort. Als ich mit einem Schokoapfel von einem Stand zurückkehre, steckt Tom die Hände in die Jackentaschen und senkt den Blick. »Du hattest erwähnt, dass du momentan einige Probleme hast. Möchtest du davon erzählen? Mich würde ehrlich interessieren, wie es dir zurzeit geht.«

Also erzähle ich ihm alles. Von der ständigen Erschöpfung, dem Kontrollverlust im Haushalt, dem Rückzug von Interaktionen mit anderen – einfach alles. Tom hört stumm zu, nickt nur hin und wieder. Als ich fertig bin, bleibt er stehen und sieht mir lange in die Augen. Ich kann seinen Blick nicht deuten.

»Darf ich dich mal ganz fest umarmen?«, fragt er geradeheraus.

Ich nicke und finde mich im nächsten Augenblick in seinen Armen wieder, meine Nase in seine flauschige Jacke gedrückt. Seine Umarmung fühlt sich wunderbar warm und sicher an. Wenn heiße Schokolade ein Mensch sein könnte, dann wäre es Tom.

Ich:
Ich freue mich schon auf das Schlittschuhlaufen mit dir! Auch wenn das bestimmt peinlich wird.

Peinlich ist noch eine Untertreibung. Ich stand noch nie auf Schlittschuhen, aber Tom hat mich irgendwann davon überzeugt, dass das lustig wird. Ich hoffe wirklich, vor ihm nicht auf dem Hintern zu landen.

Tom:
Ach, warum denn peinlich? Jeder fängt mal an!

Ich stecke das Handy zurück in die Tasche meiner Jogginghose und werfe einen Blick auf meinen chaotischen Schreibtisch. Von einer Umgebung für ein erfolgreiches Studium kann man dabei wohl kaum sprechen. Vor einer halben Stunde hat mich doch mal ein Motivationsschub gepackt und ich habe einige Notizen geordnet, Stifte an den richtigen Platz gelegt und herumliegende Kabel wegsortiert.

Doch jetzt sitze ich auf meinem Drehstuhl und fühle mich überwältigt. Wo ist diese ganze Motivation hin, die ich jetzt so dringend gebrauchen könnte? In meinem Kopf schwirren tausende Gedanken an unerledigte Haushaltsaufgaben, anstehende Referate und Menschen, die auf eine Nachricht von mir warten. Der einzige Gedanke, den ich gerade gern verfolge, ist der an Tom und unser nächstes Treffen. Ich habe noch etwa drei Stunden, bis wir uns in der Stadt an der Eishalle treffen. Bis dahin muss ich duschen, mir ein passendes Outfit aussuchen und mein Make-up hinbekommen. Ich seufze. Anstrengend. So sehr ich mich auch freue, die Vorbereitung verlangt mir mehr ab, als sie sollte.

Ächzend richte ich mich auf, bis ich halbwegs gerade mit den Kufen auf dem weichen Untergrund vor dem Eingang zur Eisfläche stehe. »Hey, das ist doch ein guter Anf-«, bringe ich gerade so noch hervor, bevor ich schwanke und drohe, direkt wieder mit dem Hintern auf der wackligen Holzbank zu landen. Toms Hand schnellt hervor und er legt mir einen Arm um die Taille. *Oh Himmel!* Der Hitze in meinen Wangen nach zu urteilen, müssen sie rot wie zwei reife Tomaten sein.

»Nicht so schnell! Zum Hinfallen hast du auf dem Eis noch genügend Gelegenheiten«, sagt Tom und richtet mich lachend wieder auf.

Ich schnappe nach Luft und schaffe es nicht, etwas zu erwidern. Toms Hand wandert von meiner Seite zu meiner eigenen Hand und er zieht mich sanft in Richtung Eisfläche. Mit staksenden Schritten folge ich ihm. *Beruhige dich, Joca.* Mit der Selbstsicherheit eines Profis tritt Tom aufs Eis hinaus. Ich klammere mich mit der freien Hand an der Bande fest und wage mich schlitternd voran, bis ich direkt neben Tom stehe. Als sich unsere Blicke treffen, explodiert in mir ein Feuerwerk. Seine braunen Augen leuchten und in ihnen liegt so viel Wärme, dass ich alles um mich herum vergesse. Tom lächelt und ich glaube, ich schmelze an Ort und Stelle. Dann drückt er meine Hand und schaut an mir vorbei in Richtung der anderen Leute in der Eishalle. »Heute scheint es recht voll zu sein, aber wir machen das Beste daraus, ja? Ich lasse dich nicht allein.«

»Ja«, hauche ich und erwidere seinen Händedruck.

Er erklärt mir, wie ich mich bewegen muss, um in den Schlittschuhen voranzukommen und übt am Rand der belebten Eisfläche mit mir. »Gut«, sagt er nach einer Weile, »bereit, richtig zu laufen? Keine Angst, ich bin direkt bei dir.«

Ich nicke und nehme die Hand, die Tom mir anbietet. Dann beginne ich Schritt für Schritt, mich in Bewegung zu setzen. Es klappt besser, als ich erwartet hätte und meine Mundwinkel heben sich. Tom lacht neben mir und ich konzentriere mich darauf, niemandem im Weg zu sein. Als ich versuche, die erste Kurve zu nehmen, passiert das Unvermeidliche – ich rutsche seitlich aus und falle in Toms Richtung. Er keucht überrascht auf und wir landen unsanft auf dem Boden. Bei der Bruchlandung wird mein Gesicht an seine Brust gedrückt und ich möchte am liebsten direkt im Erdboden versinken. Also lasse ich mein Gesicht, wo es ist und vermeide Blickkontakt. Doch Toms Brust bebt unter mir und ich höre ein … Lachen? Jetzt hebe ich doch den Kopf und sehe, wie er herzhaft lachend und mit zusammengekniffenen Augen unter mir liegt. Ich kann nicht anders, als mich davon anstecken zu lassen und so liegen wir einfach lachend auf einer Eisfläche voller fremder Menschen. Doch keinen von ihnen nehme ich jetzt wahr. Dieser Moment gehört nur uns.

Nach schweißtreibenden Bremsübungen und einigen Fast-Bruchlandungen haben wir unsere Schlittschuhe wieder abgegeben und spazieren jetzt durch den verschneiten Park. Mein Atem bildet kleine Wölkchen vor meinem Mund und ich habe die Hände tief in die Manteltaschen geschoben, um sie vor der Kälte zu schützen. Wir folgen einem kleinen Bach in Richtung See und Tom erzählt mir von seiner Arbeit. Dass er seinen Job nur macht, um die Miete zu zahlen. Dass er eigentlich am liebsten die ganze Zeit Musik machen würde. Und dass er sich immer wieder Gedanken über die Zukunft macht.

»Das sind die Baustellen, die ich erwähnt habe«, bemerkt er kopfschüttelnd. »Eigentlich bin ich glücklich mit meinem Leben, aber ein paar kleine Stellschrauben gibt es da noch, an denen ich drehen möchte.«

Ich sehe ihn von der Seite an. »Aber dass du genau weißt, wo du ansetzen willst, ist doch schon ein Schritt in die richtige Richtung. Ich glaube fest daran, dass du dir deine Träume erfüllen kannst.«

Er erwidert meinen Blick und schenkt mir ein warmes Tom-Lächeln. »Danke. Das klingt jetzt vielleicht komisch, aber das bedeutet mir viel. Zu wissen, dass jemand an mich glaubt – dass du an mich glaubst.«

Verdammt, ich muss mit dem Rotwerden aufhören! Ich vergrabe die Nase in meinem Schal und knete meine Finger in den Taschen. Sein Lächeln verblasst langsam, als Tom seinen Blick abwendet. »Es gibt da allerdings etwas, worüber ich mit dir sprechen wollte. Und ich hoffe, ich trete dir damit nicht zu nahe.«

Ich horche auf. Er klingt auf einmal so ernst. Wird es jetzt unangenehm? »Ja? Ich meine ... wir können gern über alles reden«, krächze ich.

»Was du über deine momentanen Probleme gesagt hast, hat mir zu denken gegeben. Ich will ganz direkt sein: Hast du schon mal darüber nachgedacht, ob du vielleicht unter Depressionen leiden könntest?«

Mir weicht das Blut aus dem Gesicht. Ab und zu habe ich schon mal von den Symptomen einer Depression gehört und sie klangen meinem Zustand zumindest ähnlich. Aber bevor sich der Gedanke festsetzen konnte, habe ich das alles einfach auf eine Charakterschwäche geschoben. Ich bin einfach überfordert mit dem Leben, muss mich noch finden und lernen, wieder Freude am Alltag zu haben. Bisher gab es in meinem Leben nie Platz für irgendwelche psychischen ... Unannehmlichkeiten.

»Ich bin natürlich kein Psychologe«, beeilt er sich zu sagen, »aber was du beschrieben hast, passt zu den gängigen Symptomen.«

Mein Mund bleibt offen stehen und ich habe Schwierigkeiten, die richtigen Worte zu finden. Schließlich räuspere ich mich. »Ehrlich gesagt kam mir das noch gar nicht wirklich in den Sinn. Ich war bisher immer der Meinung, dass es einfach ein Tief ist, das ich irgendwie durchstehen muss.«

»Wie lange hast du dieses … Tief jetzt schon?«, will Tom wissen.

»So in etwa zwei Monate«, antworte ich nach kurzem Überlegen. Es jetzt auszusprechen, fühlt sich komisch an. Mir wird bewusst, wie lange ich schon mit meinem Alltag kämpfe.

»Das ist ganz schön lange. Tut mir wirklich leid, dass du das durchmachst – egal, ob es Depressionen sind oder nicht. Wäre professionelle Hilfe eine Option für dich?«

Ich seufze. Allein konnte ich bisher nicht wirklich etwas an meiner Situation verbessern. Was Tom sagt, klingt sinnvoll und so sehr sich auch alles in mir bei dem Gedanken windet – Hilfe ist mittlerweile vielleicht angebracht, wenn ich endlich wieder erfüllt leben möchte. »Das wäre wohl eine gute Anlaufstelle. Allein schon, um zu wissen, ob es eine Krankheit ist oder ob ich vielleicht einfach nur Beratung brauche, um alles Stück für Stück wieder auf die Reihe zu bekommen«, antworte ich und beobachte meine Füße, die in den dicken Winterstiefeln wie automatisch weiter einen Schritt nach dem anderen machen.

Tom bleibt stehen und ich spüre seine Hand an meinem Ellenbogen. Ich halte ebenfalls abrupt inne und suche seinen Blick.

»Ich hoffe, ich habe dir damit jetzt keine Angst gemacht. Aber du sollst wissen, dass ich gern für dich da sein möchte«, raunt er und legt mir eine Hand auf die Schulter. »Du verdienst nur das Beste.«

Ich schlucke und mein Herz beginnt zu rasen. Auf einmal fühlt sich alles in mir ganz warm an. »Das ist wirklich lieb von dir.« *Diese verdammten Augen bringen mich irgendwann noch um den Verstand.* »Ich glaube, das ist etwas, was ich aus eigener Kraft bewältigen muss. Aber Hilfe ist dabei auf jeden Fall willkommen.« Ich schenke ihm ein aufrichtiges Lächeln und ziehe ihn dann in eine Umarmung. »Danke«, flüstere ich an seinem Ohr. »Danke für deine Fürsorge und deine Herzenswärme.«

Tom schließt seine Arme fest um mich und ich höre, wie er tief einatmet. »Das ist doch selbstverständlich.«

Wir stehen wahrscheinlich nur ein paar Sekunden lang so da, doch für mich fühlt es sich an wie eine ganze Ewigkeit. Als wir uns voneinander lösen, fehlt mir seine Wärme augenblicklich. Auf seinem Gesicht zeichnet sich eine zarte Röte ab und ich muss grinsen. »Bist du etwa gerade rot geworden?«, ziehe ich ihn auf.

Tom wendet das Gesicht ab, kann sein Lächeln allerdings nicht verbergen. »Ich doch nicht.«

»Du wirst doch nicht verlegen sein? Der selbstsichere, extrovertierte Tom wird schüchtern?« Ich habe einen Mordsspaß daran, ihn zu necken.

Er zuckt mit den Schultern. »Tja, bei dir kann ich wohl nicht anders.«

Damit setzt er mich außer Gefecht. Ich höre auf zu lachen und nun ist es an mir, den Blick abzuwenden. Als ich plötzlich seine erstaunlich warmen Finger an meinem Kinn spüre, wird mir fast schwindelig. Ich folge seinem sanften Druck und sehe ihm direkt in die Augen. In ihnen tobt ein ganzer Ozean von Emotionen. Bei mir muss es ähnlich aussehen.

»Ich weiß, du gehst deinen eigenen Weg. Aber ich möchte gern sehen, wohin das mit uns führen kann. Völlig ohne Druck, in unserem eigenen Tempo.«

Ein aufgeregtes Kribbeln läuft durch meinen Körper. »Das hört sich gut an. Auch wenn das Tempo vorerst wohl ziemlich langsam sein wird. Ich möchte erst alles in meinem Kopf in Ordnung bringen.«

Tom lächelt. »Ich weiß. Und das ist überhaupt kein Problem.« Sein Blick wandert zu meinem Mund. »Darf ich dich trotzdem küssen?«

Um mich herum könnte in diesem Moment die Welt untergehen, ich würde es nicht bemerken. Unfähig, ein Wort herauszubringen, nicke ich einfach nur. Als Tom

80

seine Lippen sanft auf meine legt, bleibt die Zeit stehen. Eingehüllt von seinem Geruch erwidere ich seinen Kuss und mir entfährt ein zufriedenes Seufzen. Toms Lippen verziehen sich zu einem Grinsen, bevor er mich wieder küsst. Er legt eine Hand in meinen Rücken und zieht mich näher an sich heran. Ich weiß nicht, wann ich mich das letzte Mal so berauscht gefühlt habe. Irgendwann lösen wir uns voneinander und ich könnte schwören, dass ich gerade aussehe wie ein Hals über Kopf verliebter Teenager. Aber das ist mir egal, ich verstecke mein Ohr-zu-Ohr-Grinsen nicht.

»Du hast ja keine Ahnung, wie lange ich mir das schon gewünscht habe«, haucht Tom und lehnt seine Stirn gegen meine.

»Vielleicht in etwa so lange wie ich«, erwidere ich und schließe die Augen. Da ist ein Licht. Der Weg dahin mag weit und voller Steine sein, doch ich bin bereit, ihn zu gehen. Und ich könnte mir keine bessere Unterstützung wünschen.

5

Seelenkekse

WIE OMA HERZEN HEILT

Laura C. Lys

Wenn es eine Sache auf dieser Welt gibt, die mein gebrochenes Herz heilen kann, dann sind es die Schokoladenkekse meiner Oma, hauseigen verfeinert mit Salzstangen und Karamelldrops. Leider sind sie auch die Lösung für all den Prüfungsstress meiner Schwester. Also stehen wir beide auf einer Seite der Rücheninsel und starren in die eingedellte Tupperdose.

Nuri wagt sich einen Schritt nach vorn. Über ihre Stirn ziehen sich Sorgenfalten, die selbst dem Grand Canyon Konkurrenz machen. Ich setze ein schmales Lächeln auf und stütze meine Hände auf die kühle Arbeitsplatte.

»Ach bitte, du hattest gestern schon so viel mehr Kekse als ich, Alma«, meckert sie und lässt ihre von Tinte beschmierten Finger auf die andere Seite der Arbeitsplatte sinken.

Ich schnaube. »Ja, weil ich mir die nach dem Debakel mit Jona verdient habe.«

Meine Schwester schluckt schwer und blickt stumm auf ihre Füße. Die dunklen Locken rutschen ihr ins Gesicht, während sie auf ihrer Unterlippe kaut. Das wäre meine Chance, mir diesen perfekten Keks zu schnappen. Wenn er nur schnell genug in meinem Mund verschwindet, kann sie nichts mehr tun. Zumindest glaube ich, dass meine Schwester heute nicht mehr meine abgelutschten Kekse essen würde. Es wäre meine Chance, wären da nicht die tiefen Augenringe in ihrem schmalen Gesicht.

Müde wische ich mir übers Gesicht. Nuri sieht beschissen aus. In unserem geteilten Gästezimmer stapeln sich ihre Lehrbücher in wackelige Höhen. An jeder Oberfläche heften Karteikarten und Poster, während der einzige Hinweis auf mich die vollgeheulten Taschentücher sind. Es ist nicht so, dass es mir egal ist, dass sie bald ihren Abschluss schreibt. Natürlich nicht. Meine Schwester arbeitet seit Jahren darauf hin und sie hat jede freie Minute dafür geopfert. Aber diese Prüfung nimmt sie vollkommen ein und mit jeder Stunde, die wir auf diesem Zimmer hocken, scheint es sie weniger zu interessieren, dass mein Herz zerbrochen und geschreddert wurde. Als wäre es für Nuri unwichtig, warum ich mich freiwillig hier draußen bei Oma verstecke. Ich würde mich nie in dieser Einöde verschanzen, wäre sie nicht der letzte Ort ohne Spuren meiner gescheiterten Zukunft. Zwischen den verstaubten Porzellanfiguren und alten Kinderbildern kann ich mich vor den Erinnerungen an Jona verstecken.

Zitternd hole ich Luft. Nuri hat den Mund geöffnet, bereit, etwas zu sagen. Ich kämpfe gegen den Kloß in meinem Hals und schüttle den Kopf.

»Dann iss den blöden Keks.«

Mit wackeligen Knien stapfe ich aus der Küche. Druck baut sich hinter meinen Augen auf und ich bin kurz davor, jeder Löschmannschaft den Job zu nehmen.

Warum versteht sie mich nicht? Ich will die Nuri zurück, die sich nachts mit in mein Zimmer geschlichen hat, um mir von ihrem Streit mit Mama zu erzählen. Ich brauche die kleine Schwester, mit der ich unter der Bettdecke heimlich flüstern konnte. Aber die Universität hat mir eine abweisende, zerwühlte Version von ihr ausgespuckt.

Stöhnend lasse ich mich auf die Couch fallen. Oma sitzt in ihrem alten Sessel, die Stricknadeln klappernd zwischen den Fingern. Der Geruch der Räucherkerzen hängt schwer in der Luft. Für einen Moment schließe ich die Augen und lasse mich von der trägen Musik des Plattenspielers einhüllen.

»Jetzt will ich den blöden Keks nicht mehr essen«, schmollt Nuri, die ins Wohnzimmer schlurft und sich neben mich fallen lässt. Das abgewetzte Polster sinkt unter ihr zusammen und ich rutsche zur Seite.

»Dann lass es eben.«

»Das ist genau das, was ich meine. Du hast eine Laune, die ist unfassbar. Den ganzen Tag bist du am Rummotzen. Die Welt dreht sich nicht nur um dich, Alma.«

Ich reiße die Augen auf und starre zu ihr herüber. Ihre Wangen sind feuerrot und das Leuchten der goldenen Lichterketten funkelt in ihren dunklen Augen. Ich beiße die Zähne zusammen. Die Schimpfwörter, die mir auf der Zunge liegen, hat sie verdient. Jedes einzelne soll sie an ihrem blöden, mit Anatomie gefüllten Dickschädel treffen.

Würde Nuri einmal ihre Nase aus den Buchseiten ziehen, würde sie sehen, wie miserabel es mir geht.

Ich hatte eine Verlobung, jemanden, den ich geliebt habe, und nun flirtet er mit einer gewissen Melody Rose in Kroatien herum.

Nuri schnaubt und verschränkt die Arme vor der Brust. So eine blöde Kuh. Was soll ich denn für eine Laune haben, wenn Jona kurz vor den Feiertagen mit mir Schluss macht? In Nuris Vorstellung soll ich wahrscheinlich noch Feenstaub husten, weil die Welt so wundervoll ist. Mit zusammengepressten Lippen lege ich den Kopf in den Nacken und lausche dem rhythmischen Klackern der Stricknadeln. Mit einem schweren Seufzen stoppt Oma ihre Arbeit und erhebt sich. »Ihr seid albern.«

»Nuri hat angefangen«, flüstere ich stumpf. Neben mir ertönt ein empörtes Lachen.

»Träum weiter.«

Oma legt ihre Stricknadeln auf den niedrigen Couchtisch. Die Wolle rollt sich dabei auf und sofort ist ihre dicke Katze Nibbles zur Stelle.

»Kommt ihr bitte mit?«

Nuris Nasenflügel blähen sich auf. Mit zusammengepressten Lippen drückt sie sich aus dem Sofa und folgt Oma durch das enge Wohnzimmer in den Flur. Ihre Pantoffeln schlurfen über den Läufer und dann bin ich mit dem Plattenspieler allein. Die Müdigkeit überschwemmt mich, als hätte ich tagelang nicht geschlafen. Wobei zwischen den nächtlichen Heulattacken wirklich nicht viel Platz zum Schlafen war. Selbst die müsste meine Schwester doch hören. Ich klinge wie ein Walross mit Asthma und sie ignoriert es, damit sie mit der Taschenlampe unter ihrer Bettdecke Anatomie pauken kann.

»Du warst auch gemeint, Alma«, ruft meine Oma gedämpft.

»Ich will nicht mitkommen. Ich ruhe mich hier einfach ein wenig aus.«

Ich blinzle die Tränen weg, die mir heiß über die Wangen rollen. Im Flur raschelt es. Mit einem Schniefen wische ich mir mit dem Ärmel übers Gesicht. Der steife Strickpullover von Tante Berta ist zumindest dafür gut.

»Du benimmst dich unmöglich«, stöhnt Nuri und steckt ihren Kopf um die Ecke. Mahnend starrt sie zu mir herüber.

»Fein.«

Ich folge ihr in den Flur, wo Oma meinen Mantel bereithält. Mit einem zufriedenen Lächeln streckt sie ihn mir entgegen. Nuri sieht aus wie ein dicker Schneemann. Ihre Winterjacke hat sie in ihrer Wohnung liegen lassen und darf seit ihrer Ankunft Opas alte Daunenjacke tragen. Der aufgeplusterte Stoff frisst ihre schmale Statur auf und einzig die knallrote Mütze bändigt ihre Locken. Stumm ziehe ich mich an, bevor ich in die Stiefel rutsche.

»Und was machen wir jetzt?«

Oma schaut zu mir auf. Die Hände vor der Brust gefaltet, beobachtet sie uns. Mir läuft im beheizten Flur der Schweiß den Rücken herunter, da will ich mir gar nicht Nuris drohenden Hitzschlag vorstellen.

»Wir backen mehr Kekse.«

Ich ziehe die Augenbrauen hoch und hebe die Arme, um an mir herunterzublicken.

»In voller Wintermontur?«

Oma nickt. Nuri verdreht die Augen und wippt mit dem rechten Fuß.

»Mir fehlt eine Zutat und dann können wir gemeinsam welche backen. Es wird Zeit, dass ihr das Rezept lernt. Schließlich werden eure Kinder und Enkelkinder auch Kekse brauchen.«

Ich beiße mir auf die Zunge. Ohne Freund ist mein Traum der eigenen Familie dahin, aber die Chance auf unbegrenzte Salz-Karamellkekse mit hauseigener Herzreparatur schlage ich nicht aus.

»Und wo gehen wir jetzt am Sonntag einkaufen?«, erkundigt sich Nuri, die mit gerunzelter Stirn aus dem kleinen Fenster der Haustür schielt. Dicke Flocken tanzen vor dem goldenen Laternenlicht.

»Oh, keine Sorge. Meine Zutat bekommen wir ganz sicher noch.«

Oma streicht sich die lose Haarsträhne aus der Stirn und schlurft zurück ins Wohnzimmer. Ich blicke zu meiner Schwester, doch sie kann nur mit den Schultern zucken. Zumindest glaube ich, dass diese Bewegung unter all den Daunen ein Schulterzucken sein soll. Liebend gern backe ich Kekse, aber im Wohnzimmer hat sie hoffentlich keine alten Zutaten versteckt. Dann müsste Nuri wirklich erste Hilfe leisten.

Oma huscht hinter den funkelnden Baum. Ihre faltigen Finger schweben über den Dekorationen, die auf ihrer Häkeltischdecke aufgestellt sind. Keramikhäuser und kleine Trompetenengel kuscheln über der Watte und schmücken das alte Möbelstück. Ich drücke mich auf die Zehenspitzen, erkenne jedoch nichts. Omas Schultern entspannen sich, sobald sie gefunden hat, wonach sie sucht. Kichernd kommt sie hinter dem Baum hervor, wodurch einige der Nadeln zu Boden rieseln. Mit strahlenden Augen hält sie eine Schneekugel in die Höhe.

»Kommt her«, befiehlt sie uns.

»Ich bin mir nicht sicher, ob wir die jetzt fürs Backen brauchen, Oma«, zweifelt Nuri. Doch Oma schnalzt mit der Zunge. Die Lachfalten um ihre Augen vertiefen sich, als sie sanft ihren Blick über uns gleiten lässt.

»Ihr seid warm genug angezogen«, stellt sie fest. Ich werfe einen Seitenblick zu meiner Schwester. Feine Schweißperlen stehen ihr auf der Stirn. Oma war schon immer skurril, doch zu den Feiertagen scheint es besonders schlimm.

»Haltet die hier bitte fest.«

Nuri streckt die Finger aus. Mit leuchtenden Augen hält sie die Kugel vor ihr Gesicht und blickt in das polierte Glas. Dahinter wirbeln winzige Flocken herum, tanzen zwischen Bäumen und einem Haus, das auf einem verschneiten Hügel steht.

»Du bitte auch, Alma.«

Ich seufze und lege meine Hände um Nuris.

»Ich bin mir nicht sicher, wie uns das hier bei den Keksen helfen soll.«

Oma schüttelt den Kopf. Ihre Lippen bewegen sich, während sie leise in sich hineinmurmelt. Ich blase die Wangen auf und verlagere mein Gewicht auf den anderen Fuß. Nuri verzieht das Gesicht, während wir planlos zusammen eine Schneekugel halten. Wenn das hier nicht mindestens ein komisches Keksritual ist, drehe ich durch.

»Ihr müsst den Polarstern finden und ihm folgen«, haucht Oma.

»Aber es schneit doch draußen. Der ganze Himmel ist mit Wolken verhangen«, murrt Nuri und verdreht den Kopf, um einen Blick aus dem Fenster zu erhaschen..

»Außerdem hat mein Handy GPS. Ich kann deinen Feinkostladen eintippen, Oma.«

»Kinder«, stöhnt sie und schiebt unsere Finger beiseite, um an den goldenen Aufzug einer versteckten Spieluhr zu kommen. Mit klickenden Geräuschen zieht sie das Innenleben auf. Ich hole tief Luft und verbiete es mir, einen Kommentar von mir zu geben.

»Jetzt schütteln«, befiehlt sie und tritt einen Schritt zurück. Nuri rollt mit den Augen und ohne dass ich etwas dagegen tun kann, schüttelt sie den Schnee in der Kugel erneut auf.

»Oma ...«

»Bis später«, schnurrt sie und legt ihre runzligen Finger auf unsere Schultern. Ich öffne den Mund, um eine Frage zu stellen, da dreht sich die Welt. Ein Kribbeln zieht sich über meine Finger bis zu den Armen hinauf. Ich blinzle, doch mein Sichtfeld verschwimmt zu einem flimmernden Feld. Dumpf dreht sich mein Magen um, schickt mir bittere Galle in die Kehle. Kühler Wind prescht mir in den Mund, erstickt meinen Schrei. Unsere Haare werden in alle Himmelsrichtungen gerissen. Eis und Schnee klatscht gegen mich, beißt sich in meine Haut. Ich greife wild um mich, suche Halt . Nuris Finger klammern sich an mich, krallen sich fest in den Stoff meines Mantels und dann fallen wir weich. Träge hebe ich den Kopf. Ich liege im pulvrigen Schnee, über mir ein schwarzer Himmel voller Sterne.

»Alma?«

89

Meine Schwester drückt sich neben mir mit einer Hand hoch. Ihr ist die rote Mütze verrutscht und ihre Locken stehen ab.

»Mir geht's gut«, presse ich hervor und setze mich auf. Mit gerunzelter Stirn greife ich in den Schnee unter mir. Um uns herum ist eine leere Lichtung, die von hohen Tannen eingerahmt ist. Meine Atmung geht stoßweise. Hektisch wirble ich den Kopf herum. Mehr Schnee und Einsamkeit.

»Was ist das?«

»Ich habe keine Ahnung«, gebe ich heiser zurück. Mein Mund ist trocken, doch ansonsten scheint mir bis auf meinen Verstand nichts zu fehlen. Nuri zieht mich mit sich auf die Füße. Den Kopf in den Nacken gelegt starrt sie in den klaren Sternenhimmel. Ich lege mir die Hand auf die Brust, versuche, mein hämmerndes Herz zu beruhigen.

»Schau mal dort.«

Mit ausgestrecktem Finger deutet sie auf den silbern strahlenden Polarstern. Ich folge ihrem Blick.

»Das kann nicht dein Ernst sein? Du willst nicht wirklich einem blöden Stern folgen?«

Nuri zuckt mit den Schultern und tritt Schnee zur Seite, bevor sie den ersten großen Schritt in Richtung Polarstern tätigt. Ich presse meine Fingernägel tief in meine Handinnenflächen. Ein zischender Schmerz breitet sich unter ihnen aus und ich schüttle den Kopf. Das muss der Moment sein, in dem ich komplett verrückt werde. Jona hat es geschafft. Ich bin so angeknackst, dass ich Wahnvorstellungen bekomme.

»Wie wäre es mit der Frage, warum wir hier sind? Wo Oma ist? Oder vielleicht, ob das hier ein ganz komischer Traum ist?«

Ich werfe die Arme in die Luft und deute um uns. Schnee, Schnee und mehr Schnee. Moment, zwischen dem Schnee ist auch Schnee. Nuri verdreht die Augen und bückt sich. Noch ehe ich mich versehe, trifft mich ein Schneeball hart im Gesicht. Ich stöhne auf und wische die feuchten Reste weg.

»Tat das weh?«

»Ja!«

»Dann ist es kein Traum.«

Sie schiebt einen tief hängenden Ast zur Seite und steuert durch den wadenhohen Schnee den Rand der Lichtung an. Kraftlos lasse ich die Arme hängen, starre ihrer runden Figur à la Daunenjacke hinterher. Ich beiße mir auf die zitternde Unterlippe und hole tief Luft. Ich kann jetzt nicht wieder weinen, Psychose hin oder her.

»Nuri!«, rufe ich ihr hinterher. Sie steht schon zwischen den ersten Tannen und hebt den Arm, ohne sich umzudrehen. Eisiger Wind pfeift über die Baumwipfel hinweg. Mit einem Fluch auf den Lippen balle ich die Hände zu Fäusten und stapfe in ihren vorgetrampelten Weg. Die Bäume verschlucken das Mondlicht um uns herum. Einzig der Polarstern taucht von Zeit zu Zeit zwischen den knorrigen Ästen auf. Hinter den dicken Stämmen knackt und knirscht es in der Dunkelheit. Ich schlucke schwer. Psychosen können mir keinen körperlichen Schmerz anhaben, doch ich schließe mit eiligen Schritten zu Nuri auf. Heute ist nicht der Tag, an dem ich plötzlich Risiken eingehen will.

»Und du findest das hier nicht komisch?«, krächze ich mit einem Blick über die Schulter.

»Ich finde das hier absolut abgefahren«, erwidert sie, bevor sie in ein komisches Kichern verfällt.

»Himmel, Nuri, du studierst Medizin. Gerade du müsstest doch logisch denken.«

Sie stoppt vor mir und wirbelt herum. Ein Schatten tanzt auf ihren roten Wangen.

»Seit Wochen mache ich nichts anderes, als mir Logik in den Kopf zu pressen.«

Ihre Schultern sacken zusammen. Sie bläst die Wangen auf, wischt sich eine Träne aus dem Augenwinkel.

»Ich kann nicht mehr und wenn das hier ein magischer Schulausflug werden soll, dann ist es so. Entweder das hier ist echt oder ich bin vollends durchgedreht.«

Ich überkreuze die Arme vor der Brust. Schön, dass ein Rest Menschenverstand hinter ihrem Dickschädel klebt.

»Soll ich dir auch einen Schneeball ins Gesicht werfen?«

Nuris Mund verzieht sich erst sanft, bevor ein ehrliches Lachen über ihre Lippen rutscht.

»Ich bitte darum. Dann bist du vielleicht besser gelaunt.«

Kopfschüttelnd dreht sie sich um. Ich schlucke den Kloß herunter und trete in ihre Spuren. Die Äste über uns fangen die meisten Flocken ab, doch eisiger Schnee findet seinen Weg in unsere Stiefel. Der Hügel, der sich vor uns erhebt, macht es nicht leichter, dem Polarstern zu folgen. Ich schiebe einen tief hängenden Tannenzweig aus dem Weg, damit wir geradeaus gehen können.

»Glaubst du, Oma weiß hiervon?«, dringt Nuris helle Stimme durch den stillen Wald.

»Ich befürchte es.«

»Sie sah ziemlich zielsicher mit der Schneekugel aus.«

»Macht es diese Situation dann besser oder zehnmal schlimmer? Ich denke, wir könnten die Zeit beide effektiver nutzen, als hier durch die Einöde zu wandern.«

Sie antwortet mit einem leisen Seufzen und bleibt abrupt stehen. Vor ihr dünnen sich die Bäume aus. Eine schmale Senke eröffnet sich, vollkommen überdeckt mit frischem Schnee, der unberührt unter dem Mondlicht funkelt. In der Mitte der Senke ruht ein See, der gefroren und glatt vor uns liegt. Eine Rehfamilie hockt am Rand des Gewässers und hebt neugierig die Köpfe in unsere Richtung.

»Es ist wunderschön«, haucht meine Schwester. Um meine Kehle zieht sich alles zu. Ich wäre jetzt in einem wunderschönen Skiurlaub mit meinem Verlobten, würde das Leben nicht unfair spielen.

Nuri dreht den Kopf zur Seite. Ihre Augenbrauen schießen in die Höhe.

Die Zähne fest aufeinandergepresst beginne ich den Abstieg.

»Alles okay bei dir?«

Ich hole zitternd Luft und nicke. Ein Keuchen entfleucht mir, als ich nach hinten knalle und den Hügel herunterrutsche. Nuri purzelt hinterher und klammert sich an mich. In Schieflage starren wir uns an. Eine feuchte

Strähne klebt ihr an der Stirn, die zum ersten Mal seit Tagen keine Sorgenfalte ziert.

»Rutschen wir wie früher herunter?«

Ich beiße mir auf die Unterlippe. Der Hang hinter unserer alten Schule war nicht so steil, aber der Pulverschnee ist locker und einladend. Ich greife in den eisigen Grund. In meinem Herzen breitet sich ein Flattern aus, denn das ist die Nuri, die ich brauche.

»Aber sowas von.«

Sie streckt die Beine aus. Die warmen Finger mit meinen verschlungen zieht sie mich neben sich. Der Schnee und Frost beißen sich scharf durch meine dünne Winterkleidung, doch mit einem großen Ruck rutschen wir den Berg hinunter. Ich kann nicht anders, als zu kichern. Es ist ewig her, dass wir gemeinsam Spaß hatten. Der Wind pfeift an uns vorbei und brennt in den Wangen. Wir versacken in einem dicken Schneehaufen, der sich am Fuße des Hügels auftürmt. Lachend halte ich mir den Bauch und lasse mich müde zurückfallen. Nuri klettert über mich hinweg.

»Oh, Alma, sich nur.«

Ich folge ihrem strahlenden Blick in die Ferne. Hinter einem Wäldchen am Rand des Sees glitzern goldene Lichter durch die Äste.

»Glaubst du, wir müssen dorthin?«

Nuri beißt sich auf die Unterlippe, wie sie es als Kind schon getan hat, wenn sie nachdenken musste. In der Schneekugel stand ein winziges rotes Haus auf einem verschneiten Hügel. Selbst wenn wir diese Hütte nicht finden, ist ein wenig Licht hier in der Dunkelheit ein gutes Zeichen. Mein Herz klopft hektisch in meiner Brust. Ich werfe einen Seitenblick auf meine Schwester und verziehe die Lippe. In meinem Bauch breitet sich ein Kribbeln aus und ich greife eine Handvoll Schnee. Rasch werfe ich ihn zu Nuri und springe auf.

»Wer zuletzt da ist, muss Oma die Füße massieren.«

Hinter mir folgt Gemecker. Die Schneelandschaft zieht an mir vorbei und mit jedem Schritt fangen meine Lungen Feuer. Scharfer Schmerz breitet sich in meinen Beinen aus, doch das goldene Licht rückt näher. Hinter den Bäumen taucht tatsächlich das rote Haus der Schneekugel auf. Mit rasendem Puls beschleunige ich meine Schritte. Ich gelange auf einen Kiesweg, dessen Seiten von flackernden Laternen ausgeleuchtet sind. Keuchend sprinte ich weiter, während Nuri hinter mir flucht und an Geschwindigkeit zunimmt. Polternd stürme ich die drei Stufen zur Tür hoch und lege siegreich meine Hand auf den Knauf. Nuri folgt mit hochrotem Kopf. Die Hände in die Hüften gestemmt ringt sie nach Luft.

»Ich werde nicht Omas Füße massieren.«

»Wettschulden sind Ehrenschulden«, zieh ich sie auf und öffne die Tür. Wärme knallt uns ins Gesicht, lädt ein, die schmale Hütte zu betreten. Ich reibe meine prickelnden Finger aneinander und betrachte das karge Zimmer. An der rechten Wand prangt ein steinerner Kamin, in dessen Innerem ein warmes Feuer knistert. Ich verziehe das Gesicht, sobald ich die Couch an der hinteren Wand erhasche, die mit einer dicken Decke sehr verlockend aussieht. Nuri hingegen steuert direkt die einsame Mitte der Hütte an, in der sich ein Tisch mit zwei alten Stühlen tummelt. Mit einem Grinsen auf den Lippen zieht sie sich ihre Mütze vom Kopf und legt sie ab. In meinem Herzen breitet sich Enge aus.

»Denkst du, hier versteckt sich diese geheime Zutat?«, nuschelt Nuri, dreht sich zur Seite und stemmt die Arme in die Hüfte.

Ich starre auf ihre wilden Locken und hole zitternd Luft. »Warum kann es nicht wie früher sein?«

Nuris Gesicht friert ein. Wir wissen beide, dass es lange nicht mehr dasselbe ist. Wir sind erwachsen geworden, ausgezogen, haben ein eigenes Leben und irgendwie ist die andere kein fester Teil mehr davon.

»Es passiert so viel«, gibt sie heiser zu.

Ich nicke und trete näher zu ihr. »Früher konnte ich dir alles erzählen.«

Nuri schnieft und streckt die Hand aus. Mit zarten Berührungen streicht sie mir meine Haare aus dem Gesicht. »Das kannst du immer noch, Alma.«

94

»Aber es ist, als würdest du mir nicht mehr zuhören. Als wäre es dir egal, was in meinem Leben passiert.«

Ihre Hände sacken neben sie, hängen kraftlos herab.

Ich fülle meine Lunge zitternd mit Luft. Die Hütte riecht nach Holz und etwas Süßem, das ich nicht einordnen kann. Wahrscheinlich ist das die supergeheime, magische Zutat, die wir holen sollen. Der letzte Rest, um unsere Herzschmerzkekse zu backen, damit wir endlich Stress und Trauer in Zucker und Schokolade ersticken können.

Nuri spielt am Saum ihrer Jacke. »Ich habe manchmal das Gefühl, dass es dich nicht interessiert, ob ich diesen Abschluss schaffe. Dabei ist das mein Traum«, gibt sie zu.

Das Band um mein Herz zieht sich enger.

»Ich weiß, dass du diesen Abschluss schaffst. Du bist die Klügere von uns. Du schaffst immer, was du dir in den Kopf setzt.«

»Es ist trotzdem ein Haufen Arbeit, den niemand sehen will.«

Ich schlucke schwer. »Es tut mir leid, dass ich nicht richtig da war. Es ist nur ...«

Nuri stößt sich vom Tisch ab. »Das Leben ist einfach viel«, beendet sie meinen Satz.

»Wann hast du aufgehört, ein Teil von meinem Leben zu sein?«, frage ich.

»Ich weiß es nicht. Das wollte ich doch gar nicht.« Sie blinzelt sich einige Tränen aus den dicken Wimpern.

Ich schniefe. »Jetzt brauchen wir diesen hässlichen Plüschbären, den du als Kind immer überall mitgenommen hast.«

Nuri lacht auf. »Der liegt in meinem Koffer herum.«

Ich reiße die Augen auf. »Nicht dein Ernst.«

»Den hast du mir zum fünften Geburtstag geschenkt.«

Oh, ich weiß. Mama hat mir zehn Euro gegeben, damit ich etwas für meine kleine Schwester aussuchen konnte. Eigentlich wollte ich den Bären für mich haben, aber Nuri hat ihn nicht wie geplant vergessen und im Kinderzimmer zurückgelassen. Sie hat diesen pummeligen Bären durch die Stadt und den Sandkasten gezerrt. Es grenzt an ein Wunder, dass er zusammenhält. Die Nähte sind ausgefranst, der Plüsch schon lange eine verfilzte Masse und im Glasauge zeigt sich ein Sprung.

»Jona ist ein Idiot, wenn er dich verarscht.«

Ein eisiger Stich zuckt durch mich.

Nuri greift nach meiner Hand und drückt sie. »Er hat dich nicht verdient, wenn er sowas abzieht. Außerdem bin ich froh, nicht wieder seine Theorien zur Wirtschaft hören zu müssen.«

Ich ziehe meine Schwester an mich heran und vergrabe mein Gesicht in ihrer Halsbeuge. Nuri schließt die Arme um mich und seufzt schwer. Ihre Haare riechen nach Omas Billigshampoo und Zuhause. Ihr Brustkorb bebt unter meinen Fingern und ich drücke sie enger an mich.

»Ich habe dich trotzdem noch lieb, auch wenn es nicht immer so aussieht.«

»Ich dich auch«, nuschle ich.

Sie drückt sich von mir weg und blickt auf.

Vorsichtig wische ich mit meinem Daumen die Spur der Tränen fort. »Ich habe das hier vermisst. Ich habe dich vermisst.«

Nuri nickt und ein zartes Lächeln lässt ihr Gesicht erstrahlen. »Ich habe meine Schwester auch vermisst.«

Mein Bauch füllt sich mit Wärme und ich will sie glatt wieder an mich ziehen, doch ein leises Klingeln ertönt. Nuri zieht die Augenbrauen hoch und blickt sich um. Die komplette Hütte ist von dem Klirren erfüllt. Der Kamin knistert selig vor sich hin, hinter den Fenstern hat es begonnen, sanft zu schneien und der schwere Geruch von Holz und Süße hängt in der Luft. Einzig das lauter werdende Schrillen ist neu.

Ich reiße die Augen auf. »Glaubst du, wir sind zu langsam gewesen? Dass unsere Zeit vorbei ist?«

Nuri verzieht den Mund. »Aber ich wollte mehr Kekse.«

»Durchsuch alles. Die Kiste, die Ritzen der Couch, selbst die Kohlen unterm Feuer.«

Sie beißt die Zähne zusammen und nickt mir ernst zu. Das letzte Mal war sie so zielstrebig, als wir mit acht Suppe aus Steinen und Gras kochen wollten.

Ich wirble herum, um unter dem Tisch nach der letzten Zutat zu suchen, als es mich von den Füßen reißt. Ein Schrei kämpft sich aus meiner Kehle. Ich kippe nach hinten und spüre das weiche Polster von Omas Sofa. Panisch schlage ich die Augen auf. Einige Male blinzle ich, bevor ich das Wohnzimmer voll erfasse. Die Uhr über der Kommode tickt monoton vor sich hin und begleitet das gemächliche Knistern der Schallplatte. Hinter den weißen Gardinen fallen die Flocken vom Himmel und schließen uns ein. Ich drehe den Kopf, versuche meine Gedanken zu sortieren. Nuri regt sich neben mir. Sie liegt, die Locken auf der Couch ausgebreitet, neben mir, die Arme schwer um mich geschlungen und in die dicke Decke von Oma gehüllt. Langsam löse ich mich aus ihrer Umarmung und hebe den Kopf von ihrer Schulter. Von den Wintermänteln fehlt jede Spur, als wäre all das nie passiert.

Das war nicht nur ein Traum.

Ganz bestimmt nicht.

Das Prüfungsmonster Nuri würde sich nie mit mir auf die Couch kuscheln.

Sie wischt sich eine dicke Locke aus der Stirn und starrt zu mir. Ich öffne den Mund, um etwas zu sagen. Nuri starrt zu mir. »Ich hab keine Ahnung«, flüstert sie.

Ich verdrehe den Kopf.

Dem Klappern nach zu urteilen, scheint Oma in der Küche zu sein.

»Was sind noch gleich die Symptome vom Wahnsinn?«, frage ich.

»Nun, in der Regel erlebt man die Wahnvorstellungen nicht doppelt.«

Ich will irgendwas Logisches erwidern, doch ein Lachen rutscht heraus. Nuri steigt in das Kichern ein und lässt den Kopf auf das weiche Polster der Couch fallen. Erneut ertönt das schrille Klingeln der Haustür.

»Oh, eure Eltern sind da«, singt Oma aus der Küche zu uns. Mit flotten Schritten eilt sie zum Besuch. Mit einem Seufzen lehne ich mich wieder an Nuri und beobachte das tanzende Licht am Baum. Oma hat sogar die Kugel aufgehängt, die Nuri und ich vor einigen Jahren zusammen bemalt haben. Die schiefen Linien und der aufgeklebte Glitzer wirken zwischen all den Glaskugeln fehl am Platz und doch ist es richtig.

Oma kommt mit einem Teller voller Kekse um die Ecke, unsere diskutierenden Eltern im Schlepptau. Sie beugt sich mit einem Zwinkern zu uns herunter. Ein kleiner Teil in mir hat Angst, dass in der Schneekugel eine giftige Geheimzutat ist, die uns alle halluzinieren lässt. Doch der größere Teil will in diesem Moment an die schrullige Magie glauben. Zufrieden schnappen wir uns gleich vier Kekse, bevor Nuri die Decke höher zieht. Wir sind zuhause.

Das zwischen Nuri und mir ist nicht logisch, es ist Liebe.

Adventskalender

Mareike Verbücheln

Kinderlachen, welches erschallt
am früheren Morgen.
Am Abend zuvor freudig ins Bett gegangen,
am nächsten Morgen wird aufgeregt
durch die Wohnung gelaufen.
Tag für Tag, am Ende des Jahres,
bis der große Weihnachtstag kommt.
Kinder, die sich freuen
über Süßigkeiten, Schokolade
oder andere Spielzeuge.
Immer wird vorher geraten,
was denn nun heute im Kalender stecken könnte.
Lachen, welches das Haus einnimmt.
Fröhliche Gesichter.
Dankbarkeit und Freude
schweben durch die Luft.
Ein Glücksmoment in der Kindheit.

Ein Weihnachtswunder für zwei

FÜR ALLE, DIE AN WUNDER GLAUBEN.

Maria Jimenez

Es ist inzwischen drei Monate her. Vor drei Monaten wurde ich fristlos gekündigt. Einfach so. Das Geld ist seitdem knapp und nun steht Weihnachten vor der Tür. Für die Feiertage bin ich eigentlich so weit eingedeckt. Aber es fehlen mir noch ein paar Kleinigkeiten für die kommende Woche, um bis Heiligabend über die Runden zu kommen. Ich mache mich auf den Weg zur Bank und bete innerlich, dass mein Konto nicht überzogen ist. Sobald ich sehe, dass ich noch genau zwanzig Euro auf dem Konto habe, atme ich erst einmal tief durch. *Kein Minusbetrag,* denke ich erleichtert und hebe mein letztes Geld ab.

Beim Hinausgehen, entdecke ich rechts von mir, im Eingangsbereich der Filiale, einen Schlafsack. Hier muss ein Obdachloser sein Lager aufgebaut haben, um bei den eisigen Temperaturen draußen nicht zu erfrieren. Schon bei dem Gedanken muss ich frösteln. Ich sehe zahlreiche leere Glasflaschen und weiß, dass es keine Wasserflaschen sind. Der Platz ist sehr ordentlich gehalten. Auf dem Schlafsack liegt ein Pullover, ordentlich zusammengelegt. *So lege ich meine Sachen auch immer zusammen.* Bei dem Anblick werde ich traurig und gleichzeitig fühle ich unendliche Dankbarkeit. Nachdem ich meinen Job verloren hatte, fiel ich in ein tiefes Loch und bemitleidete mich selbst. Ich musste mein Auto verkaufen und den Gürtel viel enger schnallen. Jeden Cent muss ich seitdem zwei Mal herumdrehen. Dazu kommt, dass es seit meinem Jobverlust in meiner Beziehung mit Moritz kriselt. Er setzt mich ununterbrochen damit unter Druck, schnell etwas Neues zu finden, weil es ihm peinlich ist, dass seine Freundin arbeitslos ist. Aber mir wird in diesem Augenblick bewusst, dass ich noch immer ein schönes, warmes Zuhause und etwas zu Essen im Kühlschrank habe. Ich kann mich gleich mit einer Wolldecke auf mein Sofa kuscheln und Weihnachtsfilme gucken. Dieser Mensch muss in der Eingangshalle einer Bankfiliale übernachten, um nicht zu erfrieren. *Ich habe trotz der schwierigen Umstände wirklich großes Glück! Das sollte ich wertschätzen.*

Als ich nach draußen trete, peitscht mir die kalte Winterluft ins Gesicht. Um die Ecke ist ein kleiner Supermarkt, in dem ich die letzten Sachen besorgen kann, die ich für die Woche vor den Feiertagen noch dringend benötige. Als ich bei den verpackten Plätzchen stehen bleibe, muss ich plötzlich an den Schlafsack und den ordentlich gefalteten Pullover denken. Ohne zu überlegen, schnappe ich mir die Packung und beschließe, dem Obdachlosen eine kleine Freude zu machen. Während des Einkaufs achte ich genau auf die Preise und hoffe, dass ich mich nicht verrechnet habe.

»Das macht 14,98 €«, sagt die Kassiererin lächelnd. Erleichtert überreiche ich ihr meinen letzten Zwanzig-Euro-Schein. *Glück gehabt!*

»Einmal 5,02 € zurück. Schöne Feiertage!«, reißt mich die Kassiererin aus meinen Gedanken. Lächelnd bedanke ich mich bei ihr, greife nach meiner Einkaufstasche und verlasse den Laden. Mit meinem Vorrat zu Hause und dem kleinen Einkauf von heute werde ich bis Ende des Monats durchkommen.

Wieder bei der Bankfiliale angekommen, ist der Schlafplatz noch immer verlassen. Ich nehme die Plätzchen aus meiner Einkaufstasche heraus. Als ich die Plätzchen gerade auf dem Schlafsack ablege, halte ich kurz inne. In meiner Handtasche wühle ich daraufhin nach dem Portemonnaie und nehme den Fünf-Euro-Schein heraus. Mein letztes Geld. Dennoch fühlt es sich richtig an. Damit keiner sieht, was ich vorhabe, schaue ich mich kurz um. Ich möchte sicher sein, dass gerade niemand vorbeiläuft. Es wäre sehr traurig, wenn jemand das Geld stiehlt. Ich hebe den Pullover leicht an, um den Geldschein und anschließend auch die Plätzchen darunterzulegen. Ich schließe einen Moment die Augen und spreche ein kleines Gebet. Ich bitte darum, dass für diesen Menschen ein Wunder geschieht ...

Zwei Tage später

Als ich am frühen Morgen aufwache, fühle ich mich erholt und total zufrieden, und als ich die Jalousien hochziehe, kommen mir vor lauter Freude beinahe die Tränen. Es schneit! Eine weiße Schneedecke ist nun anstelle der Rasenfläche zu sehen und riesengroße Schneeflocken wirbeln durch die Luft. Jetzt bin ich nicht nur zufrieden, sondern glücklich! *Was für ein wunderschöner Morgen*, denke ich, während ich mir meinen ersten Kaffee zubereite. Als ich nach der Plätzchendose greife, muss ich plötzlich an den Obdachlosen denken. Den Schlafplatz, die Flaschen, den Pullover. Gedankenverloren berühre ich mein Handgelenk und bemerke, dass mein Armband weg ist. *Oh nein!* Das Armband bedeutet mir sehr viel und ich wäre todtraurig, wenn ich es verloren hätte. Das silberne Armband hat mir meine Oma vor drei Jahren zu Weihnachten geschenkt. Die Brücke in der Mitte des Armbands ist mit zwei Schmetterlingen graviert und dazwischen mein Anfangsbuchstabe »M«.

Es war ihr letztes Weihnachtsfest und dieses Schmuckstück ist mein wertvollstes Andenken, das mir von ihr bleibt. Panik steigt in mir auf. Die nächsten zwei Stunden verbringe ich damit, meine Wohnung auf den Kopf zu stellen und mein geliebtes Schmuckstück zu suchen. Aber die Suche bleibt erfolglos. Ich fühle erste Tränen aufsteigen und meine Brust zieht sich zusammen, als mein Handy zu klingeln beginnt. Bevor ich rangehe, versuche ich mich zu sammeln. Atme tief ein und wieder aus, und drücke auf den grünen Punkt auf dem Display.

»Hallo?«, begrüße ich den Anrufer am anderen Ende der Leitung.

»Frau Sanddorn?«

»Ääh ... ja?«

»Hier ist Jochen Steinbach von der Tagesaufenthaltsstätte Neustart. Sie haben sich bei uns für ein Ehrenamt beworben.« Ach, stimmt ja! Da war ja was ... »Nun, da Sie erwähnten, dass Sie derzeit arbeitssuchend sind und wir Personalmangel haben, würde ich Ihnen stattdessen gerne einen Job anbieten und Sie zu einem Probetag einladen. Und wenn es von beiden Seiten passt, würde ich Sie fest einstellen. Wie klingt das für Sie?« *Oh mein Gott!* Für einen kurzen Moment bleibt mir die Luft weg. Ein riesiger großer Kloß bildet sich in meinem Hals und meine Augen werden feucht, sodass ich verschwommen sehe. *Kann das wirklich real sein?* »Oh, äh ... das klingt ja wunderbar, danke! Ich ... ja, sehr, sehr gerne! Ich freue mich.«

»Prima! Dann kommen Sie doch morgen gegen 09:00 Uhr vorbei. Dann besprechen wir alles und wenn Sie eingearbeitet sind, würden wir Ihnen die Verantwortung für die Ehrenamtlichen überlassen. Wäre das für Sie in Ordnung?«

»Natürlich!«

»Sehr gut, dann freuen wir uns auf Sie. Bis morgen!«

»Danke, bis morgen!«

Nachdem ich mein Handy auf dem Wohnzimmertisch abgelegt habe, springe ich jubelnd quer durch das Wohnzimmer. »Ich habe einen Job! ICH. HABE. EINEN. JOB!«

Am nächsten Morgen stehe ich gut gelaunt und motiviert auf. Ich freue mich auf meinen Probetag in der Tagesaufenthaltsstätte und bin sogar fünfzehn Minuten zu früh da.

»Hallo! Bist du Marlene?« Eine junge Frau mit dunkelblau gefärbten Haaren, etwa in meinem Alter, kommt strahlend auf mich zu.

»Hallo, ja, die bin ich«, erwidere ich lächelnd.

»Schön, dass du da bist! Ich bin Cleo, eine der Sozialarbeiterinnen. Da drüben ist das Büro von Jochen. Mit ihm hattest du gestern ja kurz telefoniert. Er ist noch in einem Gespräch und wird danach alles mit dir besprechen.« Sie lächelt und zeigt mit dem Finger in Richtung Bürotür. »Da vorne kannst du gerne Platz nehmen, bis er dich reinruft.« Erst jetzt bemerke ich den Stuhl, der neben der Tür steht.

»Okay, danke dir.« Noch bevor ich bei dem Stuhl angekommen bin, geht die Tür plötzlich auf. Ein attraktiver junger Mann kommt aus dem Sozialarbeiterbüro gestürmt und rennt mich fast um. »Oh, sorry!«, sagt er, nachdem er mit knappem Abstand vor mir stehen bleibt. Er schaut mir tief in die Augen und für einen kurzen Augenblick vergesse ich alles um mich herum. Bei seinem Anblick stockt mir der Atem und meinen Körper durchzuckt ein so elektrisierendes Gefühl, als hätte ich gerade in die Steckdose gefasst.

»Alles in Ordnung bei Ihnen?«, fragt er und ich erwidere stotternd: »Ja ... nichts ... passiert.«

»Frau Sanddorn?«

Kurz muss ich mich sammeln, bevor es mir gelingt, den Blick von dem hübschen Mann in Richtung Bürotür zu lenken. Herr Steinbach, ein Mann mittleren Alters, steht wartend im Türrahmen und nickt mir freundlich zu. Noch einmal schaue ich den schönen Mann an, der mich anschmunzelt, bevor ich verlegen an ihm vorbeihusche. Herr Steinbach schüttelt mir die Hand und bittet mich höflich herein. Als ich mich noch einmal zu dem Mann umdrehe, ist er bereits durch die Eingangstür verschwunden.

Während meiner Probeschicht in der Tagesaufenthaltsstätte für Obdachlose muss ich ständig an den Schlafplatz in der Bankfiliale denken. Ob mein Gebet etwas bewirkt hat? Ob die Person sich über die Plätzchen gefreut hat? Mein Gefühl sagt mir, dass es ein Mann ist. Der Pullover sah jedenfalls nach einem männlichen Kleidungsstück aus und Cleo hat mir vorhin erklärt, dass die Wohnungslosen, die in der Tagesaufenthaltsstätte Hilfe in Anspruch nehmen, überwiegend männlich sind. Nach dem Feierabend unterschreibe ich überglücklich meinen Arbeitsvertrag und beschließe, noch mal bei der Bankfiliale vorbeizulaufen. Aber von einem Schlafplatz ist nichts mehr zu sehen. Keine leeren Glasflaschen, kein Pullover, kein Schlafsack. Merkwürdig ... wie kann das sein? Kurz kommt mir der Gedanke, dass ihm etwas passiert sein könnte. Aber wer sollte den Platz so schnell leer geräumt haben? Im nächsten Moment macht sich Hoffnung in mir breit. Die Hoffnung, dass mein Gebet erhört wurde. *Bitte bitte, lass es ihm gut gehen*, bete ich erneut, bevor ich nach Hause gehe.

Abends häkele ich bei einem gemütlichen Weihnachtsfilm-Marathon mit Tee und Plätzchen einen weichen Kuschelschal weiter. Während die Familie Griswold in »Schöne Bescherung« gerade nach dem perfekten Weihnachtsbaum sucht, klingelt mein Handy. Als ich auf dem Display den Namen von Moritz sehe, rutscht mir mein Herz in die Hose, bevor ich den Anruf widerwillig annehme.

»Bist du zu Hause?«, fragt Moritz.

»Ja, ich gucke gerade Weihnachtsfilme.«

»Darf ich vorbeikommen?«

Keine zehn Minuten später sitzt er auch schon auf meiner Couch. »Es tut mir leid, dass ich Zweifel wegen uns hatte, nachdem du deinen Job verloren hast. Ich hätte in dieser schwierigen Zeit für dich da sein müssen.« Kurz glaube ich, mich verhört zu haben. War das gerade eine aufrichtige Entschuldigung?

»Kannst du mir verzeihen?«, fragt er und greift nach meinen Händen.

»Ja«, sage ich zögerlich, obwohl ich tief im Inneren noch immer enttäuscht bin. Aber er ist mir nach wie vor wichtig.

Moritz schaut mir tief in die Augen und sagt: »Marlene, ich möchte mein Verhalten wiedergutmachen und wenn es den Rest unseres Lebens dauert.« Mein Herz pocht plötzlich wie wild. Was hat das zu bedeuten? Als er in die Tasche seines Hoodies greift und eine Schmuckschachtel herausholt, traue ich meinen Augen nicht: Es ist ein silberner Ring mit einem wunderschönen kleinen Diamanten in Herzform. »Marlene, willst du mich heiraten?«

Kann das wirklich wahr sein? Ich bete für ein Wunder für diesen obdachlosen Mann und mir passieren gleich zwei? Erst bekomme ich plötzlich ein Jobangebot und jetzt macht mir mein Freund, von dem ich dachte, dass er sich von mir trennen will, einen Heiratsantrag? Ich bin hin- und hergerissen. Irgendwie freue ich mich. Das hatte ich mir so lange gewünscht und doch melden sich bei mir die Alarmglocken. Wird er in schwierigen Zeiten zu mir stehen? Er hat mich immerhin schon einmal hängen lassen, als ich ihn gebraucht hätte. Und obwohl mein Bauchgefühl mir etwas anderes sagt, lautet meine Antwort: »Ja!« Denn ich möchte jetzt endlich glücklich sein …

Ein Jahr später

Es ist wieder so weit. Weihnachten steht erneut vor der Tür. Heute genau vor einem Jahr stand ich hier, an der Bankfiliale, knapp bei Kasse und arbeitslos. Seit einem Jahr bin ich fast jeden Tag hier vorbeigegangen, aber den Schlafsack habe ich nie wieder gesehen. Wie wird es demjenigen wohl ergangen sein? Ob er überlebt hat? Oder vielleicht den Absprung geschafft hat, sich ein neues Leben aufzubauen? Ich hoffe so sehr, dass es dem Obdachlosen gut geht und er Hilfe erhalten hat. Ich wünschte, ich könnte es irgendwie erfahren. Auf dem Weg zur Arbeit denke ich darüber nach, wofür ich dankbar bin und wie sehr sich mein Leben seit diesem Tag, als ich den leeren Schlafplatz entdeckt habe, verändert hat. Ich bekam einen Job, dazu einen Heiratsantrag, und versuchte vergeblich, diesen mysteriösen Mann zu finden, dem ich die Plätzchen und die fünf Euro hinterlassen habe. Ich fragte die anderen wohnungslosen Gäste in unserer Tagesstätte, rief bei verschiedenen Fachstellen an und auch Jochen versuchte mich bei der Suche zu unterstützen. Aber von dem mysteriösen Fremden war einfach keine Spur zu finden.

In der Tagesaufenthaltsstätte, pünktlich zum Obdachlosenfrühstück, erklärt mir mein Chef, dass es Zuwachs im Team gibt. »Wir haben einen neuen Ehrenamtlichen, den du heute einarbeiten kannst«, sagt Jochen strahlend. Und als ich dem Mann gegenüberstehe, traue ich meinen Augen nicht: Es ist der attraktive junge Mann, der mich im letzten Jahr fast umgerannt hat, als er aus Jochens Büro gestürmt ist. Seitdem habe ich ihn nicht wieder gesehen. Er lächelt und ich bekomme weiche Knie. *Reiß dich zusammen, Marlene! Du bist mit Moritz verlobt!*, schimpfe ich innerlich mit mir. Der hübsche dunkelhaarige Mann stellt sich bei mir als Eduart vor.

»Marlene«, krächze ich und komme mir vor wie ein Teenager, der gerade seinem Lieblingsrockstar gegenübersteht.

»Marlene«, wiederholt er, »ein schöner Name.« Er fixiert mich mit seinen eisblauen Augen und ich hoffe, dass das

Kribbeln in meinem Bauch direkt wieder abstirbt. Denn ich bin vergeben und glücklich. Oder? Zumindest wünsche ich mir, noch glücklich zu werden …

Eduart und ich verstehen uns gut und obwohl ich krampfhaft versuchen muss, meine Nervosität in seiner Gegenwart zu zügeln, macht es mir Spaß, mit ihm zu arbeiten. Er lernt schnell und ist ein totaler Gentleman. Zwischendurch kommen wir auch dazu, uns ein bisschen zu unterhalten.

»Ich bin hier in Darmstadt geboren und aufgewachsen«, erzählt er mir. »Aus privaten Gründen bin ich dann für ein Jahr nach Berlin gegangen und bin nun wieder hierher zurückgekommen, um jemanden zu suchen.« Mehr will er mir aber nicht verraten … »Was ist mit dir?«, fragt er. »Bist du von hier?« »Ja«, antworte ich. »Ich bin auch hier geboren und aufgewachsen. Und wollte auch nie weggehen. Irgendwie hat es mich nicht gereizt, woanders zu leben.« Er nickt und schenkt mir ein liebevolles Lächeln. Ich erwidere es. Dann fragt er: »Und wolltest du beruflich schon immer was im sozialen Bereich machen?« »Nein«, antworte ich ehrlich. »Offen gestanden wusste ich nie wirklich, was ich machen wollte. Ich habe dann eine Ausbildung zur Steuerfachangestellten absolviert und wurde anschließend von meinem Ausbildungsbetrieb übernommen.« »Oh wow. Das klingt spannend.« »Ja«, stimme ich zu. »Ich mochte meinen Job.« Ich mochte ihn wirklich, aber dennoch war ich mir nicht ganz sicher, ob es auf Dauer das Richtige für mich ist. »Und was ist dann passiert?« Bei der Erinnerung zieht sich mein Magen zusammen. Kurz überlege ich, was ich ihm darauf antworten soll, entscheide mich dann aber, ihm die Wahrheit zu sagen. »Ich habe fünf Jahre dort gearbeitet und wurde im letzten Jahr dann fristlos gekündigt. Ohne irgendeinen triftigen Grund. Und na ja … danach hat mich das Leben irgendwie hierhergeführt.« Ich lächle. Und jetzt kommt der Moment, an dem ich nicht mehr verraten will …

Als ich am späten Nachmittag nach Hause komme, betritt Moritz mit seinen gepackten Koffern das Wohnzimmer. »Es tut mir leid, Marlene, aber ich möchte, dass wir uns trennen.«

In diesem Augenblick habe ich das Gefühl, dass mir jemand den Boden unter den Füßen wegzieht. Fassungslos bleibe ich stehen und schaue ihn mit großen Augen an. Jeder Versuch etwas zu sagen, scheitert. Denn mir fehlen die Worte. Erst nach ein paar Minuten, gelingt es mir, allmählich zu begreifen, was hier gerade passiert. Obwohl ich tief im Inneren wusste, dass das mit uns schon lange nicht mehr ganz gepasst hat, bin ich irgendwie schockiert. Ich habe mir so sehr gewünscht, dass es mit uns doch noch funktioniert. Aber nun muss ich feststellen, dass meine Zweifel berechtigt waren. Schon letztes Jahr hat er nicht zu mir gestanden, als ich meinen Job verloren hatte. Und als ich dann wieder Arbeit hatte, war er der Meinung, dass mein Job nur eine Übergangslösung sein sollte. Bis ich etwas Besseres fände. »Du kannst so viel mehr aus deinem Leben machen, Marlene. Das kann dich auf Dauer doch nicht glücklich machen«, hatte er gesagt. Außerdem war er genervt, weil ich mir so viele Gedanken um einen, seiner Meinung nach, »bedeutungslosen« Obdachlosen machte. Und obwohl ich die Zeichen gesehen habe und mein Bauchgefühl mich eindeutig gewarnt hat, wollte ich es nicht wahrhaben. Stattdessen habe ich seinen Antrag angenommen und ihn bei mir einziehen lassen.

Nachdem Moritz gegangen ist, bleibe ich noch eine Weile wie angewurzelt stehen, bevor ich beschließe, eine Runde spazieren zu gehen. Es ist mir egal, dass mir in aller Öffentlichkeit die Tränen über die Wangen laufen. Ohne darüber nachzudenken, wohin mich meine Schritte lenken, stehe ich plötzlich vor der Bankfiliale. Ich setze mich auf die Bank vor dem Eingang. Habe ich mein Wunder im vergangenen Jahr falsch gedeutet? Schließlich war mein Job doch ein Wunder gewesen. Davon bin ich überzeugt. Aber das mit Moritz? Die Verlobung war ein totaler Reinfall! Ich weine und weine, bis ich plötzlich eine Stimme höre, die mir verdammt bekannt vorkommt. »Hey, was ist denn mit dir los?« Es ist Eduart.

Er setzt sich neben mich und hört aufmerksam zu, während ich ihm schluchzend von Moritz und unserer Trennung erzähle.

»Der Kerl ist ein totaler Idiot, wenn er dich nicht zu schätzen weiß!«, sagt er aufgebracht. »Er hat dich absolut nicht verdient, Marlene. Du bist etwas ganz Besonderes.«

Ich schaue ihn verdutzt an und einen Moment sehen wir uns tief in die Augen. Kurz zögert er und dann vertraut er mir seine Geschichte an. »Ich möchte dir erzählen, wie im vergangenen Jahr eine Frau mit nur fünf Euro und einer Packung Plätzchen mein Leben verändert hat, als ich obdachlos war.« Mein Herz fängt an zu rasen, als mich eine leichte Vorahnung beschleicht.

»Ich kam aus einer Familie, in der Gewalt an der Tagesordnung war. Eines Tages hielt ich das alles nicht mehr aus. Ich brach im Alter von siebzehn Jahren die Schule ab und lief von zu Hause weg.«

»Das tut mir so leid«, sagte ich leise. »Wie furchtbar.«

»Das war es. Na ja … von da an war dann die Straße mein Zuhause. Ich fing an, die schmerzlichen Erinnerungen mit Alkohol zu betäuben und wurde abhängig. Ich fand danach keinen Weg zurück in ein normales Leben und dachte, dass ich nie vom Alkohol loskommen würde. Bis ich an jenem Abend, eine Woche vor Heiligabend, zurück zu meinem Schlafplatz kam und unter meinem Pullover fünf Euro lagen.« Er lächelt. »Und eine Packung mit leckeren Plätzchen«, fügt er zwinkernd hinzu. In meinem Bauch macht sich Aufregung breit. *Er ist es! Der mysteriöse Obdachlose.* »Ich ging mit dem Geld zur Tagesstätte Neustart, duschte mich, bekam frische Kleidung und investierte das Geld in eine köstliche Mahlzeit. Ich bekam Unterstützung von Herrn Steinbach, also Jochen … und einen Klinikplatz in Berlin.« Nach einer kurzen Pause, fährt er fort: »Ich weiß, dass mich der Kampf mit meiner Sucht ein Leben lang begleiten wird. Aber ich weiß, dass ich es meistern kann.«

Gerührt senke ich den Blick, um mich zu sammeln. *Ich habe ihn wirklich gefunden!* Während ich nervös am Knopf meines Mantels zupfe, spricht er weiter. »An dem Tag, an dem wir uns zum ersten Mal begegnet sind, hätte ich meinen Zug nach Berlin fast verpasst. Ich hatte es so eilig, dass ich dich beinahe umgerannt habe.«

Ein Schmunzeln huscht über meine Lippen und ein leichtes Ziehen macht sich in meinem Bauch bemerkbar, als ich mir die Begegnung wieder in Erinnerung rufe. »Und ich schwor mir, eines Tages die Frau zu finden, die mein Weihnachtswunder gewesen ist.«

Überrascht blicke ich auf. »Woher weißt du denn eigentlich so genau, dass es eine Frau ist?«, frage ich.

»Ich weiß es, weil sie ihr Armband unter meinem Pullover verloren hat.« Er greift in seine Hosentasche und holt ein silbernes kleines Schmuckstück heraus. »Siehst du? Der Verschluss ist kaputt.«

»Mein Armband!«, kreische ich vor Freude und meine Augen füllen sich mit Tränen.

»Du bist es also wirklich«, sagt er und blickt mich liebevoll an.

»Du wusstest es?«, erwidere ich gerührt.

»Ich habe es geahnt, da ich dich öfter hier bei dieser Filiale gesehen habe. Außerdem habe ich während meiner Schicht oft mitbekommen, wie Jochen versucht hat, für dich Detektiv zu spielen. Aber erst jetzt bin ich mir zu hundert Prozent sicher.« Kurz zögert er, dann greift er ganz vorsichtig, fast zurückhaltend, nach meiner Hand. »Ich habe ein Jahr lang darauf gehofft, eines Tages die Frau zu finden, die mich beschenkt hat, um ihr von ganzem Herzen zu danken. Aber ich freue mich jetzt umso mehr, dass du es bist. Schon vor einem Jahr, als ich dir zum ersten Mal begegnet bin, war ich hin und weg von dir. Und ich habe dafür gebetet, dass die Frau, die mir so geholfen hat, ihr ganz persönliches Wunder erlebt.« *Mein Jobangebot!* Kommt mir in dem Moment in den Sinn.

»Und ich habe dafür gebetet, dass der Mann, dem dieser Pullover gehört, ein neues Leben bekommt«, erwidere ich lächelnd und kämpfe gegen die Tränen an.

»Ein Weihnachtswunder für zwei!«, sagt er. Und ich sehe, wie auch seine Augen glasig werden. Von diesem Moment an kann ich meine Freudentränen nicht mehr zurückhalten.

»Mein diesjähriges Wunder ist, dass ich dich endlich ge-funden habe, Marlene. Du bist nicht nur wunderschön, sondern hast auch ein unfassbar gutes Herz.« Jetzt kann ich auch den Schwarm Schmetterlinge in meinem Bauch nicht mehr unterdrücken.

»Und du bist meins, Eduart.«

Häkelanleitung für einen Kuschelschal

Maria Jimenez

Du benötigst:
Etwa sechs Garn Wolle nach Wahl, dazu eine passende Häkelnadel und eine Wollnadel zum Vernähen der Fäden.

Meine Empfehlung für einen richtig weichen Kuscheleffekt: Eine Wollmischung aus Polyacryl und Polyamid, geeignet für die Nadelstärke acht. :)

Schritt 1:
Wir beginnen mit einer Schlaufe und häkeln als erstes 225 Luftmaschen. Das entspricht einer Schal-Länge von 248 cm. Natürlich könnt ihr eure Wunschlänge auch ganz individuell anpassen. :)

Schritt 2:

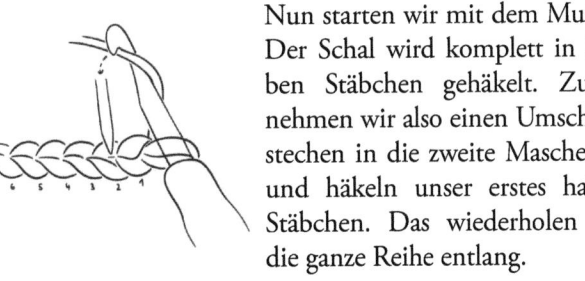

Nun starten wir mit dem Muster. Der Schal wird komplett in halben Stäbchen gehäkelt. Zuerst nehmen wir also einen Umschlag, stechen in die zweite Masche ein und häkeln unser erstes halbes Stäbchen. Das wiederholen wir die ganze Reihe entlang.

Schritt 3:

Am Ende der Reihe angekommen, häkeln wir eine Luftmasche und wenden unser Projekt. Achtung aufgepasst: Ab der zweiten Reihe würde man jetzt normalerweise einen Umschlag nehmen und unter beide Maschenglieder durchstechen, wie es bei halben Stäbchen üblich wäre. Aber für den schönen Rippeneffekt, den wir am Ende haben wollen, stechen wir von oben in das rechte Maschenglied ein, um uns den Faden zu holen.

Wir nehmen also einen Umschlag und stechen von oben in das hintere Maschenglied von dem V, das wir von oben sehen, ein. Dann holen wir uns den Faden und ziehen den Faden durch alle drei Schlaufen auf der Nadel durch. Das machen wir die komplette Reihe über, bis wir bei der letzten Masche angekommen sind. Bei der letzten Masche bleiben wir aber erstmal stehen, weil wir diese wiederrum anders häkeln werden.

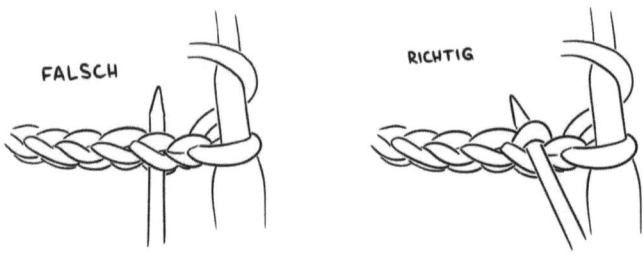

Schritt 4:

Damit der Schal am Rand auch immer schön stabil bleibt, machen wir bei der letzten Masche der Reihe jeweils immer eine einzige Ausnahme und häkeln wirklich nur bei der letzten Masche der jeweiligen Reihe unser halbes Stäbchen unter beiden Maschengliedern, also unter dem V unten durch. Häkeln dann eine Luftmasche und wenden das Ganze wieder.

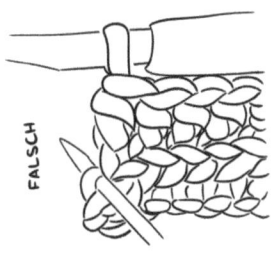
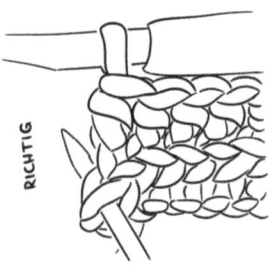

Schritt 5:
Die Schritte 3 und 4 wiederholen wir so lange, bis die gewünschte Breite vom Schal erreicht ist. Ich empfehle eine Breite von 13 cm.

Schritt 6:
Am Ende häkeln wir nur noch eine Luftmasche und ziehen den Faden etwas fest, bevor wir ihn anschließend abschneiden. Um den Faden gut vernähen zu können, empfehle ich einen etwas längeren Faden übrig zu lassen.

Schritt 7:
Zu guter Letzt alle Fäden mit der Wollnadel gut vernähen und fertig ist unser schöner Kuschelschal. :)

7

Die Mandelmännchen
Ein Weihnachtsmärchen

Kathrin Reitz

Es war einmal ein altes Ehepaar, das vor langer, langer Zeit auf einer großen, sonnenverwöhnten Insel lebte. Die beiden Leute betrieben eine Bäckerei und bewirtschafteten noch immer ihren Garten. Sie waren bescheidene und fleißige Menschen und ihre Gemüsepflanzen, die Obstbäume, die Mandel- und die Olivenbäume bedankten sich für die Pflege, die sie ihnen jedes Jahr angedeihen ließen, mit prächtigen Ernten. In diesem Jahr nun hatten es die Mandelbäume besonders gut gemeint. Die aufspringenden weißrosafarbenen Knospen hatten den Garten im Frühjahr in ein sinnlich duftendes Blütenmeer verwandelt und die Mandeln waren prall und dick wie nie zuvor gewachsen. Als das Erntedankfest gefeiert war und all die Früchte eingebracht waren, legte sich allmählich die kühlere Jahreszeit über das Land und ließ das flirrende Leben des Sommers leiser werden. Die Menschen zogen sich in ihre Häuser zurück und bereiteten sich auf den Winter vor, der auch auf der sonnenverwöhnten Insel kalt, ungemütlich und stürmisch sein konnte. Die Eheleute hatten nun gut zu tun, um all die Früchte zu verarbeiten und einzukellern. Sie lösten die Mandeln aus ihren Schale, knackten die Kerne und nahmen ihren köstlichen Inhalt heraus. Dieser wurde gemahlen, geröstet und zu Gebäck verarbeitet. Ihre Spezialität schlechthin aber, für die sie auf der ganzen Insel berühmt waren, war ein Marzipan, so weich und so zart, dass es auf der Zunge zerlief. In ihm steckte das Aroma vom Glück, vom Sommer und von der Leichtigkeit des Lebens auf der Insel. Es zauberte ein Lächeln auf die Lippen all jener, die es naschten, und berührte ihre Seelen. Diese Köstlichkeit bereiteten die beiden alten Leutchen nur für das Weihnachtsfest zu und längst hatte sich das herumgesprochen. In jedem Jahr kamen die Menschen aus allen Teilen der Insel angereist, um die Leckerei zu erstehen und sie an den Festtagen im Kreise ihrer Lieben zu genießen.

An dem Tag, als die Frau die Mandeln gemahlen, den Zucker feinstaubig zerschlagen und all die anderen Zutaten bereitgestellt hatte, um den feinen Marzipanteig zubereiten zu können, war ihr schwer ums Herz. Ihr Ehemann sah sofort, dass es ihr nicht gut ging.

»Ach liebe Frau«, seufzte er, »ich weiß, was du denkst. Mir geht es genauso.« Er lächelte sie gütig an. Beide gaben die Zutaten in die große, steinerne Wanne, in der sie den Marzipanteig kneteten. Die Frau begann zu weinen und sagte leise: »Ach lieber Mann, warum nur war es uns nicht vergönnt, Kinder zu haben? Wie in jedem Jahr stelle ich mir vor, dass ihre leuchtenden Augen um die Weihnachtszeit zu funkeln beginnen, sie das Haus mit ihrer Fröhlichkeit erfüllen und wie sie es kaum abwarten können, das Fest zu feiern, unser Marzipan zu naschen und die Geschenke auszupacken.«

Ihr Mann gab ihr einen Kuss. Er weinte ebenfalls. »Ich weiß es auch nicht, meine Liebe, wir werden es niemals wissen, aber sei gewiss, sie fehlen mir ebenso wie dir, unsere Kinder, die wir nie hatten und nie haben werden.«

Und beide weinten sie warme, sehnsuchtsvolle Tränen über dem Marzipan. Sie formten es zu kleinen Figuren, die über Nacht ruhen durften, um ihr feines Aroma zu entfalten. Spätabends schlossen die Eheleute die Backstube zu und gingen eng umschlungen in ihr Haus, wo sie im Kamin ein Feuer schürten. Still setzten sie sich mit einem Glas Wein davor und sahen in die wärmenden Flammen, die so ungewöhnlich fröhlich vor sich hin tanzten, als ob sie etwas ganz Besonderes zu erzählen hätten.

Am nächsten Morgen, als die zwei in die Backstube zurückkehrten, fanden sie die Bretter, auf denen sie die liebevoll geformten Figuren zum Trocknen zurückgelassen hatten, zum größten Teil leer. Alle Mandelmännchen waren fort. Der Bäcker rieb sich die Augen. Die Früchte, Tierfiguren, die Herzen und Rauten, die sie stets nach alter Tradition formten, waren an Ort und Stelle. Aber keines der Mandelmännchen war zu sehen. Dabei waren sie in diesem Jahr besonders gut gelungen. Er verstand die Welt nicht mehr. Gerade, als er nach seiner Frau rufen wollte, um ihr mitzuteilen, dass es einen Einbruch gegeben haben musste, erschien sie und bat: »Komm schnell in die Küche.« Er folgte ihr. Als er an der Schwelle angelangt war, machte seine Frau ihm ein Zeichen, still und vorsichtig zu sein. »Sieh nur«, flüsterte sie lächelnd. Und ihr Mann sah in den Raum. Er meinte zu träumen. Dort hockten die Mandelmännchen. Aber nicht so, wie er sie gestern verlassen hatte. Sie saßen mitten auf dem Tisch und naschten Puderzucker. Einige hüpften auf und ab und lachten, andere schlugen Purzelbäume und bewarfen sich mit Mehlresten. Sie lebten. Die Mandelmännchen lebten.

»Das gibt es doch gar nicht«, entfuhr es ihm und alle Mandelmännchenköpfe flogen herum. »Ach, ihr seid es. Schön, euch zu sehen, uns geht es guu-hut«, rief das Dickste von allen erfreut. Die Eheleute sahen sich verdutzt an und traten langsam in die Küche. Sie ließen sich neben dem Herd auf einer Bank nieder.

»Ihr lieben Mandelmännchen, wie kann es sein, dass ihr lebendig seid?«, fragte die Bäckerin mit Tränen in den Augen.

»Oh, das ist einfach«, erwiderte das Dickste. »Ihr habt gestern eure Herzen in uns hineingegeben, als ihr den Teig geknetet habt. Wir haben jene sehnsüchtige Wärme bekommen, die ihr nur allzu gern euren Kindern gegeben hättet. Und mit diesen tiefen Gefühlen habt ihr Liebe erschaffen, neues Leben. Und jetzt sind wir da und werden eure Liebe weitergeben.«

»Genau-au«, rief ein anderes Mandelmännchen vom Küchentisch, das Puderzucker schleckte, »wir werden eure Liebe weitergeben.«

»Und wie soll das gehen?«, fragte die Bäckerin noch immer ganz perplex

»Soooo einfach.« Ein weiteres Mandelmännchen winkte lachend vom Tisch, ehe es einen übermütigen Purzelbaum schlug und mitten im Mehlrest landete. »Ihr müsst jeder Familie, die zu Weihnachten kommt, um euer berühmtes Marzipan zu kaufen, eines von uns schenken. Jedes Mandelmännchen muss ein Geschenk sein, weil man die Liebe nur verschenken kann, sie lässt sich niemals verkaufen. So werden wir uns zunächst über die ganze Insel verteilen und später sogar noch viel, viel weiter. Wir werden dafür sorgen, dass die Kinder der ganzen Welt spüren, wie sehr sie geliebt werden. Denn wir verströmen eure Liebe auf all euer Gebäck und übertragen sie später auch auf alle anderen Süßigkeiten. So versüßen wir den Menschen das Leben und geben eure

Herzenswärme weiter. Jedes süße Geschenk, das so überreicht wird, trägt irgendwann einen Teil eurer Liebe für die Kinder dieser Welt in sich. Und so werdet ihr mehr Kinder haben, als ihr je vermuten konntet.«

Die Eheleute sahen sich lachend an, schüttelten die Köpfe und taten, wie ihnen geheißen.

Zur Weihnachtszeit setzten sie jeder Familie ein Mandelmännchen in die Tüte mit dem duftenden Gebäck, den Keksen, Kuchen und Törtchen. Ihre lächelnden Augen trafen sich immer und immer wieder. Als sie kurz vor dem Fest in ihrem komplett ausverkauften Laden standen und ihn glücklich zusperrten, um die Feiertage in Ruhe zu genießen, sagte der Mann zu seiner Frau: »Wer hätte das gedacht. Nun feiern wir doch noch mit unseren Kindern zusammen. Mit all den Kindern dieser Welt.« Und seine Frau lachte und gab ihm einen Kuss. Vorsichtig hob sie die zwei Mandelmännchen vom Tresen, die unbedingt bei ihnen bleiben wollten. »Vergiss nicht, die Schokolade mit nach Hause zu nehmen«, sagte sie liebevoll. »Ich habe ihnen versprochen, dass sie zu Weihnachten in Schokolade baden dürfen.«

»Oh ja, oh ja, ein Schokoladenbad, suuuper«, riefen die beiden Mandelmännchen aufgeregt und hüpften auf und ab.

»Bloß gut, dass die Kerlchen so klein sind, da reicht eine Tasse voll«, lächelte der gütige Mann und packte alles in einen Korb. Während sie sich nun auf ein ganz persönliches Weihnachtsfest vorbereiteten, das das schönste von allen wurde, die sie je gefeiert hatten, verteilten sich die Mandelmännchen. Sie sorgten dafür, dass es überall Liebe und Wärme gab, die man in den Geschenken und in den Süßigkeiten spürte, die die Menschen einander überreichten. Besonders aber waren es die Kinder, die von nun an zur Weihnachtszeit auf der ganzen Welt so gerne naschten und Süßigkeiten aßen. Allerdings wusste keines von ihnen, dass das an den Mandelmännchen lag, in deren Teig vor langer, langer Zeit so viel Wärme und noch mehr Liebe eingebacken worden war.

Frohe Weihnachten

Väterchen Frost

Katja Cramer-Brandt

Enkelin des Navigationsgenies Kapitän Iwo Nontschek verirrt sich auf dem Eis und findet ihr kühles Grab im Meer

So eine Schlagzeile habe ich schon vor meinem inneren Auge gesehen, als ich im härtesten Winter seit fast einem halben Jahrhundert beinahe Weihnachten nicht mehr erlebt hätte.

Dieses Jahr ist bis jetzt das Schlimmste meines Lebens. Mein geliebter Opa ist im Mai plötzlich an einem Herzinfarkt gestorben. Meine ganze Welt ist zusammengebrochen. Er war mein wichtigster Vertrauter. Mittwochs und samstags kann ich kaum aufstehen. Das sind die Tage, an denen wir immer gemeinsam eingekauft haben. Ich würde mir am liebsten den ganzen Tag die Decke über den Kopf ziehen und weinen. Ich mag mir gar nicht vorstellen, wie wir Weihnachten ohne ihn feiern sollen. Seine lustigen Seefahrtsgeschichten und der Duft seiner Pfeife, die er immer mit Pflaumentabak rauchte, fehlen mir so sehr. Und seine leicht heisere Stimme, mit der er mich zärtlich Snegurotschka genannt hat. Das ist russisch und heißt, glaube ich, Schneeflocke. Opa hatte russische Wurzeln.

Und jetzt können wir uns vor Schnee nicht retten.

Am Dienstag hat es angefangen zu schneien, und zwar nicht nur ein bisschen. Zwei Tage später sind wir nicht mehr aus der Haustür gekommen, weil ein Schneehaufen, fast so groß wie ich, dagegen drückte. Auch auf die Terrasse hat sich eine riesige Schneewehe geschoben, wie eine Gletscherzunge. Es ist in der unteren Etage gar nicht hell geworden, weil der Schnee die Fenster zur Hälfte bedeckt hat. Absoluter Ausnahmezustand! Seit 1978 hat es so viel Schnee nicht mehr gegeben. Kein Schulunterricht findet mehr statt, weil die Straßen in Flensburg und den Kreisgebieten im Norden schlichtweg nicht mehr befahrbar sind. Finde ich super. Ich habe sowieso für die Physikarbeit nicht gelernt. Nichts! Nada! Meine Mutter sagt, wenn sie wütend ist, immer: »Als Faultier hättest du eine steile Karriere vor dir gehabt, Pia!« Aber Physik werde ich nach der zehnten Klasse sowieso abwählen, also warum meine Energie verschwenden?

Ganze zwei Tage haben wir gebraucht, um die Häuser in unserer Reihe halbwegs frei zu schaufeln. Heute Vormittag ist die gesamte Nachbarschaft bei uns eingefallen. Weil es so mühsam ist, zum Einkaufszentrum zu kommen, organisieren meine Eltern einen Einkaufsdienst, der zweimal pro Woche mit zwei Schlitten die anderthalb Kilometer zum Supermarkt läuft und für die sechs Parteien in unserer Reihe die Einkaufslisten abarbeitet.

Die Einzige, die nicht mitmacht, ist Frau Schmuck. Sie ist ein Messie und geht nie raus. Sonst lässt sie sich manchmal mit dem Taxi etwas bringen, aber das geht ja jetzt nicht. Mein Vater hat bei ihr geklingelt, um ihr von der nachbarschaftlichen Aktion zu erzählen und sie um ihren Einkaufszettel zu bitten. Sie hat die Tür nicht aufgemacht und nur durch das Küchenfenster mit ihm gesprochen. Was heißt gesprochen? Angepöbelt hat sie ihn. Sie verzichte auf Nachbarschaftshilfe und käme sehr gut allein klar. Und dann hat sie wohl das Fenster wieder zugeknallt. Mein Vater war stinksauer, er hatte während der gesamten nachbarschaftlichen Zusammenkunft ein knallrotes Gesicht. Jetzt wird sie bestimmt niemand mehr fragen. Auch gut! Weniger Arbeit für uns. Und jetzt ratet mal, wer das große Los gezogen hat und in Moonboots zum Einkaufszentrum stiefeln durfte … Richtig! Meine jüngere Schwester Jette und ich. So nervig! Die Dinger heißen deshalb so, weil sie aussehen wie Astronautenstiefel. Meine wiegen gefühlt eine Tonne und sind so unförmig, dass man damit einen Gang wie ein viel zu cooler Cowboy hat. Aber wenigstens bleiben die Füße warm! Drei Stunden hat uns die Aktion gekostet. Nasenhaare gefroren, Haare und Wimpern vereist und blaue Finger trotz Handschuhen. Es sind fast zwanzig Grad minus seit vier Tagen. Schließlich hat es noch richtig Streit mit Mama und Jette gegeben, weil ich keinen Bock hatte, die Einkäufe auch noch an die Nachbarn zu verteilen. Das hält so auf! Hier quatschen, da Grüße übermitteln oder noch Schlimmeres:

»Pia, kannst du noch schnell die Schneefräse zu Herrn Steuerwald rüberbringen?«

»Pia, jetzt hab ich extra eine heiße Schokolade für dich gemacht. Bleib doch noch ein bisschen.«

»Magst du noch meinen Müll mit rausnehmen, Pia? Ich hab grad keine Schuhe an.«

So wäre ich nie nach Solitüde gekommen.

Solitüde ist unser Strand, der nur einen Kilometer von zuhause entfernt ist. Die Ostsee ist bis zur Fahrrinne zugefroren und das Eis ist gestern zum Schlittschuhlaufen freigegeben worden. Da unten stehen schon ein Glühweinstand und ein Zelt, wo die Bundeswehr Erbsensuppe verkauft. Die Bundeswehr steht sonst immer auf dem Weihnachtsmarkt mit ihrer legendären Suppe, aber wer kommt jetzt schon in die Stadt?

Die halbe neunte Klasse will sich heute zum Schlittschuhlaufen treffen. Auch Mr. Oberlässig, Milan, der zwar denkt, ihm könne niemand das Wasser reichen, aber dafür extrem gut riecht, tanzt wie ein Gott und hypnotische blaue Augen hat.

Es ist völlig undenkbar, nicht dabei zu sein, wenn alle da unten sind. Ich sehe schon vor mir, wie sich die hochnäsige Fiona aus der 9c mit ihren falschen Wimpern und ihrem einstudierten Augenaufschlag an Milan ranschmeißt und ihm mit ihrem Zuckerstimmchen Honig ums Maul schmiert.

»Mama, ich hab keine Zeit«, verkünde ich daher selbstsicher. »Und auch keine Lust, jetzt noch stundenlang mit jedem Hans und Franz zu quatschen. Manno, ich bin verabredet. Die ganze Klasse trifft sich am Strand.«

»Du gehst heute nirgends mehr hin, Töchterlein! Wenn du glaubst, keinerlei Zeit für die Gemeinschaft investieren zu können, dann kannst du jetzt ausschließlich etwas für dich tun, und zwar für die Physikarbeit üben. Ich frage dich später ab. Bis dahin möchte ich nichts mehr von dir hören.«

Sie versteht mich einfach nicht.

Ich bin so sauer! Hat sie denn völlig vergessen, wie es ist, jung zu sein? Ich fühle mich furchtbar machtlos. Warum sitzen die Eltern immer am längeren Hebel?

Nachdem ich erst mal eine Runde in meinem Zimmer geheult habe, richtet sich mein Widerstand auf und eine Stimme flüstert mir ins Ohr: *Pia, sie will dich heute Nachmittag nicht mehr sehen. Und lernen kannst du, wenn man dich so behandelt, sowieso nicht, also ... was gibt es da noch zu überlegen?*

Hätte ich geahnt, wie der Nachmittag noch verläuft, wäre ich wahrscheinlich nicht ausgebüxt. Während Jette noch bei den Nachbarn unterwegs ist (ich habe doch gesagt, dass das ewig dauert) und meine Mutter im Keller Wäsche aufhängt, schleiche ich mich leise aus der Haustür und renne, mit meinen Schlittschuhen im Rucksack, so schnell ich kann, zwischen den Reihenhäusern durch. Bei jedem Einatmen spüre ich, wie die Flimmerhärchen in meiner Nase aneinander festkleben. Ich ziehe mir den Schal bis über die Nase. Mist, die Handschuhe liegen zuhause. Ich kann unmöglich nochmal zurücklaufen. Deshalb ziehe ich mir die Ärmel meiner Steppjacke über die Hände und stiefele zwischen steilen Schneewänden, die der Schneepflug an die Straßenränder geschoben hat, den Weg zum Strand hinunter. Es sind einige Menschen dorthin unterwegs. Scheinbar hat sich schon rumgesprochen, dass man unten am Strand etwas essen und trinken kann. Noch bevor ich um die letzte Kurve gehe, höre ich schon, dass dort richtig gute Musik läuft.

Mein Herz schlägt schneller. In puncto Musik haben Milan und ich sogar Gemeinsamkeiten. Ich tanze Hip-Hop und er Breakdance. In meiner kühnsten Fantasie sehe ich uns zusammen auf dem Eis im Rhythmus der Musik coole Moves machen.

Doch dazu sollte es nicht kommen.

Auf dem Strandspielplatz sticht mir als erstes Fionas neongelbe Jacke ins Auge. Irgend so ein Designerteil. Damit kann niemand sie übersehen, was für sie anscheinend lebensnotwendig ist. Neben ihr stehen Milan und sein Bruder Janusz, die sich gegenseitig darin überbieten, vor ihr rumzuposen. Janusz trägt lässig seine Musikbox auf der Schulter und Milan zappelt vor Fiona nach dem Beat mit den Armen herum. Meine Laune sinkt schlagartig in den Keller. Am liebsten würde ich jetzt umkehren, aber ich werde wie an einer Schnur magisch zu den dreien hingezogen. Ich gebe Milan und Janusz einen Faustcheck. Das Blut steigt mir in den Kopf. Jetzt bloß nicht rot werden! Ich sterbe, wenn Milan merkt, wie nervös er mich macht.

129

»Hi Fiona.« Ich grüße sie so freundlich, wie es mir möglich ist. Ihre Hand mit den ebenfalls neongelben, viel zu langen künstlichen Nägeln würde ich nicht einmal mit der Kneifzange anfassen. Wer weiß, was da alles drunter klebt, igitt! Ich versuche, mir meine Eifersucht nicht anmerken zu lassen. Gleichzeitig ärgert es mich, dass ich auf Milan stehe, obwohl er eigentlich ein Angeber ist.

»Du siehst aus wie ein Schlumpf, Pia«, kreischt Fiona und klimpert mit ihren angeklebten Wimpern. »Deine Faust ist knallblau!« Ihre schrille Stimme lässt mich zusammenzucken.

Ich denke, dass meine ach so blaue Faust verdammt gut mit Fionas blauem Lidschatten zusammenpassen würde, und ich hoffe, dass ihr ihre hässlichen falschen Wimpern zusammenfrieren wie meine Nasenhaare.

Es sind noch ein paar andere aus unserer Klasse da, aber meinen Kumpel Ove kann ich nirgends entdecken. Ich versuche, Snoop Dogg, der aus der Box schallt, zu übertönen: »Janusz, weißt du, ob Ove noch kommt?«

Ich höre Milan neben mir lachen. »Der ist in der Klapse!«

Mir wird schwindelig. »Du spinnst doch, Milan!«

Er zieht sich seine schwarze Mütze tiefer ins Gesicht und tritt einen Schritt näher an mich heran. Meine Knie werden weich und mir wird trotz der Kälte ganz warm. Er legt die Hände auf meine Schultern. Die Härchen auf meinen Armen stellen sich auf und berühren die Innenseiten meines Hoodies. Ich fürchte, ich zittere. Die Reaktion meines Körpers hat mit der Frage, auf die mein Verstand unbedingt eine Antwort braucht, gar nichts zu tun.

Ich warte auf eine Auflösung dieser offensichtlichen Lüge über Ove. Ich habe doch vorgestern noch mit ihm telefoniert und wir haben am Telefon so gelacht. Ich spüre den Druck von Milans Händen auf meinen Schultern. Kurz bilde ich mir ein, dass er einfach meine Nähe sucht, aber dann sagt er mit herablassender Stimme: »Ove ist von einer Dachlawine verschüttet worden und jetzt hat er Angst vor Schneeflocken. Buh!« Er deutet an, mir eine Kopfnuss zu geben.

Ich schrecke zurück. Lachend lässt er mich los. Auch Fiona gackert mit dem Kopf an Milans Schulter, wie ein dummes Huhn.

Mir schießen die Tränen in die Augen. Es ist so erniedrigend, dass ich mir ernsthaft erhofft habe, Milan könnte sich für mich interessieren. In meiner Brust brennt alles, weil ich mich so schäme. Schnell drehe ich mich um, damit niemand sieht, dass ich gleich anfange zu heulen.

Ich hasse mich dafür, dass ich mich zu schwach und hilflos fühle, um Milan seine angedeutete Kopfnuss zurückzugeben, aber ungebremst, weil er sich wie ein durch und durch mieser Typ verhält. Selbst wenn er das mit Ove nur erfunden hat. Aber sollte Ove wirklich in der Klinik sein, wäre es noch schlimmer, sich darüber lustig zu machen. Warum kann ich Milan nicht einfach die Meinung sagen? Mein Herz ist tonnenschwer.

Ich habe das Bedürfnis, aus meiner Erstarrung zu fliehen, und hole mit eisigen Händen die Schlittschuhe aus meinem Rucksack. Es dauert eine halbe Ewigkeit, bis ich es schaffe, sie mit meinen gefühllosen Fingern anzuziehen und zuzubinden. Wie ein Storch im Salat stakse ich über die paar Meter Strand, die zwischen Spielplatz und Wasser liegen, auf das Eis. Zwei, drei ausholende Schwünge, und alles fühlt sich schon etwas leichter an. Das Knirschen der Kufen auf dem Eis beruhigt mich. Ich gleite ein paar Mal parallel zum Ufer hin und her. Neongelbe Steppjacke – Bundeswehrzelt – der eingeschneite Spielplatz – Punschbude – Spielplatz – Bundeswehrzelt – Neonjacke …

Ich will allein sein.

Was ist mit Ove passiert?

Was findet Milan an Fiona?

Was erwartet mich, wenn ich nach Hause komme?

So viele Fragen brennen sich unbarmherzig in meinen Kopf und lassen mich nicht los.

Ich gleite weiter und entferne mich mehr und mehr vom Ufer. Die Musik wird schon leiser. Ein paar Menschen begegnen mir noch auf dem Eis, aber es werden weniger. Über mir kreischen die Möwen, und rhythmisch kratzen meine Kufen auf dem Eis. Als ich die letzten Eisläufer hinter mir gelassen habe, kann ich mich nicht mehr beherrschen. Tränen kullern mir aus den Augen und gefrieren auf meinen Wangen zu Eis. Ich will so lange weiterschweben, bis niemand mehr da ist, und dann will ich schreien. Meine Gefühle für Milan aus mir herausschreien. Ich will nicht in ihn verliebt sein. Ich will überhaupt nicht verliebt sein. Er ist ein arroganter, gefühlloser Klotz, der sich von oben herab über andere lustig macht. Wahrscheinlich passt die blöde Tussi Fiona richtig gut zu ihm. Sie ist nämlich genauso mitfühlend wie er. Null Komma null, um es genau zu sagen.

Wütend lasse ich die Kufen auf der glatten Fläche schaben, doch etwas bremst abrupt meinen rechten Schlittschuh. Unwillkürlich drehe ich mich um 180 Grad und falle auf die Knie. Ich schreie auf. Schmerz durchzuckt mich, als hätte mir jemand ein Messer ins Knie gerammt, und ich falle nach vorn, wo ich mich mit meinen Händen auf der Eisfläche abzufangen versuche. Die raue, eisige Fläche scheint mir die Handflächen aufzureißen, sodass ich sie sofort mit einem Zischlaut loslasse. Wenn ich wenigstens meine Handschuhe hätte! Ich setze mich fluchend zwischen meine Knie, wie ein verunglückter Frosch. Als ich angestrengt die Augen auf die Eisfläche hefte, um zu sehen, ob mein Sturz Risse verursacht hat, realisiere ich, dass mich etwas Weißes zu Fall gebracht hat. Jetzt liegt es genau zwischen meinen abgewinkelten Knien. Eine Mütze? Ich reibe mir mit meinen schmerzenden Händen die Augen.

Oh nein! Vor mir liegt eine Möwe. Sie rührt sich nicht. Ist sie tot? Erfroren? Ich knie vor ihr. Es ist, als wäre ich in einer Todeszone gelandet. Kein Laut ist zu hören. Weder Musik noch Möwenschreie. Ich habe keine Kraft, mich aufzurichten. Eine lähmende Traurigkeit hält mich am Boden fest. Die Möwe rührt sich nicht, aber vielleicht lebt sie ja doch noch?

Ich weiß nicht, wie lange ich so regungslos auf meinen Knien hocke. Irgendwann dringen die Schmerzen in den Händen und im Knie mit aller Wucht wieder in mein Bewusstsein. Als ich meinen Kopf hebe, sehe ich nur eine weiße Wand. Ich bin umgeben von undurchdringlichem Nebel. Kalte Schauer kriechen über meinen Hals. Trotzdem rollen mir Angstschweißperlen den Rücken hinunter. Aus dem Eis unter mir ertönt ein dumpf grollendes Knacken.

Es klingt, als würde es gleich ein Erdbeben geben. Mein Puls rast und hämmert in meinen Ohren. Mein Handy ist in meinem Rucksack am Strand. Ich bin komplett von der Welt abgeschnitten.

Die Furcht wird immer größer. Die Kälte kriecht von innen und außen in jede meiner Zellen. Überall Kälte, überall Nebel. Eine Panikwelle überrollt mich. Ich wage kaum zu atmen, geschweige denn, mich zu bewegen. Was, wenn jetzt das Eis bricht? In meinem Kopf dröhnt es, so laut, dass ich nichts mehr denken kann. Ich habe keine Ahnung, wo und wie weit entfernt die Fahrrinne noch ist.

Jeder weitere Schwung auf den Schlittschuhen könnte mich über die Eiskante in die dunkle Ostsee stürzen. Wieder knackt das Eis bedrohlich. Jetzt bloß nicht aufstehen! Je kleiner die Standfläche, desto höher das Gewicht, das auf dem Eis lastet, habe ich einmal gelernt. Mama, Papa, Jette, schreit es in mir. Ich fühle mich wie der letzte Mensch auf der Welt. Nur ich und eine tote Möwe. Oder lebt sie vielleicht doch noch? Ich nehme sie vorsichtig auf meinen Arm. Sie ist nicht besonders groß und weiß. Das Gefieder ist leicht struppig. Die Flügel grau mit schwarzen Spitzen. Wahrscheinlich eine Lachmöwe. Meine Tränen tropfen auf ihren kleinen Kopf. Ich hauche sie an, streichle sie, lege meine schmerzende kalte Hand unter ihren Bauch. Die Möwe ist noch weich. Vielleicht kann man sie doch noch retten.

Ich reibe weiter sanft ihr kaltes Gefieder und schluchze: »Bitte wach auf«, als ob mein eigenes Leben von ihrem abhinge.

»Wach auf, schmucke Deern!« Das ist nicht meine Stimme. Das ist Opas Stimme. Wahrscheinlich werde ich jetzt verrückt!

Erschrocken blicke ich mich um, aber da ist niemand.

»Opa?«, frage ich ins Nichts.

»Ich bin Väterchen Frost, Snegurotschka«, erklingt Opas belustigte Stimme erneut.

Ich habe ernsthaft den Verstand verloren.

Zwei kleine schwarze Vogelaugen öffnen sich und die Möwe beginnt, sich fast unmerklich zu bewegen. Und das ist real. Die Angst lähmt mich noch immer, aber ein kleiner Funke Hoffnung glimmt in meinem Herzen auf.

Sie sieht mich aufmerksam an, als ob sie meine Gedanken liest. Vorsichtig drehe ich mich auf den Knien um die eigene Achse. Wir sitzen tatsächlich mitten in einer Nebelbank. Absolute Stille. Das ewige Grau scheint alles zu absorbieren. Es ist so gespenstisch. Wird der Nebel uns wie ein Geist mit sich ins Nirgendwo nehmen?

»Opa, hilf mir! Wo ist das Ufer?«, rufe ich verzweifelt. Wie in Zeitlupe sinkt eine Schneeflocke herab, eine zweite, eine dritte und dann immer mehr. Die Möwe blinzelt. Eine Flocke ist auf ihr Auge gefallen. Dann eine auf ihren roten Schnabel. Ich muss aufstehen! Meine Knie sind nass, meine Beine taub und in meinen Füßen sticht die Kälte unerbittlich.

Opa hat »schmucke Deern« gesagt. Also nenne ich meine Schicksalsgenossin *Schmucki*. Ich hebe Schmucki vorsichtig auf und öffne meine Jacke. Ich schiebe sie behutsam zwischen Hoodie und Jacke. Dann ziehe ich den Reißverschluss wieder hoch. Inzwischen ist der Boden von einer dünnen Schneeschicht bedeckt. Sonst hätte ich den Spuren meiner Kufen vielleicht zurück folgen können, aber die sind nicht mehr zu sehen. Was würde Opa mir raten? Immerhin ist er Kapitän gewesen und kann perfekt navigieren. *Nach Osten.* Genau, Solitüde ist das Ostufer von Flensburg. Die Fahrrinne verläuft von Norden nach Süden. Aber so sehr ich versuche, den Nebel mit den Augen zu durchdringen, die Sonne ist nicht zu sehen. So kann ich mich nicht orientieren.

Der kleine Hoffnungsfunke erlischt. Ich frage mich, wer alles zu meiner Beerdigung kommen wird, falls ich hier sterbe. Wieder kullert mir eine Träne über die Wange und rinnt salzig in meinen Mundwinkel, wo ich sie mit der Zunge auffange. Als ich im Begriff bin aufzugeben, höre ich Opas Stimme wieder.

»Vorwärts, Pia, meine Snegurotschka!« Auf der Schneedecke erscheint ein Fußabdruck. Dann ein weiterer. Jemand Unsichtbares geht vor mir her. Die eisige Kälte setzt sich in meiner Lunge fest. Ich werde von einem Hustenanfall geschüttelt, der mir erneut eine Welle der Angst über den Rücken treibt. Bloß keine Erschütterungen verursachen, sonst bricht das Eis! Ich habe nichts zu verlieren. Unter meiner Jacke spüre ich Schmuckis zunehmende Wärme. Sie hält ganz still. In meinem Kopf höre ich Opa deutlich sagen: »Folge deinem Herzen, Pia. Das ist dein bester Kompass.«

Vorsichtig rutsche ich auf den Knien den Fußspuren hinterher. Zu groß ist die Angst, ins Eis einzubrechen. Aber die Schmerzen in den Knien stechen immer unerträglicher. Zwischendurch fühlen sich meine Beine komplett taub an. Ich muss aufstehen. Ich halte das nicht mehr lange durch. Meine Finger spüre ich auch nicht mehr. Langsam versuche ich mich in die Hocke zu begeben. Als ich meine Hände kurz auf das Eis lege, um nicht umzufallen, frieren sie dort beinahe fest. Schließlich schaffe ich es, mich aufzurichten. Ein zaghafter Schritt nach dem anderen. Der Rhythmus der geheimnisvollen Fußspuren beschleunigt sich. Rechts, links, rechts, links und ich gleite hinterher.

Wir sind schon ein Weilchen mit vorsichtigen Schwüngen gelaufen, Schmucki und ich, als plötzlich der Nebel aufreißt und es sich anfühlt, als würden wir wie durch ein Tor wieder in die normale Welt eintreten. Als ich mich umdrehe, sehe ich hinter mir die Sonne, die langsam untergeht. Ein Felsbrocken fällt mir von der Seele. Ein tiefer, noch etwas rauer Seufzer der Erleichterung entfährt mir. Ich frage mich, ob ich unter Halluzinationen leide, aber in meiner Jacke hockt sehr real eine kleine Möwe, die langsam anfängt, unruhig zu werden. Offensichtlich wird sie zusehends lebendiger, denn ein beachtlicher grauer Flatschen plumpst aus meiner Jacke auf mein Knie. Dass ich mich mal so darüber freuen würde, wenn mich ein Vogel ankackt, hätte ich mir nicht träumen lassen.

Ich meine, jemanden meinen Namen rufen zu hören. Von weitem kann ich links von mir die Buden sehen. Ich bin also ein ganzes Stück Richtung Süden abgedriftet. Je näher ich dem Strand komme, desto lauter höre ich Rufe nach mir. Und dann sehe ich ein paar Leute am Ufer stehen. Als ich näher komme, erkenne ich meine Freundin Isabell, die ihr iPhone ans Ohr hält. Und als ich fast da bin, höre ich meinen Klingelton, der aus meinem Rucksack zwischen Isabells Beinen dudelt.

Als Isabell mich sieht, rennt sie auf mich zu und schreit: »Mein Gott, Pia, wo warst du?« Sie will mich umarmen, was ich jetzt nur zu gut gebrauchen könnte, doch ich halte einen Arm ausgestreckt vor mich.

»Halt, Bella! Nicht Schmucki quetschen.« Isabell sieht mich verwirrt an, weil sie nicht versteht, wovon ich rede. Ich will meinen Reißverschluss öffnen, um ihr die kleine Möwe zu zeigen, aber meine rotblau gefrorenen Finger gehorchen mir nicht. Hilfesuchend sehe ich zu ihr auf und meine Freundin nimmt mit warmherzigen Blick einen Augenblick meine eisigen Hände in ihre, bevor sie den Reißverschluss für mich öffnet.

Ihre Augen werden groß und Isabell quiekt auf, als sie meinen kleinen Passagier sieht. »Oh nein, ein Möwchen«, murmelt sie entzückt. Isabell streift sich die Handschuhe von den Fingern und drückt sie mir in die Hand. Dann nimmt sie behutsam das kleine Wesen auf den Arm. Ich bin froh, die Verantwortung für einen Moment abgeben zu können.

»Seid ihr zwei halbwegs okay?«, fragt sie und schaut von mir zu Schmucki und von Schmucki zu mir, was mir ein wenig Wärme in meine Seele pumpt.

Ich ziehe meine Winterstiefel aus dem Rucksack und setze mich auf ein Grasbüschel, das ich notdürftig mit meinem Beutel vom Schnee befreit habe. Mit Müh und Not kann ich die Schnürsenkel meiner Schlittschuhe zu fassen kriegen und zerre daran. Uff, endlich ist der Knoten auf! Um die Füße aus den Stiefeln hebeln zu können, muss ich die Schnürsenkel mühsam Haken für Haken abwickeln. Der letzte Ruck, den es zur Befreiung meiner Füße braucht, tut mörderisch weh. Ich hole Luft durch die Zähne vor Schmerz, was ein unkontrolliert pfeifendes Geräusch verursacht.

»Soll ich dir helfen?«, fragt Isabell, aber da ist es schon vollbracht. »Wir brauchen etwas Heißes zu trinken für dich und was zu fressen für die Kleine. Sie ist sehr schwach. Pommes vielleicht!«

Ich lache und schüttle den Kopf über ihre Idee. Es dauert nochmal ziemlich lange, bis ich es geschafft habe, meine Winterstiefel anzuziehen. Dann strecke ich die Arme aus und nehme Schmucki wieder unter die Jacke. Isabell begleitet uns zum Bundeswehrzelt. Es gibt nur Erbsensuppe und Wurst. Wir kaufen eine Portion, bitten um zwei Stücke Brot dazu und ziehen uns auf den Spielplatz zurück. Mit dem Ärmel fegt Bella den Schnee von einer Bank und wir setzen uns hin. Die Erbsensuppe ist auf dem Weg schon reichlich abgekühlt.

Die immer noch etwas benommene Schmucki setze ich zwischen uns und tunke ein Stück Brot in die Suppe. Ich reiße es in kleine Stücke und lege es vor Schmucki auf die Bank. Gierig schnappt sie mit dem Schnabel danach. Ein Bröckchen nach dem anderen verputzt sie mit großem Appetit. Von Zeit zu Zeit spannt sie ihre etwas zerrupft aussehenden Flügel ein Stück auf und klappt sie wieder zu, als ob sie prüfen will, ob noch alles funktioniert. Als das Brot vertilgt ist, schaut sie mich mit ihren schwarzen Augen lange an. Sie öffnet ihren Schnabel und stößt ein Krächzen aus: »*Schmuuuuuck!*« Ich glaub, ich spinne!

»Sag mal, hat die etwa gerade Schmuck gesagt?«, fragt Bella ungläubig. Also habe ich mir das nicht eingebildet. Die kleine »schmucke Deern« tritt noch ein paar Mal von einem Bein auf das andere, hüpft von der Bank und macht ein paar unbeholfene Schritte auf dem eingeschneiten Sand. Langsam breitet sie ihre Flügel aus und erhebt sich in die Luft. Sie schraubt sich in größer werdenden Kreisen elegant in die Höhe und nimmt Kurs auf die Ostsee. Doch sie dreht um und landet noch einmal vor meinen Füßen. Ein leises Krächzen und ein letzter Blick aus ihren Möwenäuglein und sie fliegt endgültig davon. Ich atme tief ein und fühle mich gleichzeitig traurig und froh.

Bella redet auf mich ein, aber ihre Worte erreichen mich nicht. Irgendetwas in mir will nicht, dass ich erzähle, was in den letzten zwei Stunden – mehr Zeit ist nicht vergangen – passiert ist. Jeder würde mich für verrückt erklären. Ich kann es selbst nicht glauben. Mein einziger Gedanke: Ich muss nach Hause, um über alles nachzudenken. Ich verabschiede mich mit einer dankbaren Umarmung von Bella.

Milan kommt auf mich zu, aber er interessiert mich nicht. »Du hast Vogelscheiße am Knie«, sagt er spöttisch.

»Und du im Hirn«, erwidere ich ungerührt und stehe auf, um nach Hause zu gehen. Ich drehe mich nicht mehr um. In meinem Kopf höre ich abwechselnd Opas Stimme und Schmuckis *Schmuuuuuck*-Krächzen.

Folge deinem Herzen. Das ist dein bester Kompass. Schmuuuuuuck.

Ich denke auf dem Weg nach Hause an Ove. Ob er die gleiche Todesangst empfunden hat wie ich? Bestimmt. Wahrscheinlich hatte er niemanden, keine Möwe und keinen Opa, die ihm Mut zugesprochen haben. Wie allein muss er sich gefühlt haben?

Ich sehe keinen Grund mehr, mich heimlich ins Haus zu schleichen, sondern klingele an der Tür. Mama öffnet und sieht einen kurzen Moment sehr wütend aus, aber dann schaut sie mir ins Gesicht: »Was ist los, Pia?«

Und in diesem Moment fällt die ganze Last von meinen Schultern. Einzelne Tränen sammeln sich in meinen Augen. Unkontrolliert schluchze ich auf. Ich kann gar nicht mehr aufhören zu weinen. In meinem Kopf herrscht ein riesiges Durcheinander.

»E-es … es tut mir so leid, Mama«, stammle ich. »O-Opa hat eine Möwe wieder … wieder lebendig … und ich … mir das … das Leben gerettet.«

Mama nimmt mein Gesicht zwischen ihre Hände und streichelt mit dem Daumen meine rechte Wange. Mitleidig schaut sie mich an. »Pia, ich verstehe gar nichts. Ich lasse dir jetzt ein heißes Bad ein und mache dir eine Brühe. Dann kannst du mir alles in Ruhe erzählen. Bist du verletzt? Wir müssen dich erstmal wieder aufwärmen.«

Sie klingt richtig besorgt.

In der Badewanne habe ich die schlimmsten Schmerzen meines Lebens, als meine Hände und Füße langsam auftauen. Als wenn mir jemand tausend Stecknadeln gleichzeitig in die Haut bohren würde. Danach bringt Mama mich mit einer Tasse Brühe ins Bett. Ich habe den zweiten Fuß kaum unter der Decke, da umhüllt mich schon eine wohltuende Schwärze und ich falle in einen tiefen, traumlosen Schlaf. Bis weit in den nächsten Vormittag bin ich komplett weggetreten.

Jette weckt mich morgens. »Bock auf Pancakes? Mama hat Unmengen davon gebacken.« Ich rappele mich auf. Das Erste, was mir in den Kopf schießt, ist *Schmuuuuuck*. Und ich frage mich, wer hier eigentlich wem das Leben gerettet hat. Vielleicht wäre ich ohne die schmucke Deern doch übers Ende der Eisfläche geschossen, und die Ostsee hätte mich auf den eisigen Grund gezogen.

Ich habe selten ein Frühstück mit meiner Familie so sehr genossen. Mama fragt mich ernst, was nun eigentlich gestern vorgefallen sei.

Weil es so heimelig ist, erzähle ich alles. Mama laufen die Tränen, als ich von Opa und meiner Rettung spreche. Weinend halten wir uns in den Armen. Ich schluchze: »Weißt du noch, wie Opa als Weihnachtsmann aufgeflogen ist? Nur weil Jette ihm Barbie-Aufkleber auf die Stiefel geklebt hat. Er hat es einfach nicht gecheckt.« Unter Tränen lachen Mama und ich uns kaputt. Er hat es geliebt, sich zu verkleiden und in andere Rollen zu schlüpfen. Seinen Humor hat er auch im Tod scheinbar nicht verloren. Väterchen Frost, typisch!

Nachmittags zelebrieren wir das große Plätzchenbacken. Das ganze Haus duftet nach Zimt, für mich der schönste Duft der Welt.

Als die Küche geputzt und die Plätzchen in Keksdosen und Papiertütchen verpackt sind, denke ich an meine kleine Möwe. *Schmuuuuuck*, höre ich ihr Krächzen. Und dann weiß ich, was ich zu tun habe. Ich schreibe auf eine Tüte mit roten Sternchen:

Einen schönen 1. Advent, liebe Frau Schmuck

Dann fülle ich sie mit Plätzchen. Ich lege noch ein kleines Briefchen hinein, auf dem ich ihr anbiete, dass sie montags und donnerstags eine Einkaufsliste an ihr Küchenfenster kleben kann, damit wir auch für sie einkaufen können. Sie fühlt sich offensichtlich mit anderen Menschen unwohl, aber so kann es ja trotzdem funktionieren. Ich lese an diesem Adventssonntag im Internet nach, was ein Messie ist und welche Probleme jemand hat, der alles zuhause sammelt und nichts wegschmeißen kann. Die arme Frau Schmuck kann nichts dafür. Und sie ist sicher sehr einsam.

6 Wochen später:

Ich möchte noch kurz erzählen, wie es weitergegangen ist. Ove durfte zuerst an den Adventssonntagen tagsüber nach Hause und wurde dann Weihnachten endgültig aus der Klinik entlassen. Wir haben fast jeden Tag telefoniert. Es geht ihm schon besser. Er geht jetzt einmal pro Woche zu einer Psychologin, die ihm hilft, mit seiner Angst umzugehen.

Frau Schmuck hat das Angebot angenommen. Die Plätzchen auch. Die ersten Male, wenn ich ihr den Einkauf gebracht habe, hat sie die Tür nicht aufgemacht, sondern nur einen Umschlag mit dem Geld für die Sachen an die Tür gehängt, aber beim dritten Mal sagte sie schon durch das Küchenfenster: »Danke, Pia.« Ich habe ihr an jedem Adventssonntag Plätzchen gebracht. Am dritten Advent machte sie dann die Tür auf, als ich kam. Sie hat lange weiße Haare, die schon lange keinen Friseur mehr gesehen haben. Aber sie schaute mich mit sehr klaren blauen Augen an und gab mir einen Zettel, auf dem stand:

Das ist meine Handynummer. Bitte gib sie nicht den anderen Nachbarn. Ich habe ein wenig Angst vor Menschen.

Und jetzt schreiben wir uns, Frau Schmuck und ich. Sie war früher Richterin. Ich weiß nicht, was passiert ist, dass sie so geworden ist, wie sie ist. Sie spricht nicht darüber, aber sie sagt, dass es für sie in Ordnung ist, so zu leben, wie sie es tut, und dass sie sich, dank unserer WhatsApp-Freundschaft, nicht mehr so einsam fühlt. Wenn ich zuhause koche, kriegt Frau Schmuck immer etwas ab. Dann freut sie sich immer sehr. Ich schreibe mit ihr viel über Opa. Sie hat ihren Opa auch sehr lieb gehabt. Vielleicht verstehen wir uns deshalb so gut.

Weihnachts-Cocktail (alkoholhaltig)

Karolina Stauber

Zutaten

2cl Amaretto
2cl kubanischer Rum
Sekt, trocken oder halbtrocken
1cl Grenadine
1 Orange, Saft & Abrieb
1 kleiner Rosmarinzweig
Etwas Crushed Ice

1. Schneide breite, hauchdünne Streifen von der Orangenschale ab, für die deko später.

2. Presse anschließend die Orange, um den Saft weiter zu verwenden.

3. Verrühre den Amaretto, den Rum, die Grenadine und den Orangensaft mit etwas Eis und fülle anschließend alles ohne Eis in ein Glas deiner Wahl.

4. Drehe die Orangenschale spiralförmig ein und stecke den Rosmarinzweig an zwei Punkten durch. Platziere ihn anschließend lose am Glasrand.

5. Gieße zum Schluss deinen Weihnachts-Cocktail mit gekühltem Sekt auf.

Spuren im Schnee

Natalie G. Fahrner

01.12.2024

Der Moment, wenn man den ersten Schritt in unberührten Schnee setzt, ist wie der erste Pinselstrich auf einer leeren Leinwand. Ein Neuanfang ohne zurück, irgendwo zwischen Demut und Euphorie, wenn ein Kaleidoskop an Möglichkeiten zu einer Richtung wird.

Das hat Karl immer gesagt, wenn sie beim ersten Schneefall des Winters auf den schneebedeckten Ländereien spazieren gingen. Jetzt sitzt Mel allein auf der Parkbank, überrumpelt vom Schnee, und sieht den Flocken zu, wie sie die sanften Hügel des gräflichen Landguts einhüllen. Sie will nicht aufstehen, weil der erste Schritt im Schnee ohne Karl ein Neuanfang ist, den sie nicht will. Schneeflocken vermischen sich mit Wimperntusche und Tränen auf ihren Wangen. Dicke Flocken lassen sich auf ihren Stiefelspitzen nieder. Karl hätte es geliebt. In ihrer Erinnerung sieht sie Weihnachtssterne mit seinen Augen um die Wette funkeln, riecht Mandarinensüße, Nelkenwürze und einen Hauch Anis. Weihnachtsdüfte, die die kalten Mauern des Landguts warm und einladend gemacht haben.

Die Realität bringt knirschenden Schnee und eine Duftwolke Chanel No. 5. Eine Frau in rotem Kaschmirmantel und Fellmütze stapft in ihre Richtung und zerstört die Unberührtheit des Schnees. Ihre Schritte sind staksig, die glatte Sohle der hochhackigen Stiefel ungeeignet für die Winterglätte.

Mel atmet tief durch, als sie die andere Frau erkennt.

»Hallo Anna.«

Anna würdigt sie keines Blickes, betrachtet die schneebedeckte Bank neben Mel und schüttelt dann den Kopf.

»Melinda«, sagt sie kalt wie die Winterluft und verschränkt die Arme vor der Brust.

Mel schiebt mit einer Hand den Schnee von der Sitzfläche der Bank. Anna ignoriert ihre Bemühungen und bleibt stehen. Durch die Schneeflocken auf ihrem Mantel wirkt sie wie ein verlorener Fliegenpilz im sanften Weiß der winterlichen Ländereien.

Als die herunterrieselnden Schneeflocken Annas Fußspuren verwischt haben, verliert Mel die Geduld.

Zuhause wartet ein saftiger Rinderbraten, den die Haushälterin Jenna zubereitet hat. Er ist verlockender als die Aussicht, noch länger schweigend neben Anna im Schnee zu sitzen.

»Was führt dich her?«, fragt sie Anna.

Diese verzieht die perfekt ausgemalten roten Lippen.

»Ich habe jedes Recht, hier zu sein, das ist immer noch das Landgut von Paps.« Sie kneift die Augen zusammen. »Das Testament ist noch nicht wirksam. So leicht wirst du mich nicht los.«

Mel bleibt stocksteif sitzen. Die Winterluft sticht in ihrer Lunge.

»Die letzten Jahre, in denen es Karl alles bedeutet hätte, wenn du die Weihnachtszeit hier verbracht hättest, hast du von diesem Recht auch keinen Gebrauch gemacht«, erwidert Mel und erkennt ihre Stimme selbst nicht wieder.

Anna sieht aus, als würde sie ihre karmesinroten, spitzen Fingernägel gleich in Mels Gesicht bohren. »Wie kannst du es wagen?!«

Mel sieht in das perfekt geschminkte Gesicht, das ihr einst so vertraut war, und ist es leid. Sie hatte Anna schon lange vor Karls Tod verloren. Auch wenn sie sich über die Jahre damit abgefunden hat, ist irgendwo in ihr noch ein kleiner Teil – eine emotionale Erinnerung vielleicht –, der sich schluchzend in die Arme ihres eiskalten Gegenübers werfen möchte.

Bevor sie dem Impuls nachgeben kann, steht sie auf und klopft ihren schwarzen Mantel ab.

Ohne Anna noch eines Blickes zu würdigen, dreht sie sich um und macht einen ersten Schritt in den Schnee, der wieder unberührt aussieht.

Es knarzt und knirscht, aber der Schnee bringt ihr keinen Neuanfang, nur Sackgassen und Anna, die ihr keifend bis ins Haus hinterhereilt und sich darüber echauffiert, dass sie stehen gelassen wurde.

02.12.2024

Die Morgensonne schickt ihre Strahlen durch das große, blitzsaubere Kastenfenster. Es liegt kein Staubkorn auf der Kommode und das Bett war frisch bezogen, als sie am Vorabend hineingeschlüpft war. So als hätte Jenna es all die Jahre vorbereitet gehalten, für den Fall, dass sie bei einem ihrer kurzen, steifen Zwangsbesuche doch über Nacht bleibt. Anna sieht vor sich, wie Paps mit seiner ruhigen klaren Stimme die Anweisung gibt, hört den sehnsüchtigen Hauch von Hoffnung darin. Sie schiebt die Daunendecke von sich, schlüpft in den kuscheligen Morgenmantel, der neben ihrem Bett hängt, und in die plüschigen Pantoffeln, die sie früher so geliebt hat. Die alten Holzdielen knarren unter ihren Schritten. Auf dem Weg ins angeschlossene Badezimmer bleibt sie vor einem hohen Eichenregal stehen. Genau auf Augenhöhe steht ein Bild, von dem sie sicher ist, es vor langer Zeit in einer Kiste in den Untiefen des Abstellraums im Gewölbekeller verstaut zu haben. Ihre Finger berühren den feinen Goldrahmen. Auf dem Bild ist Anna fünfzehn Jahre jünger und ihr ganzes Gesicht ist zu der Art von Lachen verzogen, das man nicht nur sieht oder hört, sondern von ganzem Herzen fühlt. Neben ihr steht Mel, die genauso herzhaft lacht und ein Gänseblümchen, das dem Gärtner beim Rasentrimmen entwischt ist, in die Kamera hält. Anna umklammert das Bild so fest, dass ihre Fingerknöchel weiß hervortreten.

Ihr erster Impuls ist es, das Bild an die Wand zu werfen. Stattdessen packt sie es und stampft die schwebende Treppe hinunter in die Eingangshalle.

Der Teesalon ist leer, die grüngepolsterten Sitzmöbel und die geklöppelten Spitzendeckchen sehen akkurat und ungenutzt aus. Anna verharrt einen Moment, sieht durch die großen Flügeltüren, die einen Blick auf den Rosengarten und die hügeligen Ausläufer des Parks freigeben. Der Schnee glitzert in der Sonne und für einen winzigen Moment des Friedens kann Anna verstehen, wieso der Teesalon immer der Lieblingsort ihres Vaters war. Sie sieht ihn vor sich, wie er mit Zeitung und einer Tasse Earl

Grey, der zu lang gezogen hat und furchtbar schmeckt, aus dem Fenster sieht.

Dann hört sie ein Poltern und der friedliche Moment zerplatzt. Sie wirft einen Blick auf das Bild, um sich an ihre Wut zu erinnern, und marschiert dann weiter.

Sie hört Mels perlendes Lachen und ein weiteres Poltern. Es kommt aus einem der Empfangssäle..

Die Holztür ist nur angelehnt und sie stößt sie auf. Der Raum sieht aus, als würde jemand umziehen. Kartons stapeln sich in seiner Mitte, die meisten verschlossen und einer offen. Anna erhascht einen Blick auf Glitzerfolie und den Kopf einer Engelsfigur. Mel sitzt auf einem der Eichentische und lässt die nackten Beine baumeln. In der Hand hat sie einen grässlichen holzgeschnitzten Engel, über den sie mit Jenna lacht. Anna sieht, dass sie den gleichen Morgenmantel trägt wie sie, und will ihr das Lachen aus dem Gesicht schlagen.

»Wie schön, dass ihr so viel Spaß habt«, sagt sie giftig. Das Lachen auf Mels Gesicht stirbt und für einen Moment bedauert Anna es. Jenna fährt herum. Ihr rundes, freundliches Gesicht hat neben den vielen Lach- auch einige neue Sorgenfalten bekommen.

»Fräulein Anna.«

Erinnerungen an unbeschwerte Kindheitstage und stundenlanges Versteckspielen mit Jenna prickeln hinter Annas Augen. Die ältere Frau steht umständlich auf, kommt auf sie zu und schließt Anna fest in ihre Arme. Sie strahlt eine mütterliche Wärme aus, die am Eispanzer von Annas Wut kratzt.

Sie hasst es, hier zu sein. Hasst die Erinnerungen, die an jeder Ecke lauern. Hasst das nagende Gefühl in ihrer Magengrube, das sich viel zu sehr nach schlechtem Gewissen anfühlt, und hasst Mel, die ihr Zuhause okkupiert hat. Aber Jenna kann sie nicht hassen.

»Mein Beileid, Fräulein Anna«, flüstert Jenna an ihrem Ohr und streicht über Annas Haar, als sei sie wieder fünf Jahre alt und hätte sich das Knie auf der Terrasse aufgeschlagen.

Anna gönnt sich einen winzigen Moment, in dem sie dem überwältigenden Drang beinahe nachgibt, in Jennas

Arme zu sinken und hemmungslos zu schluchzen. Sie erwidert die Umarmung. Ganz kurz nur, dann schiebt sie die Haushälterin von sich.

»Danke«, sagt sie und klingt mehr erstickt als unnahbar.

Sie dreht sich zu Mel, die nachdenklich die Holzfigur in ihren Händen dreht. Mel blickt auf und sucht ihren Blick. Jetzt, da kein Lachen mehr auf ihren Lippen liegt, sind Mels Augen stumpf und ihre Wangen eingefallen. Im warmen Licht des Salons sieht Anna, wie fragil Mel unter ihrem Morgenmantel ist. Das perlende Lachen – nur eine weitere Erinnerung im erdrückenden Sammelsurium des Hauses.

»Was soll das?«, fragt Anna brüsk und streckt Mel das Bild entgegen. Ihre Stimme ist schneidend und Mel zuckt zusammen, als hätte Anna eine Klinge an ihren Hals gesetzt. Wieder regt sich dieses leise Gefühl in ihr, das ein unentwirrbarer Knoten aus Scham und Trotz ist. Sie schluckt die damit einhergehende Übelkeit herunter und verschränkt die Arme vor der Brust, als Mel das Bild vorsichtig in ihre Hände nimmt. Ihre Fingernägel sind perfekt manikürt, aber Anna entdeckt die abgekratzten Stellen am Nagelbett, die bei Mel schon immer ein Anzeichen für Rastlosigkeit waren.

»Ich habe es gefunden, als ich die Kisten mit Weihnachtsdekoration im Gewölbekeller gesucht habe«, sagt sie leise und starrt das Bild mit hängenden Schultern an.

»Und gedacht, jetzt wo mir nach Paps' Tod die Hälfte des Landguts zusteht, machst du was? An eine Freundschaft appellieren, die du mit Füßen getreten hast?«

Die Worte sind so kalt und scharf wie die Eiszapfen an den gusseisernen Schnörkeln vor den Fenstern.

Jenna zieht scharf die Luft neben ihr ein und presst die Lippen aufeinander. Anna merkt selbst, dass das zu weit ging, aber sie kann nicht anders, als das Kinn zu heben und wie ein selbstgerechter Racheengel über Mel zu schweben.

Deren Augen schimmern verdächtig, als sie aufschaut, aber dann atmet sie tief durch und rutscht vom Tisch. Die Verwandlung ist augenscheinlich. Ihr Gesicht ist eine reglose Eisskulptur. Ein nichtssagendes Lächeln, akkurate Körperhaltung, gestählt durch jahrelange Erfahrung mit der

148

Lokalpresse und Nachmittagstees mit den dreißig Jahre älteren Society-Ladys aus Paps' Umfeld.

»Das Bild steht seit vielen Jahren an diesem Platz, seit ich das erste Mal die Dekoration aus dem Keller geholt habe«, sagt Mel flach und geht an Anna vorbei, ohne sie noch eines Blickes zu würdigen.

»Ich verbringe den Rest des Tages in meinen Räumlichkeiten«, fügt sie an Jenna gewandt hinzu, bevor sie den Raum verlässt und die Holztür sanft hinter sich schließt.

»Was?«, fragt Anna patzig, als Jenna zwischen ihr und der Tür hin und her schaut. »Ich frage nicht nach deiner Meinung.«

»Natürlich nicht«, sagt Jenna weich und verbeugt sich minimal mit einer Hommage an ein Rangverhältnis, das nie eine Rolle zwischen ihnen gespielt hat. »Ich koche dir eine heiße Schokolade.«

Mit diesen Worten lässt sie Anna stehen und verschwindet in die Küche. Anna sieht ihr hinterher. Sie weiß, dass sie sich gerade unmöglich aufführt, und kann doch nicht aus ihrer Haut. Die Erinnerungen des Hauses erdrücken sie. Sie erinnert sich an Kindheitsmomente, in denen sie die dampfende Schokolade aus Paps' feinsten Teetassen geschlürft und mit ihm Teeparty gespielt hat. An wilde Partys und Jennas stoische Hilfe dabei, den Salon wiederherzustellen, bevor ihre Eltern von einem Golftrip zurückkamen. An den gebrochenen Ausdruck in Paps' Gesicht, als der Sarg mit Mama unter der Erde verschwand. Und an das Leuchten, das in Paps' Augen zurückgekehrt war, bei diesem grauenvollen Sommerfest vor zehn Jahren, an dem sie ihren Paps und ihre beste Freundin gleichzeitig verloren hat.

Wie in Trance greift sie nach der hässlichen Holzfigur und wirft sie mit aller Kraft gegen die stuckverzierte Wand. Dann sinkt sie auf den Boden und endlich brechen die Tränen aus ihr heraus, die seit Paps' Tod in ihr feststecken.

06.12.2024

Mel rührt gedankenverloren in ihrem Tee. Er ist längst kalt und genauso wenig verlockend wie die Kekse, die Jenna danebengelegt hat, obwohl sie beide wissen, dass Mel sie nicht anrühren wird.

Neben dem Tablett mit dem Tee ist wenig Platz in dem kleinen Erker, in dem Mel auf einem Kissen sitzt und aus dem Fenster schaut. Der Himmel ist grau und leer, wie alles in ihr. Der Schnee taut schon wieder und mit ihm schmilzt der letzte Rest Hoffnung in ihr, dass die Magie der Weihnachtszeit trotz Karls Tod irgendwie weiterleben kann. Es sollte sein Vermächtnis sein. Das Dekorieren. Die Eröffnung des Nikolausmarkts, der jedes Jahr ab Nikolausabend für zwei Wochen in der kleinen Innenstadt stattfindet. Die Plätzchen. Der Weihnachtsnachmittag für die Kinder aus dem Ort.

Mel ist ausgetrocknet von zu vielen Tränen in den letzten Tagen.

Sie atmet tief durch und lehnt den Kopf an die Fensterscheibe, als jemand an der Tür klopft.

»Ich brauche nichts, Jenna«, ruft sie, aber es ist mehr ein schwaches Krächzen, was ihren Mund verlässt.

Die Tür öffnet sich trotzdem. Im Türrahmen steht Anna. Sie trägt einen braunen Kaschmirpullover und eine lockere Hochsteckfrisur. Mel seufzt und ist sich ihres eigenen Aussehens nur zu bewusst. Ihr Oberkörper versinkt in einem alten Pulli von Karl und ihre Haare sind ein wildes Vogelnest auf ausgezehrten, bleichen Gesichtszügen. Anna sieht aus wie ein Cover der Vogue. Mel sieht aus wie ein Geist mit Drogenproblem.

»Tut mir leid, ich hab keine Kraft, mich heute mit dir zu streiten«, murmelt sie ehrlich und hofft, dass Anna einfach wieder verschwindet und wenigstens diese Wunde nicht weiter öffnet.

Anna verschwindet nicht. Sie tritt ein und setzt sich stocksteif mit überschlagenen Beinen auf den Sessel neben dem Kleiderschrank.

»Das ist nicht das Hauptschlafzimmer«, stellt sie mit Blick auf das zerwühlte Laken auf einer Seite des Gästebetts fest.

Mel presst die Lippen aufeinander und schließt für einen Moment die Augen. *Bitte geh einfach*, beschwört sie Anna innerlich. Sie nimmt einen Schluck des abgestandenen Tees, um sich noch etwas Zeit zu verschaffen und ihre Gefühle wieder hinter die perfekte Maske der Gräfin von Winterfeld zu verdrängen.

Der Tee ist widerwärtig und für einen Moment glaubt sie, ein Zucken von Annas Mundwinkeln zu sehen, als sie ihre eigenen unwillkürlich verzieht.

»Ich bin froh, dass du Paps' grauenvollen Teegeschmack offensichtlich nicht übernommen hast«, meint Anna und es klingt ein bisschen wie ein Friedensangebot.

Mel atmet tief durch und stellt die Tasse klirrend ab.

»Ich kann dort nicht schlafen«, murmelt Mel und meint eigentlich, dass sie den Raum nicht einmal betreten kann. Auch nach vier Monaten noch nicht.

Sie umfasst ihre Beine und schaut Anna an. Ihr Gesicht ist ihr so fremd geworden in den letzten zehn Jahren und gleichzeitig schimmert hinter der kalten Geschäftsfrau noch immer irgendwo das Mädchen, das ihr einst die Welt bedeutet hat.

»Dass du es je konntest, ist schlimm genug. Das war das Bett meiner Mutter«, erwidert Anna, aber ihre Stimme ist weniger scharf als die Worte.

Mel malt Kreise auf das Tablett und versucht, im Schneegestöber ihrer Gedanken Worte zu finden.

Anna kommt ihr zuvor. »Vergiss es. Ich bin auch nicht hier, um zu streiten.«

Mel hebt den Kopf.

Anna zuckt mit den Schultern. »Heute beginnt das Nikolausfest. Ist es nicht mehr Tradition, dass die von Winterfelds das Fest eröffnen?«

Blut rauscht in Mels Ohren.

»Das Nikolausfest?«, krächzt sie. Die Worte purzeln unkontrolliert aus ihrem Mund. »Du willst mit mir das Nikolausfest eröffnen?«

Anna sieht sie ruhig an. »Für Paps«, sagt sie. »Ich weiß, wie sehr er Weihnachten und all die Traditionen in diesem Dorf geliebt hat.«

Und trotzdem hast du es die letzten zehn Jahre gerade mal zu einem halbherzigen Weihnachtsessen hergeschafft. Aber Annas Worte schaffen es trotzdem, Mel dazu zu bringen, aus dem Erker aufzustehen. Für Karl.

»Gib mir eine halbe Stunde«, sagt sie und macht sich daran, zu retten, was an ihrem Äußeren noch zu retten ist.

Als sie eine Stunde später auf dem Marktplatz stehen und Weihnachtsmusik über den Platz schallt, atmet Mel tief ein. Orangen-, Nelken- und Honigduft liegen in der Luft. Annas scharfe Gesichtszüge sind weichgezeichnet von den tausenden Lichterketten, die in den Bäumen um den Marktplatz hängen. Sie sieht beinahe aus wie früher, als sie Teil der Horde an Kindern waren, die sich um den Nikolaus drängten, der Mandarinen und Nüsse verteilte.

Sie schaffen es beide, ihr Lächeln aufrechtzuerhalten, trotz der vielen Hände, die sie schütteln, und des Bürgermeisters, der sie kurzerhand gemeinsam auf die Bühne bittet. Mels Finger zittern, als sie in die Augen der Menschen direkt vor der Bühne sieht, in denen Weihnachtsglanz und Anteilnahme schimmern. Karl war respektiert im Ort, ein Gentleman und großer Wohltäter. So nahbar. So freundlich. Und so beliebt, dass er es geschafft hat, das Dorf trotz anfänglicher Skepsis auch von Mel an seiner Seite zu überzeugen.

»Es ist mir eine Ehre, das 45. Waldheimer Nikolausfest zu eröffnen«, sagt sie und ist froh, dass die Worte einigermaßen fest klingen. »Kaum jemand hat die Weihnachtszeit so sehr geliebt wie Karl. Das Waldheimer Nikolausfest hat dabei immer einen ganz besonderen Platz bei ihm eingenommen. Ich wünschte, er würde heute hier stehen und euch eine gesegnete Weihnachtszeit wünschen, aber leider ist das nicht mehr möglich. Daher bitte ich euch: Feiert das Fest der Liebe, seid gnädig zueinander und zu euch selbst. Esst Bratäpfel, teilt euch einen Punsch. Baut einen Schneemann und schmückt euren Baum. Karl hätte es so gewollt. Auf ein wunderbares Nikolausfest!«

Mel spürt Anna ein wenig näher rücken und als sie einen Blick zur Seite wirft, sieht sie den Glanz in Annas Augen.

Wie von selbst streckt sie ihre Finger aus und findet Annas Hand. Sie drückt diese. Ganz kurz nur.

»Wir trinken einen Glühwein«, sagt Anna, als sie unter Applaus die Bühne verlassen und Mel sich einen Moment gegen die Rückwand eines Markthäuschens lehnt, um sich zu sammeln.

Sie verschwindet und kommt kurz darauf mit zwei Bechern wieder.

»Auf das Nikolausfest!«

08.12.2024

Anna hat das Gefühl, noch immer verkatert zu sein. Aus einem Glühwein wurden erst drei und irgendwann hat sie aufgehört zu zählen. Sie hat nur noch vage Erinnerungen daran, wie sie Arm in Arm mit Mel zurück zum Landgut spaziert ist und über irgendwelche alten Geschichten aus dem Internat gelacht hat.

Die Leichtigkeit, mit der sie nach ein paar Tassen Glühwein in eine Routine aus Erinnerungen und sarkastischen Sprüchen gefallen sind, hat ein länger anhaltendes Katergefühl in ihr ausgelöst als der Glühwein.

Gestern hat sie Übelkeit vorgeschoben, um Mel nicht zu begegnen, aber heute erdrücken sie die Wände ihres Zimmers und sie erkundet das Haus. Mel hat ihr gesagt, sie solle alles durchgehen und schauen, was ihr an Erinnerungsstücken wichtig ist. *Wie großzügig.*

Nach Mels Rede und dem Glühwein kommt sie sich albern bei ihrem ursprünglichen Plan vor, aus Prinzip genau die Teile auszusuchen, von denen sie vermutet, dass sie Mel auch wichtig sind.

Sie schleicht einen halben Tag um die Tür zu Paps' Bibliothek herum, die er als Büroraum verwendet hat, bevor sie es über sich bringt, einzutreten. Obwohl Jenna auch hier sorgfältig putzt, hängt der staubige Geruch alter Bücher in der Luft. Anna streift mit den Fingern über die

Buchrücken, während sie durch den gefühlt endlosen Gang zwischen hohen Regalen hindurch zu Paps' Lieblingsstuhl und dem alten Schreibtisch geht.

Der Schreibtisch ist geordnet, die Briefe und Unterlagen sorgfältig auf Stapel sortiert, aber der Sekretär daneben ist so chaotisch, wie Anna erwartet hat. Er quillt über von Notizzetteln, Zeichnungen und altmodischen Kopien von Buchseiten zu irgendeinem Thema, das Paps als letztes Rechercheprojekt auserkoren hatte.

Sie blättert ziellos durch die Unterlagen und sieht ihn vor sich sitzen, die Lesebrille auf der Nase, eine kalt gewordene Tasse Tee neben sich stehend und die Haare hoffnungslos zerzaust vom hundertsten Mal hindurchfahren.

Sie erstarrt, als sie zwischen den Unterlagen, die von der Analyse einer Quallenplage an der spanischen Mittelmeerküste bis zu einem halbfertigen Essay über Waffenexporte eine beeindruckende Spannbreite an Interessen abdecken, ihren Namen liest.

Projekt: Anna. Sie liest, wie ihr Vater, so klug und doch so unbeholfen, Seiten über Seiten an Analysen geschrieben hat. Geburtstagsgeschenke. Weihnachtsgeschenke. Einladungen und deren genauer Wortlaut. Erinnerungen an Telefongespräche in den letzten Jahren. Annas Herz zieht sich zusammen, als sie ihren schnippischen, unversöhnlichen Tonfall auf Papier gebannt sieht.

»Er hat dich so sehr vermisst.«

Anna fährt herum. Mel lehnt an einem Bücherregal und sieht sie nachdenklich an. Anna presst die Blätter an ihre Brust wie einen Schatz.

»Hast du das etwa gelesen?«, faucht sie und fühlt sich nackt und schutzlos. Mel schüttelt den Kopf. Ihr Blick ist vorsichtig.

»Nein. Aber er hat so oft darüber gesprochen, so viel danach gefragt, wie ich eine deiner Aussagen am Weihnachtstisch interpretieren würde. Und ich weiß, wie er denkt.« Sie schluckt und schließt die Augen einen Augenblick. »Dachte.«

»Wie schön, dass ihr über mich gesprochen habt«, zischt Anna und steht auf. Die Worte kommen wie von selbst aus ihrem Mund. Die Erinnerungen und die Erkenntnis, wie sehr ihr Vater unter der Entfremdung gelitten haben muss, verschmelzen zu einem bitteren Knoten in ihrem Inneren und ihr wird schwindelig bei dem Versuch, mit ihren eigenen überschlagenden Gedanken mitzuhalten.

»Er hätte lieber *mit* dir gesprochen«, erwidert Mel scharf. »Und ich auch.«

Sie hält Anna nicht auf, als sie an ihr vorbei aus der Bibliothek stürmt.

Den Rest des Tages verbringen beide in eisigem Schweigen.

10.12.2024

Plätzchenduft treibt Anna in die Küche. Mel steht mit Ofenhandschuhen und mehlbestäubter Schürze zwischen dampfenden Blechen voller Weihnachtsgebäck. Mindestens ein Blech ist verbrannt.

»Erwartest du noch mehr Besuch?«, fragt Anna und beäugt die dreckigen Schüsseln und Rezeptblätter, die vermuten lassen, dass das noch längst nicht alles war.

»Wir haben in den letzten Jahren immer Plätzchen für die Senioren in der *Alter Hang Residenz* gebacken. Und für die Kinder, die am dritten Advent herkommen.«

Mel rollt etwas hektisch durch staubenden Puderzucker, das wohl ein Vanillekipferl sein soll, aber aussieht wie ein Weißwurstunfall. Anna beobachtet sie einen Augenblick dabei, dann gibt sie sich einen Ruck.

»Du musst die Vanillekipferl dünner machen«, sagt sie und wäscht ihre Hände, bevor sie an die Arbeitsplatte tritt.

»Ungefähr so. Und *direkt* nach dem Backen in Puderzucker wenden.«

Mel stößt ein Seufzen aus. »Dich schickt der Himmel. Plätzchen waren immer Karls Metier: Ich habe lediglich Anweisungen befolgt.«

Sie verschluckt die letzten Worte beinahe und sieht aus, als fürchte sie, Anna gleich wieder in die Flucht getrieben zu haben. Anna zuckt mit den Schultern.

»Weshalb hast du Jenna nicht gefragt?«

Mel schüttelt den Kopf. »Das war unser Ding«, meint sie leise. »Ich wollte es allein schaffen.«

Anna mustert sie fragend. »Wenn du willst, dass ich ...«

»Oh nein«, Mel unterbricht sie schnell und mit einem Hauch Verzweiflung. »Nichts hätte Karl mehr gefreut, als wenn du dabei gewesen wärst.«

14.12.2024

Das Weihnachtsevent für die Kinder ist ein voller Erfolg. Sie verwüsten den Salon, haben Spaß dabei, die groteske Weihnachtsdekoration, die sich über Jahrhunderte in einem Landgut ansammelt, in schrägen Kombinationen im unteren Stockwerk zu verteilen, und gehen gut abgefüllt mit Plätzchen und Kinderpunsch wieder nach Hause.

Mels Lächeln wird immer angespannter, aber sie schüttelt geduldig die Hände aller Eltern, die ihre Kinder abholen, und fährt unverdrossen jene nach Hause, bei denen niemand kommt.

Als sie zurückkommt, wartet Anna mit zwei Bechern auf sie. Mel kommentiert die Becher mit einer hochgezogenen Augenbraue.

Anna grinst. »Punsch«, sagt sie.

Mel nickt dankbar und trinkt einen Schluck. Hustend setzt sie ab und sieht Anna an.

»Mit einem guten Schuss von Paps' Rum. Dem überteuerten Überseezeug, das er nur zu besonderen Anlässen rausgeholt hat.«

Sie tauschen einen wissenden Blick aus und senken dann beide den Kopf, als die Stimmung umschlägt. Die gemeinsame Erinnerung an eine von Karls Eigenheiten ist unerforschtes Terrain.

Mel gibt sich einen Ruck.

»Ich habe ihn wirklich geliebt, weißt du? Er war ... er ist meine große Liebe.« Sie weiß selbst nicht, wo die Worte herkommen, nur dass sie sie endlich loswerden will. Sie hat es versucht, hat das Gespräch mit Anna gesucht. Hat sie eine Zeit lang angerufen und mit Nachrichten auf WhatsApp bombardiert. Hat bei den steifen Familienessen, zu denen Anna anreiste, in den ersten Jahren versucht, mit ihr zu sprechen.

»Ich weiß«, seufzt Anna und schüttelt den Kopf, als wolle sie den Gedanken gleichzeitig vertreiben. »Ich wusste es schon vorher, auch wenn es einfacher gewesen wäre zu glauben, dass es dir nur um Geld und einen Titel geht.«

Es ist mehr, als Anna ihr bisher je zugestanden hat. Sie hält den Atem an, als Anna die Lippen öffnet, um noch weiter zu sprechen.

»Aber du warst meine beste Freundin. Die Schwester, die ich nie hatte. Du hast dich verliebt und du hast mich dafür geopfert. Ihr beide habt das. Du und Paps.«

Mel zittert. Sie hat sich jahrelang nichts mehr gewünscht als dieses Gespräch. Aber die Tatsache, dass der Auslöser dafür Karls Tod ist, sticht so sehr in ihrem Herzen, dass sie ihre Punschtasse abstellen muss.

»Ich weiß«, flüstert sie. »Ich ... ich dachte, du würdest es irgendwann verstehen. Darüber hinwegkommen. Er war glücklich. Ich dachte ... ich dachte, dass das am Ende wichtiger ist als alles andere.«

Anna schnaubt gänzlich undamenhaft, ein Geräusch, das so gar nicht zu ihrem geschliffenen Äußeren zu passen scheint.

»Wichtiger als ich«, murmelt sie bitter. »Hast du wirklich geglaubt, es könnte werden wie früher? Dass es keinen Unterschied macht, ob ich einen Serienabend mit meiner besten Freundin oder meiner verdammten Stiefmutter mache?«

»Es war dumm, zu glauben, es könnte werden wie früher. Und du hast auch recht, dass mir mein Glück – mein und Karls Glück – in dem Moment wichtiger war als du, und das tut mir leid.«

»Er war mein Vater. Der Vater deiner besten Freundin. Und du hattest nichts Besseres zu tun, als dich bei einem blöden Segelkurs an ihn heranzuschmeißen?«

»So war es nicht«, erwidert Mel scharf. »Und das weißt du. Ich habe es dir gesagt. Karl hat es dir gesagt. Es war Zufall, dass wir uns beide dort angemeldet hatten. Und es war schön, ein bekanntes Gesicht zu sehen. Keiner von uns hat das geplant. Es ist einfach ... passiert.«

Anna schüttelt den Kopf. »Sowas passiert nicht einfach. Selbst wenn ihr euch zueinander hingezogen gefühlt habt. Selbst wenn die Sterne und das Meer und irgendein

Barriquefass-Rioja eine kuschelige Stimmung geschaffen haben, gibt es immer einen entscheidenden Moment, wo ihr beide den Anstand hättet haben können, nein zu sagen.«

Mel weiß, dass sie es verdient hat, all diese Vorwürfe zu hören. Dass sie berechtigt sind. Dass es keine logische Erklärung dafür gibt, dass diese Nacht unter den Sternen alles verändert hat, als ihr unumstößlich klar wurde, dass der Vater ihrer besten Freundin gleichzeitig der Mann ihres Lebens ist. Dass sie Gefühle für ihn hat, die größer und endgültiger sind, als sie es aufgrund ihrer Plötzlichkeit sein dürften.

»Ich weiß nicht, was du von mir hören willst«, sagt sie leise. »Es tut mir unfassbar leid, wie sehr ich … wie sehr wir beide dich verletzt haben. Aber ich habe es keinen einzigen Tag bereut und ich würde es wieder tun. Für Karl.«

Anna schaut durch sie hindurch und zuckt mit den Schultern. »Ich weiß. Und ich sehe jetzt, dass du ihn glücklich gemacht hast. Aber es ist auch der Grund, warum es zwischen uns nicht mehr so werden kann wie früher.«

Sie fährt sich durchs Haar und seufzt. Mel wünscht sich, ihr sagen zu können, wie unfassbar ähnlich sie ihrem Vater in diesem Moment sieht.

Anna hat Tränen in den Augen, als sie weiterspricht: »Ich habe ihm auch das Herz gebrochen, das weiß ich. Und ich werde den Rest meines Lebens damit leben müssen, dass ich keine Chance mehr habe, es wiedergutzumachen.«

Mel ist in wenigen Schritten bei Anna und schließt die Arme um sie. Anna versteift sich für einen Moment und schluckt hörbar, dann fällt sie in ihre Arme und Mel ist ihr so vertraut und gleichzeitig so fremd, dass es weh tut.

21.12.2024

»Wir sollten etwas Eigenes machen«, sagt Anna beim Frühstück. Etwas hat sich verändert seit ihrem Gespräch. Sie leben nebeneinander her, aber an den meisten Tagen ist es harmonisch genug für zwei gemeinsame Mahlzeiten, zumindest solange sie die kritischen Themen außen vor lassen.

»Etwas Eigenes?« Mel sieht sie verwundert über ihr Porridge hinweg an. Anna nickt enthusiastisch. Die Idee kam ihr vor wenigen Tagen und seitdem hat sie alles in die Wege geleitet.

»Bisher haben wir all das gemacht, was du jedes Jahr mit Paps gemacht hast.« Die Worte fühlen sich komisch an, aber sie spricht schnell weiter. »Ich finde, wir sollten dieses Jahr etwas Neues machen. Von uns.«

Mel stockt sichtlich und nickt dann vorsichtig. »Und woran hast du gedacht?«

Anna grinst und plötzlich kann sie es kaum erwarten.

»Ich habe einen Abnehmer für die fünf Kilo Plätzchen gefunden, die du zu viel eingeplant hast«, sagt sie. »Zieh dich warm an, wir sind den ganzen Tag draußen.«

Sie verbringen den Tag in drei Orten im Umkreis, in denen der *Herzensbus*, ein Projekt der Obdachlosenhilfe im Landkreis, hält, und verteilen heiße Suppe, Plätzchen und säckeweise Kleidung, die Anna in den letzten Tagen aussortiert hat.

Neben ihren eigenen Sachen sind auch einige von Paps dabei.

»Nur alte Sachen, das meiste ist aus dem Abstellraum«, sagt sie schnell, damit Mel sie nicht für herzlos hält.

Mel nickt. Sie hat Tränen in den Augen und greift nach Annas Händen.

»Er hätte das geliebt«, murmelt sie. »Wir sollten alles von ihm spenden. Und ich weiß, dass du das besser weißt als ich. Du bist seine Tochter.«

Mel legt den Kopf in den Nacken und starrt in den Himmel. Er ist ganz grau und Schneeflocken rieseln träge herab. »Er fehlt mir. So sehr.«

Anna schluckt. »Mir auch.«

Mel beißt sich auf die Lippe. »Ich weiß, dass es nicht wie früher wird. Aber ich bin froh, dass du da bist. Dass ich nicht allein bin.«

Anna drückt ihre Hand. In ihrem Kopf sind tausend Gedanken. Sie hat Mel noch nicht verraten, dass sie mit Frau Scheinen, der Familienanwältin, gesprochen hat. Sie zieht ihre Testamentsanfechtung zurück. Sie will nicht länger streiten und an Erinnerungen und alter Wut ersticken. Sie fragt sich, wann sie beschlossen hat, Mel zu vergeben, aber es ist passiert.

»Hey Ladys, wir packen zusammen.« Der Mitarbeiter des gemeinnützigen Vereins, Bob, tippt sich an die Mütze. Bob drückt Anna eine leere Kiste in die Hand. Als sie alles gemeinsam aufgeräumt und in dem kleinen Bus gestapelt haben, knattert Bob mit dem Bus davon.

Die beiden Frauen drehen sich in Richtung des Parkplatzes, wo Annas Auto steht.

Der Weg dorthin ist von unberührtem Schnee bedeckt. Mel wirft ihr einen Blick zu, dann zieht sie Anna mit sich und rennt los. Als sie beim Auto angekommen sind, schauen sie zurück. Ihre Fußspuren sind dunkle Flecken im Neuschnee, der im Licht der Straßenlaternen glitzert.

Über Mels Wangen laufen eisige Tränen, als Anna einen Arm um ihre Schulter legt.

»Die ersten Spuren im neuen Schnee«, murmelt Mel und ein Lächeln breitet sich auf ihrem Gesicht aus.

Schneeflöcken, nun zeig dich doch

Mareike Verbücheln

Vor dem Fenster sitzen,
eingepackt in einer warmen Decke.
Eine Tasse Kakao in den Händen,
das zugeklappte Buch liegt neben einem.
Im Hintergrund hört man den Kamin knistern,
leise Klaviermusik ist zu hören,
durch die Mutter, die gerade wieder spielt.
Raus schauen, auf die Felder;
hoffen, dass sich nun bald die Schneeflocken zeigen.
Sich wünschen,
wieder weiße Weihnachten zu erleben.
Träumen von Schlittenfahren,
Schneemann bauen,
Schneeballschlachten und
Schneeengel gestalten.
Seufzend den Kopf
am kühlen Fenster ablegen
und gegen die Fensterscheibe hauchen:
»Schneeflöcken, nun zeig dich doch.«

Ein Hauch Zimt

Francine Mil

Dieser Geruch – wie pure Liebe, die durch die Straßen zieht, und mich beinahe die klirrende Kälte vergessen lässt. In diesem Jahr scheint sich der Wunsch der Menschen nach einer weißen Weihnacht zu erfüllen. Trotz des Schneegestöbers haben es die Marktbesucher um mich herum nicht eilig. Sie schlendern an den hell erleuchteten Ständen mit heißem Glühwein, lecker duftendem Gebäck und allerlei Krimskrams vorbei oder stehen an kleinen, runden Tischen, an denen sie sich ausgelassen unterhalten und eben jenen heißen Wein zu sich nehmen. Doch all das ist nichts im Vergleich zu dem süßen, zimtigen Geruch, der wie eine Liebeserklärung meine Geruchsnerven umschmeichelt und den außer mir niemand wahrzunehmen scheint. Ich hebe den Kopf und schnupper, um den richtigen Weg zu finden.

Wie ein Schatten schlüpfe ich zwischen den Beinen der umherlaufenden Menschen hindurch. Die meisten nehmen nicht einmal Notiz von mir, zu schnell husche ich vorbei. Als ich mich ein Stück von der fröhlich schwatzenden Menge entfernt habe, sehe ich aus dem Augenwinkel ein Funkeln. Blitzende Krallen erscheinen plötzlich in meinem Sichtfeld. Ich schaffe es gerade noch rechtzeitig, beiseite zu springen. An der Stelle, an der ich eben noch entlang geschlichen bin, versenkt nun ein Rabe seine Krallen im Schnee. Vor Schreck weiche ich noch einen Schritt zurück und blecke fauchend meine Zähne.

»Immer mit der Ruhe, kleiner Formwandler. Du bist nicht das, was ich zu fangen begehre«, bemerkt der Rabe und wirft mir einen kurzen Blick zu.

»Ich vertraue dir nicht«, erwidere ich misstrauisch. »Jeder hier weiß, dass du lügst, sobald du den Schnabel aufmachst.«

Bei unserer ersten Begegnung wusste ich das leider noch nicht. Ich habe mich mit ihm zusammengetan, unwissend, dass dieses Tier alles tut, um sich selbst einen Vorteil zu verschaffen. Bei der ersten Gelegenheit wollte er mich einem Adler zum Fraß vorwerfen, der ihm im Gegenzug ein paar Mäuse überlassen hätte. Nur meine Fähigkeit, schnell die Gestalt zu wechseln, hatte mich damals gerettet.

»Du bist aber heute giftig.« Der Rabe flattert mit den Flügeln, beachtet mich sonst allerdings kaum. Ich lege den Kopf schief. Glaubt er wirklich, dass ich zu Unrecht so reagiere, nachdem er mich vor wenigen Wochen erst hintergangen hat? »Das habe ich gar nicht verdient. Ich bin nur hier, weil ich ein leckeres Mäuschen gefunden habe und ihm bis hierhin gefolgt bin. Es hat sich hier irgendwo versteckt.« Er reckt den Kopf und sieht mich von oben herab an. »Und du weißt doch: Wo eins ist, da gibt es auch mehrere. Wenn du artig bist, dann bekommst du vielleicht auch einen Bissen ab«, gurrt er in einem Ton, der mir das Fell zu Berge stehen lässt. Jetzt liegt seine volle Aufmerksamkeit auf mir. Er versucht wieder, mich mit falschen Versprechungen zu ködern. Da er im Gegensatz zu mir nicht besonders gut riechen kann, hofft er nun augenscheinlich, dass ich das für ihn übernehmen werde.

Während ich den Raben ansehe, bemerke ich eine leichte Bewegung unter einem Schneehügel direkt hinter ihm. Ich versuche die Geräusche der Umgebung auszublenden und konzentriere mich auf den kleinen Hügel. Dann höre ich es: das ängstliche Fiepen unter der Schneedecke, das ziemlich sicher zu einer einzigen, klitzekleinen Kreatur gehört. Doch dass es sich dabei wirklich um eine Maus handelt, glaube ich kaum. Wieder fauche ich ihn an und bewege mich langsam um ihn herum. Über dem Schneehügel bleibe ich stehen, damit das Fiepen nicht bis zum Raben vordringt.

»Ich sehe keine Maus und riechen kann ich auch keine«, erwidere ich und es stimmt. Formwandler haben diesen typischen Tiergeruch nicht, was wohl bedeutet, dass das kleine Wesen unter dem Schnee auch einer sein muss. Ich frage mich, ob es noch sehr jung ist, denn junge Formwandler können nur unter großer Konzentration ihre menschliche Form annehmen. Das würde erklären, weshalb es so in die Enge getrieben werden konnte. Erneut zeige ich meine Zähne und knurre ihn an. »Du bist hier nicht willkommen!«

Der Rabe legt den Kopf schief, mustert noch einmal seine Umgebung und erhebt sich mit einem wütenden Krächzen, nur um über mir am Nachthimmel seine Kreise zu ziehen. Ich spüre, dass er mich beobachtet. Der Schnee des kleinen Hügels bewegt sich erneut leicht und ich befürchte schon, dass der Rabe es bemerken wird. Mein Herz setzt einen Schlag aus und ich flüstere der Kreatur zu, dass sie versteckt bleiben muss. Stille. Ich atme auf.

Es dauert eine gefühlte Ewigkeit, bis der Vogel endlich aufgibt. Erst als er kaum mehr als ein schwarzer Punkt in der Ferne ist, stupse ich mit der Nase gegen den Hügel, der Schnee rieselt herab und tatsächlich kommt ein winziges Mäuschen zum Vorschein. Ihr Fell ist genauso weiß wie meines und als die Maus mich ansieht, bemerke ich, dass ihre Augen in einem hellen Blau erstrahlen, fast als würden sie den eiskalten Himmel spiegeln.

»Ich danke dir für deine Hilfe«, fiept sie. »Mein Name ist Kouri. Ich denke, ich gehe richtig in der Annahme, dass du Yuuki bist?« Wissend mustert sie mich.

Verblüfft erwidere ich ihren Blick und nicke zur Bestätigung. Ich bin zwar schon seit ein paar Wochen in der Gegend, doch habe ich bisher kaum mit jemandem gesprochen. Woher kennt sie denn meinen Namen? Sie muss meinen Blick richtig interpretiert haben, denn sie kichert und sagt: »Du wirst es verstehen. Ich habe dich beobachtet. Du hast die Quelle dieses wundervollen Geruchs gesucht, oder?« Mit ihrem kleinen Köpfchen deutet sie in die Gasse hinter uns. »Ich kann dir zeigen, wo du sie findest. Komm mit mir, dann wirst du sie treffen. Diejenige, die dich ruft.«

Sie signalisiert mir mit ihrer spitzen Nase, ihr zu folgen. Ich weiß nach wie vor nicht, was das alles bedeuten soll. Kann ich ihr einfach vertrauen? Unsicher blicke ich zu ihr. Sie beobachtet mich noch immer und ihr Blick ist dabei so freundlich und offen, dass ich beschließe, ihr fürs Erste zu vertrauen. Gemeinsam machen wir uns auf den Weg, vorbei an vielen schön geschmückten Häusern. Kouri ist so klein, dass ich sie in dem Schnee schnell aus den Augen verlieren würde, wenn ich ihr nicht dicht auf den Fersen bliebe. Schließlich kommt sie vor einem unscheinbaren, älteren Gebäude inmitten einer Reihe von Wohnhäusern zum Stehen. Einzig die wunderschöne, weiße Tür sticht heraus.

»Hier ist es«, erklärt Kouri und verschwindet ohne ein weiteres Wort durch eine Klappe. Ich hebe den Kopf, um mir die Verzierungen der Tür genauer anzusehen. Goldene Kreise und Linien zieren das Holz. Irritiert bemerke ich, dass die Muster seltsam vertraut wirken. Sie geben mir das Gefühl, am richtigen Ort zu sein. In der unteren Hälfte befindet sich die Klappe, durch die Kouri eben verschwunden ist. Zögernd betrachte ich sie und lausche nervös auf Geräusche der Gefahr. Kouri schien keine Furcht zu haben und tatsächlich ist bis auf das entfernte Summen, das vom Markt an meine Ohren dringt, nichts zu hören.

Die Neugierde siegt über meine Nervosität und so schleiche ich langsam durch die Klappe. Ich finde mich in einer kleinen, gemütlichen Küche wieder. Ich lasse meinen Blick durch den kleinen Raum schweifen. Am hinteren Ende ist eine Wendeltreppe, die nach oben führt und links davon befindet sich ein Kamin, in dem ein Feuer entfacht worden war. Rechts von mir sehe ich ein kleines Mädchen mit hellem, goldblondem Haar, das unruhig auf den Fußballen auf und ab wippt. Ein Blick in ihre Augen und mir wird klar, dass es sich hierbei um Kouris menschliche Form handelt. Wie ich es mir gedacht habe, scheint sie noch sehr jung zu sein. Am Herd steht eine junge Frau mit einem warmen Hautton und rötlich-braunen Haaren, die so gar nicht zur eisigen Kälte da draußen passen wollen, wohl aber zur angenehm behaglichen Atmosphäre dieses Raumes.

»Wie ich sehe, hast du Yuuki mitgebracht, Kouri«, meldet sich die kleine Frau nun zu Wort. Kouri strahlt sie an, offensichtlich zufrieden mit ihrer Leistung, bevor sie auch mir ein schiefes Grinsen schenkt. Die Frau dreht sich mit einem Lächeln zu mir, welches Wärme und Heimeligkeit verspricht. »Ich freue mich, dich endlich zu treffen. Du wunderst dich bestimmt, woher wir dich kennen.«

Ich nicke langsam. Wie könnte ich mich auch nicht wundern? Die beiden scheinen zu wissen, wer ich bin, obwohl ich sie noch nie gesehen habe. In dieser Gegend war mir bisher niemand wohlgesinnt, also wieso nur habe ich das Gefühl, ihnen vertrauen zu können?

Mitfühlend sieht sie mich an. »Das kann ich mir vorstellen. Du musst wissen, dass ich dich schon suche, seit du ein kleiner Fuchs warst. Leider musstest du dich viel zu früh allein zurechtfinden.« Für einen Moment scheint sie tief in Gedanken versunken. Ihr Lächeln erlischt und ihre warmen Augen verlieren ein wenig von ihrem Glanz. Sie seufzt. »Was deiner Mutter widerfahren ist, tut mir leid. Sie war viele Jahre an meiner Seite«, erklärt sie und lächelt mich voller Bedauern an.

Mein Herz setzt einen Schlag aus, bevor es anfängt, vor Aufregung schneller zu schlagen. »Du kanntest meine Mutter?« Ich habe bisher noch niemanden getroffen, der meine Mutter kannte. Sie nickt, ihre Augen voller Liebe. Jetzt bin ich mir sicher, dass ich die geheimnisvolle Frau kennenlernen will. Und zwar richtig. Ich spüre das gewohnte Kribbeln der nahenden Verwandlung unter meiner Haut.

»Deine Mutter war eine treue Gefährtin von mir. Mein Name ist Gesa und ich bin die Schutzherrin aller Formwandler. Ich spüre, sobald jemand Neues diese Welt betritt, doch auch, wenn jemand sie verlässt. Dieser Verbindung folgend finden alle zu mir.«

Sie kommt nun auf mich zu und während sie spricht, dehnen sich meine Knochen und Muskeln. Ich verspüre außer einem leichten Ziehen zum Glück keine Schmerzen mehr dabei. Das Fell zieht sich in meine Haut zurück, bis nur noch die kurzen, weißen Haare auf meinem Kopf verbleiben. Ich richte mich auf und bemerke, dass Gesa jetzt direkt vor mir steht. In meiner menschlichen Form überrage ich sie nur um wenige Zentimeter, weshalb wir auf Augenhöhe sind.

»Du allerdings, mein lieber Yuuki, bist schon sehr lange allein durch diese Welt geirrt. Das entspricht nicht unserer Art und es erstaunt mich, dass du so lange geschafft hast, dich meinem Ruf zu entziehen.« Sie schmunzelt leicht. Das Funkeln ist in ihre Augen zurückgekehrt und ich kann nicht anders, als ihr Lächeln zu erwidern. »Es war sehr schwer, dich zu fassen, doch jetzt bist du, nach drei langen Wintern, endlich heimgekehrt.«

Nun, da sie so dicht vor mir steht, bemerke ich auch ihren Geruch – pure Liebe mit einem Hauch Zimt – und weiß endlich, von welchem Ruf sie spricht. Der Duft, dem ich so unbedingt folgen musste, ohne zu wissen, wohin er mich führen würde oder was er zu bedeuten hatte. Nun hat er mich an den Ort geführt, den ich seit dem Tod meiner Mutter gesucht habe.

Nach Hause.

Eine Tasse heiße Schokolade

Maria Jimenez

Zutaten:
Für eine Tasse:
100 g Blockschokolade (40% Kakao)
300 ml Milch

Für zwei Tassen einfach die doppelte Menge nehmen. :)

Zubereitung:
150 ml Milch und 100 g Schokolade (am besten in vier Stücke zerkleinert) in einen Topf geben und erhitzen.

Mit einem Schneebesen immer mal umrühren, bis die Schokolade vollständig geschmolzen ist.

Wenn es anfängt zu kochen, den Herd auf mittlere Hitze runterstellen und nochmal 150 ml Milch in den Topf hinzugeben und verrühren.

Die heiße Schokolade nun in die Lieblingstasse umfüllen und genießen. :)

Verloren

Pascal E. Harm

Weiß. Nichts als weiß. In dicken, fransigen Flocken peitschte Yuki der Schnee entgegen, sodass sie lediglich wenige Meter weit sehen konnte. Alles dahinter glich einer grellen Wand, deren Anblick in den Augen stach.

Ihre Wangen brannten. Der wütende Wind hörte auf, nur um im nächsten Moment über sie hereinzubrechen. Dieses Wechselspiel trieb er schon seit längerem mit ihr, stürmte sie aus verschiedenen Richtungen an, ohne dass sie vorausahnen konnte, woher oder wann er das nächste Mal über sie hereinbrechen würde.

Hoffentlich finde ich bald einen Unterschlupf oder komme zurück ins Dorf.

Während des Spaziergangs war der Schneesturm schnell heraufgezogen, hatte den strahlenden Sonnenschein verdrängt.

Yuki war der Tristesse ihres Zuhauses entflohen. Vor zwei Monaten war ihr Schwiegervater gestorben und seitdem war Mio in Trauer versunken. Sie hatte versucht, ihn aufzumuntern – vergebens. Schließlich hatte sie sich in ihrem gemeinsamen Haus eingepfercht gefühlt. Mio tat ihr leid, und es schmerzte, ihn nach so vielen gemeinsamen Jahren nicht unterstützen zu können. Seit zwei Tagen hatte sie Kopfschmerzen und bisher hatte nichts dazu geführt, das Stechen in der Stirn zu mildern.

In drei Tagen war Heiligabend und es graute ihr davor, mit der Familie zusammenzusitzen.

Yuki wusste nicht, wo sie sich befand. Überall weiß. Anfangs hatte sie versucht, dem Weg zu folgen. Als sie diesen nicht mehr hatte erkennen können, hatte sie probiert, ihn aus ihrer Erinnerung heraus abzuschreiten. Inzwischen hätte sie jedoch längst im Dorf ankommen müssen.

Die Kälte war ihr unter die Kleidung gekrochen, schien nun den Weg unter ihre Haut fortzusetzen. Wie lange sie schon umherirrte, vermochte sie nicht zu sagen. Fünfzehn Minuten, zwanzig, vielleicht auch eine Stunde. Es war unwichtig, sagte sie sich immer wieder, obwohl ihre Gedanken sorgenverhangen waren. Ihre Augen tränten. Sie hoffte, dass sich Mio nicht zu sehr um sie sorgte.

Yuki zitterte. Sie rief in das Schneegestöber hinein: »Hilfe! Ist da jemand?«

Ihre Worte wurden fortgerissen, sobald sie ihren Mund verließen. *Verflucht, verflucht!*

Sie beschleunigte ihren Gang, so gut es ging. Tränen rannen ihre Wangen hinab. *Zu viel, zu viel, zu …* Sie hatte den Eindruck, dass ihre Schultern unter einer Last zusammenbrechen würden, dass ihr Brustkorb zu klein für sie wäre. Sie wollte gerne zu Mio zurück, raus aus diesem elenden Schneesturm und zugleich fürchtete sie sich vor der Stille des Hauses, den stumpfen, gehärmten Blicken, die sie einander zuwarfen.

In der Ferne war ein dunkler Schemen zu erkennen – schwach, aber dennoch hob sich etwas vom Weiß ab. *Was ist das? Bilde ich mir das ein? Ist das eine Schutzhütte?*

Gegen den mächtigen Wind ankämpfend, bahnte sich Yuki einen Weg durch den Schnee. Nach wenigen Schritten gesellten sich weitere Schemen hinzu. Sie wurden größer, hoben sich immer stärker von der hellen Umgebung ab, erhielten mehr Details. Es waren breite Striche, die sich nach oben hin in Arme ausfächerten. Hastig bewegten sie sich hin und her.

Das können keine Hütten sein. Vorsichtig trat Yuki näher, blinzelte Schneeflocken aus ihren gereizten Augen. Als sie auf wenige Meter herangegangen war, erkannte sie den ersten Schemen: dunkle, glatte Rinde, über die sich Moos zog, und ausladende Äste und Zweige, die im Wind wogten.

Ein Nadelbaum!, freute sich Yuki. Auch die anderen Schemen entpuppten sich beim Näherkommen als Bäume. Yuki musste auf einen Wald gestoßen sein. Ein schwaches Gefühl von Erleichterung, das die Sorge und Frustration dennoch nicht verdrängen konnte, breitete sich in ihr aus.

Eilig stapfte sie vorwärts. Nachdem sie mehrere Baumreihen hinter sich gelassen hatte, wurde das Schneegestöber schwächer. Der Wind peitschte ihr nicht mehr so heftig entgegen, riss weniger an Kleidung und Haaren, trieb kaum noch Schneeflocken in ihr Gesicht.

Sie wusste nicht, in welchem Wald sie war. Es hätte jeder der vielen Wälder sein können, die sich in der Nähe des Dorfes befanden.

175

Vielleicht finde ich hier irgendwo eine Stelle, an der ich geschützt bin: einen umgestürzten Baumstumpf oder eine Höhle.

Im nächsten Moment blieb Yukis Fuß an etwas hängen, das sich unter dem Schnee befand. Sie strauchelte, stürzte nach vorne und kugelte einen Abhang hinunter, blieb auf dem Rücken liegen. Ihre Hüfte schmerzte. Mit einem Ächzen hob Yuki den Kopf und hielt inne.

Etwas stimmte nicht.

Keine Schneeflocken fielen vom Himmel. Es war still und der Wind war abgeklungen. Sanftes Sonnenlicht fiel auf sie herab.

Was ist passiert?

Schnell drehte sie den Kopf hin und her. Yuki befand sich auf einer winzigen Lichtung, die von weiß gesprenkelten Nadelbäumen umgeben war. Sie bildeten eine dichte grüne Wand. Der Boden war mit frischem Schnee bedeckt.

»Du hast also zu mir gefunden«, tönte eine hohe Stimme.

Yuki zuckte zusammen, drehte sich in die Richtung, aus der die Worte gekommen waren. Sie sprang auf, alles in ihr angespannt. Weiß – nichts als weiß, außer der grünen Nadelbaumspitzen.

»Du musst dich nicht vor mir fürchten. Ich bin nicht gefährlich.«

»Wer bist du? Wo bist du?«, fragte Yuki.

»Ich war die ganze Zeit hier, direkt vor dir.«

Yuki kniff die Augen zusammen. Ein gleißender weißer Lichtball, der sich nur schwach von den Tannen abhob, schwebte wenige Meter vor ihr in der Luft.

Das kann nicht sein. Ich beginne zu fantasieren. Habe ich mir den Kopf gestoßen?

»Du fängst nicht an, den Verstand zu verlieren. Ich bin kein Produkt deiner Vorstellungskraft. Ich existiere.« Der Ball wiegte sich sachte hin und her – Bewegungen, die nur schwer sichtbar waren.

Kann es meine Gedanken lesen? Ist es … Ich sollte von hier verschwinden.

Vorsichtig machte Yuki mehrere kleine Schritte rückwärts.

»Bleib hier«, säuselte der Lichtball. »Ich möchte mit dir sprechen. Hab keine Angst. Ich tue dir nichts.« Er kam näher.

Yuki zuckte zwei Schritte zurück. Sie war nicht weit vom Rand der Lichtung entfernt. Die Wand aus Nadelbäumen wirkte undurchdringlich, ragte größer noch als vorher auf. Die Äste und Zweige hatten sich ineinander verschränkt.

»Wer oder was bist du?« Ihre Stimme zitterte. »Du hast diese Frage immer noch nicht beantwortet.«

»Ich heiße Sintimento und bin ein Teil des Guten der Menschen. Genauso wie die anderen Teile wache ich über ihr Leben. Wir beobachten und bieten unsere Hilfe an, aber die Menschen können sie nur aus eigener Kraft annehmen.«

»Was bedeutet das?«, fragte Yuki. Ihre Kopfschmerzen wurden stärker.

»Wir können nicht eingreifen und die Geschehnisse so lenken, wie wir es für richtig halten. Am Ende hängt es davon ab, wie sich jede einzelne Person entscheidet.«

Träume ich? Yuki schloss kurz die Augen und riss sie wieder auf. Nichts hatte sich verändert.

»Was willst du von mir?«, fragte sie mit brüchiger Stimme.

»Ich möchte dir meine Hilfe anbieten. Hast du dir jemals gewünscht, all die negativen Gefühle nicht mehr verspüren zu müssen? Angst, Trauer, Hoffnungslosigkeit, Beklommenheit und so viele mehr, die einem immer wieder Energie nehmen. Ich kann dafür sorgen, dass du sie nicht mehr fühlen musst. Erinnere dich daran, wie oft es dir schlecht ergangen ist, weil es nicht möglich war, diese Gefühle zu überwinden oder auszublenden.«

»Warum sollte ich wollen, dass du mir diese Gefühle nimmst? Ich wusste nicht einmal, dass du existierst.«

»Du hast nach mir gesucht, auch wenn dir das nicht bewusst ist. Sonst hättest du mich niemals gefunden«, erklärte Sintimento.

»Ich habe mich ... in einem Schneesturm verirrt und habe ... durch Zufall ... auf diese Lichtung gefunden«, hielt Yuki dagegen. *Der Wetterumschwung kam unerwartet.*

»Das ist kein normaler Schneesturm. Deine Verzweiflung und Wut haben das Chaos heraufbeschworen. Und dann hast du den Weg durch das Chaos zu mir gefunden. Ich kann nur denen erscheinen, die nach mir suchen.«

Yuki atmete tief durch. Das konnte nicht wahr sein. *Warum kann ich nicht bei Mio sein?* Ihre Schultern verkrampften sich.

»Ich kann dafür sorgen, dass es vorbei ist mit Momenten und Tagen, die sich nicht gut anfühlen.« Es gab eine kurze Pause. »Du müsstest nie wieder negative Gefühle verspüren«, sprach Sintimento und pulsierte in schwachem Gelb. »Ich weiß, dass du dich seit dem Tod deines Schwiegervaters oft schlecht fühlst. Selbst davor ging es dir häufig nicht gut.«

Yuki zuckte zusammen. *Woher weiß es von der Traurigkeit und Wut? Es kann mich beobachten. Das hätte ich mir denken können, wenn ich berücksichtigt hätte, was es vorher gesagt hat.* Ihre Schultern fühlten sich schwer an. Yuki öffnete den Mund und schloss ihn wieder. *Es ist verlockend … aber … das kann doch nicht … es klingt so schön.* Mios Traurigkeit würde an ihr abperlen. Sie würde keinen Schmerz empfinden, wenn geliebte Menschen starben. Nie wieder würde sie sich über ihre Arbeit ärgern. Wie viel Leid sie sich erspart hätte, wenn sie keine negativen Emotionen empfunden hätte. Yuki hatte noch viele Jahre vor sich. Sie konnte unzählige unangenehme Momente abwenden.

»Du musst mich nur berühren und alles hat ein Ende. Nie wieder Wut, Trauer, Verzweiflung, Einsamkeit«, erklärte der Lichtball sanft. »Es tut nicht einmal weh. Du wirst, außer dass bestimmte Gefühle abwesend sein werden, keinen Unterschied spüren.«

Sie hob ihren Arm. *Werde ich noch die positiven Gefühle wertschätzen können?*, durchzuckte es sie. Yuki hielt inne. Sie zitterte.

»Würden die guten Gefühle nicht ihren Wert verlieren, wenn ich nicht mehr die negativen erleben würde? Würde sich alles für mich gleich anfühlen?« Ihre Stimme klang brüchig. *Es hört sich so gut an. Aber … Bitte sag Nein.*

»Das ist eine Fehlvorstellung. Deine Stimmung hätte ein anderes Grundniveau als vorher. Du könntest dich nach wie vor in einem neutralen Zustand wiederfinden.« Sintimento schnaubte leise – amüsiert oder genervt.

Yukis Herz hämmerte wild.

»Das Leben besteht aus mehr als schlechten und guten Momenten. Deshalb könntest du nach wie vor gute Gefühle erkennen und wertschätzen. Abgesehen davon treten die schönen Gefühle in verschiedenen Intensitäten auf. Auch deshalb wirst du in der Lage sein, Augenblicke miteinander zu vergleichen. Du wirst schon sehen. Es wird alles gut werden. Auch Mios Gefühle würden dich nicht mehr mitnehmen.«

»Werde ich noch Mitleid empfinden können?«, sprach Yuki einen Gedanken aus, der ihr in diesem Moment kam. Ihre Lippen bebten und das Zittern wurde stärker. Sie schlang ihre Arme um sich. Bilder, wie sie sie um Mio gelegt hatte, flammten in ihren Gedanken auf.

»Nein«, antwortete der Lichtball leise. »Das ist der Preis dafür, sich nicht mehr mit negativen Gefühlen belasten zu müssen. Um ein glückliches Leben zu führen, muss man Hindernisse überwinden, so manches Opfer bringen.«

Mio! Werde ich meine Verbindung zu ihm verlieren? So oft hatten sie sich gegenseitig getröstet, hatten sich in schwierigen Momenten geholfen. Einmal sogar hatte Yuki ihn aus einer Gefahr gerettet. Sie waren in den Bergen klettern gewesen, und Mio war auf einen kleinen Vorsprung gestürzt. Yuki hatte ihm geholfen, diesen Ort wieder zu verlassen.

»Werde ich Gefahren noch erkennen? Kann die Abwesenheit negativer Gefühle nachteilig sein, wenn … wenn ich Entscheidungen treffe. Wie erkenne … ich, ob etwas eine schlechte Wahl ist, wenn mir mein Gefühl nicht sagt, ob sie negativ ist?«, äußerte Yuki ihren Zweifel.

»Du würdest deine Fähigkeit zu denken nicht verlieren.«

»Kann Furcht nicht … hilfreich sein? Sie kann … kann mich doch davor schützen, etwas … Gefährliches zu tun«, hakte Yuki nach. *Bitte sag Nein.*

»Manchmal können negative Emotionen nützlich sein. Das stimmt«, sagte Sintimento traurig. »Aber wie selten erfüllen sie diese Funktion?«

Ich weiß es nicht. Aber lohnt es sich nicht trotzdem, sie deswegen zu behalten? Warum habe ich … Nein, es war richtig, nachzufragen. Wenn ich …

179

»Vielleicht wird es am Anfang merkwürdig sein, aber auf Dauer wird es dir besser gehen, wenn du keine negativen Gefühle mehr hast. Keine Angst: Du wirst nicht zu einem emotionslosen Menschen werden. Dein Leben wird schöner sein«, schob der Lichtball nach.

»Aber ich würde Gefahr laufen, falsche Entscheidungen zu treffen. Und ich könnte kein Mitgefühl mehr für die Menschen in meiner Umgebung aufbringen«, hielt Yuki dagegen. Ihre Stimme klang müde. Hätte sie beim Klettern keine Angst verspürt, wäre sie vermutlich sorgloser vorgegangen und hätte im schlimmsten Fall Mio und sich in den Abgrund gerissen.

»Du wirst immer noch die Probleme deiner Mitmenschen erkennen und verstehen können. Das Gleiche gilt für Gefahren. Du wirst Situationen analysieren und Abwägungen vornehmen können. Der Unterschied wird sein, dass du nicht durch negative Gefühle belastet werden wirst.« Der Lichtball kam noch ein Stück näher. »Es wird dir besser gehen.«

Ich würde eine Außenseiterin sein. Ich würde zwar verstehen, wie etwas ist, es aber nie vollständig durchdringen können wie die anderen. Ich würde Gefahren schlechter erkennen können.

»Das glaube ich nicht«, brachte Yuki leise über ihre Lippen. Der Lichtball flackerte kurz in schwachem Rosa auf.

»Du müsstest Wut, Traurigkeit, Neid, Einsamkeit, Schuld und so viele andere Gefühle, die dich belasten, nicht mehr spüren«, sprudelten die Worte aus Sintimento heraus. »Wenn du mich nun zurücklässt, wirst du mich wahrscheinlich nie wieder finden. Der Weg hierher war beschwerlich«, sprach Sintimento langsamer, aber dafür ernster als zuvor.

Yuki blickte sich um. Die grüne, mit Weiß überzogene Nadelwand war nach wie vor undurchdringlich. *Wird es mich gehen lassen?*

»Ein besseres Leben wartet auf dich«, erklärte der Lichtball eindringlich und zog einen Kreis um Yuki, während er fortfuhr: »Du würdest eigenbestimmt leben und müsstest dich nicht mehr deinen lästigen Gefühlen beugen.«

»Ich will das nicht hören«, flüsterte Yuki.

Der Lichtball redete weiter auf sie ein.

»Hör auf!«, rief sie.

»Du musst das verstehen. So viele würden diese Chance nutzen«, säuselte der Lichtball.

Ich muss von hier verschwinden.

»Du musst nur die Hand nach mir ausstrecken und …«

Ich sollte nicht zuhören. Yukis Kopfschmerzen wurden noch stärker, stachen so sehr, dass sie sich hektisch die Stirn massierte. *Es wäre schön, nie wieder … Nein. Es wäre … furchtbar.*

Das Licht der schwebenden Kugel flackerte unangenehm und Yuki kniff die Augen zusammen. Süße Worte schwemmten über sie hinweg. Angst und Sehnsucht hoben in Yuki an. Ich muss dagegen ankämpfen. *So schön und … Nein! Mio …* Ihr gesamter Körper versteifte sich.

Yuki schaute zu den Rändern der Lichtung. Die Nadelbäume standen dicht an dicht. *Wo ist ein Ausweg?*

»Du musst das doch verstehen«, donnerte der Lichtball und wurde ein bisschen größer.

Yukis Beine setzten sich in Bewegung. Sie taten es, ohne dass sie wusste, was geschah. Rasch trugen sie Yuki auf die immergrünen Bäume zu. Sie ruderte mit ihren Armen, schob sich zwischen die Zweige, während der Lichtball laut hinter ihr zeterte. Mit einem Krachen, das ihr eigener Schrei begleitete, durchbrach sie die grüne Wand.

Das wütende Tosen des Schneesturms brach über sie herein. Der Wind zerrte an ihr, fuhr unter ihre Kleidung und brachte Kälte mit sich. Schneeflocken stürmten Yuki von allen Seiten entgegen, stachen ihr eisig in die Haut. Gedämpftes Licht umgab sie. Kurz war ihr schwindelig und sie stolperte mehrere Schritte in einen Busch hinein.

Sie fror. Benommen schaute sie zurück. Hinter ihr befand sich eine Reihe aus Nadelbäumen, die mit frischem Schnee bedeckt waren – nichts Besonderes.

Außer dem wütenden Heulen des Windes vernahm sie keine Geräusche. Sie erschauderte und schüttelte sich. Ihre Augen tränten.

Yuki kämpfte sich aus dem Busch heraus und bewegte sich rasch von der Lichtung fort. Sie wollte möglichst viel Distanz zwischen sich und diesen Ort bringen. Hastig stolperte sie vorwärts durch den Schnee, warf immer wieder Blicke zurück. Wohin sie ging, wusste sie nicht. Hauptsache, sie entfernte sich von der Lichtung.

Irgendwann erreichte sie den Waldrand, trat zwischen den Baumreihen hervor. Wohin sollte sie gehen?

Sie schaute umher, hoffte, in der Ferne eine Silhouette, irgendeinen dunklen Punkt auszumachen. Als sie nicht fand, wonach sie suchte, setzte sie sich in Bewegung. Yuki wollte diesen Wald unbedingt hinter sich lassen, und Erleichterung machte sich breit, nachdem sie die ersten Schritte getan hatte.

Die Schneeflocken wurden weniger, schrumpften zusammen. Der Wind ließ nach, wehte nur noch aus einer Richtung, und der Himmel nahm ein helles Grau an.

Bilde ich mir das ein?

Der Wind verkümmerte zu einem Säuseln und einem Streicheln auf ihrer kalten Haut. Schneeflocken zogen gemächlich zum Boden hin. Yuki jauchzte. Allmählich konnte sie mehr von ihrer Umgebung erkennen. Dort hinten war eine Reihe von Büschen, da ein Hochsitz. Schließlich konnte sie eine Besiedlung ausmachen.

Je näher sie kam, desto mehr Details offenbarten sich ihr.

Nach mehreren Schritten durchzuckte es sie: *Das ist mein Dorf!*

Yuki verfiel in ein Rennen, ignorierte, dass ihre Beine bleiern waren. Sie wollte endlich in ihr Haus zurückkehren. Abrupt blieb sie stehen. Mio würde dort sein, vielleicht unter einer Decke verkrochen. Es versetzte ihr einen Stich. *Hoffentlich wird wieder alles gut. Es wird schon funktionieren. Ich werde die Angst, die Traurigkeit aushalten, mich um ihn kümmern.* Sie setzte ihren Weg fort.

Irgendwann erreichte Yuki die ersten Häuser, wandelte durch schneebedeckte Gassen und Straßen, vorbei an Wänden und Gärten, kam vor dem Haus zum Stehen, das ihr so viel bedeutete. Ihre Eltern hatten dort gewohnt, bevor sie gestorben waren. Ihr früher Tod hatte Yuki und Mio dazu gebracht, hierherzuziehen. Sie hatten das Haus trotz – oder wegen – der Trauer nicht verkaufen wollen.

182

Yuki stapfte die Treppenstufen empor, blieb vor der Tür stehen. Sie atmete tief durch, wappnete sich gegen die Traurigkeit, die ihr entgegenschlagen würde. *Ich hätte mich anders entscheiden können, aber ich wollte es nicht.* Alles an ihr fühlte sich schwer an.

Sie schloss auf und trat ein.

»Yuki?« Mios Stimme. Er kam in den Flur und als er sie sah, eilte er auf sie zu.

Seine Augen waren von Tränen verschleiert, seine Mundwinkel konnten sich nicht entscheiden, ob sie nach oben oder unten zeigen wollten.

Yuki öffnete den Mund, doch sie brachte kein Wort heraus.

Mio schloss sie in seine Arme.

»Ich habe mir so große Sorgen gemacht. Ich dachte, dir wäre etwas zugestoßen«, sagte er mit brüchiger Stimme.

Er weinte und auch Yuki liefen die Tränen aus den Augen. Sie schmiegten sich aneinander.

Yuki atmete aus. Seit langem tat es wieder gut, gemeinsam zu weinen.

12

Weihnachtschaos auf Arlington Castle

Julia S. Oltmanns

»Da ist der seltsame Typ, der seit ein paar Tagen immer kurz vor Ladenschluss in die Buchhandlung kommt, aber nie ein Buch kauft. Irgendwann schmeiße ich ihn hochkant raus. Wir sind schließlich keine Bibliothek«, sagt Camille, Mayas Geschäftspartnerin und beste Freundin, und nickt dem dunkelhaarigen Mann in schwarzer Lederjacke und dazu passenden Doc-Martens-Boots zu.

»Vor meinem Urlaub habe ich ihn hier noch nie gesehen.« Maya zuckt mit den Schultern.

»Hast du dir etwa einen Urlaubsschatten angelacht?«, zieht Camille Maya schelmisch auf und stößt sie freundschaftlich mit dem Ellenbogen an.

»Ich frage ihn jetzt, was er sucht.« Zielsicher steuert Maya auf den Mann zu, doch als sie einen kurzen Blick auf sein Gesicht wirft, schwenkt sie sofort zur Seite ab und versteckt sich hinter dem Regal. Verzweifelt drückt sie ihre Hände auf ihren Mund und unterdrückt mühsam ihre Tränen.

Camille beobachtet ihre Freundin und weiß sofort, dass sie handeln muss. Glücklicherweise springt der große Zeiger der nostalgischen Standuhr neben der Kasse passend auf die volle Stunde um und schlägt fünfmal. Erleichtert stellt Camille fest, dass sich Maya bereits aus dem Staub gemacht hat. Hinter der leicht geöffneten Bürotür sieht sie einige von Mayas blonden Locken, sodass sich Camille ein leichtes Schmunzeln nicht verkneifen kann. Ihre Freundin ist von Geburt an chronisch neugierig. Da der junge Mann der einzige Kunde im Laden ist, beugt sie sich über den Tresen und ruft: »Entschuldigen Sie, Sir! Wir schließen gleich, ich muss Sie deshalb bitten, die Buchhandlung zu verlassen.«

»Ich bin auf der Suche nach Maya O'Sullivan und hatte gehofft, dass ich sie hier antreffen könnte«, erklärt er mit einem breiten schneeweißen Zahnpastalächeln und einem unwiderstehlichen Welpenblick aus seinen goldbraunen Augen, bevor er ein Buch auf den Tresen legt.

»Wie kommen Sie darauf, dass sie hier arbeitet, Sir?«, entgegnet Camille und betrachtet möglicherweise einen Augenblick zu lang das Buchcover. *Eine professionelle Buchhändlerin lässt sich ihre Überraschung niemals anmerken,* hat sie sofort die Stimme ihrer Ausbilderin im Kopf. »Das macht dann dreizehn Pfund. Soll ich das Buch als Geschenk einpacken, Sir?«, fragt sie, doch er verneint dies mit einem kurzen Kopfschütteln.

»Maya hat schon immer Bücher geliebt, wissen Sie? Schon damals hat sie mir von ihrem großen Traum vorgeschwärmt, eines Tages eine Buchhandlung namens *O'Sullivan Books* zu eröffnen«, spricht er weiter, während er seine Lederjacke öffnet und einen dunkelgrünen Brief aus der Innentasche hervorholt. »Der Earl Louis Ferdinand Arlington-Greystone lädt in diesem Jahr zu einem Weihnachtsball auf Arlington Castle ein und ich möchte Sie bitten, Maya diese Einladung zu überreichen, die gleichzeitig auch für ihre Schwester und ihre Nichten gilt.«

Sprachlos nickt Camille, weil sich ihre Befürchtung bewahrheitet hat, und nimmt mit einer zittrigen Hand den Briefumschlag an sich.

»So wie Sie mich ansehen, wissen Sie, wer ich bin«, schließt der Mann aus Camilles versteinertem Verhalten.

»Sie sind Luke Arlington-Greystone«, presst sie mühsam hervor und verstaut den Brief in einer Schublade unter der Theke. »Lokalhistoriker, mehrfach ausgezeichneter Geschichtsprofessor am Oxford-College und jüngster Sohn des Earls. Oder einfacher gesagt: der Mann, der Maya das Herz mit einem Schlachtermesser aus der Brust geschnitten hat, sodass sie für immer den Glauben an die Liebe verloren hat.«

»Autsch«, sagt Luke gedehnt und verzieht peinlich berührt sein Gesicht.

»Falls Sie sie um Verzeihung bitten wollen, um Ihr Gewissen zu erleichtern, halte ich dies für keine gute Idee, und jetzt möchte ich Sie bitten, zu gehen, Sir.« Um ihren Worten mehr Gewicht zu verleihen, zieht Camille ihre Augenbrauen hoch und weist mit dem Zeigefinger auf die Tür.

Seufzend lässt Luke das Buch in der Innentasche verschwinden. »Richten Sie Maya bitte aus, dass mein Vater es sehr schätzen würde, wenn sie mit Meera, Grace und Gabrielle zum Ball erscheint. Mein Vater möchte seine Schwiegertochter gerne wiedersehen und endlich seine Enkelkinder kennenlernen. Vielen Dank, Miss Montgomery.« Wissend, dass er nichts mehr ausrichten kann, geht Luke in Richtung Tür, legt die Hand auf die Klinke und dreht sich noch einmal zu Camille. »Außerdem hat Maya mich damals verlassen und buchstäblich im Regen stehen lassen, falls ich Ihrer Erinnerung auf die Sprünge helfen darf.« Dann verlässt er die Buchhandlung.

Erst als Luke in ein Taxi steigt und wegfährt, ruft Camille Maya zu: »Die Luft ist rein, aber meine Güte, er ist ja sowas von heiß! Du hast definitiv nicht übertrieben.«

Der Grund, warum Maya die Notbremse gezogen hat, ist ihr wohlbekannt und so unschuldig, wie er sich gerade gegeben hat, ist er an dem Beziehungsende nicht. Als sie Maya vor drei Jahren bei einem Buchbinderkurs kennenlernte, war diese immer noch nicht über die Trennung von ihm hinweggekommen.

»Verbrenn du dir nicht auch noch deine Finger an ihm«, warnt Maya sie, nimmt dann den Briefumschlag und feuert ihn ungeöffnet in den Papierkorb.

In den nächsten Tagen zuckt Maya bei jedem Öffnen der Tür zusammen und wirft einen gehetzten Blick auf jeden eintretenden Kunden. Camille wird es schließlich zu bunt. Sie verfrachtet Maya ins Büro, um potenzielle Käufer nicht zu verschrecken und stattdessen die neue Lieferung ihres Liebesdramas »Survive« zu signieren, das sie unter dem Pseudonym *Rose Heartbeat* veröffentlicht hat.

»Ich finde übrigens, ihr solltet unbedingt hingehen.«

Maya sieht auf und fixiert Camille, die mit verschränkten Armen im Türrahmen steht. Nach dem Signieren des siebenundvierzigsten Buches spürt sie das leichte Ziehen in ihrer linken Hand. »Du glaubst doch wohl nicht allen Ernstes, dass wir dem alten Sack sein Ableben einfacher machen, oder?«

»Du meinst also, der Earl ist krank?« Mit einem misstrauischen Blick zieht sie den Stuhl unter dem Tisch hervor und setzt sich Maya gegenüber.

»Warum sollte er uns sonst einladen? Er wollte die letzten elf Jahre schließlich auch nichts mit seiner Schwiegertochter und seinen Enkelkindern zu tun haben.« Seufzend klappt Maya das Buch zu. »Soll ich uns zu Mittag mal wieder etwas von Mum aus dem Pub holen?«

»Das klingt gut«, stimmt Camille ihr zu.

»Vielen Dank«, sagt Maya eine Stunde später zu ihrer Mutter und nimmt lächelnd die Papiertüte entgegen.

»Weißt du eigentlich, wer mich vorhin im Pub besucht hat?«, fragt ihre Mum geheimnisvoll und lässt die Augenbrauen auf und ab hüpfen.

Sofort hat Maya Schweißperlen auf ihrer Stirn. »O nein, bitte nicht«, denkt sie.

»Jeremy. Er ist mit seiner Frau und den drei Kindern letzte Woche zurück nach Castle Combe gezogen«, löst Iris das Rätsel und entlockt ihrer Tochter damit ein erleichtertes Aufatmen. »Mit wem hattest du denn gerechnet?«

»Nicht so wichtig«, versucht Maya abzulenken. Auf ihren Crush aus der Schulzeit zu treffen, würde sie sicherlich nicht so aus der Bahn werfen wie das Beinahe-Treffen mit Luke.

»Den Blick kenne ich, Maya O'Sullivan. Ist der Grafenbengel etwa wieder zurück?«

Ihrer Mutter gegenüber hatte Maya noch nie etwas verheimlichen können.

»Er war Anfang der Woche im Buchladen und hat uns eine Einladung zum Weihnachtsball auf Arlington Castle dagelassen«, erklärt Maya mit einem genervten Augenrollen.

»Das ist höchst interessant.«

»Wieso?«, hakt Maya verwirrt nach. »Die ist gleich in der Papiertonne gelandet.«

»Witzigerweise hatte Meera gestern eine Einladung im Postkasten und im Gegensatz zu dir hat sie diese angenommen.«

»Das kann doch nicht ihr Ernst sein.« Frustriert fährt sie sich mit den Fingern durch die blonden Locken.

»Außerdem war Meera so frei, für dich ebenfalls zuzusagen.«

Nach einem äußerst unschönen Telefonat mit ihrer Schwester stürmt Maya aufgelöst aus dem Pub und prallt mit jemandem zusammen. »Sorry, ich habe nicht aufgepasst«, entschuldigt sie sich und hebt die zu Boden gefallene Papiertüte mit dem Mittagessen wieder auf. Mit einem prüfenden Blick stellt Maya beruhigt fest, dass die Lunchboxes nicht beschädigt sind.

»Nichts passiert«, sagt eine männliche Stimme, die Maya nicht nur eine Gänsehaut über den Körper jagt, sondern sie auch knallhart in die Vergangenheit katapultiert. »Es ist schön, dich endlich persönlich zu treffen, ohne dass dein Wachhund dich von mir fernhält. Dachte Camille echt, dass ich nicht weiß, dass du nebenan im Büro warst? Dein Parfüm wird dich immer verraten. Nimmst du den Weg zurück durch den Park? Ich könnte dich begleiten und wir unterhalten uns ein wenig.«

»Du hast Glück, dass meine Neugierde mal wieder stärker ist«, stimmt Maya seinem Vorschlag nach einer übertrieben langen Denkpause zu. Ob sie vielleicht bei diesem Spaziergang sogar neuen Input für ihren nächsten Roman bekommen würde?

Gemeinsam überqueren sie die Hauptstraße und biegen in den Schlosspark ab, der trotz der kühlen Temperaturen im Dezember ein beliebter Ort für abgehärtete Picknickliebhaber, Spaziergänger und Jogger ist.

»Du hättest mir in deinem Buch auch einen besseren Namen geben können«, bricht Luke schmunzelnd die anhaltende Stille. »Berry? Echt jetzt?«

»Ich habe keine Ahnung, was du meinst«, versucht sich Maya herauszuwinden. Außer ihren Eltern, Meera und Camille weiß niemand, dass Maya sich hinter dem Pseudonym versteckt, das das gefeierte Liebesdrama mit dem herzzerreißenden Ende zwischen einem Grafensohn und der Tochter eines Rechtsanwalts geschrieben hat.

»Du machst einen auf Hannah Montana und glaubst wirklich, ich würde dich nicht erkennen? Auch wenn du im wahren Leben blonde Haare hast und eine Brille trägst, ich weiß genau, dass du *Rose Heartbeat* bist, und willst du wissen, was dich verraten hat?«, fragt Luke geheimnisvoll, pflückt eine Blüte der weißen Alpenveilchen vom Wegesrand und reicht sie Maya, die sie jedoch nicht annimmt. Um sich vor den anderen Anwesenden im Park nichts anmerken zu lassen, steckt er die Blüte kurzerhand in ihre Haare, die sie zu einem seitlichen Bauernzopf geflochten hat.

»Das hier war ein Fehler«, sagt Maya und geht mit schnellen Schritten voran. Schützend hält sie die Lunchtüte vor sich, als das weihnachtlich geschmückte Schloss in Sicht kommt. Vor dem Eingang stehen wie zu jedem Weihnachtsfest die zwei mannshohen Nussknacker, die Maya schon als Kind geliebt hat, und auch die Spitze der im Innenhof aufgestellten Tanne kann sie von hier aus sehen.

Nach einer kurzen Joggingeinlage holt Luke sie ein. »Der geheime Urlaub in den Bergen und deine außerordentlich gut gelungene Beschreibung der luxuriösen Blockhütte mit dem riesigen Badezimmer und der großen Badewanne aus Marmor, vor der dieser überdimensional große Fellteppich ausgelegt war.« Luke fährt sich mit der Zunge über die Unterlippe, bevor er Maya ein neckisches Lächeln zuwirft.

Natürlich ist auch Maya die besagte Badewanne noch in sehr guter Erinnerung. Beschämt meidet sie seinen Blick, weil die Bilder vor ihrem geistigen Auge die damals schon kaum zu bändigende Begierde sofort wieder in ihr auslösen.

Auf der steinernen Brücke, die den Park mit dem Schloss verbindet und ebenfalls mit geschwungenen Kunsttannengirlanden und bunten Kugeln geschmückt ist, hält Maya inne. Sie lässt den Anblick des aus massivem Stein gebauten barocken Wasserschlosses auf sich wirken.

Ein sanftes Lächeln umspielt seine Mundwinkel, als er ihren sehnsüchtigen Blick auffängt und erkennt, dass das Schloss immer noch diese unbeschreibliche Anziehungskraft auf sie hat. »Ich weiß noch jede Einzelheit des Abends, als du mich nach der Hochzeit von meinem Bruder und Meera auf dieser Brücke zum ersten Mal geküsst hast. Der Kuss schmeckte nach Rotwein und Whiskey und mein Lächeln war riesig, als ich später nach Hause kam. Deswegen weiß ich genau, dass das mit uns kein Fehler war.«

Ohne es verhindern zu können, jagt seine dunkle Stimme Maya eine Gänsehaut über den Körper. Ihr Atem wird flacher und das Herz schlägt ihr kräftig gegen die Brust. Ihr Blick brennt sich für Sekunden in seinen und der herbe, zitronige Geruch seines Parfüms steigt ihr in die Nase. »Und warum hast du dich damals dann gegen uns entschieden? Bryan hat immer gesagt, dass du, sein kleiner Bruder, wie ein Schmetterling in einem Käfig wärst, der durch mich endlich die Chance bekäme, sich von seinem Vater nicht länger einsperren lassen zu müssen.«

Der leichte Wind weht ihr eine Haarsträhne ins Gesicht, die Luke zärtlich zurückstreicht, bedacht darauf, ihre Haut nicht zu berühren.

Doch oh Gott, wie gerne hätte Maya in diesem Moment seine Hand auf ihrer Wange gespürt, nur um zu wissen, ob es sich immer noch genauso atemberaubend anfühlt. Langsam kommt sein Gesicht ihrem näher, bis sich ihre Nasenspitzen beinahe berühren.

Der tiefe, intensive Blick aus ihren leuchtenden Augen lässt Lukes Herz vor Aufregung und Hoffnung schneller schlagen. Dann nimmt er all seinen Mut zusammen, legt seine Hand in ihren Nacken und küsst sie. Zuerst spürt er ihre Überraschung und ihr Zögern, dann erwidert sie seinen Kuss. Ihr zart rosafarbener Lippenstift schmeckt nach Zimt und Weihnachten, was ihn leicht lächeln lässt.

Sein leidenschaftlicher Kuss lässt den Funken sofort überspringen und entfacht ihre eingeschlafenen Gefühle für ihn aufs Neue. Tausende Schmetterlinge tanzen in Mayas Bauch und eine angenehme Wärme steigt von den Zehen ihren Körper hinauf.

Dennoch kann sie es nicht verhindern, dass ihre Gedanken zu ihrem letzten Kuss mit Luke abschweifen, die der Magie des Momentes einen gehörigen Dämpfer verpassen.

Vor einigen Jahren hat sie sich im strömenden Regen an dieser Stelle von ihm verabschiedet, denn gegen sein Erbe hatte sie nie eine Chance gehabt, dafür liebte er Arlington Castle einfach zu sehr. So lange hat sie um ihn gekämpft, doch dann hat sich von einer auf die andere

Sekunde alles geändert und Maya bewarb sich stattdessen für ein Auslandssemester in Frankreich.

Neben dem Stress mit dem Buchladen, der Einladung für den Weihnachtsball im Schloss, dem Auftauchen von Luke und dem erneuten Aufblühen ihrer Gefühle für den jüngsten Sohn des Earls brechen die schmerzhaften Erinnerungen wie tosende Wellen über Maya zusammen. »Das geht nicht ... Nicht noch einmal ...«, sagt sie außer Atem und ihre Augen füllen sich mit Tränen. Grob stößt sie Luke von sich, sodass er gegen eine der barocken Steinlampen knallt, die mit dem Wappen der Arlington-Greystones verziert ist. Nach einem letzten Blick und einem kurzen Kopfschütteln rennt sie davon.

»Maya!«, ruft Luke ihr verzweifelt hinterher, während er sich die schmerzende Stelle an der Hüfte reibt, laut flucht und dann mit dem Fuß gegen die Steinmauer tritt, wobei er ungeschickterweise eine der Kugeln an der Girlande trifft, die in tausende Glassplitter zerschellt. Kurz darauf vernimmt er die rhythmischen Klänge eisenbeschlagener Hufe und sieht seinen Vater auf sich zutraben.

»War das gerade Maya O'Sullivan?«, fragt der Earl seinen Sohn und pariert seinen Schimmel zum Halten durch. »Endlich scheinst du doch zu etwas nutze zu sein, als nur deine Nase in irgendwelchen Geschichtsbüchern zu vergraben.«

Während Luke seinem Vater nachsieht, der im gemütlichen Trab auf dem Reitweg zwischen den Bäumen verschwindet, erinnert er sich an das letzte Treffen mit Maya, als sie ihm sagte, dass sie für ein halbes Jahr nach Frankreich gehen würde. Doch er kannte Maya gut genug, um in ihrem Blick zu erkennen, dass sie nicht vorhatte, wieder zurückzukommen. Nachdem sie sich mit einem letzten Kuss von ihm verabschiedet hatte, war er zusammengebrochen und seine Tränen hatten sich mit dem Regen vermischt. Er hätte niemandem je erzählen können, wie es sich anfühlte, sie gehen zu lassen. Nur Bryan wusste, wie es in ihm aussah, und versuchte ihn aufzubauen. Als vier Monate später auch noch sein Bruder bei einem Feuerwehreinsatz ums Leben kam, hatte er nichts mehr, an dem er sich festhalten konnte, und war nahe dran, einfach alles aufzugeben. Dass Maya nach der Beerdigung ihres Schwagers in Castle Combe blieb, um ihre Schwester mit den beiden Kindern nach dem tragischen Verlust zu unterstützen, und zu stolz war, um an Lukes Schulter zu weinen, konnte er schließlich nicht ahnen.

Nachdem Meera und Camille mit Engelszungen auf Maya eingeredet hatten und es nicht schafften, sie zu überzeugen, schickte ihre Schwester schließlich die Zwillinge mit einem Ballkleid vor, um Maya zu überreden. Meera wusste genau, dass Maya den Mädchen nichts abschlagen konnte.

»Luke wird kaum seine Augen von dir lassen können«, sagt Meera, als sie das Zimmer betritt und Maya unschlüssig vor dem Spiegel stehen sieht.

Das hellblaue, bodenlange Ballkleid aus luftigem Tüll mit V-Ausschnitt und einer spektakulären tiefen Rückenansicht mit Schnürung zaubert Maya eine romantisch-feminine Silhouette. Die aufgenähten Blumen- und Blätterapplikationen aus Spitze sind wahre Eyecatcher und Meera ist froh darüber, dass sie dieses Kleid für ihre jüngere Schwester gefunden hat.

»Meinst du wirklich?« Unsicher zieht Maya die Augenbrauen zusammen. »Außerdem wollen meine Haare heute überhaupt nicht das machen, was sie sollen.«

»Du solltest einfach gar nichts mit ihnen machen und deine Naturlocken nur ein bisschen mit Schaumfestiger stabilisieren«, schlägt Meera vor und lässt sich mit ihrem Ballkleid auf Mayas Bett fallen. »Auch wenn ich es nicht gerne zugebe, aber ich muss mich bei dir entschuldigen, dass ich dich in diese blöde Situation gebracht habe. Ich hoffe, du kannst mich verstehen, weil ich nur dein Bestes im Sinn hatte und dass du am Ende endlich dein langersehntes Glück mit Luke findest. Bryan hat immer gesagt, dass ihr füreinander geschaffen seid, und das glaube ich immer noch. Wenn ich dich über meine Schulter werfen muss, um dich auf diesen Weihnachtsball zu schleppen, dann nehme ich das auch sehr gerne in Kauf.«

»Maya!«, ruft Grace laut und starrt mit offenem Mund auf ihre Tante, die keine Chance mehr bekommt, ihrer Schwester eine Antwort zu geben.

»Du siehst aus wie eine Prinzessin!«, fügt Gabrielle hinzu und sieht ihre Tante mit demselben Glänzen in den Augen an, mit der sie vergangenes Weihnachten auch ihre neue Barbiepuppe angesehen hat.

»Danke, meine Süßen!«, antwortet Maya gerührt und ihr Herz quillt vor Freude über, als sie ihre Nichten in ihre Arme schließt. »Ihr beiden aber auch. Eure Mum hat sich mal wieder selbst übertroffen und euer Dad wäre stolz auf euch, wenn er euch jetzt sehen könnte.«

Eine Stunde später sitzen sie im Auto und je näher sie dem Schloss kommen, desto unruhiger werden die Zwillinge auf der Rückbank. Geschickt parkt Maya ihren Mini Countryman zwischen einem Geländewagen und einer Limousine auf dem ausgeschilderten Parkplatz und überreicht Meera die Autoschlüssel, die sie in ihrer Handtasche verschwinden lässt. Die Mädchen können es nicht abwarten, zum ersten Mal das Schloss zu betreten. Nachdem sie namentlich durch einen älteren Mann mit schütterem Haar angekündigt wurden, betreten die vier den aufwendig geschmückten großen Ballsaal und folgen dem Menschenstrom in Richtung des weißbärtigen Earls, der neben der spielenden Streichkapelle steht und die Gäste nacheinander persönlich begrüßt. In einem roten Kostüm hätte er auch als Santa Claus durchgehen können.

Während er sich den Zwillingen als ihr Großvater vorstellt, der sie in seinem Schloss herzlich willkommen heiße und außerordentlich stolz sei, zwei so wunderschöne Prinzessinnen als Enkelkinder zu haben, hat er für Meera und Maya nur einen Handschlag und ein unterkühltes »Ich freue mich, dass ihr heute hier seid« übrig.

Maya nickt dem Earl zur Begrüßung nur zu, versucht mit zusammengezogenen Augenbrauen irgendeine Krankheit auszumachen. Als sie sich von ihm abwendet, entdeckt sie Luke in einem schwarzen Cutaway-Anzug mit einer weißen Weste und einer barock gebundenen silbernen Krawatte auf der anderen Seite des Saals. Er steht neben einigen Abgeordneten aus dem House of Commons. Als sein Blick auf sie fällt, prostet er ihr mit seinem Champagnerglas zu und formuliert ein »Wow« mit seinen Lippen.

An ihrem ersten Abend auf dem Schloss hat Luke ebenfalls einen solchen Anzug getragen und deshalb Mayas Aufmerksamkeit auf sich gezogen. Dass er den anderen Mädchen von betuchten Eltern die kalte Schulter zeigte und Maya mehrmals zum Tanz aufforderte, schmeckte dem Earl überhaupt nicht. Seinen jüngsten Sohn wollte er nicht auch noch an eine Bürgerliche verlieren. Deshalb mussten sie ihre Gefühle und ihre Beziehung auch so lange geheim halten.

Maya lächelt kurz, dann ziehen die Zwillinge sie zu dem riesigen Eisschwan, der auf einem meterlangen Buffettisch zwischen Desserts steht. »Sieht der nicht grandios aus?«, fragt Grace, und Gabrielle fügt hinzu: »Können wir nächstes Jahr bitte auch so einen haben?«

»Mal schauen, was sich machen lässt. Wollt ihr den Ballsaal ein bisschen erkunden, solange es noch nicht so voll ist?« Breit grinsend sieht Maya den Mädchen nach. Als sie einen Luftzug an ihrer Schulter spürt und sich zur Seite dreht, hält Luke ihr ein gefülltes Champagnerglas und einen Glückskeks entgegen. »Bryan wäre stolz auf Grace und Gabrielle«, sagt er wehmütig. »Außerdem siehst du wieder genauso atemberaubend schön aus wie an dem Abend, als ich dir zum ersten Mal begegnete und mein Herz direkt an dich verlor.«

»Warum kramst du die Vergangenheit ständig wieder hervor, Luke? Was hoffst du damit zu erreichen?«, fragt Maya griesgrämig, weil sie nicht schlau aus ihm wird.

»Smalltalk?«, erwidert er mit einem Schulterzucken. »Du weißt, dass ich mit Worten nicht so gut bin. Das überlass ich lieber dir als Schriftstellerin.«

»Dann lass es einfach.« Maya stellt das unberührte Glas auf dem Tisch ab und lässt Luke stehen.

»Was sagt dein Glückskeks voraus?« Breit grinsend reibt Meera ihrer Schwester den kleinen Zettel unter die Nase, auf dem steht, dass sie bald Millionärin sein würde.

»Keine Ahnung, ich habe meinen noch nicht aufgemacht«, antwortet Maya, bricht daraufhin ihren Keks in zwei Teile und zieht das schmale Papier heraus. Als ihre Augen über den Text schweifen, spürt sie, wie ihre Knie weich werden.

Du wirst immer mein Herz haben. In Liebe, Luke.

»Wieso schaust du denn so schockiert aus, Schwesterherz? Wirst du bald auch eine Millionärin sein?«

Mit zitternden Händen überreicht Maya ihrer Schwester das dünne weiße Papier mit dem handgeschriebenen Text.

»Ui, das ist ja süß von ihm!«, sagt Meera daraufhin und ihre Augen funkeln, als sie daran denkt, dass es möglicherweise ein Liebescomeback geben könnte. Irgendwie musste Luke das eingefrorene Herz ihrer Schwester doch aufwärmen können.

»Es wird nie wieder ein *Luke und Maya* geben, verstanden? Und wenn wir gerade mal bei einem Gedanken-austausch sind: Du bist doch nicht so naiv und glaubst wirklich, dass der Earl krank ist, oder? Schau doch mal, wie er mit Grace und Gabrielle durch den Saal rennt. Dem sieht man nicht einmal seine dreiundachtzig Jahre an.«

»Es gibt Krankheiten, die man von außen nicht sehen kann, Maya«, entgegnet Meera stur. »Du bist so verbohrt und stößt Luke von dir weg, obwohl du ihn immer noch willst, aber es macht dir zu viel Angst, deine Gefühle für ihn wieder zuzulassen. Darf ich dich daran erinnern, dass du ihn damals verlassen hast und ohne eine Erklärung nach Frankreich abgehauen bist?«

»Warum ist er genau jetzt so scharf darauf, dass ich ihm eine zweite Chance geben soll?«, hält Maya gegen und stemmt die Hände in die Seite.

»Weil mein Dad pleite ist. Er hat mich auf dich angesetzt, weil er von einem Bekannten erfahren hat, dass du ein prall gefülltes Bankkonto besitzen sollst. Mein Dad hofft, dass ich dein Herz erweichen kann und du uns vor dem

Verkauf von Arlington Castle bewahrst.« Luke taucht hinter einer der blank polierten Ritterrüstungen auf.

Während das Streichorchester gerade *A Thousand Years* von Christina Perri anstimmt, sieht Luke die aufkommende Verzweiflung in Mayas Augen und er erträgt es kaum, als sich glitzernde Tränen auf ihrem unteren Augenlid bilden. Bevor er zu einer weiteren Erklärung ansetzen kann, dreht sich Maya auf der Stelle um und rennt davon.

Tränenüberströmt eilt sie durch das Schloss. Das niederschmetternde Gefühl von Lukes Verrat erdrückt sie beinahe und ihr Verstand kann seine Worte nicht begreifen, denn ihre Gedanken wiegen so schwer wie Blei. Endlich erreicht sie die antike zweiflügelige Eingangstür, die ein verwirrt dreinsehender junger Mann in Anzug und Krawatte schwungvoll aufstößt.

Die kalte Nachtluft brennt auf Mayas heißen Wangen und in ihrer Lunge, doch sie rennt die Steinstufen des geschwungenen Treppenaufgangs hinunter. Es hat sogar zu schneien begonnen, was Maya vorhin noch belächelt hatte, als der Wetterfrosch im Fernsehen weiße Pracht ankündigte. Der Tüll ihres ausladenden Kleides raschelt wie Blätterlaub im Wind über die Kieselsteine.

»Maya! Warte bitte!«

Dumpf hört sie Lukes verzweifelte Stimme hinter sich, doch das treibt Maya an, noch schneller zu rennen.

Wären nur diese blöden Kieselsteine nicht und hätte sie nur nicht auf Meera gehört und diese verdammten High Heels zu Hause gelassen.

Keuchend erreicht Maya kurze Zeit später den Parkplatz, findet ihr Auto, nur um dann fluchend mit der flachen Hand auf das Dach zu schlagen.

Der Autoschlüssel ist immer noch in Meeras Handtasche!

Schluchzend rutscht Maya mit dem Rücken an dem kalten Lack ihres Autos entlang und lässt sich auf den nasskalten Boden plumpsen. Vor Kälte zitternd, zieht sie die Knie an und umschließt sie mit den Armen, bevor sie den Kopf abstützt. Heiße Tränen mischen sich mit der schwarzen Mascara und fallen auf ihr hellblaues Kleid. Wieso war ihr Herz so arglos darauf reingefallen, dass er es mit der Seelenverwandtschaft ernst gemeint haben könnte?

Währenddessen nimmt Luke zwei Treppenstufen auf einmal, dennoch verliert er Maya auf dem Parkplatz aus den Augen. Lauschend hält er inne, dann zeigt ihr Schluchzen ihm den Weg und zerreißt gleichzeitig sein Herz in tausend Stücke. Warum musste sie so stur sein und ihn nicht aussprechen lassen? Warum musste sie wegrennen, ohne die ganze Wahrheit gehört zu haben?

»Maya?«, sagt er leise, als er sie wie ein Häufchen Elend zusammengekauert auf dem Boden neben ihrem Auto sitzen sieht.

»Verschwinde! Ich will nie wieder etwas mit dir zu tun haben«, schreit sie ihn mit brüchiger Stimme an und sofort glitzern neue Tränen im Licht der Außenlaterne in ihren Augen, bevor sie wie in Zeitlupe an ihrer Wange herunterkullern.

»Ich hatte niemals vor, den Plan meines Dads umzusetzen, das musst du mir glauben, und ich würde niemals zulassen, dass dir so etwas zustößt.« Luke zieht sein Sakko aus, legt es Maya um die nackten Schultern und setzt sich neben sie. »Weißt du eigentlich, wie schmerzhaft dein *Auf Wiedersehen* damals für mich gewesen ist? Hast du dir jemals Gedanken darüber gemacht, dass ich unsere *Affäre*, so wie du es genannt hast, vielleicht gar nicht als Affäre gesehen habe? Wie sehr ich mich in dich verliebt hatte, wusste ich erst, als ich dich für das Auslandssemester nach Frankreich gehen ließ. Niemals hätte ich es für möglich gehalten, aber meine Gefühle für dich waren viel tiefer, als ich es bis zu diesem Moment ahnte.«

Als Maya nichts sagt, wird Luke von den Erinnerungen überrannt und er schließt für einen kurzen Moment die Augen, um nicht unter ihrer Last zusammenzubrechen. »Weißt du eigentlich, dass ich dir nach Paris gefolgt bin, als Bryan mir sagte, was für ein Idiot ich sei, dich gehen zu lassen? Obwohl ich genau wusste, welche Konsequenzen auf mich warteten, wenn ich mich für dich entscheiden würde, hörte ich auf mein Herz und riskierte meine Enterbung, um mit dir glücklich zu werden. Deine Schwester verriet mir, in welchem Hotel du wohntest, und als ich ankam, erzählte mir der Rezeptionist, dass du mit einem anderen Mann zum Eiffelturm gefahren wärst. Als ich dich dann im orangeroten Licht des Sonnenuntergangs einen anderen Mann küssen sah, fühlte es sich an, als bliebe mein Herz stehen. Dich so mit jemand anderem in der Stadt der Liebe zu sehen, zerschmetterte mich. Keine Ahnung, wann oder wo meine Tränen versiegt waren und mir der Bauch nicht mehr vom Weinen weh tat. Aber es hat sehr lange gedauert, bis ich meinem Herzen endlich einreden konnte, dass ich dich unbedingt vergessen musste, um nicht unterzugehen, weil du dein Leben ohne mich weiterleben wolltest. Vor einigen Monaten erzählte mir mein Dad von unserem bevorstehenden Ruin, ein Collegekollege drückte mir den Liebesroman des Jahres zum Lesen in die Hand und plötzlich stehst du an der Ampel neben mir und ich habe nicht den Mut, dich anzusprechen.«

Maya sitzt die ganze Zeit nur still neben Luke und fühlt mit jedem Atemzug die Hoffnung auf eine zweite Chance steigen. Während die Schneeflocken lautlos auf sie niederfallen und auf ihrer Haut schmelzen, fühlt sie auch einen Stich in ihrem Herzen, als ihr klar wird, dass die Zwillinge nicht nur ihren Vater, Meera ihren Ehemann oder sie ihren Schwager verloren hatten, sondern Luke auch seinen großen Bruder, den er über alles geliebt und verehrt hatte. Wie schwer die Zeit für ihn gewesen sein musste, konnte sie sich kaum vorstellen. »Ich habe gehört, wie du damals zu Scott gesagt hast, dass du niemals eine ernsthafte Beziehung mit mir führen könntest, weil du für so etwas überhaupt nicht geschaffen wärst«, erklärt Maya ihm den Grund ihres Fortgangs und versucht die mit jedem Herzschlag wieder aufkommende Zuneigung für Luke zu verdrängen.

»Wie gerne würde ich die Zeit zurückdrehen, um alles zu reparieren, was dieser Satz damals zerstört hat, nur weil ich nicht den Mut hatte, gegen meinen Vater anzutreten und dir die ganze Wahrheit über meine Gefühle zu sagen.«

»Wieso ist eigentlich immer alles so kompliziert, wenn man erwachsen ist?«, fragt Maya seufzend und lehnt dann erschöpft ihren Kopf an seine Schulter. »Du kannst dir gar nicht vorstellen, wie mühsam es war, dich aus meinen Gedanken zu verbannen. Dann sehe ich dich in meiner Buchhandlung und du kaufst ausgerechnet mein Buch ...«

»Du hättest mir in der Geschichte aber wirklich einen besseren Namen geben können«, sagt Luke und entlockt Maya dadurch ein sanftes Lächeln. »Nein, ganz ehrlich, Lord Berry Choclaton of Greenshire? Wie bist du denn auf die Idee gekommen?«

»Wenn wir die Buchpicknicks im Schlosspark gemacht haben, hattest du immer Erdbeeren mit Schokolade dabei«, erklärt sie ihm und ihr warmer Atem an seinem Hals jagt ihm eine Gänsehaut über den mittlerweile ausgekühlten Körper. »Der Mann vor dem Eiffelturm war übrigens einer meiner Kommilitonen. Ich habe ihm nur ein wenig aus der Patsche geholfen, weil er riesigen Ärger mit seinen Eltern hatte, und es musste eben echt aussehen, damit sie ihm glaubten. Mittlerweile lebt er mit seinem Lebensgefährten in der Normandie und schickt mir jedes Jahr zu Weihnachten eine Karte.«

In dem Moment, als das Streichorchester *Nothing Else Matters* von Metallica spielt und alle jüngeren Gäste im Schloss die Tanzfläche stürmen, legt Luke auf dem Parkplatz seinen Arm um Mayas zitternden Oberkörper und drückt sie fest an sich.

Während er daran denkt, dass er sie nie wieder loslassen wird, hofft sie, dass sie sich nicht in ein weiteres Märchen ohne Happy End mit ihm verliebt hat.

»Bereit, meinem Vater die Stirn zu bieten?«, flüstert er und gibt ihr dann einen zarten Kuss auf die Stirn.

Maya sieht ihm in die Augen und schenkt ihm ein schüchternes Lächeln, bevor sie nickt. »Bereit, wenn du es bist.« Dann streckt sie ihm ihre Hand entgegen, die er mit einem festen Griff umschließt.

Schöne Hobbies für den Winter

Maria Jimenez

Ein Spaziergang im Schnee:
Was gibt es schöneres, als ein Spaziergang durch frisch gefallenen Schnee? Vor allem, wenn die Schneeflöckchen dabei noch auf einen niederrieseln und draußen alles so friedlich wirkt. Obwohl man sich bei den kalten Temperaturen normalerweise am liebsten zu Hause einmurmelt, tut ein bisschen frische Luft zwischendurch doch einfach mal gut, oder?

Noch schöner ist es aber, wenn man richtig gut eingepackt ist, damit man auch etwas von dem kleinen Ausflug hat und nicht auf halbem Weg schon anfängt zu frieren. Hier wäre der Zwiebel-Look daher echt ratsam. Achtung! Mütze oder Stirnband nicht vergessen.

Ein Weihnachtsfilme-Marathon:
Du willst es dir so richtig gemütlich machen? Dann schnapp dir deine Kuscheldecke, stell dir Snacks und einen warmen Tee oder ein anderes Getränk deiner Wahl bereit, vielleicht noch ein paar Kerzen und schon kann es losgehen! Auf Seite 343 findet ihr sogar noch eine Liste mit schönen Filmtipps für die Weihnachtszeit.

Schlittschuh laufen gehen:
Was gibt es cooleres, als im Winter einfach mal eine Runde über die Eisfläche zu schlittern? So kommt man mal raus, hat etwas Bewegung und es macht auch noch Spaß! Du kannst noch nicht Schlittschuhlaufen? Dann probiere doch mal einen Kurs für Anfänger aus. :)

Ein Eishockeyspiel anschauen:
Wer selbst nicht so gerne auf Schlittschuhen unterwegs ist und lieber von der Tribüne aus zusieht, könnte sich ja mal ein Eishockeyspiel anschauen. Nicht nur für waschechte Eishockeyfans kann so ein Spiel ein aufregendes Ereignis sein. Die Stimmung ist auf jeden Fall super!

Häkeln oder Stricken:
Wer gerne kreativ ist, kann es sich auch mit einem Garn Wolle und einer Häkelnadel gemütlich machen. Es gibt so viele schöne Häkel- und Strickmotive, die man ausprobieren kann. Beim Häkeln kann man auch nebenbei ein schönes Hörbuch oder die Lieblingsmusik hören.

Und für die, die vielleicht noch garnicht häkeln oder stricken können und es gerne lernen wollen, gibt es jede Menge toller Youtube Videos für Anfänger. Vielleicht habt ihr damit ein tolles neues Hobby für euch entdeckt ... :)

Backen:
Was wäre die Vorweihnachtszeit nur ohne leckere Plätzchen? Wenn ihr gerne in der Küche kreativ seid, schnappt euch euer liebstes Rezept, schaltet eure Christmas-Playlist ein und schon ist die Weihnachtsbäckerei eröffnet! Zusammen mit ein paar Freunden macht das Plätzchenbacken vielleicht sogar noch mehr Spaß. :)

Weihnachtswunsch

Laura Kister

Ich liebte den Schnee und hasste die Kälte. Trotz meines dicken Wintermantels, den hohen Stiefeln und dem Wollschal, der meinen Hals und mein halbes Gesicht umschloss, spürte ich die Minusgrade in jeder Faser meines Körpers. Eisige Kälte floss durch meine Adern und brachte meinen Körper zum Zittern. Weiße Flocken stoben durch die Luft, rieselten auf die dicke Schneeschicht. Ich beschleunigte meinen Schritt und lauschte dem Knirschen unter meinen Füßen. Der Frost fraß sich durch meine Zellen wie die Traurigkeit, wenn ich daran dachte, welcher Tag heute war und wie ich ihn verbringen würde. Wie ich ihn jedes Jahr verbrachte. Allein. Wer war schon an Weihnachten allein?

Die gesamte Adventszeit war für mich schon eine Tortur gewesen. Überall glückliche Familien mit ihren strahlenden Kindern, die dem Fest der Liebe voller Vorfreude entgegenfieberten. Ihr Glück brannte sich wie Gift in meine Gedanken und erinnerte mich daran, dass ich so etwas nicht hatte.

Die letzten Meter lief ich schneller und ich drückte die Tür auf. Wärme umhüllte meinen Körper und ich seufzte erleichtert, während meine Nasenspitze etwas auftaute und der Schal mir wegen des Temperaturwechsels den Schweiß auf die Stirn trieb. Leise Weihnachtsmusik kam hinter dem Tresen aus einer Box. Nachdem ich die dicken Wintersachen abgelegt hatte, setzte ich mich an einen der Ecktische und ließ meinen Blick durch das Café schweifen. Außer mir war niemand hier. Nur der Besitzer, der seinen Mitarbeitern an diesem Feiertag wie immer freigegeben hatte.

»Was kann ich dir heute Gutes tun, Amelie?« Der Mann mittleren Alters lächelte mich freundlich an und zückte seinen Notizblock.

»Ich hätte gerne eine Zimtschnecke und eine heiße Schokolade.« Ich richtete meine zerzausten braunen Haare und erwiderte sein Lächeln.

»Kommt sofort.« Er ging zurück zu der Theke, hinter der verschiedene Gebäcke drapiert waren, deren Duft durch den Raum strömte. Eine herrliche Mischung aus Zimt, Butter, Kaffee und frisch gebackenen Plätzchen.

Draußen dämmerte es bereits. Vereinzelte Menschen eilten durch die Straßen, vermutlich hatten sie letzte Besorgungen gemacht und waren nun auf dem Weg zu ihren Liebsten, um mit ihnen ein schönes Fest zu verbringen. Ich schluckte bei dem Gedanken an die glücklichen Familien, die heute einen der schönsten Abende im Jahr haben würden, und versuchte nicht weiter darüber nachzudenken.

»Bitte schön. Ich habe dir auch noch ein paar Plätzchen gebracht.« Er stellte zwei Teller und eine große Tasse vor mir ab.

»Danke, Ric. Das wäre doch nicht nötig gewesen.« Ich lächelte ihn dankbar an. Mit einer Hand griff ich nach der dampfenden Tasse, deren angenehme Wärme meine Finger kribbeln ließ.

Rics Grinsen wurde breiter und er winkte ab. »Ich hoffe, es schmeckt dir. Ich habe genug. Und außerdem bezweifle ich, dass heute noch jemand kommt. An Weihnachten kommen die meisten morgens und nehmen die Sachen mit. Nachmittags und abends kommt kaum noch jemand.«

»Okay, ich beeile mich, dann kannst du früher Feierabend machen.« Ich nahm einen Schluck von meiner heißen Schokolade, die mit Minimarshmallows garniert war.

»Nein, das musst du nicht. Ich werde den ganzen Abend hierbleiben, falls doch noch jemand kommt.« Ric schüttelte lachend den Kopf.

Ich zuckte mit den Schultern. Gerade als ich etwas erwidern wollte, öffnete sich die Tür und ich sah auf. Ein junger Mann in einem langen Wintermantel betrat das Café und steuerte auf die Theke zu. Ric warf mir einen amüsierten Blick zu und entfernte sich von meinem Tisch.

Ich widmete mich meinem Kakao und trank kleine Schlucke, da er noch immer sehr heiß war. Dann nahm ich mir eine Gabel und schob mir ein großes Stück der Zimtschnecke in den Mund. Die Glasur war nicht zu süß und rundete das Geschmackserlebnis perfekt ab. Nach einem weiteren Bissen beobachtete ich den jungen Mann, der auf einen der Tische zuging und sich setzte. Seinen Mantel hängte er über die Stuhllehne und gab damit den Blick auf sein weißes Hemd frei, das in einer dunklen Chinohose verschwand. Aus seiner Aktentasche holte er eine dicke rote Mappe hervor und legte sie auf dem Tisch vor sich ab. Kurze Zeit später brachte Ric ihm eine große Tasse Kaffee. Der Mann bedankte sich und vertiefte sich in seine Akte.

Ich widmete mich meiner Zimtschnecke, doch ich lugte immer wieder zu dem anderen Tisch hinüber. Ich fragte mich, was diesen Mann heute hierhergetrieben hatte. Warum war er hier? Und wieso las er eine Akte, die verdächtig nach Arbeit aussah? Auch wenn es mich nichts anging, war ich neugierig, welche Geschichte sich hinter einem Mann verbarg, der an dem wohl wichtigsten Fest des Jahres in einem Café arbeitete.

Plötzlich hob er seinen Kopf und unsere Blicke trafen sich. Ertappt sah ich nach unten auf meinen mittlerweile leeren Teller. Mein Herzschlag beschleunigte sich. Erst nach einigen Sekunden traute ich mich, wieder aufzusehen. Seine Augen lagen immer noch auf mir und er lächelte. Ich erwiderte das Lächeln und schluckte, während sich mein Herz wieder etwas beruhigte. Zögernd klappte er seine Akte zu und verstaute sie in seiner Tasche. Dann stand er auf und kam auf mich zu, bis er vor meinem Tisch stehen blieb. »Ist hier noch frei?« Er deutete auf den Stuhl gegenüber von mir.

Ich nickte. »Klar. Setz dich.«

Der Mann ließ sich auf den Stuhl sinken und stützte sich mit den Ellenbogen auf dem Tisch ab. Sein Hemd war so weit hochgekrempelt, dass seine Unterarme freilagen. »Ich bin Logan.« Er streckte mir seine Hand hin.

»Amelie.« Ich schüttelte sie lächelnd und musterte seine attraktiven Züge. Die kurzen braunen Haare waren perfekt gestylt und sein Körper war trainiert. Sein Lächeln brachte leichte Grübchen zum Vorschein und seine hellbraunen Augen glänzten.

»Was macht so eine hübsche Frau wie du an Weihnachten ganz allein in einem Café?« Sein charmantes Lächeln verwandelte sich in ein Grinsen. Flirtete er etwa mit mir?

»Ich feiere Weihnachten nicht«, sagte ich leise. Ich spürte einen Brocken, der schwer auf meiner Brust lag und mein Herz zerquetschte.

Sein Grinsen verschwand und seine Stirn legte sich in Falten. »Wieso nicht?« Seine Stimme wurde sanft.

Ich starrte auf den leeren Teller vor mir. »Ist eine lange Geschichte.« Ich rang mir ein Lächeln ab und strich meinen hellen Pullover glatt.

»Ich habe Zeit.«

Ich blickte auf und sah ihm in die Augen, in denen so viel Wärme lag, wie ich sie in dieser kalten Jahreszeit selten gesehen hatte. »Du … feierst auch kein Weihnachten?«, fragte ich vorsichtig.

Er schüttelte den Kopf und zuckte mit den Schultern. »Ist nicht so meins.«

Überrascht legte ich den Kopf schief. »Warst du deswegen so vertieft in deine Akte?«

Er lachte. »So ungefähr. Also erzählst du mir deine Geschichte? Dann verrate ich dir auch, wieso ich lieber Akten wälze, anstatt den Tag wie alle anderen zu verbringen. Oder wie fast alle anderen.« Er zwinkerte und beugte sich ein Stück nach vorne.

Kurz überlegte ich. Sollte ich diesem wildfremden Mann wirklich erzählen, wieso dieser Tag für mich so schrecklich war? Ich kannte ihn nicht. Okay, ich wusste seinen Namen, aber das war auch so ziemlich das Einzige. Andererseits hatte ich auch nichts zu verlieren. Ich würde ihn sowieso nie wieder sehen. Also warum sollte ich mir die Chance entgehen lassen, mir meinen Schmerz von der Seele zu reden? Ich konnte diese Gelegenheit nutzen, um wenigstens ein Mal Weihnachten nicht allein zu verbringen und der Realität ein wenig zu entfliehen. »Okay.«

Sein Lächeln wurde breiter und er lehnte sich weiter zu mir.

Ich erwiderte sein Lächeln und strich mir verlegen eine meiner langen Haarsträhnen aus dem Gesicht. Dann sah ich auf und suchte Ric, der hinter der Theke auf einem Stuhl saß und in ein Buch vertieft war. »Ric? Kannst du uns bitte noch zwei Zimtschnecken bringen?« Ich lächelte ihn freundlich an, als er nickte. Dann wandte ich mich an Logan. »Ich hoffe, du magst Zimtschnecken.«

»Wer mag sowas denn nicht?« Er grinste und fuhr sich mit einer Hand über den Nacken.

Ich lachte, als Ric mit zwei Tellern zu uns kam und jedem von uns eine Zimtschnecke hinstellte. »Wollt ihr noch etwas trinken?« Er sah zwischen uns hin und her.

»Ich nehme noch eine heiße Schokolade.« Mein Blick glitt zu Logan, der sich einen Kaffee bestellte. Dann probierte er ein Stück der Zimtschnecke. Seine Augen weiteten sich überrascht und er schüttelte den Kopf. »Ich habe noch nie so eine leckere Zimtschnecke gegessen. Wow.«

Ich grinste. »Ric macht wirklich die besten Zimtschnecken. Ich bin viel zu oft deswegen hier.«

»Dann werden wir uns in Zukunft bestimmt mal über den Weg laufen, denn ich glaube, ich werde von nun an nicht mehr auf die Dinger verzichten können.« Er schob sich eine weitere Gabel in den Mund.

Nach wenigen Minuten brachte Ric unsere Getränke, bevor er wieder hinter der Theke verschwand. Nachdem ich ein paar Schlucke getrunken hatte, sah ich zu Logan, der mich interessiert musterte. Ich seufzte und sammelte meine Gedanken. »Eigentlich ist es ganz einfach. Weihnachten feiern die meisten mit ihren Familien. Nur geht das nicht, wenn man keine hat.« Der letzte Satz klang etwas heiser und ich räusperte mich, um den Kloß in meinem Hals zu lösen.

»Wieso hast du keine Familie?« Seine sanfte Stimme klang mitfühlend.

»Es war ein Autounfall. Meine Eltern haben nicht überlebt. Ich war noch ganz klein und da ich keine anderen Verwandten hatte, kam ich ins Waisenhaus.« Die Erinnerung an diesen Tag, an dem ich ohne Vorwarnung alles verloren hatte, bohrte sich wie ein Messer tief in mein Herz.

»Das tut mir sehr leid.« Er zögerte, bevor er unsicher weitersprach. »Und wie lange warst du dort?«

Ich seufzte. »Ich habe fast mein ganzes Leben in diesem Waisenhaus verbracht. Mit 18 Jahren habe ich mir einen Job gesucht und bin ausgezogen. Seitdem wohne ich allein in einer kleinen Wohnung und arbeite in einer Buchhandlung.«

»Du wurdest also nie adoptiert?«, fragte er vorsichtig.

Ich schüttelte den Kopf. »Eigentlich hatte ich gute Chancen. Ich war vier, als ich dort hinkam. Babys werden zwar am liebsten adoptiert, aber Kleinkinder haben meist auch gute Chancen. Aber aus irgendeinem Grund hat es bei mir einfach nicht funktioniert. Es gab am Anfang ein paar Interessenten, aber es hat nie geklappt. Ich habe mir immer eine Familie gewünscht und jedes Mal, wenn eines der anderen Kinder adoptiert wurde, hat es mir das Herz gebrochen, weil ich mir das Gleiche so sehr für mich gewünscht habe. Und gleichzeitig habe ich mich für die Kinder gefreut, denn sie hatten es alle verdient. Aber bei mir sollte es wohl einfach nicht so sein.« Ich zuckte mit den Schultern.

Logan sah mich gequält an. »Das tut mir so leid für dich. Aber jetzt verstehe ich, dass du Weihnachten nicht feierst, weil es dich an etwas erinnert, was du verloren und nie wieder bekommen hast.« Seine Hand berührte sanft meine, die auf dem Tisch lag, und meine Haut kribbelte leicht unter seinen Fingern.

Ich atmete tief durch. »Wir haben jedes Jahr Weihnachten gefeiert, es gab sogar Geschenke. Ich habe mir jedes Jahr immer wieder nur eines gewünscht: eine Familie. Und mit jedem Jahr, in dem dieser Wunsch nicht in Erfüllung ging, habe ich mehr und mehr die Hoffnung verloren und angefangen, Weihnachten zu hassen, weil es für all das steht, was mir verwehrt wurde, und ich nie das bekommen habe, was ich mir so sehnlichst gewünscht habe.« Meine Sicht verschwamm und ich blinzelte ein paar Mal. Eine warme Träne kullerte über meine Wange. Mit dem Ärmel meines Pullovers trocknete ich sie.

»Das ist die traurigste Geschichte, die ich je gehört habe.« Logan schüttelte fassungslos den Kopf.

Ich lachte rau. »So ein Blödsinn. Es gibt Geschichten, die weitaus trauriger sind.«

»Ich kenne keine. Was kann denn trauriger sein als ein Kind, dessen größter Wunsch eine Familie ist? Ein Kind, dessen größter Wunsch etwas ist, das jedem Kind zusteht.«

Ich legte den Kopf schief. »Wenn man es so betrachtet, dann hast du Recht.« Ich lächelte. Dieser Mann hatte es tatsächlich geschafft, mich zum Lächeln zu bringen, nachdem ich ihm von meiner Vergangenheit erzählt hatte, bei der mir sonst überhaupt nicht zum Lächeln zumute war. »Jetzt kennst du den Grund, weshalb ich Weihnachten nicht feiere. Aber ich weiß noch nicht, warum du so ein Grinch bist.«

Seine Mundwinkel zuckten und in seinen hellbraunen Augen blitzte etwas auf. »Na ja, das ist eigentlich ganz simpel. Ich verstehe mich mit meiner Familie nicht so gut.«

»Immerhin hast du eine«, murmelte ich so leise, dass meine Stimme fast von den sachten Klängen der weihnachtlichen Melodien übertönt wurde.

»Sorry, ich muss wie der letzte Arsch klingen mit meinen Luxusproblemen.« Logan seufzte. Sein Blick glitt zu einer der Kerzen, die unseren Tisch schmückten, und fixierte die flackernde Flamme, die kleine tanzende Schatten auf den Tisch warf.

»Nein, so habe ich das nicht gemeint. Deine Probleme sind deine. Nur du allein entscheidest, was für dich ein Problem ist und wie groß es für dich ist. Niemand hat das Recht, die Probleme anderer herunterzustufen, weil das alles individuell und subjektiv ist.«

Seine Augenbrauen hoben sich und er musterte mich eindringlich. »Wow, das ist eine sehr vernünftige Sichtweise, die viel zu wenige Menschen haben. Ich bin beeindruckt.«

Ich winkte ab. »Es gab eine Zeit, da habe ich mir immer wieder eingeredet, dass andere es viel schlechter haben als ich und ich kein Recht dazu habe, mich zu beschweren. Bis ich dann verstanden habe, dass das egal ist. Meine Probleme und Sorgen sind nicht weniger schlimm für mich, nur weil es anderen schlechter geht als mir.«

»Darüber habe ich noch nie wirklich nachgedacht. Aber du hast Recht.«

»Wieso hast du kein gutes Verhältnis zu deiner Familie?« Ich griff nach einem herrlich duftenden Plätzchen und musterte mein Gegenüber interessiert.

»Ich habe Entscheidungen getroffen, mit denen meine Eltern nicht einverstanden waren. Sie wollten, dass ich Medizin studiere, aber ich habe mich für Jura entschieden. Sie können nicht nachvollziehen, wie ich als Rechtsanwalt lieber Mörder verteidigen kann, anstatt als Arzt Menschen zu helfen. Ihre Worte, nicht meine.« Er schüttelte seufzend den Kopf.

»Und deswegen sitzt du an Weihnachten lieber in einem Café und wälzt Akten, statt mit deiner Familie ein schönes Weihnachtsfest zu verbringen?«

»Genau. Bis ich dich gesehen und mir gedacht habe, dass ich meine Zeit viel lieber in Gesellschaft als allein verbringen würde«, sagte er nickend und zwinkerte mir zu, bevor er einen Schluck von seinem Kaffee nahm.

»Natürlich, mir kann nämlich niemand widerstehen.« Lächelnd strich ich mir eine Haarsträhne hinters Ohr und steckte mir den Rest meines Plätzchens in den Mund. Der buttrig-süße Geschmack vermischt mit der säuerlichen Zitronenglasur breitete sich auf meiner Zunge aus.

»Das glaube ich sofort.« Seine Stimme war leise.

Ich schüttelte den Kopf und verdrehte die Augen, bevor ich ernst wurde. »Hast du mal mit deinen Eltern darüber geredet? Also so richtig und nicht mal kurz nebenbei.«

Er seufzte. »Na ja, ich hab es ein paarmal versucht, aber es hat nie wirklich geklappt.«

»Vielleicht solltest du es noch einmal versuchen. Geh auf sie zu und sag ihnen, dass du in Ruhe mit ihnen über alles reden möchtest. Erkläre ihnen, warum du dich für deinen Weg entschieden hast, und lass auch sie erklären, wieso sie damit nicht einverstanden sind. Wenn ihr vernünftig darüber redet und gegenseitig eure Sichtweisen erläutert, dann versteht ihr euch besser und vielleicht könnt ihr so alles klären.« Ich lächelte. »Es wäre doch viel zu schade, die gemeinsame Zeit, die ihr habt, nicht zu nutzen. Ihr könnt dankbar für die Familie sein, die ihr seid. Damit habt ihr so viele Möglichkeiten und Chancen.«

»Du hast Recht, Amelie. Ich habe eine Familie und damit bin ich sehr privilegiert. Ich werde auf jeden Fall mit ihnen reden.« Er klang entschlossen.

»Das ist gut.« Ich nahm einen Schluck von meinem Kakao, der mittlerweile kalt war.

Mein Blick glitt zum Fenster, hinter dem die Schneeflocken wild tanzten. Die weiße Schneeschicht war noch dicker geworden und verbarg den grauen Asphalt und die kahlen

Äste der Bäume. Im Licht der Laternen und Lichterketten glitzerten die weißen Kristalle und die bunten Lichter, die an Bäumen angebracht waren, erzeugten eine gemütliche, festliche Atmosphäre.

»Okay, damit haben wir mein Problem gelöst. Zumindest so weit, wie wir es hier und jetzt tun konnten. Wie helfen wir dir?« Er stützte seine Ellenbogen auf der Tischkante ab und verschränkte seine Hände miteinander.

»Willst du mich jetzt adoptieren, oder was?« Ich sah ihn schmunzelnd an.

»Ist es das, was du willst?« Er hob eine Augenbraue.

Ich legte den Kopf schief. »Würdest du es denn tun?«

»Wenn du das willst«, erwiderte er schulterzuckend.

Ich lachte. »Du bist wahrscheinlich kaum älter als ich, wir würden eher als Paar durchgehen, nicht als Vater und Tochter.«

»Wenn wir heiraten, dann bekommst du auch eine Familie.« Er schmunzelte.

»Du meinst …« Ich kniff die Augen zusammen. »Moment. Meinst du deine eigene oder die imaginären Kinder, die wir dann in die Welt setzen oder adoptieren würden?«

Kurz zögerte er. »Beides?«

»Ich sollte dich auf der Stelle heiraten, mich hat noch nie jemand so leicht zum Lachen gebracht.«

»Dann ist das wohl ein Zeichen.«

Ich schluckte. »Logan, ich …«

»Keine Sorge, du darfst mich erst weiter kennenlernen, bevor wir heiraten.« Er zwinkerte.

Ein leichtes Lächeln schlich sich auf meine Lippen. »Vielleicht will ich dich ja niemals heiraten«, sagte ich leise.

»Möchtest du lieber von mir adoptiert werden?« Er zog grinsend seine Augenbrauen hoch.

Ich schüttelte lachend den Kopf. »Du wärst dann sowas wie mein Vater. Und dafür bist du viel zu attraktiv.«

Sein Grinsen wurde breiter. »Zum Glück. Vielleicht habe ich so eine Chance, dich zu küssen.«

Hitze sammelte sich in meinen Wangen. »Du … du willst mich küssen?«, flüsterte ich verunsichert, mein Herzschlag beschleunigte sich.

Logan beugte sich vor und nahm meine Hände vorsichtig in seine. »Nur wenn du das auch willst.« Seine Stimme klang rau.

Meine Hände zitterten ein wenig und ich hoffte, dass er es nicht merkte. »Ich … weiß nicht …«, stotterte ich.

»Das ist okay.« Ein ehrliches Lächeln lag auf seinen Lippen, als er sich etwas zurücklehnte, meine Hände jedoch nicht losließ.

»Wenn du mich nicht adoptieren willst, vielleicht adoptieren mich deine Eltern«, sagte ich leise. Ich konnte mir ein Lächeln nicht verkneifen.

Logan verzog das Gesicht. »Das ist nicht besser. Dann wären wir so etwas wie Geschwister.«

Ich schmunzelte. »Keine Sorge. Niemand von deiner Familie wird mich adoptieren.«

»Schade.« Er seufzte.

»Wieso? Wenn du mich wirklich küssen willst, dann ist das die beste Variante.« Ich lächelte, während mein Herz noch wilder in meiner Brust raste.

Überrascht hoben sich seine Augenbrauen. »Also willst du es auch?«

»Ja.«

Ein breites Grinsen legte sich auf sein Gesicht, bevor er sich zu mir beugte. Sein Atem streifte meine Wange und die empfindliche Haut an meinem Hals. Sein dezenter Duft nach Zitrusfrüchten stieg mir in die Nase. Sein Blick war so intensiv, dass ich mich in den Tiefen seiner hellbraunen Augen verlor. Als seine Lippen auf meine trafen, schloss ich meine Lider und ließ mich von ihm näher ziehen. Eine seiner Hände legte er auf meine Wange, die andere an meine Taille. Mein Herz pochte vor Glück viel zu schnell, während er mich verlangend, aber auch sanft küsste. Ich schmeckte Zimt und Kaffee und schlang meine Arme um seinen Hals, er zog mich auf seinen Schoß. Seufzend ließ ich mich in diesen Kuss fallen, ließ mich von ihm halten. Es war perfekt. Als würden unsere Lippen zueinander gehören, als wären wir eins. Geborgenheit und Wärme fluteten meinen Körper und verdrängten jegliche Kälte. Seine Zunge an meiner löste ein wundervolles Kribbeln aus, das wie Sehnsucht durch meinen Körper floss.

»Dein Wunsch wird in Erfüllung gehen.« Logans Stimme war nur ein Flüstern, sein Gesicht immer noch so nah an meinem, dass ich jeden seiner Atemzüge auf meinen Lippen spürte.

»Was?«

»Dein Weihnachtswunsch. Du wirst eine Familie bekommen. Irgendwann wird es geschehen. Nicht so, wie du es als Kind wolltest. Aber du wirst eine Familie haben und damit deinen eigenen Wunsch erfüllen. Nur nicht für dich, sondern für andere Kinder, die in deiner Situation sein werden. Ich habe da so ein Gefühl.« Er strich mir lächelnd eine Haarsträhne aus der Stirn.

»Du meinst, ich werde Kinder adoptieren und ihnen damit eine Familie schenken?«

Er lächelte. »Ja, davon bin ich überzeugt.«

»Das ist ein wunderschöner Gedanke«, hauchte ich. »Hoffentlich finde ich jemanden, der diesen Traum mit mir teilt und mir dabei hilft.« Herausfordernd blickte ich ihn an.

»Also wenn ich dich schon nicht adoptieren kann, dann nehme ich auch ein paar Kinder. Das ist gar kein Problem.« Grinsend fuhr er sich mit einer Hand durch seine Haare.

Lachend schüttelte ich den Kopf. »Das würde deine Chancen auf einen weiteren Kuss auf jeden Fall erhöhen.«

»Dafür würde ich gerade alles tun.« In seiner Stimme schwang Hoffnung mit und er seufzte.

»Unglaublich, dass du es tatsächlich geschafft hast, eine Lösung für mein Problem zu finden.«

»Ich hab's dir doch gesagt.« Er grinste. »Aber du musst mir noch etwas versprechen.«

Ich sah ihn verwundert an. »Was denn?«

»Dass du ab heute das Beste aus diesem Tag machst. Jeder ist für sein Leben selbst verantwortlich. Du hast die Wahl. Du kannst das Beste aus deinem Leben machen, auch wenn die Voraussetzungen schwieriger sind als bei anderen. Aber du hast trotzdem die Wahl. Also bitte versprich mir, dass du das Beste aus diesem Tag und deinem Leben machst.« Er sah mich ernst an.

Nachdenklich musterte ich ihn. Er hatte Recht. Dieser Tag war für mich nur so schrecklich, weil ich es zuließ und nichts dagegen tat. »Ich verspreche es dir. Ich werde Weihnachten mehr lieben als der Weihnachtsmann und seine Rentiere.«

Schmunzelnd schüttelte er den Kopf. »Das wollte ich hören.«

»Wir sollten uns in einem Jahr wieder genau hier treffen. Dann werde ich dir zeigen, dass ich das Beste aus meinem Leben mache und Weihnachten für mich wieder etwas Schönes geworden ist.«

»Eigentlich hatte ich gehofft, dass ich nicht ein Jahr warten muss, um dich wiederzusehen, Amelie.«

»Okay, was machst du morgen?«, fragte ich schmunzelnd.

»Ich habe den ganzen Tag Zeit.« Seine Augen leuchteten.

»Perfekt. Ich auch. Aber in einem Jahr werden wir trotzdem wieder hierherkommen und diesen wunderschönen Tag feiern.«

»Auf jeden Fall. Und danach werden wir zu meinen Eltern fahren und mit ihnen den Abend verbringen.«

»Das hoffe ich sehr.«

»Und in ein paar Jahren werden wir unseren Kindern von diesem Tag erzählen, für die dein Weihnachtswunsch in Erfüllung gegangen ist.«

Eine Träne löste sich aus meinem Augenwinkel. Er fing sie mit dem Daumen auf und ich lächelte. Weil ich so glücklich war. »Du hast keinen Schimmer, wie sehr ich mich darauf freue.«

»Und du hast keine Vorstellung, wie sehr ich mich nach unserem zweiten Kuss sehne.« Seine leise Stimme erzeugte eine angenehme Gänsehaut auf meinem Körper.

»Dann nimm ihn dir, Logan«, flüsterte ich.

Keine Sekunde später trafen seine Lippen auf meine und ich roch wieder sein nach Zitrusfrüchten duftendes Parfum und schmeckte die himmlischen Aromen von Kaffee und Zimt.

Stille Nacht,
gefährliche Nacht

Lara Pichler

Wenn ich Ihnen meine Geschichte erzähle, verehrte Damen und Herren, möchte ich, dass Sie eines wissen: Ich lebe noch. Sonst könnte ich diese Zeilen wohl kaum schreiben, nicht wahr? Also, schnallen Sie sich gut an, setzen Sie ihre Lesebrillen auf und bemühen Sie sich, die Seiten mit ihren Keks-Fett-Fingern nicht so sehr zu beschmutzen, dass sie dem Abfluss nach dem Weihnachtsessen gleichen.

Bühne frei für: Holly Winters im Mafia-Drama mit Nicolas Claus!
(Jetzt bitte applaudieren – aber nur, wenn Sie nicht beobachtet werden).

Weihnachtsabend. Draußen: kein Schnee. Schon seit Jahren kein Schnee mehr. Dafür zu Ostern immer häufiger. Ich erinnere mich noch genau an das Jahr, als der Schnee bunt und die Eier braun waren, weil wir zu lange gebraucht haben, um sie zu finden. Das Resultat waren weinende Kinder, aber dann gab es Schokolade und die Welt war wieder heil. Schokolade hilft immer. Auch jetzt, wieder mal im Stau.

Ich lehne mich runter zu meiner Tasche, die vor dem Beifahrersitz steht. Sie ist klein, das rot-grün-karierte Handtäschchen. Das ist wie diese Arbeitshosen, bei denen man gar nicht glauben kann, was alles rein passt. Eigentlich nur für Kleingeld gedacht. In meinem Fall jetzt aber auch voll mit Schokolade. Letzte Woche war noch »*Omas feinste Keksmischung*« darin gewesen – was eine schlechte Idee das gewesen war! Der Boden ist jetzt voll mit Krümeln. Die performen bei jedem Schlagloch (wovon es circa 3.000 in einem Radius von 5 Metern gibt) ihren Tanz mit den Knöpfen, Büroklammern und alten Kaugu–

Naja, Details. Muss ich Ihnen ja nicht erzählen.

Themenwechsel.

Es ist das dritte Jahr in Folge, an dem ich an den Weihnachtstagen arbeite. Als erstes in einem Restaurant (seitdem esse ich keinen Fisch mehr), als nächstes in einer kleinen Bäckerei (wo ich gelernt habe, wie man Mehl von Koks unterscheidet) und jetzt als Taxifahrerin.

Als Studentin brauche ich das Geld nun einmal dringender als ein Familienfest in meiner Heimat, und es ist erstaunlich, wie viel Unternehmen bezahlen *können*, wenn sie denn wollen.

Ich sage Ihnen jetzt besser nicht, was mir für die acht Stunden meiner heutigen Schicht bezahlt wurde. Ansonsten möchte nächstes Jahr Ihre gesamte Familie Weihnachten in Ihrem Taxi auf der Fahrt nach Italien feiern – denn das könnten Sie sich locker von Ihrem Gehalt leisten. Und überhaupt macht es ja keinen Spaß, sich mit all den Großeltern und Eltern und Tante Helgas, Onkel Marvins (und dessen Cousinen aus Frankreich) und Mitbewohnern (weil Max nicht ohne Begleitung kommen wollte) und Ex-Freundinnen (fragen Sie lieber nicht, es ist kompliziert) und Stiefgeschwister besagter Ex-Freundinnen und wen-man-denn-sonst-noch-so-einlädt in ein Auto zu quetschen. War das zu persönlich?

Na ja, der Punkt ist, dass auch die Kundschaft an Weihnachten besonders freundlich ist. In den ersten zwei Jahren habe ich so viel Trinkgeld bekommen, dass ich damit im Sommer in den Urlaub fliegen konnte.

Nur dieses Mal sollte ich nicht so viel Glück haben. Obwohl der Mann am Straßenrand zunächst vielversprechend aussieht.

Mir schießen drei Gedanken zugleich durch den Kopf. Ich probiere aber, sie hier für Sie zu ordnen:

1. Gut, dass ich das einzige Taxi weit und breit bin.
2. Was macht er hier allein? Er sollte bei seiner Frau und seinen Kindern sein.
3. *Der* ist die Definition von gefährlich attraktiv – wie in einem dieser Bücher.

Ihnen letzteren Gedanken zu beichten, ist mir doch ein wenig peinlich.

Obwohl das Ganze also schon mal so anfängt, lenke ich zu ihm. Ich würde lügen, wenn ich sagen würde, ich hätte ihn nicht schon zuvor durch das Fenster gemustert.

Schätzungsweise ist er in seinen frühen Dreißigern. Schwarzes Haar, perfekt zurückgekämmt, nur ein paar widerspenstige Strähnen, die ihm einen Hauch von Zwanglosigkeit verleihen. Einst hat man mir gesagt, die Augenfarbe sei das Letzte, worauf man achten würde. Das stimmt wohl auch. Ich habe Kindheitsfreunde, von denen ich nicht sagen könnte, welche Augenfarbe sie haben, selbst nach einem zehnminütigen Gespräch mit ihnen nicht. Man achtet halt nicht darauf. Bei ihm war das jedoch anders. Denn seine Augen waren das einzig Strahlende an ihm. Gekleidet in einen schwarzen Anzug (weniger geeignet für Weihnachtsfeiern, mehr für Beerdigungen, falls Sie denselben Fehler planen), fixiert er mich mit seinen eisblauen Augen durch die Fensterscheibe.

Das Taxi hat mehr Jahre auf dem Buckel als ich. Aber: Es hat elektrische Fenster. Stellen Sie sich bitte kurz das Geräusch vor, wenn Fingernägel über eine Tafel kratzen. Gänsehaut? Gut, so klingt die Scheibe des Beifahrers bei jeder – langsamen – Bewegung. Zumindest verschafft mir das Zeit für einen letzten Gedanken: Alle meine Freunde werden nach dieser Schicht von meinem kleinen *Weihnachtscrush* erfahren.

»Guten Abend«, sagt er und lehnt sich hinunter, die Unterarme auf den Fensterrahmen gestützt.

»Guten Abend«, wiederhole ich und spüre bereits, wie die Hitze in meine Wangen steigt. »Wohin?« *Cool bleiben*, denke ich und verfluche mich zugleich dafür. Nichts an dem Wort *cool* ist cool. Das ist schon jahrelang out. Wie das Wort *out* auch out ist.

»Nordpolstraße 1.«

Ich nicke, statt über den kitschigen Straßennamen nachzudenken, und steige aus. So rasant, dass ich nicht einmal in den Spiegel sehe. Zum Glück kein Auto. Sonst wäre meine Tür weg gewesen – und ich möglicherweise auch. Til Schweiger Autowerbung Style.

Wäre da nicht dieser überdimensionale Koffer zu seinen Füßen, hätte ich den Mann wohl noch weiter gemustert. Stattdessen starre ich auf das Gepäckstück, das wohl irgendwie in den Kofferraum passen soll. Leider wirkt er nicht, als würde er das gerne selbst machen. »Transportieren Sie eine Leiche?«

»Ja.«

»Was?«

»Nein.« Das verschmitzte Lächeln verleiht ihm ein charmantes, fast schelmisches Aussehen, das seine düstere Ausstrahlung mildert. Im nächsten Moment ist da, wo sich seine Lippen gerade noch befanden, nur noch eine Linie. Schräger Typ. Ich bin ihm dankbar, dass er wortlos (vor allem ohne einen weiteren Witz) ins Taxi steigt.

Sie kennen das bestimmt: Wenn man den Wocheneinkauf erledigt hat und nicht zwei Mal zum Auto laufen will. Also, eine Tasche links, eine Tasche rechts und alles, was raus fällt, zwischen Beine, Achseln und Zähne geklemmt. Tipp: Am besten erst gar nicht in die Küche laufen, sondern direkt ins Bad, um sich den Schweiß abzuwaschen. So fühle ich mich gerade. Für eine Leiche ist der Koffer zu leicht, da ist höchstens eine halbe drin. Ich hieve ihn ins Auto und schlage den Kofferraum zu.

Bevor ich einsteige, genehmige ich mir einen tiefen Atemzug. Trotzdem klinge ich immer noch, als hätte ich versucht, die Sprint-Zeit von Usain Bolt zu brechen, als ich die Tür öffne und mich auf den Fahrersitz sinken lasse. Ich starte den Motor, versuche seinen musternden Blick zu ignorieren, und tippe auf das Tablet mit dem Navi.

»Ich kenne den Weg«, unterbricht er meine Tätigkeit forsch von der Seite.

Unsere Blicke treffen sich und ich nicke einmal. Der verehrte Herr scheint im Stress zu sein. Ich parke im selben Tempo aus, wie ich vorhin aus dem Auto ausgestiegen bin: ohne Rücksicht auf Verluste. Nicht gut, hier am Stadtrand aber unbedenklich.

»Da rechts abbiegen.«

Ob es wohl in seiner Familie nicht gut läuft? Etwas in seiner Stimme klingt unruhig, gar nervös. Vielleicht bringe ich ihn ja direkt in die Hölle zu seinem Schwiegerdrachen. Wenn sie ihn nicht gleich als Vorspeise frisst, wäre der Anzug wohl schon vor dem Abendessen voller Brandlöcher. Keine schönen Aussichten.

»Jetzt immer geradeaus.«

»Lassen Sie mich raten: Nach Norden?« In meinem Kopf war das ein guter Scherz gewesen.

»Ja.«

Ich hätte über die letzten sieben Monate hinweg ein Notizheft führen sollen, mit all den außergewöhnlichen Leuten, die schon in diesem Taxi gesessen haben. Dann hätte ich ein Buch mit dem Titel »Du bist nicht alleine« daraus gemacht und wäre reich. Der Mann neben mir hätte sich mit seinem Kompass, den er gerade aus der Anzugtasche zieht, auch ein kleines Kapitel verdient, unter dem Abschnitt *»Piraten und sonstige Meerwesen«*.

Er fragt nicht einmal, sondern dreht das Radio einfach ab. Frech.

»Kein Fan von Weihnachtsmusik?«

»Nein.«

»Geht es nach Hause zu Ihrer Familie?«

»Ja.«

»Schön. Sie freuen sich bestimmt.«

»Mhm.«

»Werden–«

»Hören Sie mal.« Er hält den Finger in die Luft und wir lauschen beide, als gäbe es da noch etwas außer das Klimpern der Büroklammern in meiner Handtasche. Mein Bruder hat das als Kind auch manchmal gemacht. Ist einfach in den Raum gekommen, hat mir gesagt, ich solle zuhören, einmal gefurzt und ist wieder gegangen. Das erwarte ich von diesem Herrn jedoch nicht. Das Geräusch, das ich jetzt vernehme, ist davon aber gar nicht so weit entfernt (im Vergleich zu einer bestimmten Art von Furz, auf die ich jetzt aus Zeitgründen nicht weiter eingehen werde). Ein Automotor. Wir sind nicht mehr allein auf dieser sonst so verlassenen Straße am Rande der Stadt.

»Biegen Sie da ab.«

»Was?«

»Da!«

Ich biege ab und ein paar Sekunden später, nachdem das andere Fahrzeug weiter geradeaus gefahren ist, entspannt sich der Kollege wieder. *Seltsam*, würde sich wohl jeder andere Taxifahrer denken. Jetzt muss ich Ihnen aber einen Exkurs bezüglich meiner Lebensgeschichte geben. Ich mache es auch kurz, versprochen. Nur die nötigsten Details, damit Sie verstehen.

Also, ich wurde im Jahr 1998 geboren, in einem schönen Viertel– Okay, Spaß beiseite.

Ich bin die Tochter eines Polizisten.

Geschichtsstunde Ende. Alles andere müssen Sie in meiner Autobiografie nachlesen, die ich erst auf meinem Sterbebett verfassen werde. Und wenn Sie bis dahin nicht gestorben sind, lesen Sie noch von mir.

Würde ich jeden Taxigast, der sich komisch benimmt, sofort verhaften … Sagen wir es so, die Hälfte aller Personen würden ihr Ziel nie erreichen. Vielleicht wäre die Welt dann auch ein sichererer Platz, aber ich glaube kaum, dass Kriminelle gerne im Stadtstau stehen.

Ich biege also wieder ab, Richtung Norden. Fahre in Stille. Fahre, fahre, fahre. Beobachte ihn im Augenwinkel. Wie eine Statue sitzt er da und nur die Kiefermuskulatur spannt sich an, wenn ein anderes Auto vorbei fährt. Wie ein Chamäleon, das auf keinen Fall von seinen Fressfeinden entdeckt werden will. Dabei strahlt er eine Präsenz aus, die man weder ignorieren noch vergessen kann. Außer er entpuppt sich als Hypnotiseur und löscht am Ende dieser Fahrt meine Erinnerung. Das wäre aber traurig.

»Wir erreichen bald die Grenze«, kündige ich an. Wir fahren bereits eine halbe Ewigkeit. Würde er nicht in diesem feinen Smoking sitzen, hätte ich ihn schon einmal auf die Fahrtkosten angesprochen, wenn auch nur, um unser Stillschweigen zu durchbrechen. Eine ganz nette Summe, die sich da in der letzten dreiviertel Stunde gesammelt hat.

»Grenze?«

»Ja. Zu Dänemark. Wohnen Sie denn nicht hier?«, frage ich, verfluche mich mental, dass ich das Navi nicht doch eingeschaltet habe.

»Ist es noch weit zum Nordpol?«

Ich bremse so rapide, dass es uns beide in den Gurt wirft. Mir bleibt die Spucke im Hals stecken und ich huste ein paar Mal. Charmant, wie ich bin, richte ich die Augen dabei auf ihn. Ist dieser Mann verrückt, kriminell, oder auf Drogen? Wahrscheinlich alles.

»Nein«, antworte ich. »Überhaupt nicht weit.«

Keine Reaktion seinerseits auf meine Lüge. Verwunderlich, nicht wahr? Also setze ich noch einen drauf: »Ich kann nicht über die Grenze zu Dänemark fahren. Aber ich kenne einen Umweg.« Ich glaube, uns allen ist zu diesem Zeitpunkt bewusst, dass mit diesem Kerl etwas nicht stimmt. Sie hätten ihn vielleicht aussteigen lassen. Oder die Polizei gerufen. Nehmen Sie mir nicht übel, dass ich das in meine eigenen Hände nehme. Immerhin befürchte ich, dass er genau vor denen flieht. Stellt sich später heraus: Es war nicht die Polizei.

Ich fahre also den Umweg, während der Pirat neben mir immer nervöser wird. Den Kontrollblick in den Spiegel macht er nicht sonderlich unauffällig. »Minz-Bonbon?«, offeriere ich und sehe bei dem kurzen Seitenblick, den ich ihm dabei zuwerfe, den Schweiß auf seiner Stirn. Die Luft riecht für mich nicht nach den Kräutern, als ich das Schächtelchen öffne, sondern nach Verwesung. Was, wenn das in meinem Kofferraum doch eine Leiche ist? Wer hat den anderen Teil des Körpers? Aber für einen Mörder ist der feine Herr zu unvorsichtig. Er nimmt tatsächlich einen Drop und bedankt sich sogar dafür.

Ich wette, es gibt Sadisten unter Ihnen. Die würden sich jetzt freuen, wenn ich die nächste halbe Stunde meiner Schicht im Detail erzählen würde. Heute Abend gibt es allerdings nur die Kurzfassung (und bestimmt nicht aus dem Grund, weil ich mich dafür schäme, wie unsportlich ich bin).

Die K.o.-Tropfen im Bonbon lassen ihn binnen Minuten einschlafen. Ich parke bei der nächsten Sortierhalle – von außen erinnert sie mich jedes Mal wieder an Ikea, nur ohne den Schriftzug. Und grau. Und der Parkplatz ist nur für vier Fahrzeuge geeignet.

Hier noch ein kurzer Exkurs in mein Studentenleben: Morgens vor der Uni bin ich Postbotin, abends nach der Uni Taxifahrerin. Ich war aber auch schon Virtual Reality Game Testerin, Merchandise Verkäuferin auf Festivals, Vollzeit Leguan-Sitterin und, ganz klassisch, Museumsguide.

Nun ja, das sollte erklären, weshalb ich einen Schlüssel zur Sortierhalle besitze - als Postbotin bin ich morgens die

Erste, die den gerade verlassenen Laden betritt. Das Lager ist um diese Uhrzeit leer - dem Manager ist es egal, dass hier noch viele Geschenke herum liegen: »Selbst Schuld, zu spät bestellt. Wir arbeiten sicher nicht an Heiligabend. Um 12 trinken wir noch gemeinsam ein Bier und dann will ich euch alle bis Neujahr nicht mehr sehen.«

Ich laufe hinein, hole einen dieser Rollwagen und schiebe zuerst den Mann und danach seinen Koffer in die Sortierhalle. Mit einem fetten Band, das zwischen all dem Kram liegt, binde ich ihn an einen Stuhl. So sitzt er nun da, mehr oder vielleicht auch etwas weniger freiwillig, inmitten unserer Lagerhalle. Regale ragen reihenweise hoch bis fast zur Decke, der Geruch von Karton liegt in der Luft. Ich beobachte ihn einen weiteren Moment, erweiche fast, aber entscheide mich dann dazu, das Gepäckstück zu öffnen.

Waffen.

Habe ich Ihnen gesagt, dass ich ein Händchen dafür habe, mich in die Scheiße zu reiten? Zum Beispiel damals, als–. Naja, darum geht's jetzt nicht. Sie wollen schließlich wissen, wie es mit dem Bewusstlosen und seinen Waffen weitergeht.

Ich taste ihn ab. Kein Ausweis.

Da hilft nur eins: Verhör.

Bisschen schwierig, so ohnmächtig, wie er gerade ist. Fest an der Schulter zu rütteln, hätte vielleicht auch gereicht, aber es gibt da etwas, das ich schon lange mal machen wollte: Ich fülle einen Eimer mit Wasser. Es ist eiskalt und der Fischmarkt-Geruch dazu wurde wohl auf Wish bestellt. Einen Teil davon verschütte ich auf dem Boden und in meinen Schuhen, die das Wasser gierig aufsaugen, als würden sie derzeit nicht täglich in Schneepfützen getränkt werden.

Meine Traumvorstellung wäre gewesen, ihm das Wasser über den Kopf zu schütten. Meine Überkochte-Nudel-Arme sind dem schweren Eimer aber nicht gewachsen. Trotzdem schaffe ich es, ihn mit einer Schütt-Bewegung des Eimers zurück ins Leben zu holen.

Für einen Moment tut mir der Fisch leid, wie er da so zappelt. Beleuchtet nur von einer einzigen, schwachen Deckenlampe, die weit über seinem Kopf baumelt. Die Augen weit aufgerissen, als hätte er gerade eine *Line* gezogen. Na gut, vielleicht ist das letzte High auch gar nicht so lange her.

»Wer bist du?« Ich fuchtle wild mit meinen Armen vor ihm, während er noch vollkommen benebelt ist – und das, obwohl ich so laut schreie, dass man mich auch am Nordpol hören kann. Vielleicht kommen ihm dann ja seine Rentiere zur Hilfe und begleiten ihn auf magische Weise nach Hause.

Er kneift die Augen zusammen. Immerhin stehe ich im Schatten. »Holly?« Das ist wohl der Moment, in dem ich Ihnen gestehen muss, dass ich mich selbst erschrocken habe. Nicht nur, weil er meinen Namen kannte, sondern wegen der Art, wie er ihn aussprach. Sanft. Hätte es diesen Augenblick nicht gegeben, wäre meine Entscheidung später vielleicht anders ausgefallen.

»Woher …?«

Er deutet mit dem Kinn auf mich. »Namensschild.« Ich schaue an mir herab, habe ganz vergessen, dass das da ist. Wenig beeindruckend. Aber auch weniger gruselig. Wer möchte schon, dass ein Typ mit Waffen im Gepäck seinen Namen kennt? Außer diese Mädels in Romance-Büchern, die ich wohl nie verstehen werde. Total unrealistisch. Aber gut, wem sage ich das?

»Wer bist du?«, wiederhole ich mit fester Stimme. Jetzt nur keine Schwäche zeigen. Ich kenne solche Typen. Zumindest aus all den Netflix-Serien, die ich mir während der Klausurenphase reingezogen habe, anstatt zu lernen. Da hieß es Kartell, Mafiaboss, Diebe, Pause, ne neue Packung Chips holen, auf Toilette, Superbrains, Weltuntergangsszenarios, Zombies und nochmal Drogenschmuggel – alles an einem Tag. Den Karrierepfad aber besser nicht nachverfolgen. Sonst enden Sie womöglich wie ich: mitten in der Nacht mit einem unbekannten Mann in einer verlassenen Sortierhalle. Oder schlimmer.

Sein finsterer Blick hängt an meinen Fingern, die sich an den Eimer krallen. Mehrmals hebt und senkt sich seine Brust und ich erkenne, wie er in Gedanken mit sich selbst ringt. Mit rauer Stimme spricht er nach einer gefühlten Unendlichkeit: »Mein Name ist Nicolas Claus.«

Ich lasse mich nicht beeindrucken, halte weiterhin den Atem an. »Warum hast du keinen Ausweis?«

»Ich komme vom Nordpol.«

»Aha«, sage ich. »Und warum bist du dann in Deutschland?«

»Ich bin auf der Suche nach einem Kind.«

»Deinem Kind?«

Nicolas zieht die Augenbrauen zusammen und mustert mich, als hätte ich ihn gerade gefragt, ob er ein Pinguin sei. Was jetzt nicht so weit entfernt ist, in seinem schwarzen Anzug und mit dem dauerhaft gereckten Hals. Nur der falsche Pol halt. Ich ahme seinen Gesichtsausdruck nach, weil jetzt auch ich verwirrt bin. Sucht er ein anderes Kind? In meinem Kopf schrillen die Alarmglocken, sodass sie eigentlich schon aus meinen Ohren springen müssten, wie in einem dieser Looney Tunes-Cartoons.

Er seufzt und dreht den Kopf zur Seite, die Augen für einen Moment geschlossen, als müsste er all seinen Mut zusammennehmen, die nächsten irrwitzigen Worte zu finden. »Ich bin Santa Claus.«

Ich lache laut auf.

»Und ich bin das Christkind.«

»Das existiert nicht.«

»Und der Weihnachtsmann schon?«

»Ja.«

»Ich komme aus München«, erkläre ich. »Da glaubt man an das Christkind.«

»Das tut jetzt schon ein bisschen weh.«

»Klar. Okay.« Sarkasmus pur. Alle meine Zweifel sind beseitigt: Dieser Typ ist definitiv auf Drogen. Was ihn allerdings nicht weniger gefährlich macht. Mir vergeht das Lachen, als ich an die Waffen denke.

Er versucht sich erneut zu befreien un d schaut mich durch die langen Wimpern von unten an. Im Augenwinkel nehme ich seine Bizepse wahr, die (wie so vieles andere an ihm auch) Romantik-Schnulzen-filmreif sind. »Ich sitze ja vor dir«, knurrt er gereizt.

»Der Weihnachtsmann sieht anders aus.«

Er blinzelt drei Mal, starrt mich nur an, wie eine nasse Eule mit Augen so groß wie der Kopf. Als wäre ich diejenige, die wahnsinnig geworden ist. Schwer von Begriff. Wahrscheinlich müsste er ein wenig seiner Wunderdrogen rüber rücken, damit ich ihn verstehen könnte. Nur zu blöd, dass mir wirklich nicht danach ist. Erneut stößt er ein Seufzen aus und sagt danach etwas, das noch krasser ist, als alles, was er bisher von sich gegeben hat: »Greif in meine Brusttasche.«

»Was?«

Er nickt einmal, lässt den Kopf halb hängen. Wenn ich ihm jetzt sagen würde, dass ich ihn bereits abgetastet habe, weiß ich nicht, wer zuerst den Verstand verlieren würde. Vielleicht hätte ich Glück und der Boden unter meinen Füßen würde sich öffnen und mich verschlucken. Ein Betonmonster. Mit einem riesigen Maul. Und unersättlichem Appetit. Aber dann würde auch Nicolas in den Schlund geraten. Und mit ihm im Magen festzusitzen und sich gähnend langsam zu zersetzen … Nicht das beste Ende.

Da das ohnehin keine Option ist, trete ich näher. »Ich hoffe, du sprengst uns jetzt nicht gleich in die Luft.« Wer weiß schon, was er in dieser Brusttasche hat. Im schlimmsten Fall einen Sensor, den ich übersehen habe.

»Was?« Seine tiefe Stimme klingt so vorwurfsvoll, dass ich zusammenzucke. »Wie kommst du auf die Idee?«

Ich zucke mit den Schultern. Vielleicht die Waffen. Vielleicht der Anzug. Vielleicht seine Ausstrahlung, die wirklich weit weg ist von dem alten, lieben Opi, den ich mir als Weihnachtsmann vorstelle, und mehr mit einem *Marcello* aus Spanien gemein hat, der sein Geld mit Kokain verdient. Ja, vielleicht ist es das.

Nicolas verstummt ebenfalls und hält meinem Blick stand. Mit dem Handrücken klopfe ich ein paar Mal gegen seine Brusttasche. Explodieren tut nix. Nur seine Augenbrauen wandern höher. Vorsichtig greife ich hinein und ertaste ein Stück Papier.

Darauf zu sehen: Ein vergilbtes Bild des Weihnachtsmanns.

»Okay.« Schräg. Wenigstens nicht gefährlich.

Nicolas atmet erst wieder, nachdem ich einen Schritt zurück gemacht habe und das Bild weiter studiere. Sieht er sich als dieser Mann? So Robin-Hood-mäßig? War das alles nur ein misslungener Raubzug? Ein Teil in mir entspannt sich ebenfalls (nur so ein Tipp: Bleiben Sie im

Überlebensmodus, wenn ein möglicher Mafiaboss/Räuber/ Waffenträger vor ihnen sitzt. Gefesselt oder nicht, Sie können nicht ahnen, was diese Person vorhat).

»Das ist mein Opa. Nicholaus Claus. Oder auch … Santa Claus. Oder wie auch immer ihr Deutschen ihn nennen wollt.«

Dieses Mal unterdrücke ich mein belustigtes Schnauben.

»Ich bin mit meinen Elfen hierher gekommen, um die letzten Vorbereitungen für die Weihnachtsgeschenke zu treffen. Opa ist auch schon 85, er braucht Hilfe bei all den Menschen auf dieser Welt. Aber wir wurden überrascht und–« Er lauscht. Ich glaube, ich bin verrückt geworden. Gibt es hier in diesen Hallen Lachgas? Die ganze Situation muss eine Einbildung sein. »Er ist hier.«

»Wer?«

»Krampus.«

Dieser Mann verarscht mich doch von vorne bis hinten.

Wissen Sie, was mich zweifeln lässt? Sein Gesichtsausdruck. Ich glaube seiner Geschichte, weil er wirklich nervös und ängstlich aussieht. Ob er wahnsinnig ist oder nicht, ich will mich nicht in Gefahr begeben. Schließlich könnte *Krampus* auch ein Mafia-Boss sein.

Zu weit hergeholt? Okay, vielleicht bin auch ich von allen guten Geistern verlassen. Nach dem heutigen Abend brauche ich mindestens zwei Kopfschmerztabletten. Die Guten von Oma, versteht sich.

»Du musst mich losbinden.«

»Nein.« So viel Verstand habe ich doch noch.

»Holly, bitte.« Nicolas windet sich, aber die Stricke geben keinen Zentimeter nach.

»Wenn du Santa bist, solltest du nicht sowas wie magische Kräfte haben?«

»Ich bin noch nicht Santa Claus. Ich bin sein Enkel.«

»Aha.«

»Holly.«

»Wie geht das?«

»Ich hab jetzt wirklich nicht die Zeit–«

»Antworte, dann binde ich dich los.« Das war eine glatte Lüge. Natürlich werde ich ihn nicht einfach so losbinden, aber ich bin interessiert an seiner Erklärung. Kein Krampus weit und breit. Wundert es Sie, dass ich Nicolas wegen seiner Geschichten aufziehe? Die Überlegenheit verleiht mir, muss ich zugeben, eine gewisse Süffisanz. Nicht mein bester Charakterzug.

Nicolas lauscht noch immer, als wären da Schritte, die ich nicht höre. Sein Blick liegt auf der metallenen Doppeltür, bevor er sich dazu überwinden kann, mich anzusehen und in einer irren Geschwindigkeit zu begründen: »Opa ist euer Weihnachtsmann. Wenn er stirbt, wird mein Vater der nächste Santa Claus. Und dann, wenn er stirbt, bin ich es. Erst als Santa erhält man die magischen Fähigkeiten.« Zumindest war das meine Übersetzung für Sie. Was er tatsächlich gesagt hat, war mehr ein Wortschwall, wie eine Rakete, die durch das Weltall rasen wollte, sich aber auf die Erde verirrt hat.

Daher dauert es auch geschmeidige drei Sekunden, bis ich überhaupt ansatzweise verstanden habe, was er mir da erklären wollte. Ich beschließe, ihm nicht zu glauben – welch ein Wunder. Mein Versprechen, ihn loszubinden, würde ich aber nun doch einlösen. Aus Sicherheitsgründen schnappe ich mir aus seinem Koffer eine der gigantischen Waffen.

»Hey! Hey, hey! Okay, woah, ruhig. Du weißt nicht, was du da in den Händen hältst.«

Tatsächlich weiß ich das nicht. Recht schwer ist das Teil ja nicht. Eine Attrappe? Ich lache laut auf. Dieser Mistkerl hat mir echt Angst eingejagt mit irgendwelchem Spielzeug und Märchen. Was ein Weihnachtsabend.

Ich stupse ihn am Knie mit der Knarre an. Sein Schauspiel ist nicht schlecht. Wie er sich zur Seite dreht, möglichst weit weg vom Lauf, und seine Schultern anspannt. Wenn sich herausstellen sollte, dass er ein guter Kerl ist, besorge ich ihm einen Platz im lokalen Theater. Dann kann er Weihnachtsmann, Ballerina und von mir aus auch der nächste Froschkönig werden. Was auch immer ihm beliebt.

Ein Krachen am anderen Ende der Halle übertönt mein Lachen.

Das Blut in meinen Adern gefriert.

Die Hintertür auf der anderen Seite der Halle. Augenblicklich beginnen meine Handflächen zu schwitzen.

Verdammt, ich will dieses Spiel nicht mehr spielen!

Instinktiv werfe ich mir die Waffe über den Rücken und laufe um Nicolas herum, der leise zischend protestiert, als ich seinen Stuhl kippe und ihn hinter den nächstbesten Container zerre. Alles, was bleibt, ist ein lautes Quietschen und schwarze Schleifspuren am Boden. Ich keuche. Der Mann ist ja auch nicht gerade klein.

Die Schritte des Fremden hallen in der Stille wider.

»Holly. Binde mich los.« Nicolas Stimme ist so klar und doch ruhig. Spiel oder nicht, jemand hat sich gewaltvoll Zutritt zum Lager verschafft. »Wir brauchen Unterstützung.«

»Wir?!«

»Du bist auch hier drin. Lauf ja nicht weg.«

So, Holly, jetzt hast du die Wahl. Bleib bei dem Mann, der ganz offensichtlich Halluzinogene in seinem Blut hat, oder lauf in die Arme eines Fremden, der gerade in ein gut gesichertes Gebäude eingedrungen ist. Schön.

Meine Bucket List für heute sah tatsächlich so aus:
1. Von einem Passagier 20€ Trinkgeld bekommen
2. Warme Milch für mich, kalte Milch für Mrs. Whiskers
3. Kuschelsocken am Heizkörper wärmen
4. Neue Weihnachtsplaylist durchhören
5. ~~Sterben~~

Da ist so eine Hoffnung in meinem Kopf, wie die Stimme eines kleinen Engels (das Christkind womöglich, in dieser Nacht lasse ich mir alles einreden (mir egal, ob es das nun gibt oder nicht)). *Nicolas könnte deine Rettung sein.* Ich binde ihn also los.

Was macht mein Ritter in strahlender Rüstung?

Er holt ein Glöckchen aus seiner Hosentasche hervor und läutet es. Das Geräusch kenne ich noch aus meiner Kindheit. Damals war das noch das Zeichen für Geschenke unter dem Weihnachtsbaum.

»Bist du von allen guten Geistern verlassen?«, wispere ich aufgebracht. »Willst du, dass der uns findet?«

»Ich rufe meine Elfen.«

Wir sind verloren.

Ich schlage die Hände vors Gesicht.

Im selben Moment ertönt ein lautes Klirren und ich zucke zusammen. Glas. Das muss eines der Fenster gewesen sein. Dann folgt allerdings ein viel gruseligeres Geräusch: Nicolas *lacht.*

»Wie kannst du nur–?«

»Sieh doch!« Er zeigt auf das Fenster. Jetzt kommt der Zeitpunkt, an dem Sie glauben werden, auch ich bin verrückt geworden.

Da, einige Meter über dem Boden, fliegen sieben Rentiere auf uns zu. Zu allem Überfluss können die natürlich nicht den normalen Weg durch die Tür nehmen. Nein, sie mussten sich durch die hoch eingelassene Fensterfront an der Seitenwand quetschen. Das führt zu einem wilden Durcheinander von Geweihen, Hufen und fliegenden Schneeflocken, obwohl ich mich nur an Pfützen draußen erinnere - ist der etwa direkt vom Nordpol?

Im Schlitten: eine wilde Truppe kleiner, grün gekleideter Elfen, die akrobatisch herabspringen, einer nach dem anderen, jeder mit einer anderen artistischen Einlage. Einer macht einen Salto, ein anderer dreht sich wie ein Tornado, und ein besonders ambitionierter Elf versucht einen dreifachen Rittberger, landet aber kopfüber in einer Kiste.

Das alles ist so absurd, dass selbst ich meinen Humor wiederfinde. Einfach, weil ich glaube, dass ich in einem abartigen Traum gefangen bin. »Und was soll das jetzt werden? Ein vorweihnachtliches Rodeo?«, murmele ich und ducke mich, als eine Ladung Schnee von den Rentieren aufgewirbelt wird und mir ins Gesicht fliegt.

»Holly, das wird nicht schön«, sagt Nicolas mit einer Dringlichkeit, die ich jetzt bereits zu gut kenne. »Weihnachten ist in Gefahr!«

»Ach, wirklich?«, antworte ich trocken und wische mir den Schnee aus den Haaren. »Ich dachte schon, ihr wollt nur die neueste Methode des Fensterputzens demonstrieren.« Der hochgezogenen Augenbraue zufolge, ist das wohl nicht der beste Moment für Scherze. Und auch den Elfen nach nicht, die sich wie verrückt auf den Waffen-Koffer stürzen.

Nicolas ruft das vorderste Rentier herbei. Rudolfs Nase glüht allerdings nicht rot, sie sieht nur etwas erkältet aus. Wie bei meinem Großonkel nach dem sechsten Glühwein am Weihnachtsmarkt. »Rudolf, bringt Holly sicher hier raus. Dann holt uns.«

Das Rentier senkt seinen Kopf einmal, als würde es nicken. Klar, ne?

Ich klettere tatsächlich in den Schlitten (immerhin muss das doch alles ein Traum sein), fühle mich seltsam fehl am Platz zwischen all den glänzenden, bunten Geschenken, die ich vorher gar nicht bemerkt habe. Die Rentiere setzen sich in Bewegung und heben plötzlich ab, der Schlitten gleitet wie ein magisches Gefährt in die Luft. Mein Herz schlägt bis zum Hals, als wir zur Decke aufsteigen und die Lagerhalle unter uns kleiner wird.

Von oben habe ich eine bessere Sicht auf das Chaos. Unten kämpfen die Elfen tapfer gegen eine schaurige Gestalt – Krampus. Er sieht genauso gruselig aus, wie in den Geschichten beschrieben: Mit seiner zotteligen schwarzen Mähne, den gebogenen Hörnern, die sich wie die eines Dämons in die Höhe erstrecken, und den glühenden roten Augen. Die Glocken an seinem schweren, ledernen Gürtel klirren leise bei jedem Schritt, während seine große, kräftige Gestalt sich langsam näherte.

Schüsse ertönen. Die Elfen feuern ihre Kanonen ab, bunt verpackte Pakete fliegen durch die Luft und explodieren in Konfetti. Nur wenige treffen Krampus, der sich kaum zurückdrängen lässt. Er steht bereits mitten in der Halle, Meter von der Tür entfernt, durch die er gerade erst gekommen war. Was wird dieses Wesen machen, wenn es eines der kleinen Geschöpfe in die Finger bekommt?

Krampus hat aber nicht die Elfen im Visier, sondern Nicolas.

Die Rentiere schlagen einen Bogen, scheinen mich vergessen zu haben. Hart pralle ich gegen eine Kante des

Schlittens und kralle mich sofort an dem Riemen fest, als wir in die Tiefe sausen. Wie eine Achterbahn. Nur ... abgefahren und ohne jegliche Sicherung. Oh, und ohne Spaß, wenn man weiß, dass man gleich sterben könnte. So richtig. Mein Magen zieht sich schmerzhaft zusammen.

Aus der Waffe, die ich fest umklammere, löst sich ein Schuss und ein Geschenk schnellt heraus. Mit großen Augen verfolge ich das Paket, das nur Zentimeter vor Nicolas Körper zu Konfetti zerplatzt. Hätte ich gerade fast den zukünftigen Weihnachtsmann getötet? Verdammt!

Ächzend duckt sich Krampus unter den Hufen der Rentiere weg. Alles geht so schnell. Wir ziehen wieder nach oben, auf der rechten Seite hievt sich ein Elf in den Schlitten. Er muss sich wohl festgehalten haben, als wir so nahe am Boden waren.

»Was wird das?«, rufe ich gegen den Wind, der um meine Ohren saust.

Der Elf schnappt sich mit einer geschmeidigen Bewegung meine Waffe. Er wirkt auf mich klein und leicht, aber nicht schwerelos. Geschickt turnt er durch den Schlitten, hält sich nicht einmal fest und richtet einen Schuss direkt auf Krampus. »Krampus will unartigen Kindern die Geschenke wegnehmen und sie mit Kohle beschenken!«

Klar. Das hätte ich auch ahnen können, nicht?

Selbst von hier, Meter über dem Boden, sehe ich wie Krampus› Augen wütend blitzen, und er hebt seine Rute für einen mächtigen Hieb. Bevor er zuschlagen kann, schießt ein Elfen-Team eine gigantische Schleife aus klebrigen Bonbonstreifen auf ihn, die seine Arme und Beine zusammenbindet.

»Jetzt!« ruft Nicolas und der Elf im Schlitten schießt eine weitere Geschenk-Kanone. Krampus taumelt nach hinten. Getrieben von all der Aktion, schnappe ich mir das größte Geschenk, das ich finden kann, und werfe. Es trifft Krampus direkt auf den Kopf. Er bricht zusammen. Binnen Sekunden umzingeln ihn die Elfen.

Jubelrufe ertönen. Denke ich zumindest. Als wir wieder auf den Boden zusteuern, merke ich erst, dass sie ein fröhliches Weihnachtslied singen.

Nicolas kniet sich zu ihm. Mit gewohnt gelassener Stimme sagt er: »Alle Kinder verdienen Geschenke.« Er dreht sich zu seinen Elfen und verkündet, dass sie Krampus zum Nordpol bringen würden. Dann treffen sich unsere Blicke endlich. Nicolas lächelt.

Wie Sie sehen, verehrte Damen und Herren, habe ich überlebt. Falls Sie sich nun denken: Was für eine wilde Geschichte, so bedenken Sie auch einmal, was der alte Santa Claus für Augen machte, als Nicolas mich ihm vorstellte: »Das ist Holly, meine Verlobte. Bei unserem ersten Treffen hat sie mich unter Drogen gesetzt, mir einen Eimer Wasser über den Kopf gegossen und mich fast erschossen. Ich liebe sie.«

Fakten zu Polarlichtern

Karolina Stauber

- Der Fachbegriff lautet "Aurora borealis", oder Aurora australis", wenn sie am Südpol auftreten.
- Dieses Naturphänomen kommt zustande, wenn Materie der Sonne mit Sauerstoffatome bei uns auf der Erde kollidiert.
- Jenseits der Polarkreise könnte man täglich und ständig Polarlichter beobachten, wenn es dunkel genug wäre.
- Die besten Chance das Phänomen zu beobachten hat man in Nordfinnland zwischen Herbst und Frühling, weil es in diesem Zeitraum am längsten dunkel ist.
- Polarlichter gibt es in unterschiedlichsten Farben: Von hellgrün bis rot, violett und blau. Welche Farbe wir sehen, hängt davon ab, mit welcher Geschwindigkeit die Sonnenmaterie auf unsere Sauerstoffatome trifft.
- Aurora Borealis kann man sogar aus dem Weltall beobachten.
- Auch auf anderen Planeten in unserem Sonnensystem wie beispielsweise dem Saturn oder Uranus könnte man das Naturphänomen beobachten.

Gefährten aus Frost

Charlene Seebe

1 - NIRAN

»Ich hasse ihn!«, murmelte Niran, während er neben Vintja durch die verschneiten Straßen von Werrholm stapfte. Seine Schritte waren schwer und widerwillig, als ob die Last seiner Gedanken sie noch tiefer in den Schnee drückten.

»Das tust du nicht«, entgegnete seine beste Freundin mit sanfter Stimme.

»Manchmal ist er so ...«, verzweifelt suchte er nach den richtigen Worten.

»Ja?« Vintjas Augen blitzten neugierig.

»Stur!«

Vintja lachte auf, ein warmer Klang in der eisigen Luft. »Du meinst, so wie du?«

Niran schenkte ihr einen finsteren Blick, schwieg aber. Seine robusten Lederschuhe, die knirschend in der weißen Pracht versanken, waren die einzige Geräuschquelle. »Noch nie zuvor habe ich solche Schneemassen gesehen«, bemerkte er nach einer Weile. »Die Kälte macht mich wahnsinnig.«

Vintja nickte verständnisvoll. »Sobald wir Ravi gefunden haben, werden wir auf schnellstem Weg ins Warme zurückkehren.« Ihre Worte waren wie ein leises Versprechen, ein Hoffnungsschimmer inmitten der erbarmungslosen Kälte.

Die Wachen am Stadttor Werrholms beäugten die zwei Laarthianer kritisch, als sie an ihnen vorbeigingen. Niran blieb neben dem braunbärtigen, etwas weniger mürrisch dreinblickenden Wächter stehen und wies auf den Weg vor sich, der nur durch die tiefen Spuren der Ochsenkarren zu erkennen war. Einige hundert Meter weiter verzweigte sich der Pfad. Der eine führte über steinige Wege in die Berge, der andere erstreckte sich ins flache Land nach Süden.

»Wir suchen die Dörfer von Yghwand«, sprach Niran in gebrochenem Nowarkisch. Die Laute des Nordens waren zu rau, um sie melodisch auszusprechen. Sein Lehrer Azra, den sie vor ein paar Tagen in Werrholm getroffen hatten, hatte seine Enttäuschung darüber nicht zurückgehalten.

»Überlass lieber Vintja das Reden«, hatte er ihm geraten. Doch Niran wollte das auch ohne ihre Hilfe schaffen.

Nun musterte ihn der Wächter mit einer hochgezogenen Augenbraue. Ob er ihn überhaupt verstanden hatte? Ohne eine Antwort zu geben, drehte der Wachmann den Kopf und bedachte Vintja mit einem kritischen Blick. Die Menschen in Nowark hielten sich selten zurück, was abwertende Blicke oder Kommentare bezüglich der Südländer anging. Niran atmete tief durch. Er war sich nicht sicher, wann das Maß voll war und er seine demütige Haltung aufgeben würde, um in andere Gefühlszustände überzugehen. Für Vintja war es ein Leichtes, mit derartigem Verhalten umzugehen. Ihre entwaffnende Herzlichkeit ließ fast jeden Eisklotz schmelzen. Auch jetzt genügte ein breites Lächeln und der Gesichtsausdruck des Wachmanns wurde milder. Er wies in Richtung der Berge. »Ihr müsst da entlang, Skaltarr.«

Skaltarr, eine allgemeine Bezeichnung für Fremder, wie Ravi ihm noch am Tag zuvor erklärt hatte. Ob es abwertend gemeint war oder nicht, konnte man an der Betonung erkennen – sofern man das Gehör dafür hatte. Niran beschloss, die Worte des Wachmanns nicht als Beleidigung aufzufassen.

Sie nickten ihm zum Dank zu und traten über die Schwelle des Tores. Wie zur Begrüßung blies ihnen ein kräftiger Wind ins Gesicht.

Niran blinzelte gegen die warmen Sonnenstrahlen, die von jedem Schneekristall am Boden und in der Luft zurückgeworfen wurden. »Wo bist du, Ravi?«, flüsterte er ins Nichts.

Vintja legte ihre behandschuhte Hand auf seine Schulter. »Wir werden ihn finden«, versprach sie ihm mit warmer Stimme.

Wärme war es auch, die sich in seinem Inneren ausbreitete, wann immer sie ihn zufällig berührte. Es kostete ihn einiges an Selbstbeherrschung, sie nicht wie ein liebestrunkener Vollidiot anzusehen. Und doch war er unendlich froh, dass sie ihn begleitete. Mit ihr hatte er das Gefühl, alles schaffen zu können.

Vintja wusste nicht, seit wie vielen Stunden sie schon durch den Schnee stapften. Wolken hatten sich vor die Sonne geschoben und ließen keine Rückschlüsse auf die Uhrzeit zu. Gerne hätte sie ihre müden Beine ausgeruht. Aber die karge Landschaft aus Fels und Schnee, mit einzelnen Nadelgewächsen gespickt, lud kaum zur Rast ein.

Als sie in der Ferne einen Schatten erspähte, hielt sie Niran am Arm fest.

»Die Bergdörfer Yghwands«, mutmaßte er, wobei sich der Hauch eines Lächelns auf seine Züge legte. Ein Kribbeln durchfuhr Vintjas Bauchgegend. Zu lange hatte sie ihren besten Freund nicht mehr lachen sehen. Sie wusste, dass er sich die Schuld für das Verschwinden seines Bruders aufbürdete. Zu Unrecht. Sie und Niran waren beauftragt worden, Ravi in den Norden zu begleiten. Von Werrholm aus wäre ihr letztes Reiseziel Manhall' Agarr gewesen, wo er seine Ausbildung in den magischen Künsten begonnen hätte. Doch Ravi und Niran hatten sich gestritten, bevor sie dahin aufbrechen konnten. Sie wusste nicht, worum es dabei gegangen war, nur, dass es einen besonneneren Bruder gebraucht hätte, um die Auseinandersetzung beizulegen. Leider gab Niran aber kein Stück nach und am Tag darauf war sein Bruder verschwunden.

Zuerst war Niran außer sich vor Wut auf Ravi gewesen, weil er ihnen so einen Schrecken eingejagt hatte. Er hatte Ravis Namen in die eisige Luft gebrüllt, als ob er dadurch die Realität ändern könnte. Aber je mehr Zeit ohne ein Lebenszeichen von ihm verstrich, desto größer wurde die Sorge um ihn. Die Wut wich der Angst, dass Ravi etwas zugestoßen sein könnte. Als die Nacht verging, hatte er nur ein Ziel: seinen Zwillingsbruder wiederzufinden. Zum Glück fiel ein junger Mann aus Laarths Wüstenregion mit seinen langen schwarzen Haaren hier im Norden auf wie ein Falke in einem Schwarm Tauben.

Die Dörfer Yghwands kamen näher und Vintja wies zu einem Steinhaus, aus dem Stimmengewirr drang. Die Aussicht auf Nahrung und etwas Wärme ließ ihre Schritte schneller werden. Sie öffnete die knarrende Holztür und sofort umfing sie die Hitze des Feuers. Das Murmeln der Gespräche im Raum verstummte abrupt und Vintja durchdrang ein Gefühl der Beklommenheit.

Skeptische Blicke folgten ihnen, doch als sie sich an einen freien Tisch gesetzt hatten, nahmen die Gäste der Schenke ihre Unterhaltungen wieder auf.

Sie nickte der Wirtin zu. »Wir hätten gerne ...«, begann sie, doch da stellte diese ihnen jeweils einen Krug mit einer bräunlichen Flüssigkeit hin und verschwand in der Küche.

Niran zuckte mit den Schultern und trank. Vintja umfasste zuerst den heißen Tonkrug und zog den widerlich süßen Geruch durch die Nase ein. *Lök*, das Getränk des Nordens. Anfangs hatte sie es verabscheut, doch mittlerweile hatte sie sich daran gewöhnt. Sie schlürfte den heißen Trunk, wobei sie Nirans grimmigen Blick bemerkte. *Ich weiß, wir sollten keine Zeit verschwenden*, dachte sie und verdrehte die Augen. »Teilen wir uns auf?«

Er nickte, leerte den Becher in einem Zug und stand dann auf, um sich bei den Gästen der Schenke nach seinem Bruder zu erkundigen.

Vintja wandte sich zu dem Mann am Tisch neben ihnen. Felle in den sandigen Farben der nowark'schen Tiere hingen um seine Schultern. Sie hätte raten müssen, ob sich darunter ein Muskelprotz oder ein Hänfling verbarg.

Aus ihrer Schultertasche kramte sie ein mehrmals gefaltetes Pergament hervor und hielt ihm das selbst gezeichnete Porträt von Ravi entgegen. »Haben Sie diesen jungen Mann gesehen?«

Der Mann warf einen flüchtigen Blick auf das Bild und lächelte kurz. »Der sieht ja aus wie der da.« Sein Blick traf Niran, der am anderen Ende des Raumes den Einheimischen in miserablem Nowarkisch sein Anliegen mitteilte.

Vintja unterdrückte ein genervtes Seufzen. Sie hätte sich die aufwendige Kohlezeichnung sparen können und lieber sagen sollen: »Haben Sie jemanden mit dem Gesicht meines Freundes gesehen, nur mit langen Haaren?« Doch sie entgegnete: »Er ist sein Zwillingsbruder. Wir waren auf dem Weg nach ...« Vintja stoppte, weil sie nicht sicher sein konnte, wie tolerant die Menschen hier gegenüber Magiebegabten waren. »Haben Sie ihn gesehen?«

Der Mann schüttelte gleichgültig den Kopf.

Enttäuscht drehte Vintja sich um. Ein Stich durchfuhr sie, als sie sah, wie Niran wild gestikulierend versuchte, sich den Einheimischen verständlich zu machen. Den verkniffenen Gesichtern der Dörfler nach zu urteilen, hatten sie nicht viel Verständnis für seine Lage.

Sie sprang von der Bank hoch und stürzte zu ihrem Freund, doch da wurde er schon von zwei Männern am Arm gepackt. In seinen Augen flackerte der stumme Protest, sich den Umständen nicht beugen zu wollen.

Vintja stellte sich vor die Dörfler und lächelte zu ihnen hoch. »Es tut mir leid, wenn euch mein Freund beleidigt haben sollte«, sagte sie verschmitzt. »Sein Nowarkisch ist grauenhaft.«

»Nicht sein Nowarkisch ist das Problem, sondern das hier.« Ein breitschultriger Mann mit rotem Bart zeigte auf den Anhänger an Nirans Kette. »Unser Tharl wird diesen Stein sehen wollen.«

Vintja bedachte Niran mit einem eindringlichen Blick, der ihm befahl, mitzuspielen. »Dann werden wir dir folgen.«

Die Falte zwischen Nirans Augen wurde tiefer, doch er ließ sich von den Männern aus der Schenke führen.

3 - NIRAN

Die Dörfler führten sie zu einem länglichen Haus am Rande des Dorfes, das die einfachen Hütten aus Holz und Lehm überragte. Die groben, schwarzen Steine verliehen ihm ein robustes und ehrwürdiges Aussehen. Im Inneren herrschte eine Dunkelheit, die Niran blinzeln ließ. Sein Hals kratzte von der qualmenden Hitze im Raum. Er spürte Vintjas Anwesenheit direkt hinter sich. Wieder einmal war sie ruhig geblieben, als er beinahe die Beherrschung verloren hätte.

Die Männer führten ihn vor eine reich gedeckte Tafel in der Mitte des größten Raumes und ließen endlich von ihm ab. Beim Anblick der Köstlichkeiten grummelte Nirans Magen. Ein glatzköpfiger Mann mit geflochtenem Bart, der an der Stirnseite der Tafel thronte, knabberte seelenruhig an einer Kaninchenkeule. »Warum stört ihr mich?«, fragte er, ohne aufzusehen.

»Dieser Skaltarr hier sucht seinen Bruder. Er trägt die gleiche Kette wie er«, erklärte einer der Männer.

Der Kopf des Mannes am Tisch ruckte hoch und er betrachtete Niran mit Faszination und Abscheu zugleich – ein Blick, bei dem sich die kleinen Härchen in Nirans Nacken aufstellten. Er räusperte sich, seine Stimme zitterte leicht vor Nervosität. »Ich nehme an, Ihr seid der Tharl dieser Dorfgemeinschaft?«

»So ist es«, brummte dieser. Gemächlich erhob er sich, trat ihm entgegen. Seine Augen wanderten zu Nirans Kette. »Bei Elass Namen. Er schickt Euch zur rechten Zeit.« Doch schon einen Moment später sah er wieder zu Niran.

Was habt ihr Yghwander nur mit diesen Steinen?, dachte Niran. »Ich suche meinen Bruder Ravi. Wisst Ihr etwas über seinen Verbleib?«

»Der Bursche mit einem Gesicht wie Eures?«

Niran nickte.

Es folgte ein derber Klopfer auf seine Schulter, der ihn zusammenzucken ließ. »Ich fürchte, ich habe keine guten Nachrichten für Euch.«

Schweiß breitete sich auf Nirans Handflächen aus. »Und was soll das bedeuten?«, fragte er mit zusammengebissenen Zähnen. Seine Geduld war beinahe aufgebraucht.

»Euer Bruder ist entführt worden.«

»Entführt?«, stieß er eine Spur zu laut aus. Er räusperte sich. »Von wem?« *Bitte lass ihn am Leben sein!*

»Vom Geist der Winterstürme.«

Niran verkniff sich ein erheitertes Prusten, der todernste Blick seines Gegenübers hielt ihn davon ab. »Das …«, begann er und stockte, »ist schrecklich.«

»Aber es ist gut, dass Ihr da seid. Es ist möglich, dass Euer Bruder noch lebt. Wenn Ihr uns helft, gegen den Geist zu kämpfen, können wir Euren Bruder vielleicht retten.« Er machte eine dramatische Pause. »Wenn es nicht zu spät ist.«

Der Tharl schaute ungeduldig an Niran vorbei, allmählich schlich sich ein Lächeln auf seine Lippen. Fast verschlagen, stellte Niran fest. »Was sagt Eure Frau dazu? Vielleicht sollten wir sie einmal zu Wort kommen lassen.«

Vintja trat zu ihnen und deutete eine leichte Verbeugung an. Sie hasste es, wie eine Dame in einen Knicks zu verfallen. »Ich bin nicht -«

»- vertraut mit den Umgangsformen des Nordens«, fiel Niran ihr ins Wort. Vintja als seine Frau auszugeben, würde ihr am meisten Schutz vor den abergläubischen Menschen Yghwands verschaffen. Auch wenn sie das nicht einsehen wollte. Ihr Blick traf den des Tharls. *Bitte Vintja, spiel mit!*

Vintjas Augen glänzten. »Wenn es eine Möglichkeit gibt, meinen Schwager zurückzuholen, dann werde auch ich kämpfen.«

Niran verzog den Mund, weil er nicht wusste, wie der Tharl darauf reagieren würde. Doch dieser grinste nur und verkündete: »Sie gefällt mir.«

4 - VINTJA

Ein eisiger Wind heulte durch die Straßen Yghwands und Schneeflocken schlugen Vintja wie winzige Eissplitter ins Gesicht. Jede Bewegung fühlte sich an, als würde sie gegen eine unsichtbare Wand aus Kälte kämpfen. Sie hielt ihr laarthianisches Kurzschwert mit beiden Händen fest umschlossen.

Zwölf Männer Yghwands, bewaffnet mit ihren Stangenschwertern, traten an ihre Seite.

Warten sie tatsächlich auf einen Geist, der Winterstürme über sie bringt, wie eine zutiefst erzürnte Gottheit? Und warum habe ich dieser dämlichen Idee, ihnen zu helfen, zugestimmt? Ravi. Wir müssen Nirans geniale, aber trotzige zweite Hälfte wiederfinden.

Ein Knurren durchbrach das Rauschen des Sturms. Vintja riss die Augen auf. Sie hatte schon von Tieren gehört, die sich in im kalten Norden aufhielten und für Menschen gefährlich werden konnten.

Die Dörfler setzten sich in Bewegung, ließen Yghwands Häuser hinter sich, bis sie mit der weißen Wand aus Schnee vor ihnen verschmolzen. Einige Sekunden war es still. Dann drangen markerschütternde Schreie durch den Sturm.

Sie wandte sich Niran zu. Er nickte, Entschlossenheit und Angst gleichermaßen in seinen Augen. Sie rannten, ihre Schwerter auf das gespenstische Weiß vor sich gerichtet.

Als Vintja glaubte, sich im Herzen des Sturms zu befinden, hielt sie an. Ihr Herz hämmerte in ihrer Brust und sorgte für ein unangenehmes Dröhnen in den Ohren. Sie konnte gerade so weit sehen, wie ihr eigenes Schwert reichte.

Ein hungriges Knurren setzte ein, ein Geräusch, so laut und dröhnend, dass es sogar den Boden unter Vintjas Füßen erzittern ließ.

Ihr Blick flog von links nach rechts, ihre Augen suchten krampfhaft nach einem greifbaren Bild. Und dann sah sie es: zwei leuchtende Augen, bedeutend größer als die eines gewöhnlichen Tieres. Blutrot schimmernd fixierten sie Vintja durch den Schneesturm hindurch. Ihr Atem stockte und ihre Hände zitterten unkontrolliert, als die fremden Augen sich ihr näherten. Der aufgewirbelte Schnee, der ihr entgegen peitschte, wurde unwichtig. Sie dachte nur an Niran. In diesem Moment bereute sie, ihrem besten Freund nie gesagt zu haben, was sie für ihn schon jahrelang empfand. Nie schien die Zeit reif dafür zu sein. Und nun standen sie hier, Schulter an Schulter, und lauschten den Schreien der Yghwander, die durch den Sturm hallten.

Ob er wohl je dasselbe empfinden könnte? Die Chance, das herauszufinden, verlor sich wie eine Schneeflocke im Sturm.

Wieder hörte sie Schreie. Ein tierisches Brüllen zerriss die Luft. Ein mächtiger Schatten erschien in nicht weiter Ferne. Das Wesen machte einen Satz, steuerte direkt auf einen Mann in ihrer Nähe zu und kam ihr gefährlich nahe. Niran packte sie am Arm und zog sie zurück. Das war also der Geist, den die Yghwander fürchteten. Doch als sich dessen dunkle Gestalt näherte, erlangte Vintja immer mehr Sicht auf das, was tatsächlich in diesem Dorf sein Unwesen trieb.

Mit dem Blick auf die Gestalt in ihrer vollen Größe geriet ihre Atmung ins Stocken. Es war kein Geist, der das Dorf bedrohte, sondern ein wildes Tier. Mit seinen mächtigen Klauen schlug es die Männer beiseite, die versuchten, es zu vertreiben oder zu töten. Einer wurde durch die Luft geschleudert, landete im Schnee und rührte sich nicht mehr. Ein anderer schrie auf, als er von den scharfen Krallen des Tieres getroffen wurde und blutend zu Boden fiel.

Das Wesen kam näher und ihr Herz raste wie wild in ihrer Brust. Bis Nirans Schatten ihre Sicht verdeckte. Ein wilder Schrei entfuhr seiner Kehle, die breite Klinge seines Schwertes blitzte auf. Doch Niran stand still und auch das Donnern des heranpreschenden Tieres verstummte.

Der Wind ließ nach und Vintjas Herz begann wild zu pochen. Die eisige Kälte der Umgebung schien sich in ihren Gliedern festzusetzen.

Die bedrohlich funkelnden Augen des Tieres waren nicht mehr auf sie gerichtet, sondern auf Niran. Jedes Geräusch schien verstummt zu sein, außer dem dumpfen Pochen ihres eigenen Pulses.

Es war viel mächtiger als jedes Tier, das sie kannte. Mit weißem, glitzernden Fell. Sein massiger Körper hatte sich erstaunlich schnell durch den Schnee bewegt. Als wäre es eins mit ihm. Aber was hatte es vor? Wenn es Niran töten wollte, hätte es das längst tun können. Stattdessen starrte es. Und Niran hielt seinem Blick stand.

Als das Tier fast regungslos vor ihnen stand, wurde Vintja bewusst, dass auch der Wind nicht länger an ihrer Kleidung zerrte. *Befehligt es diesen Sturm?*

Die Yghwander, die noch standen, hielten inne und sahen zu dem Tier auf, unsicher, ob sie angreifen oder fliehen sollten. Da drehte sich das Tier mit einem Satz um und stapfte durch die weiße Wildnis.

Niran und Vintja wechselten einen schnellen Blick. Dann folgten sie dem Wesen mit sicherem Abstand und ließen die Kämpfer Yghwands hinter sich.

5 - NIRAN

Sie befanden sich in der Nähe einer imposanten Felswand, deren schroffe Oberfläche von der Zeit gezeichnet war. Das Tier verschwand durch einen breiten Spalt im Fels. Niran suchte Vintjas Blick. *Sollen wir wirklich?* Erst als er ein zustimmendes Nicken von ihr erhielt, betraten sie die Höhle. Sie folgten dem Weg des Tieres, der gesäumt war von scharfen Felsen und niedrigen Überhängen. Draußen war es bereits dunkel, doch drinnen flimmerten unzählige Steine in den Felswänden wie Diamanten im Sonnenlicht. Das Licht schuf ein magisches Ambiente – ein deutlicher Kontrast zur Bedrohlichkeit dieses Ortes.

Dazu kam die unheimliche Stille. Niran hörte seinen eigenen Herzschlag, der wie Trommeln in seinen Ohren klang. Er sah zu Vintja und konnte die Angst in ihrem Blick ablesen. Dieses Vorhaben war gefährlich und der Gedanke, einen weiteren Menschen zu verlieren, der für ihn wie Familie war, sorgte bei ihm für Übelkeit.

Er zögerte, unentschlossen darüber, was er tun sollte. Wenn sie weiter in die Höhle vordrangen, war die Gefahr, sich zu verirren, groß. *Reiß dich zusammen, Niran! Es ist deine Schuld, dass er weggelaufen ist.*

Niran griff nach seinem Kurzschwert mit der geschwungenen breiten Klinge, für das ihn die Nowarker oft auslachten. Im nächsten Moment schloss Vintja zu ihm auf. Doch bevor sie ihn daran hindern konnte, hallte schon der Name seines Bruders durch die steinernen Hallen. »Ravi!« Seine Geduld war aufgebraucht. Er würde seinen Bruder finden, auf seine Weise.

Nachdem sein Ruf verebbt war, lauschte er in die Stille. Nichts, außer seinem rasenden Herzschlag. Er vernahm ein Knurren aus dem Inneren des Berges.

Sein Atem ging stoßweise und er musste seine Beine zwingen, sich schützend vor Vintja zu stellen. Er umgriff seinen Schwertknauf fester, wobei dieser fast aus seiner verschwitzten Hand glitt.

»Niran! Hier! Ich bin -« Ravis Stimme klang verzweifelt, ein schwacher Ruf, der an den Höhlenwänden widerhallte. Unmöglich zu sagen, wie weit Ravi entfernt war oder in welcher Richtung er sich befand.

Niran konnte die Panik, die ihn ergriff, nicht ignorieren. Aber er schob sie beiseite. Denn die Vorstellung, jetzt zu fliehen und seinen Bruder im Stich zu lassen, hinterließ einen stechenden Schmerz in seinem Herzen.

Mit zusammengekniffenen Augen versuchte er, in dem dämmrigen Licht etwas zu erkennen.

Ravi, ich komme. Niran drehte sich um, Vintja war immer noch direkt hinter ihm, was ihm Mut für seine nächsten Schritte gab. Mit erhobenem Schwert bewegte er sich in die Richtung, aus der der Ruf seines Bruders gekommen war. Jeder Schritt fühlte sich an, als würde er sie tiefer in ein Labyrinth führen, aus dem es kein Entrinnen gab. Sie tasteten sich tiefer in die Höhle hinein, deren steinerne Wände trocken und kalt waren. Der Boden war fest und eben, ideal für ein Tier, das hier überwintern wollte.

Die Geräusche des Tieres wurden lauter. Das Knurren vermischte sich mit einem wütenden Schnaufen. Als Niran sich unter einer Felswand duckte, spürte er, wie selbst die Wände aus Stein erzitterten.

Gemeinsam durchquerten sie eine große Halle, deren hohe Decke von massiven Stalaktiten übersät war und deren Wände mit eisigen Kristallen bedeckt waren. Das Echo ihrer Schritte hallte in dem weiten, fast majestätischen Raum wider, als sie zum Sprint ansetzten. Der Boden wurde zunehmend unebener, spitz zulaufende Steine ragten hervor, die größer und größer wurden, bis plötzlich der Boden wieder flach wurde und Wasser unter ihren Füßen plätscherte. Niran trat in eine Pfütze. In der darauffolgenden Stille hörte er nicht nur sein eigenes pochendes Herz, sondern auch das schwere Atmen des Tieres, das diese Höhle offensichtlich bewohnte und sie bis aufs Blut verteidigen würde.

Ihm schwindelte vor Anspannung und Erschöpfung. Hatte ihnen das wilde Tier eine Falle gestellt? Die

Dunkelheit verdichtete sich, nur noch vereinzelt leuchteten blaue Steine in der Ferne auf. *Bewegen sie sich?* Einen Moment später begriff Niran, dass es die Augen des Tieres waren, die ihn fixierten. Sein Herz schlug schneller, sein Atem ging flach und seine Hände zitterten unkontrolliert.

Das Tier stürmte direkt auf ihn zu, seine Augen leuchteten bedrohlich im schummrigen Höhlenlicht. Niran hielt sein Schwert erhoben, bebend vor Spannung und bereit, sich zu verteidigen.

In dem Dämmerlicht erkannte er nicht viel mehr als draußen im Schneesturm. Als das Tier aber seinen Kopf auf Höhe des seinigen senkte, konnte Niran das weiße, Frost besetzte Fell erkennen, das sanft schimmerte.

Jeder Muskel in seinem Körper war in größter Anspannung und sein Schwert fühlte sich an, als wäre es aus Blei.

Noch nie war er solch einem monströsen Tier begegnet. Eisiger Atem schoss ihm entgegen, als es sein Maul aufriss und ihn anbrüllte. Er hielt eine Hand vors Gesicht, um sich zu schützen. Als er den Arm wieder senkte, war sein Mantel mit Eiskristallen überzogen.

Von Weitem drang der verzweifelte Schrei seines Bruders zu ihm: »Töte es endlich!«

Ein unbehagliches Gefühl setzte sich in Nirans Brust fest. Verwirrt schaute er in die zornigen, eisblauen Augen des Tieres. Draußen im Sturm waren sie noch rot gewesen. Mit Leichtigkeit hätte es ihn töten können, aber es hatte ihn hierher geführt, zu Ravi.

Er starrte weiter in die blauen Iriden, erkannte sich selbst darin – sein wild gewordenes Ebenbild. Doch was war heldenhaft daran, einem derart mächtigen Wesen das Leben zu nehmen?

Doch dann ... Er blinzelte ein paar Mal. *Das kann nicht sein, oder doch?* Der Stein, der in einer Metallfassung an seiner Kette befestigt war, leuchtete. Niran hatte die Ketten, die sie seit ihrer Geburt trugen, für nichts weiter als Talismänner gehalten. In der Wüste Laarths war es Tradition, dass Zwillinge ein Geschenk erhielten, das diese besondere Verbindung symbolisierte. Der sonst anthrazitfarbene Stein, mit einer Oberfläche wie Glas, leuchtete jetzt in hellblauen Tönen. Genauso wie die Augen des Tieres, das davon wie verzaubert schien.

Was hat das zu bedeuten? Niran wagte es, eine Hand auszustrecken und das Tier zu berühren. Seine Finger glitten über das weiche, dichte Fell, das unter seiner Berührung warm und lebendig pulsierte. Es grunzte wohlig, doch skeptisch.

Ein Funken Hoffnung durchzuckte Niran. Seine Augen füllten sich mit Tränen, während er leise flüsterte: »Bitte, er ist mein Bruder.« Die Verzweiflung schwang in seiner Stimme mit, als er auf die Reaktion des Tieres wartete.

6 - VINTJA

Vintja stand starr vor Aufregung. Ihre Knie fühlten sich schwach an, und sie war unsicher, ob sie noch länger aufrecht stehen konnte. Ihre Gedanken wirbelten wild durcheinander. Der Moment, in dem Niran dem Tier Kopf an Kopf gegenüberstand, hatte sie beinahe dazu gebracht, ihr Schwert in den Hals der Bestie zu rammen. Sie wollte Niran und Ravi retten. Das wilde Tier, das vor wenigen Minuten noch Yghwands Männer zerfleischt hatte, starrte auf Nirans Zwillingsstein hinab. Nie zuvor hatte sie ihn leuchten sehen.

Das Tier schien friedlich, doch Vintja konnte dem Anschein nicht trauen. Sie wagte es nicht, sich zu bewegen, die Mischung aus Faszination und Todesangst hatte eine lähmende Wirkung auf sie. Mit höchster Anspannung beobachtete sie, wie das Tier zögerte, dann aber einen Schritt zur Seite trat.

Vintja atmete erleichtert auf, als sie Ravi erblickte. Sofort lief Niran auf ihn zu und schloss ihn in eine feste Umarmung.

Zögerlich trat Vintja an dem Tier vorbei, mit immer noch rasendem Herz. Dabei ruhte ihre Hand auf dem Schwertknauf, denn die Augen des Tieres verfolgten jeden ihrer Schritte. Aber es ließ auch sie passieren.

»Bist du verletzt?«, fragte Niran Ravi besorgt.

»Nur ein paar Kratzer … nichts weiter«, antwortete sein Bruder und versuchte ein Lächeln. Sein Blick war jedoch misstrauisch, während er zu dem Tier blickte, das sich nun auf den Boden gelegt hatte und sie eingängig betrachtete. »Warum hat es euch nichts getan?«, fragte er mit einem Hauch Verwunderung in der Stimme.

»Ich denke, es lag an dem Stein, es hat ihn irgendwie beruhigt.« Niran zeigte auf seine Kette. Auch der Stein seines Bruders leuchtete nun in einem harmonischen Blau.

Vintja musterte Ravi prüfend auf Unversehrtheit. Er hatte ein paar Schrammen und seine Kleidung war hier und da löchrig, aber er schien wohlauf. »Es hat dir kein Leid zugefügt, oder?«

»Es hat mich hierher verschleppt!«, erwiderte Ravi empört.

»Ich denke, es wurde bisher nicht gut behandelt und vertraut keinem Menschen«, vermutete Niran. Er betrachtete das Wesen aus dem Augenwinkel mit einem Anflug von Mitleid.

»Greift es deswegen die Yghwander an?«, fragte Ravi nachdenklich.

Leises Geraschel drang an Vintjas Ohr. »Hört ihr das auch?«

Sie folgten dem Geräusch, das aus einer kleinen, versteckten Ecke dieser Halle kam. Eine Mulde war mit Ästen und Laub ausgeschmückt und in der Dunkelheit entdeckten sie ein Dutzend Jungtiere, die sich aneinanderdrängten. Die kleinen, flauschigen Wesen mit ihren tiefschwarzen, silbrig gemusterten Fellen sahen gleichzeitig niedlich und fremdartig aus. Ihre winzigen, spitzen Ohren zuckten aufmerksam und ihre langen buschigen Schwänzchen wedelten nervös, als sie die Ankömmlinge misstrauisch musterten.

»Ich glaube, ich weiß warum …«, sagte Vintja leise und kniete sich hin, um die Kleinen genauer zu betrachten.

Die Augen der Jungtiere glitzerten in der Dunkelheit der Höhle. Einer der Kleinen, mutiger als die anderen, trat einen Schritt vor und schnupperte neugierig in ihre Richtung.

Vintja streckte vorsichtig die Hand aus, aber das Jungtier zog sich zurück und fauchte leise. Sie ließ die Hand sinken,

255

ihre Finger zitterten vor Furcht und Faszination. »Ich denke, sie wollte nur ihre Jungen beschützen«, flüsterte sie, ihre Augen geweitet vor Staunen, während ihr Blick immer wieder zu dem Muttertier wanderte, das sie aufmerksam beobachtete.

Ravi nickte langsam, das Verständnis dämmerte in seinen Augen. »Dann müssen wir sicherstellen, dass ihnen nichts passiert«, sagte er entschlossen. Er trat zu seinem Bruder. »Es tut mir leid, dass ich weggelaufen bin. Das war dumm von mir.«

Oh ja, das war es!

Niran sah ihn überrascht an. »Ravi, es tut mir leid, dass wir gestritten haben. Du wolltest nur, dass ich ehrlich zu mir selbst bin.«

Vintja spürte die Spannung zwischen den Brüdern und versuchte zu verstehen, was wirklich hinter ihren Worten steckte. *Worum ging es eigentlich bei eurem Streit?*

»Du hast mich ignoriert, Niran. Ich habe dir gesagt, dass du endlich zu deinen Gefühlen stehen sollst. Aber du bist ausgewichen, wie immer.«

»Ich hatte Angst, Ravi. Angst, alles zu zerstören«, gab Niran zu und senkte den Blick.

Ravi seufzte und legte eine Hand auf Nirans Schulter. »Sag es ihr.«

Als die beschämten Blicke von Ravi und Niran sie trafen, geriet ihre sonst so wortgewandte Art ins Stocken.

»Wartet, mit *ihr* meint ihr doch nicht mich? Oder doch?«

Niran biss sich auf die Unterlippe. »Vintja, ich … empfinde mehr für dich als nur freundschaftliche Gefühle.« Er riss die Augen auf, als wäre er über seine eigenen Worte erschrocken.

Sie holte Luft, wobei sich ihr Mund leicht öffnete, doch kein Wort wollte ihr über die Lippen kommen. *Hat er wirklich gerade …?*

»Ich habe es lange verdrängt, weil ich befürchtete, es könnte alles zwischen uns zerstören.«

Sie blinzelte, ihr Verstand begriff nur verzögert, was seine Worte bedeuteten. Er mag mich auch. Ihre Lippen brachten ein sachtes Lächeln zustande. Doch ihre

Augenbrauen zogen sich mürrisch zusammen. »Niran, du Idiot!«, rief sie eine Spur zu laut.

Sie atmete ruhig aus und setzte erneut an: »Ich empfinde auch mehr für dich. Schon seit langem. Ich wollte es dir sagen, aber dann war Ravi verschwunden.«

Ravi, der das Gespräch schweigend verfolgt hatte, trat vor und grinste breit. »Na endlich!« Das Tier, das die ganze Zeit ruhig geblieben war, hob den Kopf und stieß ein leises, beruhigendes Geräusch aus, als ob es die Harmonie zwischen ihnen spürte. Vintja sah zu dem Wesen. »Vielleicht ist das der Anfang von etwas Neuem. Für uns alle.«

Niran atmete tief ein und lächelte, das erste echte Lächeln seit langer Zeit.

7 - RAVI

Ravi fühlte sich schwach und benommen, als hätte ihm jemand die Kraft aus den Gliedern gesogen. Ihm fiel es schwer, die Geschehnisse der letzten Stunden zu begreifen. Nie hätte er es für möglich gehalten, dass er einmal auf dem Rücken des wilden Tieres mit dem schneeweißen Fell sitzen würde, das ihn durch die verschneiten Bergtäler Yghwands trug. Niran und Vintja liefen einige Meter vor ihm, ihre Schritte schwer und entschlossen. Endlich erreichten sie das Dorf, und die Spannung in der Luft war förmlich greifbar. Misstrauische Blicke der Dorfbewohner trafen sie, als diese aus ihren Häusern traten, mit Waffen in den Händen.

Der Tharl näherte sich ihnen, blieb jedoch in sicherer Entfernung zu dem Tier stehen.

»Ihr habt überlebt«, rief er zu ihnen herüber.

Ein Stich der Wut durchzog Ravi. »Überlebt?«, murmelte er, während sein Bruder und Vintja näher an den Tharl heran traten.

»Ihr habt uns in diese Gefahr geschickt, wissend, dass dieses Tier uns töten könnte?«, schrie Niran, seine Stimme bebte vor aufgestauten Zorn.

Der Tharl nickte bedächtig, doch Ravi konnte kein Bedauern in seinen Augen erkennen. »Ich hatte keine Wahl«,

257

erklärte er ruhig. »Euer Stein hatte diese Bestie schon einmal beschwichtigt. Wir dachten, wenn wir Euch -«

»Ihr wolltet mich opfern!«, schrie Ravi und unterbrach die Worte des Tharls. Der Zorn in seiner Stimme ließ sein Herz schneller schlagen, jede Silbe vibrierte vor unterdrückter Wut.

Er rutschte vom Rücken des Tieres, seine Beine fühlten sich wackelig und schwer an, als hätten sie das Gewicht der Welt zu tragen. Seine Hände ballten sich zu Fäusten, bis die Knöchel weiß hervortraten. Das Tier folgte ihm in langsamen Schritten. Ravi genoss das leichte Zurückzucken des Tharls, als sich das Wesen ihm näherte.

Der Tharl hob beschwichtigend die Hände. »Es tut mir leid, dass wir euch täuschen mussten«, erwiderte er. »Aber es gab keinen anderen Weg. Es ist meine Pflicht, mein Volk zu schützen.«

Vintja verschränkte die Arme. »Das Altari wütend zu machen gehört auf jeden Fall nicht mehr zu euren Pflichten.«

»Altari?«, fragte der Tharl verwirrt.

»So lautet ab heute der Name dieser Rasse«, erklärte Ravi. Und ihm entging nicht, wie die Augen des Tieres wieder zu leuchten begannen. Sie tauchten ihre Umgebung in einen blutroten Schleier. Ravi mutmaßte, dass es die feindliche Atmosphäre spürte.

»Ihr dachtet, ihr könntet das Wesen mit Opfern besänftigen«, sagte er. »Aber es verlangt keine Opfer. Es will Frieden.«

Der Tharl schüttelte den Kopf, seine Augen verengt. »Frieden? Mit dieser Kreatur?« Er spuckte auf den Boden. »Ihr seid Narren. Diese Bestie hat zu viele unserer Leute getötet.«

Niran trat einen weiteren Schritt näher. »Sie greift an, weil sie sich bedroht fühlt.« Er griff nach seiner Kette. »Dieser Stein kann das ändern. *Ihr* könnt das ändern.«

Sein Gegenüber schüttelte den Kopf. »Wir wollen dieses Monster tot sehen. Und wenn Ihr auf seiner Seite steht, dann seid auch Ihr unsere Feinde.«

Ravis Hände zitterten vor Anspannung. Die Lage wurde bedrohlich. Das Altari-Weibchen trat vor, und die

Dorfbewohner wichen einen Schritt zurück, die Waffen erhoben.

»Ihr macht einen schrecklichen Fehler«, sagte Ravi kopfschüttelnd. »Das wird noch mehr Blutvergießen bringen.«

Der Tharl lachte kalt. »Dann soll es so sein.«

Ein Kribbeln wanderte durch Ravis Körper und fand sein Ziel in dem Stein an seiner Kette. Ein Gefühl von Macht erfasste ihn. Ein ohrenbetäubendes Brüllen hallte durch die Luft, und das Altari-Weibchen stürmte los.

Der Schrei des Tharls ging im Chaos des Kampfes unter. Die Schlacht hatte begonnen.

16

Weihnachten in der Nelson-Mandela-Bucht

Martina Windvogel

Die lange Karawane verbeulter und rostiger Autos rollte wie eine Blechlawine den Berg hinunter Richtung Meer.

»Die Stoßdämpfer! Pass doch auf, die Stoßdämpfer!« Mary-Lynn tastete hilfesuchend nach der Armlehne neben dem Beifahrersitz. Sie zog den kleinen Mervin noch fester auf ihren Schoß, als das Auto scheppernd in ein Schlagloch polterte. Gedämpfte Protestrufe kamen von der engen, überfüllten Rückbank.

Dian saß am Steuer. Er ließ sich nicht aus der Ruhe bringen. Mit einer Hand am Lenkrad steuerte er den Wagen, der sich ächzend wieder aus dem Schlagloch befreite.

Dian junior saß vorne in der Mitte, eingeklemmt zwischen Dians spitzen Ellenbogen und Mary-Lynns weichen Armen. In den letzten Monaten war er hochgeschossen. Seine Knie stießen schon fast ans Armaturenbrett.

»Zweiter Gang«, bellte Dian und Dian junior ließ den Schaltknüppel zwischen seinen Knien gekonnt in die richtige Position gleiten.

Der Wagen bog um die nächste enge Kurve, dabei quietschte der windschiefe Wohnwagen in der Anhängerkupplung bedenklich. Vor ihnen öffnete sich die Nelson-Mandela-Bucht am Fuß des Hangs.

Dian kurbelte sein Seitenfenster herunter. Er atmete die salzige Sommerluft tief ein. Das Glitzern des Meers in der Hochsommersonne war überwältigend. Jetzt konnte die Weihnachtszeit endlich beginnen!

Viele Menschen sagten, dass es in Sunny Side kein Glück gäbe. Doch der 16. Dezember war jedes Jahr ein Freudentag im Armenviertel der Coloureds. Seit den ersten demokratischen Wahlen in Südafrika feierte das Land den Tag der Versöhnung in der Hoffnung, die tief gespaltene Nation zusammenzubringen.

Die Menschen in Sunny Side feierten am 16. Dezember den ersten Tag der Weihnachtszeit. Wer Glück hatte, kannte im großen Verwandtenkreis jemanden, der ein Auto besaß. Lediglich die Bessergestellten im Viertel, die Arbeit hatten, konnten sich ein eigenes Auto kaufen. Nur wer sich für heute durch gute Beziehungen und kleine Gefälligkeiten einen der begehrten Plätze in einem dieser Wagen gesichert hatte, würde die Vorweihnachtszeit am Meer verbringen. Zu den Campingplätzen am Indischen Ozean fuhr kein Bus – und wer sollte sich ein Taxi leisten?

Viele, die Arbeit hatten, bekamen im Dezember Weihnachtsgeld. Es war eine Zeit der Fülle und Verschwendung, auf die alle das ganze Jahr gewartet hatten. Davon kauften sie Lebensmittel, Fusel und Bier. Weihnachten sollte niemand hungern müssen. Das Weihnachtsgeld würde ausgegeben sein, lange bevor das nächste Gehalt im Januar kommen würde.

So stapelten sie an diesem Tag Fleisch, Kürbisse, Kartoffeln, Zwiebeln und Reis in die Wagen, außerdem Flaschen voll Fusel und Kästen voller Bier. Dazu einen großen gusseisernen Topf und wer hatte, packte noch einen kleinen Kühlschrank und einen Fernseher ein. Zum Schluss beluden sie das Auto mit Eltern, Kindern, Onkeln, Tanten, Großmüttern und Großvätern. So rollten am 16. Dezember heillos mit Menschen und Dingen überfüllte Autos aus dem Township der Coloureds Richtung Meer.

Bis zum Weihnachtstag campten sie an einem der rauen Strände der Nelson-Mandela-Bucht. Sie feierten dort die Weihnachtszeit, die Familie und dass sie ein weiteres Jahr voller Entbehrungen und Verzweiflung überstanden haben.

In dieser Zeit kehrte alljährlich eine überraschende Stille in Sunny Side ein. Es blieben nur wenige Menschen im Viertel zurück. Autos fuhren kaum noch durch die staubigen Straßen. Nur ab und zu plärrte ein zu lautes Radio aus einem offenen Fenster. Wie durch Magie war die Meute spielender und lärmender Kinder verschwunden. Lediglich ein paar verloren wirkende kleine Gespenster mit dreckigen Knien und langen, sehnigen Armen und Beinen kickten leere Dosen über die Straße.

Erst am Weihnachtstag belebten die streitenden Erwachsenen, die Autos und die Kinder wieder die Straßen von Sunny Side in der brütenden Hitze des Hochsommers. Dann waren die sorgenfreien Tage am Meer vorbei. Mit dem Heiligen Abend begann die Zeit für das Jesuskind, für Reue, Demut und Vergebung. Nach den ausgelassenen Tagen am Meer folgte nun eine Zeit der Stille und Nachdenklichkeit. Ganz Sunny Side putzte sich heraus, verbrachte Stunden beim Gebet und Gesang in der Kirche und bei gutem Essen mit der Familie.

Heute war auch der Wagen von Dian und Mary-Lynn voll mit Essen, Fusel und Bier im Kofferraum sowie Sybella, der armen Tante Kayla und ihren drei Kindern auf der Rückbank.

Kayla wusste nichts davon, dass die Familie sie hinter vorgehaltener Hand so nannte. Sie spürte aber die mitleidigen Blicke, die andere ihr aus den Augenwinkeln zuwarfen. Sie hatte drei Kinder. Ihr Mann Johan bekam sein Weihnachtsgeld am 15. Dezember. Wohin er damit verschwand, wusste niemand. Am 1. Januar tauchte er dann wieder vor ihrer Haustür auf. Ohne Geld, abgerissen, ausgehungert und übermüdet. Die arme Tante Kayla nahm ihn jedes Mal wieder auf. Nicht aus Liebe, da war Mary-Lynn sich sicher. Aber welche andere Wahl hatte Kayla denn? Sie konnte ja nirgendwo anders hin - ohne Schulabschluss, ohne Arbeit, ohne Geld und mit drei kleinen Kindern, die ein Dach über dem Kopf und Essen im Bauch brauchten.

Außerdem brachte Johan zumindest in elf von zwölf Monaten genug Geld nach Hause, um seine Familie zu ernähren, resümierte Mary-Lynn, als sie am Autofenster lehnte und hinausblickte.

Sybella gestikulierte wild auf der Rückbank. Ihre Stimme überschlug sich. »Und dann behauptet Lyndon, er hätte nie was mit Riana gehabt. Aber ich habe doch gesehen, wie er aus ihrem Haus gekommen ist. Ich bin doch nicht blöd!«

Sie schrie so laut, als ob sie in einem Fußballstadion die Fangesänge übertönen müsste. So unrecht hatte sie da nicht - das Autoradio war bis zum Anschlag aufgedreht.

»*All I want for Christmas is you*«, schwor Mariah Carey einem namenlosen Liebhaber.

Sybella taxierte Tante Kayla aus den Augenwinkeln. Erst als diese Sybellas Enthüllungen mit dem angemessenen entrüsteten Ausruf gewürdigt hatte, lehnte sie sich zufrieden nickend auf der Rückbank zurück.

Sybella war eigentlich Kundenberaterin in einer Bank. Gestern hatte sie in der Filiale eine nahende Grippe angedeutet und sich für den Rest des Jahres krankschreiben lassen. Sie seufzte zufrieden. Sollte doch irgendjemand anders für sie übernehmen, ihr war es egal. Sie würde bis Silvester keinen weiteren Gedanken an die Arbeit mehr verschwenden.

Sybella war dankbar, dass Lyndon ihr als Pfleger im Krankenhaus jederzeit ohne Probleme eine Krankschreibung organisieren konnte. Wer kam schon mit den spärlichen Urlaubstagen aus, die einem im Jahr zustanden? In Momenten wie diesen dachte sie ernsthaft darüber nach, ob das zwischen Lyndon und ihr vielleicht sogar Liebe war. Zwar konnte er ihr nicht treu sein, aber die Männer waren nun einmal so. Sobald man sie nicht mehr genau im Auge behielt, kamen sie vom rechten Weg ab. Es hatte nun einmal alles sein Für und Wider.

Die Blechkarawane kam zum Stehen. Der beständige Strom von Autos aus Sunny Side verstopfte die Kreuzung nach Whitebeach. Eine warme Windböe trieb Sand und einen leeren Milchkarton vor sich her, der sich im vertrockneten Gestrüpp am Straßenrand verfing.

Mary-Lynn rutschte auf dem Sitz hin und her. Dian junior ließ den Schaltknüppel in den ersten Gang gleiten. Dian trommelte ungeduldig mit den Fingern auf dem Lenkrad.

In Whitebeach sah alles anders aus als zu Hause. Die Straßen waren breiter und es gab fast keine Schlaglöcher mehr. Wogende Palmen beugten ihre Köpfe über die kleinen Grasflecken am Straßenrand, die den trockenen Sommer überstanden hatten.

Dian fädelte sich mit einer Mischung aus jahrelanger Fahrpraxis und Gottvertrauen in eine winzige Lücke zwischen zwei Wagen. Dann bogen sie in die Whitebeach Avenue ab.

Rechts lagen die Häuser der reichen Weißen, links die Bucht so weit das Auge reichte.

Der Dezember war die einzige Zeit im Jahr, in der die Menschen aus Sunny Side Besitz ergriffen von den schöneren Seiten der Stadt, vom weißen Sandstrand und von den lebhaften Wellen des Indischen Ozeans. Wo sonst nur die Wohlhabenden das Privileg des schönen Lebens genossen, steckten nun auch die Menschen die Füße in den Sand, die das ganze Jahr nur im Mangel gelebt hatten.

Aus dem Radio forderte Whitney Houston jetzt »*I wanna dance with somebody*«. Ein Mann mit Schlapphut stand an seinem Gartentor und beobachtete die Blechkarawane abschätzig. Ihm war das alles zu viel. Zu lautes Lachen, zu viele Kinder, zu laute Radios.

Die Menschen aus Sunny Side waren in Whitebeach nicht willkommen. Die Wohlhabenden wurden von einem beklemmenden Unwohlsein übermannt, sobald sie die riesigen Kolonnen alter rostiger Autos aus Sunny Side anrollen sahen. Sie waren überwältigt von der Flut an Menschen, die plötzlich aus einer Welt auftauchte, die sie im Rest des Jahres ignorierten.

»Tag der Versöhnung!«, prustete Dian.

Sie campten jedes Jahr auf dem gleichen Stellplatz am Meer. Auf der rechten Seite ragte der alte Leuchtturm hoch. Auf der linken Seite lag das niedrige Gebäude der Seevogel-Auffangstation, wo ganzjährig Brillenpinguine aufgepäppelt und wieder ausgewildert wurden.

Dort parkte bald Auto an Auto. Es wurden große Zeltplanen gespannt, Kühlschränke und Fernseher angeschlossen. Schon bald wimmelte der Strand von spielenden

Kindern und den im Schatten der Zeltplanen dösenden Erwachsenen. Die Kühlschränke wurden bis oben hin mit Getränken befüllt. Die unterschiedlichen Fernsehsender versuchten, einander zu übertönen.

Tante Kayla übernahm wie jedes Jahr das Regiment über den Potjie, den großen Eintopf, der im gusseisernen Topf in den heißen Kohlen über viele Stunden gegart wurde. Dian machte das Feuer. Dann hieß es warten, bis das Feuer heruntergebrannt und die Kohlen fertig waren. Kayla schickte die Kinder, ihr dies und das zu holen.

Dass Johan auch dieses Jahr pünktlich zum 16. Dezember mit seinem gesamten Weihnachtsgeld in der Tasche spurlos verschwunden war, war wie jedes Mal ein großes Thema am Feuer.

»Johan!«, empörte Mary-Lynn sich mit so anklagender Stimme, dass alle anderen wussten, was sie damit meinte.

»Yoh, Johan!«, murmelten die anderen zustimmend und schüttelten missbilligend den Kopf.

»Das ist nicht richtig, was er mit euch macht. Du musst ihn rauswerfen. Für die Kinder!« Mary-Lynn ballte die Faust.

»Es ist nicht richtig«, murmelten die anderen zustimmend. Tante Kayla nickte stumm und senkte verschämt den Blick.

Damit hatte Mary-Lynn ihre Pflicht als gute Cousine getan. Niemand brachte das Thema danach noch einmal zur Sprache.

Die Kohlen für den Potjie waren bereit. Tante Kayla schob den großen gusseisernen Topf in die Kohlen und briet das Rindfleisch an. Schon bald zog der wunderbare Geruch vom brutzelnden Eintopf über den Platz.

Nun hieß es warten. Ein guter Potjie brauchte Stunden, um seinen vollen Geschmack zu entfalten.

Der laue Nachmittag war erfüllt von Lachen, Schwatzen und Streiten. Dian junior nahm Mervin und die anderen Kinder mit zum Strand. Die Kinder vertrieben sich die Zeit beim Schwimmen, die Erwachsenen bei Bier und Fusel.

Der Potjie war fertig, sobald die Kinder zu müde zum Schwimmen und die Erwachsenen zu beschwipst zum Weitertrinken waren.

Als sich der heiße Tag dem Ende neigte und die Sonne hinter den sanften Hügeln versank, war es Zeit zum Essen. Tante Kayla füllte Schüsseln mit dampfendem Eintopf und reichte sie herum. Ihr Potjie war jedes Jahr der Höhepunkt des ersten Abends am Meer. Er war so gut, dass das Fleisch auf der Zunge zerging, der Butternuss-Kürbis war so süß wie Honig und die Kartoffeln göttlich.

Der erste Bissen vom Potjie war der einzige Moment der Reise, in dem alle verzaubert innehielten. In diesem einen Moment gab es keinen Streit und keine Sorgen. Wenn man ganz genau hinhörte, konnte man in dieser Stille für einen kurzen Moment das Rauschen der Wellen am Strand hören. Der unwirkliche Moment der Stille war vorbei, als das erste unbändige Lachen aus dem Hals von Tante Kayla sprudelte.

Alle waren sich einig. Es würde eine wundervolle Weihnachtszeit werden!

Rindfleisch-Potjie, der auf der Zunge zergeht

Martina Windvogel

Einfaches Rindfleisch-Potjie-Rezept, das 3-5 Stunden über heißen Kohlen gart. Das Besondere am Potjie ist, dass er so wenig wie möglich umgerührt wird.

Zutaten:

- 1 Potjie-Topf oder ein anderer großer gusseiserner, feuerfester Topf
- 1 Esslöffel Butter
- 4 Esslöffel Sonnenblumenöl
- 2–3 Knoblauchzehen, gehackt
- 800g-1kg Rindfleisch, gewürfelt
- 3 Esslöffel Mehl zum Bestreuen des Fleisches
- 3 Zwiebeln, gehackt
- 1 Tasse Sellerie, gewürfelt
- 1 Packung gewürfelter Speck
- 1 Teelöffel Thymian
- 1 Teelöffel gemahlener Koriander
- 1 Teelöffel gemahlener Kreuzkümmel
- 1 Butternuss-Kürbis, gewürfelt
- 10 Babykartoffeln, halbiert
- 2 Karotten, schräg geschnitten
- 2 Zucchini, gewürfelt
- 2 EL Tomatenmark
- 4 Gläser Rotwein
- 1 Tasse Rinderbrühe
- 1 Tasse passierte Tomaten
- Salz und Pfeffer

Zubereitung:

1. Bereite alle Zutaten vor – würfele, schneide und messe alles ab.
2. Das Mehl über das Fleisch streuen und mischen, damit es gut bedeckt ist.
3. Stelle den Potjie-Topf über heiße Kohlen. Die Kohle sollte nicht mehr brennen, nur noch glühen. Füge Öl und Butter hinzu. Lasse alles heiß werden, bis es fast sprudelt. Das Fleisch in zwei oder drei Portionen dazugeben und von allen Seiten anbraten. Fleisch aus dem Potjie nehmen und beiseite stellen.
4. Zwiebeln, Sellerie, Knoblauch, Speck, Koriander, Kreuzkümmel und Thymian dazugeben und 3-4 Minuten kochen und weich werden lassen.
5. Entferne jetzt einige Kohlen, um die Hitze auf ein sehr sanftes Köcheln zu reduzieren.
6. Das Fleisch wieder in den Topf geben, die Kartoffeln, Karotten, Zucchini und Butternuss-Kürbis in Lagen darüber schichten.
7. Kein Grund zum Umrühren!
8. Tomatenmark, zwei Gläser Rotwein, Rinderbrühe und passierte Tomaten in einer Schüssel verrühren und dann in den Topf geben. Auch hier nicht rühren, sobald sich die Flüssigkeit im Potjie-Topf befindet.
9. Großzügig mit Salz und schwarzem Pfeffer würzen.
10. Setze den Deckel auf, lehne dich zurück und entspanne dich!
11. Trinke in der Zwischenzeit ein Glas Rotwein mit deinem Lieblingsmenschen.

12. 3 bis 5 Stunden köcheln lassen. Je länger es kocht, desto zarter werden das Fleisch und geschmacksintensiver die Sauce.
13. Überprüfe das Potjie etwa alle 40 Minuten, um sicherzustellen, dass es nicht zu heiß ist – Das Essen soll nur köcheln.
14. Du kannst den Potjie nach ein oder zwei Stunden umrühren, um sicherzustellen, dass das Fleisch nicht am Boden klebt. Vermeide im Allgemeinen ein übermäßiges Umrühren.
15. Wenn du gegen Ende zu viel Flüssigkeit hast, nimm einfach den Deckel ab und lasse etwas Flüssigkeit verkochen.
16. Mit Reis servieren. Guten Appetit!

17

Ruf der Lerche

A. V. Sinth

Mir war kalt. Ich war nicht an diese Art Wetter gewöhnt, den Schnee, das Eis, vor allem aber die Kälte. Das hier war nicht mein erster Winter, keineswegs. Auch nicht das erste Mal, dass ich Schnee sah, aber es war das erste Mal, dass ich ihn spürte. Meine Flügel zuckten, als ich an die warmen Strahlen der Sonne dachte. Die des Sonnenuntergangs, die ich gerade so noch zu sehen vermochte, schickten keine Wärme mit sich. Sehnsucht erfasste mich und für einen kurzen Moment glaubte ich, eine warme Brise spüren zu können. *Unsinn.* Ich schüttelte mich und versuchte meine Federn aufzuplustern, während ich die Arme um mich legte und versuchte, mich vor der Kälte zu schützen. Was bei dem eisigen Wind schwerer war als gedacht. An den Bäumen hingen Eiszapfen herab, spitz und scharf geformt, wie ihre Nadelblätter. Nicht so auf dem Baum, auf dem ich Schutz gesucht hatte. Ich hatte beobachtet, wie er seine Nadeln abgeworfen hatte. Hatte hier gewartet, wie sonst auch … Der Herbst war so wunderbar farbenfroh, doch es war ein Fehler gewesen, zu warten. *Vergebens.*

Ich schob den Gedanken beiseite. Es war nicht ihre Schuld. Ich wollte nicht, dass es ihre Schuld war. Aber war es meine? Lag es daran, dass ich zu sehr auf andere vertraut hatte? Oder daran, dass ich mich schon immer von allem um mich herum hatte ablenken lassen? Dann waren es dieses Mal eben die Blätter gewesen, die mir noch bunter als im Jahr zuvor erschienen waren. Die Faszination, die ersten Schneeflocken fallen zu sehen, das erste Mal Eiszapfen zu bewundern und wie sich das Licht in ihnen brach. Was auch immer es letztendlich gewesen war, Einsicht würde mir jetzt nicht helfen. Ich war zu lange im Norden geblieben und als der Winter hereingebrochen war, war es bereits zu spät gewesen, um nach Süden zu fliegen. Hatte ich gedacht, der Winter würde nicht eintreten? Er war gekommen wie sonst auch, wie all die Jahre zuvor, wie immer schon. Wer nicht gekommen war, war meine Begleiterin. Enttäuschung und Trauer stachen mir das Bild wieder und wieder in den Kopf – wie ich wartend auf einem der Zweige saß. Einsam. *Verlassen.*

274

Mit einem heftigen Kopfschütteln vertrieb ich es. Der Winter um mich herum ließ sich nicht so einfach vertreiben. Er war härter, als ich es erwartet hätte. Ich hatte von ihm gehört, in Erzählungen. Es gab andere Elfengeister wie mich, die es wagten, hier zu verweilen, wenn der Schnee zu fallen begann. Wohl aber aus eigenem Willen und nicht aus Versehen. Wie kamen sie mit der Kälte zurecht? Ich hatte nicht die leiseste Ahnung. Gerade jetzt war es unfassbar schwer, Leben zu finden, von dem man zehren konnte. In dieser eisigen Wüste war kaum eine Spur davon. Ich erinnerte mich daran, wie schwer es zu Beginn meiner Lebenszeit gewesen war, Energie zu finden. Wir Elfengeister erwachten durch verflossene Erinnerungen, durch Erlebtes, das verging. Es mochten Sagen und Märchen gewesen sein, die die Ersten von uns in die Welt gerufen hatten. Ich wusste nicht, was es bei mir gewesen war. Welches Vergessen für mein Entstehen gesorgt hatte – doch es musste etwas wahrhaftig Schönes gewesen sein. Alle Elfengeister waren einzigartig in ihrer Gestalt. Es gab unfassbar viel, was vergessen wurde, was nie wieder gedacht wurde – ebenso viele gab es von uns.

Da gab es jene meiner Geschwister, die von einem dunkleren Ton waren, mit Gewändern, die immer etwas von Schwärze in sich trugen. Wieder andere von ihnen waren vollkommen blass und schienen sich nur in Licht zu kleiden, so hell war das, was sie trugen. Unser Wesen war weitgefächert, von farbenfroh zu eintönig, von Leere zu Fülle und allem dazwischen. Immerhin waren Erinnerungen stets so einzigartig wie die Menschen, von denen sie stammten.

Ich mochte meine Gestalt, war meine Haut doch hell und durchscheinend, aber mit einem dunklen, goldenen Glanz. Meine Haare waren fast weiß, wirkten jedoch wie Silber, wenn das Licht auf mich fiel. Und meine Gewänder … nun, oft waren sie von einem sanften Grün und Blau erfüllt. Sie änderten sich, wie die aller anderen auch, doch sie waren immer farbenfroh. Anders als meine Flügel, die einer Ansammlung von Federn ähnelten und von Beginn an ihren Farben treu blieben. Ich liebte sie – stets erinnerten sie mich an einen Sonnenaufgang, mit ihren feurig warmen Tönen. Leider wärmten sie mich nicht einmal halb so gut. Als die Erinnerung, die mich formte, voll und ganz vergessen wurde, war ich umgeben gewesen von Leben und Wärme. Von neuen Erinnerungen, die gerade erst geschaffen wurden. Vielleicht dem Erwachen aus einem Traum? Ich wusste es nicht. Um mich herum waren andere Elfengeister gewesen, viele ältere von Meinesgleichen, die mich, ohne zu zögern aufnahmen und mir durch die ersten Monate halfen. Ich lernte wie sie zu leben, zu wandeln, zu fliegen und von der richtigen Energie zu zehren. Wir konnten jede Energie nutzen, die wir fanden, doch … ebendies brachte auch Schattenseiten mit sich. Wir nahmen sie auf, durchlebten sie, bevor wir sie uns zu nutzen machen konnten. Ich hatte nur ein paar wenige Male jene Elfengeister gesehen, die sich nicht anders zu helfen wussten und von Trauer hatten zehren müssen. Ihre Augen hatten leer gewirkt, auch wenn sie noch gelebt hatten. Ich wusste nicht mit Sicherheit, ob Wesen wie wir verhungern konnten. Ob wir immer mehr verblassten, bis auch wir vergessen wurden und keine Erinnerung, kein Anzeichen mehr von uns blieb. Aber ich wollte es auch nicht herausfinden. Ich musste weitersuchen, Leben finden – Freude finden. Etwas Frohes, Glückliches, Wahrhaftiges, das mir Kraft und Energie geben konnte. Meine Augen fest zukneifend versuchte ich, einzuschlafen. Morgen war ein neuer Tag, morgen konnte ich weitersuchen und etwas finden. Hoffentlich.

Als die Sonne am nächsten Tag durch die Bäume brach, versuchte ich die Kälte aus meinen steifen Gliedern zu schütteln. Der Anblick der Sonnenstrahlen, die durch den Schnee umso mehr zu glänzen schienen, wärmte mich zumindest für ein paar Sekunden und ich wagte, mich aufzusetzen. Lauschend sah ich auf die anderen Bäume herab. An manchen Tagen glaubte ich, Vögel zu hören und ich hoffte noch immer, sie zu finden. Vielleicht ein Nest, das nicht verlassen war? Eine kleine Mulde im Baum, gut versteckt, wo auch ich Unterschlupf finden konnte? Zwischen dem Gefieder solch kleiner Körper könnte ich vielleicht Platz finden.

Ich war nicht besonders groß, das waren die wenigsten von uns. Eine meiner älteren Schwestern hatte einen Raben knapp überragt, die kleinsten von uns glichen eher Meisen. Ich würde mich einem Star gleichsetzen. Einer meiner liebsten Vögel, der auf den ersten Blick unscheinbar erschien, aber seinen Gesang täuschend echt an andere anpassen konnte.

Bei dem Gedanken huschte mir ein Lächeln über das Gesicht. Meine Hände aneinanderreibend, stand ich auf. Es war eisig kalt, doch je mehr ich mich bewegte, desto besser konnte ich es ignorieren. Die Äste, hinter denen ich mich versteckt hatte, boten mir nur bedingt Schutz und es war ein Leichtes über sie hinwegzuschauen, als ich mich streckte und auf die Zehenspitzen stellte. Bisher hatte ich versucht, unter Wurzeln Schutz zu suchen – doch diese wurden schnell eingeschneit. Äste, die gerade so gewachsen waren, dass sie den Wind hemmen konnten, waren nur eine Notlösung. Seit der Schnee mehr und mehr geworden war, versuchte ich etwas Besseres zu finden – sei es ein Loch im Baum, von Spechten geschlagen, sicher vor dem Wind, es würde mir reichen. Es war uns nicht vergönnt, die Welt um uns herum zu verändern. Sie berühren, ja, aber etwa Äste zu einem schützenden Platz flechten, nein. Wir fühlten das Leben – die Trauer, die Freude, die Wärme, die Kälte. Doch wir prägten es nicht.

Mich gegen den Frost wappnend, breitete ich meine Flügel aus und gab damit den spärlichen Schutz um meine Schultern herum auf. Ein Zittern durchlief meinen Körper und ich widerstand dem Drang, mich wieder vor der Kälte zu verstecken. Fast erschien mir, dass sich die Kälte langsam mehr und mehr durch meine Haut und bis in meine Knochen fraß. Ich versuchte zu ignorieren, wie farblos und durchscheinend meine Gestalt mittlerweile aussah, als ich mich in die Lüfte erhob. Meine Flügel schlugen noch stark genug, und das war das Einzige, was zählte, denn nur mit ihnen konnte ich schnell weiterkommen.

Es war zwar anstrengend zu fliegen, doch war ich erst einmal über dem Wald, konnte ich mich ein Stück weit vom Wind tragen lassen. Gerade schneite es nicht, was den Aufstieg leichter machte. Langsam flog ich höher. Die Luft wurde hier dünner, dann noch eisiger, als ich den letzten Schutz des Waldes hinter mir ließ.

Der Ausblick, der sich mir kurze Zeit später bot, war wundervoll. Und gerade war der Himmel ruhig, nur ansatzweise verdeckt von ein paar Wolken. Es wehte gerade genug Wind, um mich ein Stück weit zu tragen. Lauschend glitt ich durch die Luft. Es mussten nur ein paar Vogellaute sein, das war alles, was ich benötigte. Ein kleines Zwitschern, ein leiser Ruf, dem ich folgen konnte. Wachsam musterte ich die tote Landschaft unter mir.

Es war so schwer, Leben zu finden, dabei waren all meine Erinnerungen voll davon …

In meinem ersten Jahr war ich mit anderen jüngeren Elfengeistern in den Süden gezogen. Dorthin, wo die Winter milder waren. Es hatte eine große Bergkette gegeben, die wir hatten umfliegen müssen, doch wir hatten mehr als genug Zeit gehabt. Und die älteren von uns hatten den Weg bereits gekannt. Die folgenden Jahre hatte ich stets mit einigen anderen verbracht, bis ich Anfang Herbst einen Schwarm Vögel beobachtet hatte, der ebenfalls Richtung Süden gezogen war. Je älter ich geworden war, desto mehr hatten sie mich fasziniert, ich wusste nicht wieso. Vielleicht war es auch das, was mir letztendlich zum Verhängnis geworden war – meine Neugierde. Sie waren weit geflogen, so viel weiter, als ich es bisher getan hatte, und ich hätte die meisten meiner Geschwister irgendwann hinter mir lassen müssen, hätte ich den Vögeln doch folgen wollen. Ich hatte mich nicht getraut. Zumindest die ersten Male nicht. Jedes Jahr war ich ein Stück weiter mit den Vögeln geflogen, bis ich wieder zu meinen Geschwistern aufgeholt hatte. Doch irgendwann war ich schließlich alt genug gewesen, um alleine zu fliegen – zumindest in meinen Augen. Vielleicht war es auch das, was letztendlich dazu geführt hatte, dass ich mich in dieser leblosen Einöde befand – der Drang nach Unabhängigkeit. Ich hatte mich mehr und mehr von meinesgleichen zurückgezogen. Normalerweise waren wir stets zusammen, Elfengeister in verschiedenster Form, doch wir konnten auch allein überleben, solange wir irgendwo Leben samt Freude und Glück fanden. Nicht unser eigenes, unser Glück war nichts, was anderen Kraft geben konnte, nicht so. Deswegen zogen wir nach Süden, wenn der Winter kam und sich die Menschen hier draußen nicht mehr blicken ließen. Der Kälte hielt ich mich fern, denn sie war nie von Leben geprägt. Das zumindest hatte ich in meinem ersten Lebensjahr gelernt.

»*Verweile nicht im Winter.*« Also tat ich es nicht. Ich verweilte im Frühling, wenn das Leben in die Natur zurückkehrte. Wenn die Menschen aus ihren Häusern kamen, wenn das erste Lachen die Luft verzierte, und so köstlich schmeckte wie kaum etwas anderes.

Ich mochte auch den Sommer, doch die Energie dort war träge, mehr ermüdend und niederdrückend, dennoch war sie da. Kurzweilig, gerade in der Hitze, doch es war genug, um von ihr zehren zu können.

Der Herbst war stets, woraus ich meinen letzten Vorrat schöpfte. Eine kühle Brise und der Fall bunter Blätter, der gerade Menschenkindern Freude entlockte. Seltsame Gebilde aus Holz und Stoff schickten sie in den Himmel, wo sie hin und her geweht wurden. Sie hatten die Form von zu großen Vögeln, die einzig aus ungelenken Flügeln zu bestehen schienen und nicht mehr konnten, als sich dem Wind zu ergeben. Doch ich flog gerne mit ihnen, ließ mich gleiten. Es war ein schönes Spiel.

Doch der Winter …

Mein Gleitflug versiegte und ich stieß mich höher in die Luft, bis ich mich wieder vom Wind tragen lassen konnte. Das Bild unter mir bestätigte mir nur, wovor man uns Jüngere stets gewarnt hatte. Schnee bedeckte den Boden, Eis glänzte in den Baumkronen, die kahl und tot erschienen, oder von spitzen Nadeln geprägt waren. Keine Farben, keine Wärme, kein Leben.

Ich breite meine Arme aus, und versank in schöneren Bildern. Meinen ersten Winter hatte ich irgendwo in Wärme, unter den schützenden Armen eines älteren Elfengeistes verbracht, zusammen mit meinen Geschwistern. Mithilfe jener guten Seelen, die sich meiner und ihrer angenommen hatten. Eingelullt in Wärme.

Der Gedanke daran währte nur kurz, als ein stärkerer Windzug aufkam und mich aus dem Gleichgewicht brachte. Fröstelnd begann ich erneut mit den Flügeln zu schlagen, um mich weiterhin in der Luft halten zu können. Die Erschöpfung frustrierte mich zunehmend. Wieso hatte ich gewartet? Der Winter war kalt, grausam und still – kein Lachen, kein Laut irgendwo. Wer wusste, wohin die Menschen in dieser Kälte verschwunden waren? Die ersten Tage über hatte ich versucht, mich von den Tieren zu nähren, doch ihre Energie war kalt und schmeckte bitter. Da war nur der Instinkt zu überleben, kaum Freude – und wenn doch, dann so wenig … Es hatte mir genug Kraft gegeben, um Tag für Tag weiterzusuchen, doch je tiefer ich in den Wald vorgedrungen war, desto weniger Leben schien es zu geben. Und im Gegenzug dafür auch nicht mehr Schutz, nur Kälte und Eis. Nur die stille Natur, und diese war nicht gerade freundlich gestaltet. Ich hatte versucht mich den Tieren anzupassen, kaum dass ich meine Lage begriffen hatte. Doch Schlafen wie die Tiere konnte ich nicht, es brachte mir keine Erholung, und Essen verstecken, das war auch nichts, was ich tun konnte, brauchte ich doch Leben und Freude selbst, um mich zu ernähren. Es gab vereinzelt Momente, die mir selbst Freude schenkten. Da waren Wildkatzen, die sich an den Schneeflocken erfreuten. Füchse, die springend ihre Beute unter dem Schnee suchten. Vereinzelt auch Familien aus kleinen Mäusen, die sich durch Schnee und Unterholz kämpften. Mir gefiel ihr Zusammenhalt. Er gab mir ein Gefühl von Hoffnung und ließ in mir selbst eine frohe Erinnerung aufsteigen. Doch davon zehren konnte ich kaum, es war nicht genug. Die warmen Gedanken gaben mir lediglich den Willen, weiter durchzuhalten. Ich hatte schon oft überlegt, weiter nach Süden zu wandern, doch alleine kannte ich den Weg nicht. Der Wind war zu stark, die Kälte zu beißend, um suchend umherzuirren. Ich konnte nur hoffen, dass ich genug Leben fand, bis der Frühling kam. Ich wollte nicht herausfinden, ob wir vergehen konnten, vor Kälte oder Hunger. Also versuchte ich mich stets irgendwo im Wald zu verstecken, wo der Wind nicht so harsch heulte, und hier und da einen notdürftigen, bitteren Brocken von Energie zu finden. Es musste reichen, bis der Frühling einkehrte, das musste es einfach!

Ein heftiger Windstoß stieß mich zur Seite, wehte mich um. Die Arme um mich geschlungen, brach ich in einen spontanen Sinkflug ab, legte die Flügel an, ließ mich fallen und breitete sie erst aus, als ich bemerkte, dass ich kurz davor war, mit einer Tanne zu kollidieren. Stolpernd landete ich auf dem erstbesten Zweig, der keine allzu scharfen Nadeln zu tragen schien.

Die harte Landung schmerzte meinen kalt gefrorenen Gliedern trotzdem und ich bemerkte erst jetzt, dass ich zitterte. Mein Atem ging stoßweise, als ich mich an dem rauen Holz des Astes festhielt. War meine Lage aussichtslos? War ich verdammt? Dazu verdammt, einsam hier zu vergehen? Zögerte ich das Unvermeidliche nur heraus? Was, wenn ich den Frühling nie wieder sehen würde? So wie ich meine stetige Begleiterin nie wieder sehen würde. Weil sie fort war, weil sie mich verlassen hatte – weil ich allein war, *hoffnungslos allein!* Meine Finger gruben sich in meine kalte Haut. Ich wollte schreien, ich wollte irgendetwas tun, wollte die Nadeln der Tanne ausreißen, die mich höhnisch zu verspotten schienen! *Womit hatte ich das verdient?* Ich wollte weinen, einen Ton von mir geben, doch aus meinem Mund kam nur ein Krächzen, als ich ihn öffnete. Luft kam nicht mehr hinein, auch nicht hinaus, alles war kalt und auf einmal wurde alles dunkel und dann fiel ich –

Ein leiser Ruf ließ mich die Augen aufschlagen. Zitternd setzte ich mich auf. Warum lag ich im Schnee? Glänzendes Licht blendete mich und als ich emporblickte, erhaschte ich einen letzten Blick auf die untergehende Sonne, die durch ein paar Eiszapfen hindurchbrach. Ich war … am Boden? Wann war ich … ich war nicht am Boden gelandet? Blinzelnd rappelte ich mich auf, öffnete meine Flügel, schüttelte sie und musste die Zähne zusammenbeißen.

Mein ganzer Körper fühlte sich stumpf vor Kälte an. Wie lange hatte ich hier unten gelegen? Nein, wichtiger – was hatte mich geweckt?

Meine Füße versanken im Schnee, als ich mir meine Flügel schützend um die Schultern legte, meinen Körper mit den Armen umschlang und es wagte, ein paar Schritte durch den Schnee zu gehen.

Da war ein Ruf gewesen ... ganz leise nur, doch ich hatte ihn gehört. Ein bekannter Ruf. Ein Gefühl von Sehnsucht und Verlust, das mich die letzten Wochen viel zu oft heimgesucht hatte, schmerzte mir in der Brust. Wenn ich die Augen schloss, konnte ich das Rufen klar und deutlich hören. Ein leiser Gesang, aus schmaler Kehle, von einem unscheinbaren Wesen mit hellen braun-grauen Federn.

Die Augen zusammengekniffen, schritt ich weiter durch den Schnee. Es würde bald Nacht werden, kälter werden. Etwas in mir glaubte nicht daran, dass ich den nächsten Morgen sehen würde, doch ich wollte mit einem schönen Gedanken vergehen, einem schönen Bild ...

Den Gesang von Vögeln hatte ich schon vor langer Zeit lieben gelernt. Zusammen mit ihrer Federpracht und ihrem frohen Wesen. Sie wirkten so ... schwerelos. Und so liebevoll mit ihren bunten Liedern. Es gab so viele Laute, die Vögel von sich geben konnten – so viel Gesang, deren Lieder sich in mein Herz geschlichen hatten. Sie waren einer der Gründe, warum ich in den vergangenen Wintern den Vögeln gefolgt bin – einem besonderen Vogel in den Letzten. Meiner Freundin, einer Lerche. So zumindest hatten die Menschen dieses unscheinbare Wesen genannt. Ihr Gesang war so wundervoll, glich einer Tonleiter, ging hoch und hinunter. Ich hatte sie entdeckt, als sie noch ein kleines Wesen war, war mit ihr geflogen in diesem einen Sommer und hatte sie in ihrem ersten Winter begleitet, auf dem Weg in den Süden. Jedes Jahr aufs Neue. Doch diesen Herbst hatte ich sie nicht angetroffen. Vielleicht war sie früher geflogen? Es war nicht so, als würde sie auf mich warten, auch wenn ich es seit Jahren tat. Sie war meine Freundin geworden, auch wenn sie mich nicht sehen konnte, sie hatte mich stets begleitet. Doch nun war ihr Leben wohl vergangen und ich konnte nur hoffen, dass mir das Meine blieb. Langsam fehlte mir jedoch selbst dazu die Kraft. Es würden weitere Lerchen kommen, sicher. Die Trauer über meine vergangene Bekanntschaft blieb. Keine würde sein wie sie. Die Erinnerung an sie war eine schöne – aber eine, die mich in den ersten Tagen des Winters viel zu sehr aufgehalten hatte. Sollte ich sie bereuen? Nein. Ich bereute, allein zu sein. Mich niemand anderem anvertraut zu haben. Es gab sicher noch andere Elfengeister, die die sanfte Musik so liebten wie ich.

Mit geschlossenen Augen folgte ich dem leisen Gesang, der irgendwo vor mir durch den Schnee brach. Es war mir egal, ob es nur eine Illusion war, ein Hirngespinst, etwas, das ich mir einbildete, weil mich die Kälte betäubte.

Vor meinem inneren Auge stellte ich mir vor, wieder mit den Vögeln zu fliegen. Ich musste die Augen nicht öffnen, um zu wissen, dass es nur ein Wunsch war. Und ich wusste genau, dass nicht alle Wünsche erfüllt wurden. Meine Gestalt war mittlerweile fast vollständig durchsichtig. Ich war ausgehungert, meine Haut zu blass, meine Kleidung hatte ihren Glanz verloren und meine Flügel hatten kaum noch Farbe. Vielleicht wurde ich zu Schnee. Vielleicht war das, wie ich enden würde. Ich kam mir vor wie ein Geist, je länger ich durch die Kälte schritt. Ich fühlte mich wie etwas Totes, das irrtümlich durch diese Welt glitt, auf der Suche nach Leben, das es zu dieser Zeit nicht gab. Vielleicht lockte mich der Ruf in eine Welt hinter dieser Kälte … und ich fühlte mich bereit, um ihm willig zu folgen. Die spielerische Melodie führte mich tiefer in den Wald. Die Klänge wurden lauter. Lauter und auch *heller* – ich spürte es. Da war Leben, irgendwo hinter diesen Bäumen. Doch – das konnte nicht sein, oder? Ich hielt inne und sah mich um. Da waren nur noch dunkle Schemen von Baumstämmen, es war schon Nacht geworden, kein Licht mehr weit und – *doch da!* Mein Flügel zuckten, kaum dass ich das Licht erblickt hatte, das verschwommen durch die Dunkelheit drang. Es war eine Mischung aus Angst und Neugierde, die

283

mich schneller vorantrieb. Ich erhob mich in die Luft, ohne zu zögern. Was war das? Es war Licht, aber war da Leben?

Ich zwang mich, nicht darüber nachzudenken. Es war das erste Mal seit Tagen, dass ich auch nur irgendein Zeichen hier draußen fand. Die Hoffnung in mir schmerzte, doch je weiter ich flog, umso schneller wuchs sie in mir heran. Und dann war der Wald auf einmal zu Ende. Die Bäume hörten auf und eine kahle weiße Fläche, die nur vom Mondlicht beleuchtet wurde, empfing mich. Zögernd wurde ich langsamer, doch dort – am Rand des Schnees – dort war der Ursprung des Lichts. Es kam aus … Bergen? Nein, das waren keine Berge. Es waren graue Klötze, die dort standen. Größer als Bäume, dicker als sie – was auch immer sie waren, sie strahlten Licht aus, irgendwo. Ich flog weiter auf sie zu. Was hatte ich noch zu verlieren?

Es dauerte nicht lange und ich ließ mich das letzte Stück vom Wind tragen und glitt hinab, bis ich am Boden und bei den grauen Gebilden angekommen war. Erschöpft sah ich empor, suchte nach dem Licht in den grauen Bauten. Die Löcher, die Fenster hier unten waren dunkel. Doch weiter oben gab es mehr und aus einem von ihnen schien Licht zu kommen. Ich holte tief Luft, um Kraft zu sammeln und schlug dann stärker mit den Flügeln. Es war anstrengend. Aber es musste sich lohnen …

Ich flog zum nächsten Fenster – dunkel – dann weiter – nur spärlich beleuchtet, mit einem leeren Raum dahinter. Ich flog höher und höher, und glaubte, fast alle Lichter hätten mich jäh in dem Moment verlassen, als direkt vor mir eines aufglomm. Es war nicht kalt, wie das des Mondes hinter mir, es war golden, wie das der Sonne im Sommer, und so warm, dass mir im ersten Moment die Luft wegblieb und ich erstarrte. Erst als ich drohte hinabzusinken, beeilte ich mich hastig wieder mit den Flügeln zu flattern und blickte tiefer in den Raum. Es war Leben hinter dem Glas, ich konnte es spüren. Was immer dort war, es war – ich konnte es kaum glauben – es war glücklich! Waren dort Menschen?

Je länger ich in den Raum blickte, desto weniger konnte ich es glauben, doch ich wollte es. Es war nicht grau dort, so wie alles hier draußen. Die Wände waren hell wie das Sonnenlicht. Der Boden mit etwas Weichem ausgelegt. Da hingen Farbschlieren an der Wand, und in der Ecke stand … ein Baum? Eine kleine Tanne, über und über behängt mit allerlei funkelnden Kugeln, als hätte jemand die Sterne herabgeholt. Kleine rote Gegenstände brannten, doch ich nahm keine Angst wahr. Nur Frieden. Woher? Noch sah ich niemanden – doch ich spürte sie. Mehrere sogar! Sie mussten irgendwo dort drin sein. Gab es noch mehr Räume wie diesen? Es wäre ein Traum – das Paradies! Alles an diesem Raum, an dem Bild, das sich mir bot, strahlte so immens, war so herrlich warm, es war stärker als alles, was ich je zuvor gespürt hatte. Meine Augen schlossen sich wie von selbst, als ich einen tiefen Atemzug nahm und die Erleichterung in mir sacken ließ. Es war wundervoll. Mir gingen die Worte aus, je länger ich die Wärme in mir aufnahm. Es war nicht einfach nur das, es war mehr, das hier war … erfüllt.

Und dann war es fort – das Licht wurde dunkler und als ich meine Augen öffnete, erblickte ich nicht den Raum voller Farben, sondern ein seichtes Grau mit Silber. Erschrocken fuhr ich zurück und die Kälte traf mich mit einem Schlag erneut – nur um einen Moment später zu begreifen, dass ich in fremde Augen starrte. Mein Spiegelbild erschreckte mich, so blass und geisterhaft sah es aus – doch hinter ihm, in dem Raum, war jemand anderes – mit ebenso durchscheinenden Augen. Aber sie waren nicht leer, sie waren voller Glanz und die Gestalt, die mir von der anderen Seite neugierig entgegenblickte, war voller Farbe und Kraft und Stärke und Leben!

Blinzelnd blickte ich zurück. Ich hatte mit vielem gerechnet, aber nicht damit, einen anderen Elfengeist hier zu finden. Und dieser wohl ebenso wenig, denn in den Blick mischte nach Freude erst Sorge, dann Realisation und dann Schrecken. Ehe ich mich versah, hatten Hände nach mir gegriffen und mich durch das Glas gezogen. Fast hatte ich vergessen, wie körperlos wir sein konnten. Und dann war alles weg – die Kälte, die Dunkelheit – selbst die Stille auf einmal. Es war so überwältigend. Die Hände, die mich hineingezogen hatten, hielten mich fest und zogen mich weiter, tiefer hinein, dem Licht und der Wärme entgegen. Sorgenvolles Geflüster empfing mich, je näher wir dem Baum kamen und dann waren da mehr – so viele mehr von uns. Verweilten sie jeden Winter hier? Es musste so sein, sie mussten Orte wie diesen kennen, mussten gewusst haben, dass Menschen hier anzufinden waren. Waren sie ihnen gefolgt, als der Herbst anbrach? Doch wie …Woher? Ich war zu überwältigt, um klare Worte fassen zu können. Das Wispern der anderen empfing mich. Fragend, aber nicht drängend, voller Mitleid, aber auch voller Erleichterung. Ich nahm es nur unscharf wahr, überall um mich herum war Leben, aber wo war die Quelle?

Und dann wurde eine Melodie auf einmal lauter. Ein Klang, der mir so bekannt vorkam. Nicht vom Gesang her, doch vom Ton. Schritte kamen näher und dann umhüllte mich Liebe. Ich musste mich nicht umsehen, um zu wissen, dass es die Menschen waren, die sie ausstrahlten. Ich konnte mich herabsinken lassen, auf den Baum, wo all die anderen Elfengeister mit mir saßen, mich hielten. Meine Augen schlossen sich, als ich mich hingab. Ich spürte, wie ich stärker wurde, mit jeder Sekunde, die ich davon kostete, merkte, wie ich selbst wieder zu strahlen begann. Es war, als würde das Funkeln der Kugeln, die überall verteilt waren, auf mich übergehen. Und dann war da die Melodie, die immer lauter wurde. Nicht von meiner vergangenen Freundin, von keinem Vogel, den ich kannte, nein. Auch wenn mir war, als würde ich das Lied kennen, als hätte sie mich hierhergelockt. Als hätte sie mir einen letzten Gruß, einen letzten gemeinsamen Flug geschenkt … Es war ein leiser Chor, ein froher Gesang, kräftig, aber sanft, und je länger ich ihnen lauschte, desto mehr nahm das Rauschen um mich herum ab und ich konnte Worte verstehen. »… *The best time of the year, I'll share it with you* …«, zog es an mir vorbei, voller Liebe und Sehnsucht, die Melodie beflügelte mich. Als ich meine Augen wieder öffnete, sah ich die Menschen tanzen, mit kleinen Schritten, eng umschlungen, sie leuchteten förmlich voller Freude. Die Luft um mich herum schmeckte auf einmal nach so viel mehr. Sie war schwer und doch nicht bedrückend, aber eines stach hervor – eine wohltuende Energie, die aus Glück, Liebe – aus so vielen verschiedenen Arten davon gemacht zu sein schien, dass ich mich kaum sattsehen konnte.

»Was ist das hier?« , hauchte ich den anderen Elfengeistern zu, als ich meine Stimme wiedergefunden hatte. Etwas in mir fühlte sich ihnen verbunden, so unmittelbar, obwohl sie mir eigentlich fremd waren – gar vollkommen anders aussahen. Und das Lächeln, dass mir von allen Seiten entgegenkam, zeigte mir, dass ich angekommen war, dass ich nicht mehr alleine war. Und auch nie mehr allein sein musste.

»Sie nennen es Weihnachten.«

Und sie begannen zu singen, schöner als alle Vögel, die ich je gehört hatte.

Buchkalender

Mareike Verbücheln

Vor einigen Jahren,
als unsere Freundschaft
noch ziemlich frisch war,
da bekamst du mit,
wie traurig ich darüber war,
dass ich keinen Adventskalender mehr bekomme.
Immerhin waren wir schon etwas älter,
da bekommt man selten noch Kalender
von den Eltern geschenkt.

Du hast es dir zur Aufgabe gemacht,
mir noch einen ganz schnell zu machen.
Oh, wie glücklich ich darüber war.
24 Tage konnte ich jeden Tag eine Kleinigkeit auspacken.
Und seitdem,
ist es unsere Weihnachtstradition geworden.
Jahr für Jahr, schenken wir uns gegenseitig selbst gemachte
Adventskalender.
Die Ideen werden ausgefallener,
der Aufwand wird riesiger.
Ein Jahr war es ein Buchadventskalender,
mit 24 Büchern.

Und auch dieses Jahr
haben wir uns wieder reichlich Mühe gegeben, viel geplant
und überlegt.
Mein Bauch kribbelt vor Vorfreude,
wenn ich nur an die nächsten Jahre denke.
Das hier ist unsere Tradition.
Die niemals Enden darf.
Dafür ist die Dankbarkeit und die Freude zu groß, wenn
wir wieder Jahr für Jahr
unsere Kalender auspacken dürfen.

Oh, wie sehr ich jedem der diese Zeilen liest, wünsche eine
Freundin wie dich zu finden.
Du hast gemerkt, wie traurig ich bin
und nun sind unsere Kalender
Tradition geworden.
Das ganze Jahr über,
haben wir etwas, worauf wir uns Freuden dürfen.
Ja, so eine Freundschaft, die verdient jeder.
Die wünsche ich jedem.
Denn ich danke dir von Herzen,
dass du mir diese kindliche Freude zurück in mein Leben
gebracht hast.
Danke Lea.

Der Weg zurück

Elena König

Mit zitternden Händen stehe ich vor Liams Wohnungstür. Vorfreude, meinen besten Freund endlich wiederzusehen und Angst vor dem, was mich erwarten wird, bringen mein Herz zum Rasen - zumindest würde es das, wenn es noch schlagen würde. Das bedrückende Gefühl, dass dieser Besuch heute so wichtig ist, bin ich das ganze Jahr über nicht losgeworden.

Zögerlich drücke ich die Klinke herunter - schon wieder nicht abgeschlossen. Ich schüttele den Kopf über seinen Leichtsinn und trete ein. Es ist, als würde ich in einer anderen Welt landen. Gerade wurde ich noch von dem Duft nach gebrannten Mandeln und Glühwein umströmt, jetzt riecht es nach muffiger, verbrauchter Luft. Draußen glitzerte die weiße Schneedecke unter der Sonne, hier herrscht Dunkelheit. Es ist, als würde sämtliche Weihnachtsstimmung von der dunklen Wohnung verschluckt werden, wie von einem schwarzen Loch.

Ich blinzle einige Male, um meine Augen an die Dunkelheit zu gewöhnen. Vorsichtig taste ich mich voran und stoße mir an irgendetwas harten, das mitten im Weg steht, den kleinen Zeh. »Verdammt noch mal!«, fluche ich und hoffe, dass Liam den Knall nicht gehört hat.

Aus dem Wohnzimmer vernehme ich ein flackerndes Licht und gehe langsam auf die offene Tür zu.

Entsetzt bleibe ich im Türrahmen stehen. Auf Liams PC läuft ein Let's Play ohne Ton und wirft ein wenig Licht auf den Schreibtisch, der mit bekritzeltem Papier übersät ist. *Immerhin hat er seine Leidenschaft fürs Zeichnen nicht verloren.* Auf der marineblauen Couch links davon liegt mein bester Freund und schnarcht leise vor sich hin. Seine dunklen Locken fallen ihm ins kantige Gesicht, das von einem Dreitagebart geziert wird. Auf dem Couchtisch stapelt sich eine Mischung aus dreckigem Geschirr und leeren Pizzakartons. Das bedrückende Gefühl in meiner Brust wird stärker und es ist, als würde man mir die Luft zum Atmen nehmen. Liam war noch nie sonderlich ordentlich, doch so schlimm war es nie. Überall auf dem Boden verteilt liegen Klamotten und hier und da fliegt ein zerknülltes Papier herum. Sein Korb neben dem Tisch läuft über vor Müll.

Ich knie mich vor ihm auf den Boden und sehe meinen schlafenden Freund an. Seit einem Jahr habe ich ihn nicht mehr gesehen.

»Ich freue mich so sehr, dich endlich wiederzusehen.« Ich weiß, dass er mich nicht hören kann und trotzdem fühlt es sich richtig an, die Worte laut auszusprechen. Die Sorgen kann ich trotzdem nicht verdrängen.

»Bitte sag mir, dass es nicht so schlimm ist, wie es aussieht«, flüstere ich. Sanft lege ich meine Hand auf seine Wange, wohl wissend, dass diese Berührung sich wie ein sanfter Luftzug anfühlt. »Liam.« Meine Stimme zittert und Tränen schießen mir in die Augen. »Bitte zeig mir, dass es dir gut geht.«

Die Trauer zieht meine Brust zusammen und das Bedürfnis, ihn wachzurütteln, ist groß.

Das Klingeln der Haustür lässt mich zusammenzucken und ich trete einen Schritt zurück. Langsam regt sich Liam und reibt sich mit den Händen den Schlaf aus seinen Augen.

»Verdammt, wie spät ist es?« Er sieht blinzelnd zur Uhr auf seinem Schreibtisch, die mittlerweile 13 Uhr anzeigt. Die Klingel ertönt ein zweites Mal und genervt fährt er sich mit der Hand durch die Haare. »Ja, ja, ist ja gut.«

Gähnend steht er auf und trottet zur Tür. Lautlos schleiche ich ihm hinterher. Als er die Tür öffnet und sieht, wer ihn aus dem Schlaf gerissen hat, läuft er ohne ein Wort zu sagen in die Küche.

»Dir auch frohe Weihnachten.« Ein gutaussehender junger Mann in hünenhafter Gestalt tritt in den Flur. Marty. Seine roten Haare sind an den Seiten kurz rasiert und oben zu einem Dutt zusammengebunden. Ein gepflegter Bart umrahmt sein Gesicht. Das ist Liams Freund aus der Schulzeit. »Du siehst genauso beschissen aus, wie letzte Woche.« Seine tiefe Stimme passt zu seinem bärenhaften Aussehen.

Mit schweren Schritten läuft er ins Wohnzimmer und lässt sich auf die Couch fallen.

»Junge, du musst hier echt mal wieder Ordnung schaffen.«

»Was willst du, Marty?« Liam seufzt müde und betritt mit zwei dampfenden Tassen den Raum. Eine drückt er Marty in die Hand, die andere stellt er auf seinem Schreibtisch ab.

Hmmm, Kaffee. Wie ich den vermisse.

Der aromatische Duft füllt den ganzen Raum und sorgt für ein wohliges Gefühl in meiner Brust.

»Ich möchte dich zu uns nach Hause zum Weihnachtsessen einladen. Du hast seit einem Jahr kaum das Haus verlassen. Es wird endlich Zeit.«

Liam dreht sich weg und schaut zur Seite. »Nein.« Als er Martys besorgten Blick bemerkt, schiebt er noch ein »Danke« hinterher.

»Komm schon. Vanessa und die Mädels vermissen dich schon.« Das hatte ich fast vergessen. Marty hat zwei Töchter und mittlerweile müssten die beiden sogar schon zur Schule gehen.

»Ich bleib' zu Hause. Aber danke für die Einladung.«

Martys Blick fällt auf das Foto auf dem Schreibtisch. Das Bild zeigt Liam und mich, mit meinen langen, gewellten roten Haaren. Sommersprossen schmücken mein schmales Gesicht. Ich lache meinen besten Freund an und Liam schaut fröhlich in die Kamera. Es ist das Bild, das ich ihm vor zwei Jahren zu Weihnachten geschenkt habe. Ich hatte mich immer beschwert, dass er so wenige Fotos in seiner Wohnung hat und bis heute scheint es das einzige zu sein, das er aufgestellt hat. Es ist nicht nur das letzte gemeinsame Foto von uns, sondern markiert auch den Tag, an dem ich ging.

»Es ist jetzt genau ein Jahr her, oder?« Martys Stimme reißt mich aus meinen Gedanken.

Liam schweigt und sieht zum Boden.

»Ich kann mir nicht vorstellen, wie es ist, seiner besten Freundin beim Sterben zuzusehen, aber Freya hätte garantiert nicht gewollt, dass du dein Leben so wegwirfst.«

Meine Brust zieht sich schmerzhaft zusammen bei Martys Worten. Also liegt es wirklich an meinem Tod.

»Du musst langsam darüber hinwegkommen.«

»Lass es.« Liams Stimme zittert.

»Es ist nicht deine Schuld.«

Liam springt plötzlich von seinem Stuhl auf und seine Stimme zittert vor Wut. »Ich weiß, dass es nicht meine Schuld ist! Es ist die Schuld von diesem betrunkenen Arschloch, das ihr Auto gerammt hat. Er hat dafür gesorgt, dass wir beide an Weihnachten im Krankenhaus gelandet sind. Freya ist wegen IHM gestorben. Dabei hätte ich am Steuer sitzen sollen! Es hätte MICH erwischen sollen!«

»Nein«, flüstere ich in mich hinein. »Warum sagst du so was?« Ein dicker Kloß bildet sich in meinem Hals und Tränen brennen in meinen Augen. Gleichzeitig steigt eine wütende Hitze in mir auf und mein Atem beschleunigt sich. Ich gehe auf ihn zu und bleibe vor ihm stehen.

»Du wirst nicht meinen Tod als Ausrede nutzen! Das ist nicht fair, Liam! Das weißt du genau! Du hast überlebt, also schmeiß es nicht weg!« Ich werfe ihm die Worte an den Kopf, wohl wissend, dass er sie nicht hören kann. Die wütende Flamme in meiner Brust wird dadurch etwas kleiner und Tränen rinnen meine Wangen hinab. Ich möchte ihm helfen, will, dass er sich zusammenreißt und sein Leben genauso weiterlebt wie vorher auch. Es zerreißt mir das Herz nicht zu wissen, wie ich ihm da raushelfen kann. Ich balle meine Hände zu Fäusten und schreie meinen besten Freund an. »Tu mir das, verdammt noch mal, nicht an!«

Mit voller Wucht lasse ich meine Faust auf den Schreibtisch herabsausen. Mit einem Knall erschüttert der Tisch und bringt das Bild von Liam und mir zu Fall. Die beiden Männer zucken zusammen und schauen dabei zu, wie der Bilderrahmen zu Boden fällt und die Scheibe darin in Scherben zerspringt.

»Verdammt, das wollte ich nicht.« Ich hebe entschuldigend die Hände vor mich, obwohl mich keiner sieht und trete einen Schritt zurück. Das einzige Bild, das Liam von uns hat und ich mache es in meinem Sturm aus Gefühlen kaputt. Wie kann es sein, dass ich alles in seinem Leben zerstöre, ohne hier zu sein?

»Fuck, was war das?« Marty sieht mit aufgerissenen Augen zu Liam herüber, der gerade das Bild aufhebt und behutsam an seinen Platz zurückstellt. Vorsichtig sammelt er die Scherben ein, bevor er sie in die Mülltonne befördert. Mit gerunzelter Stirn mustert er das Foto von uns beiden. Wir haben uns damals oft über Paranormales unterhalten und überlegt, ob tote Menschen die Lebenden besuchen können. Ich bin mir sicher, dass er darüber nachdenkt, wie wahrscheinlich es ist, dass ich gerade hier mit ihm im Raum stehe.

»Liam?« Martys Stimme reißt uns beide zurück in die Realität.

»Ich überlege es mir«, sagt Liam leise.

Ein müdes Lächeln erscheint auf Martys Lippen und die Erleichterung ist ihm ins Gesicht geschrieben.

»Du brauchst auch keine Geschenke zu besorgen. Die Mädels werden sich so freuen, dich zu sehen!«

Liam nickt ihm als Antwort kurz zu und schaut dann wieder auf unser Foto.

»Bis heute Abend, mein Freund.« Marty steht auf und sieht Liam an, der noch immer das Bild anstarrt. Marty runzelt die Stirn und geht zur Tür hinaus. Erst als die Tür ins Schloss fällt, erwidert Liam leise: »Ich habe gesagt, ich überlege es mir.«

Erleichtert schnaufe ich durch. Scheinbar hat mein kleiner Wutausbruch etwas in ihm ausgelöst. Was bedeutet, dass ich ihm vielleicht helfen kann. Ich kann ihm helfen, zurück auf den Weg zu kommen, sein Leben wieder in den Griff zu bekommen.

Liam starrt noch immer auf das Bild und schüttelt langsam seinen Kopf. »Nein, wahrscheinlich stand das schon so wackelig und ist deshalb umgekippt.«

Nein! Er muss wissen, dass ich hier bin, damit ich ihm helfen kann.

Liam will sich gerade wegdrehen und das Zimmer verlassen, da haue ich mit der Faust wieder auf den Tisch. Dieses Mal gerade fest genug, dass das Bild umkippt, aber nicht hinunterfällt. Liam zuckt zusammen und dreht sich um. Er lässt den Blick durch sein Wohnzimmer schweifen und runzelt die Stirn. »Freya?«, flüstert er. »Du bist tatsächlich hier, oder?«

»Ja«, meine Stimme bricht.

»Zeig es mir, Freya. Bitte. Zeig mir, dass du hier bist.« Das Flehen in seiner Stimme spiegelt sich in seinen Augen wider. Ich sehe mich um und bleibe am Regal hängen. Das einzige Buch, das sich in seiner Wohnung befindet, ist ein weiteres Geschenk von mir. Um nicht noch mehr kaputtzumachen, kippe ich das Buch einfach um.

»Verdammt.« Er grinst breit in meine Richtung und Tränen laufen ihm unaufhörlich über die Wangen.

Die Wut darüber, dass er sein Leben weggeworfen hat, darüber, dass das alles meine Schuld sein soll, brodelt immer noch in mir. Doch Liams Lächeln und das Glitzern in seinen Augen lindern sie ein wenig.

»Du glaubst ja gar nicht, wie sehr ich dich vermisst habe und wie sehr es mir fehlt, alles mit dir zu teilen.«

Aber seine Lippen formen sich von einem breiten Grinsen zu einer schmalen Linie.

»Warte, bist du gerade wirklich wütend? Du? Auf mich?«

Ich kenne ihn schon seit meiner Geburt und der Blick, den er in meine Richtung wirft, spricht Bände. Allein bei dem Anblick zieht sich meine Brust zusammen. Ich habe es schon immer gehasst, wenn er wütend auf mich war und ich konnte noch nie gut damit umgehen. Jedes Mal endete es damit, dass ich weinend in seinen Armen lag. Doch dieses Mal kann er mich nicht in den Arm nehmen.

»Warum bist du erst jetzt da, Freya? Warum nicht früher? Du bist seit einem Jahr weg und du kommst erst jetzt?«

Die Frage fühlt sich an wie ein Stich in mein Herz und ein dicker Kloß bildet sich in meinem Hals.

»Ist das gerade dein Ernst? Es ging nicht früher. Ich …« Meine Stimme bricht und Tränen brennen in meinen Augen. Schnell blinzle ich sie weg. Er kann mich nicht hören, aber es muss einen Weg geben. Ich sehe mich in Liams Zimmer um und mein Blick bleibt an seinem PC hängen. *Ja, das sollte gehen.* Ich öffne das Schreibprogramm auf seinem Computer und beginne zu tippen. Das Geräusch von Schritten sagt mir, dass Liam näher kommt.

»Ist das gerade dein Ernst? Willst du dich wirklich mit einem Geist streiten?«

Er starrt die schwarzen Buchstaben auf dem Bildschirm an, als hätte sie ein Gespenst geschrieben. Wobei … genau das ist auch passiert.

»Ich will mich nicht mit dir streiten.« Seine Stimme klingt sanfter, aber durch Trauer belegt, als würde es ihm schwerfallen zu sprechen. »Aber warum kommst du erst jetzt zu mir?«

»*Ich darf nur an meinem Todestag jemanden besuchen. Das sind die Regeln. Und ich musste zuerst nach meinen Eltern schauen.*«

Liam blinzelte die Tränen aus seinen Augen, während er den Bildschirm anstarrte. »Das letzte Jahr war furchtbar, Freya.«

Jedes einzelne Wort fühlt sich an, wie ein Schlag ins Gesicht. Meine Finger zittern, als ich erneut tippe.

»*Hör auf!*«

»Was meinst du?«

»*Tu mir das nicht an, Liam! Gib mir nicht die Schuld an all dem!*« Tränen aus Wut tropfen von meinem Gesicht.

»Dir die Schuld geben?«

»*Es ist nicht meine Schuld, dass du dich aufgegeben hast und dich von allem und jedem entfernst!*«

»Du hast recht, es ist nicht deine Schuld! Aber dein Tod ist der Grund, warum es mir so schlecht ging, Freya. Mit dir ist alles in meinem Leben gegangen, was mir wirklich wichtig war. Ohne dich hat sich alles falsch angefühlt!«

»*ICH HABE MIR NICHT AUSGESUCHT ZU STERBEN!*«

Frust und Wut machen sich in mir breit, während die Tränen unaufhörlich meine Wangen hinab rinnen und im Nichts verschwinden.

Liam schweigt und sieht auf den letzten Satz, den ich getippt habe. Ich hätte ihn ihm so gerne an den Kopf geworfen, ihn angeschrien, ihn wachgerüttelt.

»Du hast recht.« Er starrt auf den Boden, die Hände zu Fäusten geballt. »Es ist dir gegenüber nicht fair. Es ist nur …« Liam atmet einmal tief durch. »Als ich vor einem Jahr im Krankenhaus an deinem Bett stand, habe ich gebetet, gehofft und so sehr gefleht, dass du die Augen wieder

298

öffnest. In dem Moment, als du aufgehört hast zu atmen, als dein Herz plötzlich stillstand, hat meine Welt aufgehört, sich zu drehen. Mit dir ist so vieles mit gestorben. Wir haben unser ganzes Leben miteinander geteilt. Du warst immer da und dann von der einen auf die andere Sekunde … warst du einfach weg. Ich wusste nicht, wie ich damit umgehen soll, ich weiß es immer noch nicht, denn die einzige Person, die mir hätte beistehen können, ist vor meinen Augen gestorben. Und ich konnte dir nicht helfen, konnte nichts tun, um dich zurückzuholen. Also ja, ich bin wütend. Aber ich bin wütend auf die Welt, das Schicksal, wen auch immer. Ich bin scheiße wütend, dass mir der einzig wichtige Mensch genommen wurde!« Liam schluchzt und sein Körper bebt, während er klagend den Bildschirm anstarrt.

Meine Wut schwindet mit einem Mal und Trauer und Liebe machen sich in mir breit. Ohne weiter darüber nachzudenken, stürme ich auf ihn zu und falle meinem besten Freund um den Hals. Überrascht taumelt er einige Schritte zurück, als hätte ihn ein starker Windzug erwischt.

»Ich kann dich riechen.« Die Überraschung und Freude in seiner Stimme ist kaum zu überhören. »Das Parfum würde ich überall sofort erkennen. Das ist dein Geruch!«

Schweren Herzens löse ich mich von ihm und gehe zurück an den PC. *Es wird Zeit, dass du dein Leben lebst. Auch ohne mich.«*

»Ich weiß nicht, wie ich das schaffen soll.« Liam ist neben mich getreten.

»Du bist nicht alleine! Du hast einen Freund, der dich nach all der Zeit nicht aufgegeben hat.«

Als ich ein paar Stunden später Liam in Martys Haus folge, ist es, als würde man ein Winterwunderland betreten. Der Duft nach Gänsebraten erfüllt das ganze Haus. Jede Ecke ist mit Lichtern und kleinen Figuren von Schneemännern, Engeln und Weihnachtswichteln geschmückt. Im Kamin prasselt ein Feuer, aus einer Box schallt leise Weihnachtsmusik und in der Ecke steht ein großer Tannenbaum, geschmückt mit Kugeln in allen Farben und bunten Lichtern. Darunter häufen sich Geschenke, in farbenfrohes Geschenkpapier gehüllt.

»Liam!«, ruft es aus dem Flur und zwei Mädchen mit blonden Locken kommen auf meinen besten Freund zugestürmt und reißen ihn mit einer wilden Umarmung fast zu Boden.

Martys tiefes Lachen füllt den Raum. »Nicht so wild, Mädels. Lasst ihn erst mal ankommen.«

»Schon okay.« Liam lacht zu Marty hinüber. »Immerhin war ich lange weg.«

Sein Freund sieht ihn verwundert an. »Sieh an. Das erste Mal seit einem Jahr, dass ich dich wieder lachen sehe. Ich bin froh, dass du da bist, mein Freund!«

Mit einem breiten Grinsen sehe ich mir das Szenario an und wische mir Freudentränen aus dem Auge.

Die nächsten Stunden sind mit alten Anekdoten, Geschichten der letzten Jahre und viel Gelächter gefüllt. Die Trauer ist Liam kaum noch anzusehen und ich bin froh meinen besten Freund so glücklich zu sehen, wie er es zu meinen Lebzeiten immer war. Auch wenn ich gerne mitgefeiert hätte, erwärmt es mir das Herz, meinen besten Freund so glücklich zu sehen.

Kurz vor Mitternacht verschwindet Liam in die Kälte des Gartens. Ich schleiche hinterher und bewundere, wie das Licht des Vollmondes die weiße Schneedecke glitzern lässt. Langsam gehe ich an Liam vorbei in den Garten hinein und genieße das Knirschen unter meinen Füßen. Der Schein des Mondes trifft mich und meine Haut beginnt leicht zu kribbeln.

Liam zieht die Luft scharf ein und ich drehe mich zu ihm um.

»Freya«, haucht er in die kalte Luft. Es ist, als würde er mich direkt ansehen. Nein. Er sieht mich direkt an.

Augenblicklich erscheint ein breites Grinsen auf meinem Gesicht.

»Du kannst mich sehen.«

»Wie kann das sein?«

Verwirrt schüttele ich den Kopf. »Ich weiß es nicht.«

Der Schnee knirscht, als er auf mich zuläuft und direkt vor mir stehen bleibt. »Du siehst genau so aus, wie an dem Tag, bevor das alles passiert ist.«

»Tja, der Tod lässt mich nicht mehr altern.« Belustigt zwinkere ich ihm zu.

Sein leises Lachen lässt mein Herz höher schlagen und mein Grinsen wird breiter. Vorsichtig nimmt Liam mich in die Arme, als hätte er Angst davor, ich könnte durch die Berührung wieder verschwinden.

»Ich kann dich spüren«, flüstert er in mein Ohr und ein Kribbeln macht sich in mir breit.

»Kannst du mir einen Gefallen tun, Liam?«

»Alles.«

»Verkriech dich nicht wieder in deiner Wohnung. Lebe dein Leben so, wie es vorher war. Auch wenn ich nicht mehr bei dir sein kann, bin ich trotzdem in deiner Nähe und schaue jedes Weihnachten vorbei! Du hast überlebt, Liam, also lebe für mich mit!«

Er drückt mich noch einmal fest an sich.

»Versprochen«, flüstert er, bevor alles um mich herum schwarz wird.

Meine liebsten Weihnachtsplätzchen

Maria Jimenez

Zutaten:

Für den Teig benötigen wir:

250 g Mehl
125 g Zucker
1 Päckchen Vanillezucker
4 Eigelb
125 g Butter

Zum Ausstechen und Dekorieren brauchen wir außerdem:

- 2 Eigelb zum Bestreichen
- bunte Streußel, Schokostreußel und/oder gemahlene Haselnüsse
- verschiedene Förmchen

Zubereitung:

Zuerst vermischen wir alle Zutaten, die wir für den Teig benötigen und verkneten diese zu einem Mürbeteig. Anschließend wird der Teig bedeckt und erstmal in den Kühlschrank gelegt.

Nach ein bis zwei Stunden oder am nächsten Tag, nehmen wir den gekühlten Teig aus dem Kühlschrank heraus und rollen diesen auf einer bemehlten Arbeitsfläche etwa 1/2 cm dick aus.

Jetzt nehmen wir unsere Förmchen und stechen die Plätzchen aus. Die Plätzchen werden nun auf einem mit Backpapier ausgelegten Backblech verteilt. Als nächstes heizen wir den Ofen schonmal auf 200 Grad vor.

Während der Ofen warm wird, dekorieren wir zu guter Letzt unsere Plätzchen. Zuerst zerschlagen wir dafür zwei Eigelb mit etwas Wasser. Mit einem Backpinsel werden die Plätzchen nun mit dem flüssigen Eigelb bestrichen und anschließend mit den verschiedenen Streußeln verziert.

Jetzt kommt das Blech für ca. 10 Minuten in den Backofen, bis die Plätzchen goldbraun sind und fertig sind unsere leckeren Weihnachtsplätzchen. :)

19

Friend

F. L. Palao

»Verdammte Scheiße!« Ich stolpere die Treppen vor meinem Hauseingang mehr runter, als dass ich sie gehe. Hinter mir fällt die Tür mit einem lauten Knallen ins Schloss, vor mir fährt mein Bus gerade um die Ecke. So ein Mist aber auch.

Frustriert ziehe ich mir den Handschuh aus und krame nach meinem Handy. Der nächste Bus kommt in einer Viertelstunde – was heißt, dass ich es nicht pünktlich schaffen werde. Schon wieder.

Ich beiße mir auf die Unterlippe und lehne mich gegen die Hauswand. Okay. Kein Problem. Ich kann zu spät kommen.

Zehn Minuten später als verabredet stehe ich schließlich vor dem Café, in dem wir uns treffen wollen. Leslie, Cara, Luca und Mio haben sich schon in eine der Sofaecken am hinteren Ende des Cafés gekuschelt. Über ihnen verbreitet eine Schneeflocken-Lichterkette ein wunderbar warmes Licht, und gerade sagt Mio irgendetwas, das die ganze Gruppe laut auflachen lässt. Fast denke ich, ihr Gelächter durch die Glasscheibe hindurch zu hören. Sie sehen glücklich aus. Zufrieden.

Ich hasse es, zu spät zu kommen.

Für ein paar Sekunden starre ich in das Café, dann drehe ich mich mit einem Seufzen um.

sorry, leute,

schreibe ich in unseren Gruppenchat.

ich schaffe es heute leider doch nicht. uni ist mehr als gedacht.

Der Mauszeiger blinkt mich von einer weißen Seite an. Mein Handy ist stumm gestellt, seit ich die letzte Nachricht verschickt habe, doch auch ohne die Ablenkung habe ich in den letzten Stunden kein einziges Wort zustande bekommen. Mit einem Stöhnen klicke ich das Word-Dokument zur Seite. Es hilft nicht. Nun starren mich die Vorlesungsfolien an, die ich gerade zwar mehrfach durchgescrollt, von denen ich aber kein einziges Wort aufgenommen habe. Ich habe rein gar nichts hingekriegt.

Mein Blick fällt auf mein Handy, das still und unauffällig, mit dem Bildschirm nach unten, neben mir liegt. Ich bin mir nicht sicher, ob ich es umdrehen will. Ob ich die Nachrichten sehen will, die mich seit heute Mittag erreicht haben – oder eher die Abwesenheit ebendieser Nachrichten. Aber ich kann auch nicht weiter gar nichts tun.

Die erste Nachricht, die mir ins Auge fällt, kommt von Mio.

oh nein!
überarbeite dich nicht!!!

Mio hat keine fünf Minuten gebraucht, um auf meine Absage zu antworten. Eine Stunde später kam eine Nachricht von Cara.

Sollen wir dir was vorbeibringen? Hier gibt es echt gute Zimtschnecken!

Mit einem kleinen Stich im Herzen scrolle ich weiter. Jetzt ist es schon zu spät. Aber Luca – der schon länger hier wohnt als wir anderen – hat uns so oft von diesen Zimtschnecken vorgeschwärmt.

Als Nächstes wühle ich mich durch einen Ansturm von Fotos, die die vier wohl heute gemacht haben. Erst ein paar Selfies, alle vier in einen Loveseat gequetscht. Mio hat sich rotes und goldenes Geschenkband in die knallgrün gefärbten Haare geflochten, und auf Caras Afro thront eine rot-weiße Weihnachtsmann-Mütze. Luca und Leslie tragen zusammengehörige Weihnachtspullis, deren Farben so grell sind, dass mir schon beim Anschauen der Fotos die Augen brennen. Auf Lucas Pulli ist ein Rentier mit knallroter Nase zu sehen, das über ein Geschirr mit dem völlig überladenen Schlitten auf Leslies Pulli verbunden ist. Nach den mehr oder weniger gelungenen Selfies folgen noch ein paar Fotos, die jemand anderes im Café gemacht haben musste. Alle vier sitzen um den kleinen runden Tisch, der mit dicken Zimtschnecken und Tassen heißer Schokolade voll beladen ist, und grinsen in die Kamera. Dann folgen Bilder von außerhalb des Cafés. Mio in einem Baum im Stadtpark. Cara und Leslie, die hinter ihren eigenen Atemwolken fast vollständig verschwinden. Luca, der seinem Pulli-Rentier einen Tannenzweig anbietet. Sie sehen alle so albern aus.

Sie sehen alle so glücklich aus.

Ich lasse mich in meinem Schreibtischstuhl zurückfallen. Wir kennen uns noch nicht lange. Im Oktober haben wir alle mit dem Studium angefangen und uns in der ersten Woche kennengelernt. Das sind noch nicht einmal drei Monate. Luca kommt von hier, der Rest von uns wohnte über ganz Deutschland verstreut. Und doch sind wir jetzt alle in der gleichen Stadt, und manchmal wage ich zu hoffen, dass wir tatsächlich eines Tages gute Freunde sein werden. Wie lange braucht es, bis man befreundet ist?

Bevor ich mir die Frage beantworten kann, leuchtet mein Handybildschirm erneut auf. Mama.

Schatz. Nächstes Wochenende ist schon der zweite Advent. Willst du nicht endlich mal wieder heimkommen? Du könntest deine Großeltern besuchen.

Ich starre auf die letzten Nachrichten, die wir ausgetauscht haben.

Mama
Komm doch mal wieder nach Hause.

Ich
zu viel zu tun

Mama
Wie geht es dir?

Ich
ganz gut, nur gestresst. sorry, keine zeit zu telefonieren.
wirklich, ich bin die ganze zeit am lernen.

Mama
Ich freue mich schon auf deinen nächsten Besuch.

Ich
ja. ich mich auch.

Eine Lüge nach der anderen. Und gleichzeitig macht sich ein schlechtes Gewissen in mir breit. Anfang November war ich das letzte Mal bei meinen Eltern. Nicht zuhause. Das ist es schon lange nicht mehr. Schon bevor ich ausgezogen bin, hat es aufgehört, zuhause zu sein. Manchmal stand ich im Treppenhaus, habe die Familienfotos betrachtet. Habe nach einem Hinweis gesucht, wo ich die *Familie* darin sehe. Aber es waren einfach nur drei Personen, nebeneinander, ohne Verbindung. Im Haus meiner Eltern habe ich mich selbst nicht mehr erkannt. Ich kann es mir selbst nicht erklären. Ich wünschte, ich könnte es, wünschte, ich hätte eine klare Antwort auf die Frage, wieso mir jedes Mal ein kalter Schauer über den Rücken läuft, wenn ich darüber nachdenke, meine Eltern zu besuchen. Und doch tippe ich die eine Antwort, die ich weniger als alles andere geben will.

okay. ich suche gleich nach zügen und schicke dir dann die
verbindung.

Wenn ich erst Samstagmorgen losfahre, sind es nur zwei halbe Tage und eine Nacht.

»Hey, du Workaholic!« Mio lässt sich auf den Sitz neben mir im Hörsaal fallen. Ich lächle müde zurück. »Ich hab dir was mitgebracht.«

Mit einer ausschweifenden Geste, als wäre Mio ein Zauberer, der gleich ein Kaninchen aus dem Hut zieht, holt

Mio ein in eine Serviette eingewickeltes Paket aus dem Rucksack. Ich starre verwirrt auf die Serviette, die mit blau glitzernden Schneeflocken verziert ist.

»Jetzt nimm schon!«

»Okay …« Leicht skeptisch nehme ich das Serviettenbündel an mich. Sofort umgibt mich der Geruch von Zimt und Zwetschgen. Meine Augen weiten sich. »Ist das etwa …?« Ich traue mich kaum, den Gedanken auszusprechen.

Mio grinst mich an. »Ich hab dir von gestern eine Zimtschnecke mitgebracht. Die mit Zwetschgen waren definitiv die besten.«

Ein kleiner Funke entzündet sich in meinem Herzen und beginnt, mich von innen heraus aufzuwärmen. »Danke!«

»Immer gerne. Dafür sind Freunde doch da.« Mio zwinkert mir zu, doch bevor ich etwas erwidern kann, legt sich von hinten ein Arm um Mios Schultern.

»Na, was hast du jetzt schon wieder verbrochen?«, fragt Luca grinsend.

»Ich?« Mio macht große Augen. »Rein gar nichts, wie kannst du mir nur so etwas unterstellen?!«

»Ich dachte, ich hätte dich irgendetwas über Freunde sagen hören. Hatten wir nicht gestern schon geklärt, dass Freundschaft nur ein Tarnbegriff für Komplizen auf Lebenszeit ist?«

Mio boxt Luca in die Seite, muss dabei aber lachen. Ich verfolge das Geplänkel, zunehmend verwirrt, worum es eigentlich geht und was ich dazu überhaupt sagen könnte.

Die Zugfahrt vergeht viel zu schnell für meinen Geschmack. Vier Stunden im ICE fühlen sich an wie fünf Minuten, wenn das Ziel einen abstößt. Aber es bringt alles nichts, und der Zug läuft mit minimaler Verspätung in der Heimatstadt meiner Eltern ein. Kurz bevor sich die Türen öffnen, erreicht mich eine Nachricht meiner Mutter.

Wann kommst du an? Ich könnte dich vom Bahnhof abholen.

Verständnislos schaue ich auf die Nachricht, dann auf die direkt darüber, die ich meiner Mutter vor ein paar Tagen geschickt habe. Ein Screenshot meiner Zugverbindungen, der verkündet, dass mein Zug vor zwanzig Minuten hätte ankommen sollen. Mit einem Kopfschütteln schließe ich die App, lasse die Nachricht unbeantwortet.

Es ist ein komisches Gefühl, wieder in dieser Stadt zu sein. Zwar bin ich erst vor ein paar Monaten weggezogen, doch fühlt es sich an, als wäre ich schon seit einer Ewigkeit nicht mehr hier gewesen. Ich kenne alle Wege, und doch sehen sie anders aus. Neue Plakate, neue Läden, neue Personen. Es ist, als hätte sich jemand den Grundriss meiner Stadt genommen und sie übermalt und mit Figuren besetzt, die ich nicht kenne. Wie in einem Paralleluniversum.

Das hier ist nicht mehr meine Stadt. Vielleicht war sie es nie.

So schnell ich kann, laufe ich zur Bushaltestelle, doch das Gefühl, völlig fehl am Platz zu sein, lässt sich nicht abschütteln. Die Stadt scheint mich dafür zu verurteilen, dass ich nicht mehr hineinpasse, dass ich ihre Sprache verlernt habe und nicht dazu bereit bin, sie mir wieder anzueignen. An der Bushaltestelle angekommen, lasse ich mich auf die einzige Sitzgelegenheit fallen, die es gibt, und atme tief durch. Zwei halbe Tage und eine Nacht.

Ein leises Summen reißt mich aus meinen Gedanken. Ich krame mein Handy aus den Tiefen meines Rucksacks hervor und werde von einer Nachricht in unserem Gruppenchat begrüßt.

Leslie
Hey guys, Sonntagabend bei mir und Cara in der WG, wer ist dabei? Wir könnten Plätzchen backen, ich hab so ein altes Rezept von meiner Oma.

Luca hat bereits zugesagt, und auch Mios Daumen hoch folgt kurz darauf. Ich zögere. Ich liebe es, zu backen. Aber … Aber. Ich weiß selbst nicht, wie ich den Satz beenden soll. Meine Finger schweben über der Tastatur.

Ich
ich bin dieses WE bei meinen eltern, komme erst sonntagabend wieder. aber danke für die einladung.

Mios Antwort kommt unverzüglich.
so what? wir treffen uns sonntagabend, du kommst sonntagabend zurück, das passt doch perfekt.

Ich
ich weiß nicht, wann ich wieder da bin. ich will jetzt auch nicht mega spät auftauchen.

Mio
Leslie und ich wohnen 5 min zu Fuß vom Bahnhof. Komm einfach dazu, wenn du zurückkommst und Bock hast.

Ich zögere erneut. Was spricht dagegen, sich die Möglichkeit offenzuhalten? Ich kann immer noch absagen. Vielleicht bin ich morgen Abend zu müde, vielleicht hat mein Zug Verspätung. Es gibt viele Gründe, warum ich nicht können könnte.

Ich
mach ich

Kurz darauf schreibt mich Mio in unserem privaten Chat an.
willst du mir mal deine zugverbindung schicken?

Ich runzle die Stirn, tue aber wie geheißen.

Mio
supiiii
*thanks ^^*

»Nanu, du bist schon da?«, ist das Erste, was meine Mutter sagt, als ich unser Haus betrete. Ich beuge mich vor, um

Izzy, unseren Hund, zu begrüßen. Sie hat angefangen zu bellen, bevor ich auch nur in Sichtweite der Fenster kam, und holt sich nun ihre Belohnung für den erfüllten Wachjob in Form von Streicheleinheiten ab.

»Na ja, ›schon‹ ist eine Übertreibung. Der Bus ist ausgefallen, und ich musste auf den nächsten warten.« Ich rolle mit den Augen. »Meine Finger sind reine Eiszapfen!«

Meine Mutter presst die Lippen zusammen, als ich zu ihr aufschaue. Izzys Fell ist so schön weich und warm. Ich ziehe sie enger an mich heran. »Du hättest doch Bescheid geben können. Ich hätte dich mit dem Auto abholen können!«

»Hab ich doch.«

Meine Mutter schüttelt den Kopf, dann zieht sie ihr Handy aus der Hosentasche. Als sie einen Blick auf ihren Bildschirm wirft, runzelt sie die Stirn. Ich weiß genau, was sie sieht. Drei Nachrichten, vier verpasste Anrufe. Schnell steckt sie ihr Handy wieder weg. »Dein Vater hat heute Abend einen Tisch im Herzog reserviert. Wir müssen in ungefähr einer Stunde los.«

Meine Finger verkrampfen sich in Izzys Fell, und sie stupst mich mit ihrer feuchten Nase an. Der Herzog ist das Stammlokal meiner Eltern, eine Zeit lang waren sie fast jede Woche da. Vielleicht sind sie es immer noch. »Der Herzog, in dem es nichts Vegetarisches außer dem Beilagensalat gibt?«

»Keine Ahnung.« Sie zuckt mit den Schultern. »Das ist doch unser Lieblingsrestaurant.«

Euer Lieblingsrestaurant, möchte ich sagen. Meins ist es schon seit dreizehn Jahren nicht mehr. Aber ich verkneife mir den Kommentar.

»Gehst du noch schnell mit Izzy raus? Sie war bis jetzt nur kurz, ihr würde auch ein etwas längerer Spaziergang guttun«, sagt meine Mutter, schon halb abgewandt.

Ich nicke und stelle meinen unausgepackten Rucksack am Fuß der Treppe ab.

In eine dicke Decke eingemummelt sitze ich auf meinem alten Bett, tief in einem Lieblingsbuch aus meiner Kindheit verloren. Es ist eines der wenigen Bücher, an die ich mich tatsächlich selbst jetzt noch erinnern kann, und als ich es heute Morgen in meinem alten Bücherregal entdeckt hatte, konnte ich nicht anders, als zuzugreifen. Das ist einer der wenigen Vorteile daran, bei meinen Eltern zu Besuch zu sein: Ich habe eine riesige Auswahl an Büchern, die mir einfach so zur Verfügung stehen. In meinem kleinen WG-Zimmer fehlt mir leider der nötige Platz dafür.

Die Zimmertür öffnet sich ohne Vorwarnung. »Jetzt erzähl doch mal«, fordert mich meine Mutter ohne jeglichen Kontext auf. »Was gibt es Neues? Wie behandelt dich das Studium so?«

Ich werfe meinem Buch einen sehnsüchtigen Blick zu, doch als ich wieder aufschaue, steht meine Mutter noch immer im Türrahmen. Sie scheint ehrlich interessiert zu sein. Seufzend lege ich das Buch beiseite.

»Eigentlich gibt es nicht wirklich was Neues. Das Studium ist cool, nur eben auch sehr viel Arbeit.« Ich weiß nicht, wen von uns ich mehr von dieser Aussage überzeugen will.

»So viel Arbeit, dass du es kaum noch schaffst, deine eigenen Eltern zu besuchen?«

»Ich bin doch jetzt hier.«

»Ja, und wann warst du das letzte Mal hier? Wann planst du, wiederzukommen?«

Wenn es so weitergeht, gar nicht. Ich presse die Lippen aufeinander. »Mal schauen. Ich weiß noch nicht.«

»Und gleich fährst du schon wieder! Bald erkennt Izzy dich nicht mehr.«

»Ich habe jetzt echt keine Lust zu streiten, Mama.«

»Ich streite nicht. Ich stelle nur die Fakten fest.«

Ich schließe meine Augen, atme tief durch und versuche, bis zehn zu zählen.

Als mein Zug endlich ankommt, sind die anderen schon seit zwei Stunden am Backen. Ich habe bereits Fotos von kohlrabenschwarzen Sternen gesehen, auf denen man mit Mühe noch ein paar bunte Zuckerstreusel erkennen konnte, und kurz darauf Fotos von wunderschön goldbraunen Schneeflocken, die mit goldenem Glitzer verziert wurden. Fast habe ich es geschafft, mich selbst davon zu überzeugen, dass ich nach dem Wochenende mit meinen Eltern zu müde für weitere Veranstaltungen bin. Die anderen haben auch ohne mich Spaß, und das letzte Blech Plätzchen sah mehr als passabel aus.

Nur abgesagt habe ich noch nicht.

Die Türen des Zugs öffnen sich, und ein Schwall kalter Luft bläst mir die Haare aus dem Gesicht. Fröstelnd ziehe ich mir meine Kapuze auf und lasse meine Hände in den Tiefen meiner Winterjacke verschwinden. Wenn ich mich beeile, bekomme ich den nächsten Bus zu mir nach Hause.

»Hey, Dumpfbacke! Hier drüben!«

Ich schaue auf. Die Stimme kommt mir bekannt vor.

Am anderen Ende vom Gleis steht Mio, goldenen Glitzer auf den Wangen und eine Lichterkette um die Schultern gelegt. In diesem Moment sieht Mio aus wie ein Engel aus einem dieser kitschigen Filme. Ich kann mir ein Grinsen nicht verkneifen.

»Du hast da was«, sage ich, sobald Mio so nah bei mir ist, dass ich nicht mehr schreien muss, um gehört zu werden. Ich deute auf den goldenen Glitzer. Mio zögert nicht lange und zieht mich in eine Umarmung.

»Du auch«, sagt Mio. Ich schaue an mir herunter und erkenne einzelne Glitzerpartikel im Schein der Lichterkette.

»Was machst du hier?«, frage ich.

»Ich hatte Angst, dass du den Weg nicht findest.« Mio zwinkert mir zu und hakt sich bei mir unter. Zusammen beginnen wir, in Richtung von Leslies und Caras Wohnung zu laufen. Weg von den Bussen.

»Was macht ihr eigentlich an Weihnachten?«, fragt Luca, den Kopf in Caras Schoß. Seine Worte sind kaum verständlich, und ich weiß nicht, ob es daran liegt, dass er schon im Halbschlaf ist oder ich.

Leslies und Caras Küche ist nicht sonderlich groß, und irgendwann in der letzten Stunde haben wir beschlossen, dass es eine gute Idee wäre, den Küchentisch aus dem Weg zu räumen und uns alle mit Decken und Kissen (und einer Schale warmer Kekse) vor dem Ofen niederzulassen. Jetzt sitzen wir da und schauen dem letzten Blech Kekse beim Braunwerden zu. Ich bezweifle, dass wir lang genug wach bleiben werden, um es aus seinem heißen Gefängnis zu befreien, bevor sich die Tragödie des ersten Blechs wiederholt. Na ja, Aktivkohle soll doch auch gesund sein, oder?

»Hm?«, brumme ich. »Was war nochmal die Frage?«

»Was ihr an Weihnachten macht.«

Ich zucke mit den Schultern. »Nichts wahrscheinlich.«

Mio, halb an mich gelehnt, halb auf dem Boden liegend, richtet sich auf. »Was meinst du mit ›nichts‹? Gehst du nicht zu deinen Eltern?«

Ich zucke erneut mit den Schultern. »Zu anstrengend. Keine Lust. Keine Energie. Ich weiß nicht.«

Auch Luca scheint wieder etwas wacher zu sein. »Aber … willst du wirklich gar nichts machen?«

»Was soll ich denn sonst machen? Weihnachten ist doch auch nicht so anders als ein Wochenende, oder?«

»Ich weiß nicht. Wenn du nichts machen *willst*, ist das natürlich auch fein, aber irgendwie … irgendwie fühlt sich das nicht ganz richtig an.«

Ich presse die Lippen zusammen. Ich kann verstehen, was Luca meint. Ich *will* ja nicht nichts machen. Ich habe nur auch niemanden, mit dem ich etwas machen kann.

Die Eieruhr rettet mich davor, antworten zu müssen. Ein kollektives Stöhnen geht durch die Runde, und Cara reibt sich die Augen. »Wer geht?«

Niemand von uns rührt sich.

»Aktivkohle ist doch auch gesund, oder?«, schlägt Mio leise vor. Leslie quittiert das mit einer halbherzigen

Kopfnuss. Nach einer weiteren Minute, in der das Piepen der Uhr uns stetig weiter aufweckt, steht Leslie schließlich auf und rettet die Plätzchen vor ihrem verkohlten Ende.

Die nächste Woche vergeht wie im Flug. Zwischen den Lernzetteln, die ich mittlerweile tatsächlich angefangen habe, und der Organisation (oder eher Überforderung) von Weihnachtsgeschenken, habe ich kaum Zeit, mir Gedanken über irgendetwas zu machen. Erst am Freitagmorgen reißt mich Leslies Nachricht aus meinem Alltagstrott.

Leuteeeeeeeeee. Schaut mal aus dem Fenster!!!

Leslie. Fast höre ich Lucas halb schläfrige, halb genervte Stimme durch seine Textnachricht hindurch. *Es ist sieben Uhr morgens. Wieso schreibst du uns um sieben Uhr morgens?*

Schau aus dem Fenster!!!!!! ES SCHNEIT!!!!!!!!!!!!!!!!!

Ich wette, ich bin nicht die einzige Person, die nach dieser Nachricht in Sekundenschnelle am Fenster steht. Und tatsächlich: Die Welt ist komplett unter einer weißen Haube verschwunden. Schon kommt Leslies nächste Nachricht.

Okay, Leute, lebenswichtige Frage: wir schwänzen, oder?

Eine Stunde später treffe ich Luca im Stadtpark, der neben mir als Erster da ist.

»Hey.« Er zieht mich in eine schnelle Umarmung. »Hat Leslie dir auch gedroht, die Freundschaft zu kündigen, wenn du nicht auftauchst?«

Noch immer nimmt es mir den Atem, wie einfach es den anderen fällt, über Freundschaft zu sprechen – und mich dabei mit einzubeziehen. »Hat sie nicht. Wäre aber auch gar nicht nötig gewesen. Du kannst mir nicht ehrlich erzählen, dass du bei dem Wetter lieber in der Vorlesung sitzen würdest.«

»Das nicht. Aber um diese Uhrzeit noch im Bett zu sein, klingt nicht schlecht.«

Ich muss lachen. »Das hättest du so oder so nicht lange durchgehalten, Leslie hätte in spätestens zehn Minuten bei dir Sturm geklingelt.«

»Auch wieder wahr.« Luca macht eine kurze Pause. »Hey, wegen Weihnachten. Hättest du Lust, mit zu mir zu kommen?«

Der abrupte Themenwechsel wirft mich völlig aus der Bahn, und ich brauche einen Moment, um Lucas Worte zu registrieren. Dann starre ich ihn vollkommen überfordert an. »Zu deiner Familie, meinst du?«

»Ja, genau.« Luca nickt, malt abwesend mit einem Fuß im Schnee.

»Aber ich kann doch nicht einfach zu euch kommen!«

»Warum denn nicht?« Er schaut kurz auf und wirft mir einen neugierigen Blick zu, bevor er sich wieder seinen Kringeln im Schnee widmet.

Ich versuche, meine Gedanken zu ordnen. Mir fällt keine gute Erklärung ein. »Ich will euch nicht stören!«

»Würdest du nicht. Ich hatte schon oft befreundete Personen da. Meine Väter freuen sich über jede Person, die dazukommt. Am liebsten würden sie die ganze Stadt einladen.«

»Aber …«

»Überleg es dir«, sagt Luca und duckt sich, um einem Schneeball auszuweichen, der mich direkt im Gesicht trifft.

»Hey! Das ist nicht fair!«, rufe ich noch, doch Luca ist schon mit einem Grinsen und einem Schneeball in jeder Hand losgerannt, um Leslie zu erwischen, die ich gerade noch hinter einem Baum verschwinden sehe.

Lucas Vorschlag nagt mehr an mir, als ich es zugeben will. Weihnachten nicht allein zu verbringen – es mit Leuten zu

318

verbringen, die mich eingeladen haben … Es klingt gut. Zu gut. Dass ich nicht zu meinen Eltern gehen werde, das war mir eigentlich schon vor dem letzten Besuch klar, dieser hat mich nur noch mehr in meiner Entscheidung bestätigt.

Aber ich will Lucas Familie nicht stören. Es ist eine Sache, Leute einzuladen, die Luca vielleicht schon seit der Schulzeit kennt. Leute, die vielleicht auch schon seine Eltern kannten, bevor sie willkürlich zu irgendwelchen Familienfeiern aufgetaucht sind. Leute, die nicht wildfremd sind.

Weihnachten ist nun mal das Fest der Familie, und das wird sich auch nicht so schnell ändern. Luca, Leslie, Cara, Mio. Sie alle feiern mit ihren Familien, mit Eltern und Großeltern, Geschwistern und all ihren Liebsten. Ich bin selbst schuld, dass ich mich dagegen entschieden habe, zu meinen Eltern zu fahren. Auch ich könnte mit meiner Familie feiern, wenn ich das wollte.

So sehr ich mich auch über Lucas Einladung gefreut habe – ich gehöre einfach nicht dazu.

Es ist der 23. Dezember, und ich habe noch immer kein Geschenk für Mio. Für alle anderen habe ich mittlerweile etwas gefunden, nur Mios Geschenk hält mich auf. Nach und nach klappere ich alle Läden in der Stadt ab, doch ich will einfach nichts finden, was mir als Geschenk für Mio passend erscheint.

Vielleicht mache ich mir zu viele Gedanken. Wir haben nie über Geschenke gesprochen – es könnte gut sein, dass die anderen überhaupt nichts besorgt haben. Und doch will ich nicht mit leeren Händen dastehen und auch nicht mit einem Geschenk, das weniger als perfekt ist.

Ich habe schon fast aufgegeben, als mir ein kleines Schild ins Auge fällt. Ich halte an, laufe zwei Schritte rückwärts. Das Schild hängt in einer kleinen Seitengasse, einfach zu übersehen. Es ist mit einer Lichterkette und so viel dunkelgrünem Lametta geschmückt, dass ich den Namen des Ladens nicht entziffern kann. Beim Näherkommen erkenne ich, dass das komplette Schaufenster mit dem kitschigsten

Weihnachtsschmuck dekoriert ist, den ich je gesehen habe. Rot-weiße Zuckerstangen, bunte Kugeln, silbern glitzernder Schnee und goldene Sternchen, knallgrüne Tannenbäume und Geschenke in allen Farben des Regenbogens. Zwischendrin tollen Rentiere umher, und ein paar strahlende Engel hängen von der Decke. Der Laden ist perfekt.

Ich trete durch die Tür, die mein Kommen mit einem leisen Klingeln ankündigt.

Der Duft von Lebkuchen empfängt mich. Innendrin ist der Laden kein bisschen weniger zugestellt als im Schaufenster. Überall stehen bunt zusammengewürfelte Regale, manche davon schief und krumm. Stabil sieht anders aus. Aber es wirkt heimelig hier, warm und freundlich. Ich lasse meinen Blick durch den Laden schweifen, von dem Regal ganz rechts, das sich mir entgegenbeugt, als habe es einen Buckel, über die Lichterketten und den Weihnachtsbaum in der Mitte des Raums zu einem Globus, der links von mir von der Decke hängt.

»Hallo. Kann ich dir helfen?«

Ich zucke zusammen – vor lauter Staunen über den Laden habe ich den alten Mann gar nicht bemerkt, der hinter dem Tresen steht.

»Ähm.« Ich lasse meinen Blick ein weiteres Mal schweifen. »Ich suche nach einem Geschenk für eine befreundete Person. Ihr Laden hat mich irgendwie an die Person erinnert.«

Der Mann schenkt mir ein warmes Lächeln. »Da bist du aber früh dran, was?«

Ich reibe mir den Hinterkopf und zucke mit den Schultern.

»Schau dich gerne um – ich bin mir sicher, du wirst etwas finden.«

Mit einem Nicken wende ich mich ab und lasse den Blick ein weiteres Mal streifen. Selbst bei genauerem Hinsehen fällt es mir schwer, zu beschreiben, was hier eigentlich verkauft wird. Es scheint viele verschiedene Holzarbeiten zu geben, doch zwischendrin erkenne ich auch Spiele, Bücher, Dekoartikel und vieles mehr. Ich weiß gar nicht, wo ich mich zuerst umschauen soll, bis mein Blick an einem Regal im hintersten Teil des Raums hängenbleibt.

Langsam nähere ich mich, und je deutlicher ich sehe, was meine Aufmerksamkeit auf sich gezogen hat, desto schneller schlägt mein Herz. Es ist ein kleiner Spielzeugzug, kaum größer als meine Handfläche. Er sieht aus, als bestünde er aus purem Gold, bei genauerem Hinschauen erkenne ich allerdings, dass er aus Holz geschnitzt ist. Aus jedem der Fenster schaut ein anderes kleines Tier hinaus. Wären sie nicht so klein, würde ich fast erwarten, dass sie mir entgegenspringen, so realistisch wirken sie. Vorne aus der Lok kommt Rauch, und selbst dieser sieht erstaunlich lebensecht aus. Fluffig und weich. Er leuchtet von innen heraus, verstrahlt ein sanftes Licht.

Ich weiß nicht, ob Mio sich überhaupt daran erinnert, mich vom Zug abgeholt zu haben – oder ob Mio sich bewusst ist, wie viel es mir bedeutet hat. Doch selbst wenn nicht – dieser Zug, halb kitschig, halb elegant, passt perfekt in Mios Zimmer voller Sammlerstücke, voller kleiner bunter Lichter und Kuscheltiere. Ohne auch nur auf den Preis zu achten, treffe ich meine Entscheidung.

Heiligabend kommt ohne viel Fanfaren. Mio, Leslie und Cara sind gestern Abend noch zu ihren Eltern gefahren, und Luca muss seiner Familie heute den ganzen Tag lang bei den Vorbereitungen helfen. Ich bin nicht enttäuscht. Warum sollte ich enttäuscht sein?

Ich habe mich auf einen gemütlichen – einsamen – Abend mit vielen Filmen – bloß keine Weihnachtsfilme! – und einer Menge Nachos mit Guacamole eingestellt. Den Rest des Tages verbringe ich auf ähnliche Art und Weise – in meinem Bett, mit Plätzchen und einem Stapel Kinderbücher aus der Bücherei.

Es klingelt an der Tür, gerade als ich meinen ersten Film für den Abend starten will. Ich bin kurz davor, sie einfach zu ignorieren. Wer auch immer sich in der Adresse geirrt hat, wird schon früher oder später mitkriegen, dass ich nicht das gesuchte Familienmitglied bin. Doch dann beginnt das Sturmklingeln, und ich verstehe kein Wort von meinem Film mehr. Grummelnd richte ich mich auf und schleppe mich zur Wohnungstür.

»Es tut mir leid, Sie müssen sich in der Adresse geirrt …« Ich halte inne. Vor mir steht Mio, in Lucas knallgrünem Weihnachtspulli und mit pinkem Lametta im Haar. Diesmal sind es sogar drei Lichterketten, die Mio sich um die Schultern geschlungen hat. »Was machst du denn hier?!«

»Bessere Frage: Wieso hast du Trauerklamotten an?« Mio drängelt sich an mir vorbei in meine Wohnung.

Ich schaue an mir herunter. Eine schwarze, abgetragene Jogginghose und ein blassgelber Hoodie starren zurück.

»Das ist mein Feiertagsoutfit!«, entrüste ich mich. »Beleidige nicht mein Feiertagsoutfit!«

»Zum Glück habe ich mitgedacht«, sagt Mio und drückt mir einen Pulli in die Hand. Es ist das Pendant zu Mios Rentierpulli, der überladene Schlitten. »Du hast zehn Minuten, bevor deine Gäste kommen. Los, zieh dich um, bevor du dich komplett blamierst!«

»Gäste?« Die Fragezeichen müssen mir ins Gesicht geschrieben sein, doch Mio zwinkert mir zu und begibt sich mit einer großen Tasche in Richtung Küche.

»Umziehen!«, ist Mios einziger Kommentar.

Als ich kurz darauf mit dem Weihnachtspulli und einer etwas weniger abgetragenen Jogginghose aus meinem Zimmer komme, empfangen mich Stimmengewirr und ein wundersamer Duft. Zögerlich betrete ich die Küche.

»Hey, der Star des Tages!«, empfängt Mio mich, umarmt mich und legt mir eine der drei Lichterketten um. Mir bleibt die Stimme weg.

In den zehn Minuten, in denen ich in meinem Zimmer war, hat Mio es nicht nur geschafft, Cara, Leslie und Luca einzuschleusen, die gerade den Tisch decken, sondern auch Essen auf den Herd gestellt, einen Plätzchenteller angerichtet, und die ganze Küche mit Weihnachtskrimskrams verziert. Ich fühle mich, als wäre ich im Winterwunderland gelandet, als ich den Kunstschnee auf der Fensterbank entdecke, auf dem kleine Figürchen Ski fahren. Mein

Blick schweift weiter durch die Küche, und ich entdecke einen Miniatur-Weihnachtsbaum, kaum größer als mein Unterarm, unter dem sich Geschenke stapeln. Luca trägt einen Haarreif mit Rentier-Hörnern, Leslie hat sich Weihnachtsbaumkugeln als Ohrringe genommen, und Cara grinst mich unter ihrer Weihnachtsmann-Mütze hervor an.

»Deine Geschenke fehlen noch.« Sie deutet auf den Weihnachtsbaum.

»Ich … was macht ihr hier?«, bringe ich mit stockender Stimme hervor.

»Weihnachten feiern.« Mio nimmt mich am Arm und zieht mich weiter in die Küche hinein. »Ich hoffe, du magst vegetarisches Gulasch. Ist eine Tradition meiner Familie. An Heiligabend gibt es immer Gulasch vor der Bescherung.«

Ich schüttle den Kopf, noch nicht ganz sicher, dass ich nicht träume. »Aber … Was macht ihr hier? Es ist Heiligabend. Solltet ihr nicht bei eurer Familie sein?«

»Sind wir doch«, sagt Mio bestimmt und drückt mich auf einen Stuhl.

»Wir konnten dich ja schlecht allein feiern lassen«, übernimmt Leslie, während Mio die Küche verlässt. Vermutlich, um meine Geschenke zu holen.

»Unter meinem Schreibtisch«, murmle ich, noch immer leicht benommen.

Luca erklärt weiter. »Wir feiern morgen bei unseren Familien. Sie haben alle verstanden, dass wir heute etwas Wichtigeres zu tun haben.«

»Aber …«

»Kein Aber. Wir sind Freunde, und Freundschaft ist einfach nur ein Tarnbegriff für Familie, die man sich aussucht.«

Sprachlos starre ich Luca an. In dem Moment kommt Mio zurück, meine Geschenke im Arm.

»Geschenkeeeeee!«

Lachend schüttelt Cara den Kopf. »Erst essen. Hast du das nicht selbst gerade gesagt?«

Mio zieht einen Schmollmund. »Aber es ist ein Geschenk für mich dabei!«

Vorsichtig nimmt Cara meine Geschenke und platziert sie neben den anderen unter dem kleinen Baum. »Na komm schon, du Kleinkind. So lange kannst du dich auch noch gedulden.«

Murrend gibt Mio nach.

Ich habe noch nie ein besseres Gulasch gegessen. Kurze Zeit später sitzen wir alle völlig vollgefressen auf meinem Bett, der Plätzchenteller zwischen uns. Langsam hebt Luca ein Plätzchen hoch. »Ich versteigere ... eine Sternschnuppe!«

Kollektives Stöhnen antwortet ihm.

»Wenn ich auch nur einen Keks mehr esse, platze ich«, sagt Leslie und wir stimmen ihr alle zu. Zwei Sekunden später greift sie nach dem Plätzchen, das Luca noch immer in die Luft hält, und steckt es sich in den Mund. »Worth it«, nuschelt sie.

Mio fängt meinen Blick ein und wir grinsen uns an. Ich liege mit dem Kopf in Mios Schoß, Mios Finger in meinen Haaren. Der Spielzeugzug thront auf meinem Schreibtisch, die Lok mit einer Lamettakrone geschmückt. Mio hat sie eigens geflochten, direkt nachdem Mio das Geschenk ausgepackt hatte.

»Und, findest du es auch ›worth it‹?«, flüstert Mio mir zu, so leise, dass die anderen es über ihr Geplänkel unmöglich hören können.

Mein Grinsen wird zu einem vollen Lächeln und ich nicke. »Sowas von.«

Und diesmal fühlt es sich noch nicht einmal an wie eine Lüge. In diesem Moment gibt es keinen Ort auf der Welt, an dem ich lieber wäre.

Von Kardamomknöpfen und brennenden Statuen

Ursina Laura

Nàdi hätte nie damit gerechnet, jemals in seinem Leben wieder zu spät zu sein. Nun rannte er laut fluchend von Zimmer zu Zimmer und stopfte alles, was er brauchte, unsortiert in seinen Rucksack.

»Bei den Göttern, wird's bald?«, schallte Ennas Stimme durch die Wohnung.

»Hetz mich nicht«, brüllte Nàdi zurück. Er konnte sich nicht zwischen zwei Schals entscheiden, also packte er beide ein und eilte zur Tür. Dort riss er einen Mantel von der Garderobe, ließ das Smartphone in dessen Innentasche gleiten und stolperte mehr in seine Stiefel hinein, als dass er sie anzog.

Enna lachte. »Dass wir den Tag mal erleben, an dem du als Letzter fertig bist. Und ausgerechnet an unserem Picknick! Wenn's so weitergeht, verpassen wir noch den Sonnenuntergang.«

Nàdi warf ihr einen finsteren Blick zu. Es war noch nicht einmal 14 Uhr. Während er sich an ihr vorbeiquetschte, zerrte er seine Mütze über die Ohren.

»Bloß kein Stress, es brennt nichts. Und wer wartet nun auf wen?« Frech grinste er seine Freundin an, als er rückwärts die Wohnung verließ.

»Idiot.« Enna erwiderte das Grinsen und zog die Tür hinter sich zu. Darauf prangten die vertrauten Runen in blass glimmendem Blau, zum Schutz vor Kälte und Dunkelheit.

»Noch bist du nicht vor mir draußen.«

Sie versuchte, sich an Nàdi vorbeizudrängen, doch dieser hatte andere Pläne. So schnell er konnte, sprintete er die Treppe hinunter und wollte das Gebäude als Erster verlassen. Enna setzte hinterher. Lachend strauchelten sie gemeinsam nach draußen, wo leichter Schneefall und eine strahlende Nachmittagssonne sie begrüßten. Mit gezückter Sonnenbrille griff Enna nach Nàdis Hand und zog ihn über die Straße. Eilig stiefelten die beiden durch das verwinkelte Stadtviertel, das Nàdi seine Heimat nannte, vorbei an kleinen Gärten und farbenverzierten Schindelhäusern, und folgten den Fußspuren im Schnee.

Als sie den Stadtrand erreichten, schlich sich ein freudiges Lächeln auf Nàdis Gesicht. Häuser und Gärten wichen einer großen, verschneiten Wiese. Darauf war der alljährliche Wintermarkt errichtet worden, dessen Anblick Nàdi mit kindlicher Aufregung erfüllte. Überdachte Holzstände bildeten einen lockeren Kreis, in dessen Mitte Stühle und Tische aufgestellt und bereits dicht gefüllt waren. Leute wuselten zwischen den Ständen umher und ihr Stimmengewirr wurde vom Duft nach gerösteten Mandeln, gebratenem Fisch und geschmortem Gemüse untermalt. Im Zentrum des Kreises prasselten Lagerfeuer. Hinter dem Markt erstreckten sich die Ausläufer des Tals und weiß gepuderte Wälder. Darüber erhob sich der Hohe Berg. Direkt aus seiner Spitze entsprang das Nordlicht, welches bei Nachteinbruch den Himmel zum Leuchten brachte. Darauf freute sich Nàdi besonders. Schließlich hatte er dieses Jahr zum zweiten Mal mitgeholfen, das Nordlicht zu entfachen.

Enna und er fügten sich in den lockeren Strom an Personen ein und ließen sich um die Stände treiben. Traditionsgerecht tanzten Irrlichter in weniger traditionellen Einmachgläsern umher, welche von den Decken der Stände baumelten und nebst rötlichem Licht Wärme verströmten. Die angebotenen Waren reichten von Holzschnitzereien über Honig und robuste Kerzen zu getrockneten, exotischen Früchten.

»Szechuanpfeffer, Sternanis, Ingwerpulver« wurden enthusiastisch ausgerufen.

Eine Hand streckte Nàdi ein Schälchen dunkler Körner entgegen. Der stechend würzige Geruch kitzelte in seiner Nase und er musste augenblicklich niesen.

»Na, danke, direkt auf alles drauf«, kommentierte eine heisere Stimme.

Energisch wischte Nàdi sich die Nase ab. »Hättest das Ding ja nicht direkt in mein Gesicht stopfen müssen«, beschwerte er sich.

Der junge Mann, der ihn unter buschigen Augenbrauen hervor anfunkelte, war breit gebaut und überragte

Nàdi um mindestens einen Kopf. Nun beugte er sich tief über den Stand.

»Hättest dir keine Geschmacksverirrung zutun können.«

Er klang, als würde er mehr rauchen, als ihm guttat. Die beiden starrten sich einen Moment schweigend an, bevor Enna sich einmischte.

»Die Geschmacksverirrung ist doch ganz praktisch«, meinte sie leichthin, »ansonsten hättet ihr beide keine Freunde.«

Der Mann lachte bellend auf. »Wohl wahr.«

Mit langen Schritten umrundete er den Tisch und streckte seine Arme aus. Nàdi und Enna umarmten ihn stürmisch.

»Lange nicht gesehen, Oskar«, begrüßte Nàdi seinen Freund. »Wie geht's dir?«

»Bestens«, erwiderte Oskar. Er legte eine Hand auf Nàdis Schulter und wuschelte mit der anderen durch Ennas hellblonde Haare. Daraufhin erntete er einen Faustschlag gegen den Bauch. Enna grinste von einem Ohr zum anderen.

»Mama, Papa, ich geh dann mal«, rief Oskar über die Schulter zurück.

Nàdi konnte Oskars Eltern gerade noch entschuldigend zuwinken, da wurde er bereits von den anderen beiden weitergezogen. Während Enna und Oskar kurz darauf in ein Streitgespräch über dessen neuen Kurzhaarschnitt fielen, trottete Nàdi schweigend hinter ihnen her und ließ seinen Blick über die Stände schweifen. Um die meisten Tische tummelten sich etliche Leute, die quatschten, die Ware bewunderten und miteinander anstießen. Trotz der lebhaften Schar herrschte eine angenehme Ruhe. Das mochte Nàdi am liebsten: die Entschleunigung.

Selig lächelnd wandte er sich dem nächsten Stand zu. Eine Wolke würzig-süßen Dufts lullte ihn ein und ließ ihm das Wasser im Mund zusammenlaufen. Mit großen Augen betrachtete er die ausgestellten Kardamomknöpfe, die hier verkauft wurden. Nàdi suchte eifrig die Beschriftungen ab, bis er eine Version des Hefegebäcks mit extra viel Hagelzucker fand. Im Nu war sein Geldbeutel gezückt.

»Ganze drei Stück?«, fragte eine raue Stimme hinter ihm, als er seinen Einkauf entgegennahm – selbst auf der

330

Tüte waren Runen aufgedruckt, diejenigen für Wärme und Freude.

Verwundert drehte Nàdi sich um. Ihm gegenüber stand eine alte Frau, die ergrauten Haare, traditionell zu zwei Zöpfen geflochten, standen in starkem Kontrast zu ihrer gebräunten Haut. Um ihre Augen zogen sich Lachfalten.

»Guten Abend, Nàdi.« Die Fältchen vertieften sich.

»Hallo, Rùcha.« Nàdi erwiderte das herzliche Lächeln der Dorfältesten – ein Titel aus der Zeit, als die Stadt tatsächlich noch ein Dorf gewesen war – und hob die Tüte voller Kardamomknöpfe hoch. »Die sind für Skrela. Vielleicht muntern die sie auf.«

Sorge überschattete Rùchas freundlichen Gesichtsausdruck. »Geht es deiner Schwester immer noch nicht besser?«

Kopfschüttelnd antwortete Nàdi: »Sie hat heute noch nicht ihr Zimmer verlassen.«

Die alte Frau nickte, als hätte sie etwas verstanden, das Nàdi in seinem jungen Alter noch nicht begreifen konnte.

»Ich werde nach ihr sehen«, schlug sie vor. »Warum gibst du mir das Süßgebäck nicht mit? Ich werde einen Kräutertee zubereiten und Skrela einen Besuch abstatten.«

Dankbar drückte Nàdi ihr die Tüte in die Hand. »Das ist lieb von dir, sie wird sich bestimmt freuen.«

»Sie wird sich über die Kardamomknöpfe freuen«, versicherte Rùcha ihm tröstlich.

»Wo warst du denn? Wir haben dich überall gesucht«, beschwerte Enna sich.

Mit gerunzelter Stirn warf Nàdi einen Blick auf ihren halb leer getrunkenen Becher Glühmet. »Sicher?«

Enna grinste, während Oskar sie korrigierte: »Nein, haben wir nicht. Wir haben Essen besorgt. Was möchtest du trinken?«

Beladen mit zwei Thermoskannen voller Punsch – sie hatten sich nicht zwischen Apfel-Rum und Orange-Zimt entscheiden können – verließen die drei den Markt in Richtung Stadtzentrum. Der Schneefall hatte nachgelassen und die Sonne stand bereits tief genug, damit vereinzelte Wolken in ihrem Schein golden glühten. Erste grüne Streifen Nordlicht zogen über den Himmel. Unter seinen Schuhen knirschte der Schnee, rot-gelb glitzernd im warmen Licht der Sonne und blau-lila im Schatten der Häuser. Nàdi liebte diesen Aspekt des Winters, genauso wie er die eisig klare Luft und das Funkeln der schneebedeckten Wälder liebte. Er atmete durch den Mund aus und beobachtete den dabei entstehenden Dampfschwaden, der in Kringeln zum Himmel aufstieg. Mit einem Lächeln auf den Lippen folgte er seinen Freunden in eine schmale Gasse und quetschte sich in den Schatten zwischen den hohen Gebäuden. Die Wände rückten mit jedem zurückgelegten Schritt dichter zusammen. Bald schon drehte Oskar sich fluchend seitlich. Enna lachte laut auf, das Geräusch hallte von den Mauern wider. Sie ließ einen Kommentar zu breiten Schultern fallen, was Oskar noch mehr zum Fluchen brachte. Nàdi verdrehte die Augen bei dem neckischen Verhalten der zwei, konnte jedoch nicht verhindern, dass sich ein dümmliches Lächeln auf seinem Gesicht ausbreitete. Natürlich konnte er sich nicht verkneifen, ebenfalls seinen Senf dazuzugeben.

»Hast du nicht einmal gesagt, Krafttraining erleichtere dir den Alltag?«

Enna lachte.

»Wenn ich nicht so viele Muskeln hätte, würde ich mich jetzt umdrehen und dir eine klatschen«, grunzte Oskar, doch Nàdi hörte das Grinsen aus seinem Tonfall heraus.

Unter einem tiefen Durchgang hindurch bogen sie in einen Hinterhof ab. In der Mitte des Platzes wuchs ein einzelner Baum – möglicherweise eine Hochesche –, ansonsten dominierten aber Stein und Metall. Da die Gebäude hoch hinaufragten, bekam der Platz vermutlich zu wenig Sonnenlicht ab, als dass irgendetwas anderes hier wachsen könnte. Jetzt lagen tiefe Schatten über dem Hof. Die nackten, schneebedeckten Äste strebten trostlos zum violett-grünen Himmel. Dieses Stück Himmel galt es auch für Nàdi und seine Freunde zu erreichen.

Sie staksten durch den matschigen Schnee zu einer der Türen, die vom Hof in die angrenzenden Gebäude führten. Oskar, der vornweg ging, rüttelte an der Türklinke, doch nichts geschah.

»Ziehen«, schlug Nàdi vor, »nicht drücken.«

»Mach ich doch«, gab Oskar zurück.

»Soll ich ernsthaft meine Dietriche auspacken?« Übertrieben genervt betrachtete Enna ihre Fingernägel.

Oskar verdrehte die Augen, startete einen neuen Versuch und diesmal klappte es. Mit einem siegessicheren Auflachen hielt er Nàdi und Enna – beide klatschten übertrieben begeistert – die Tür auf. Gemeinsam tauchten sie in die Dunkelheit des Gebäudes. Aus einer Innentasche seines Mantels holte Nàdi sein Smartphone hervor und ließ den gleißenden Lichtstrahl der Taschenlampe durch den Flur vor ihnen wandern. Kalte weiße Wände komplettierten den Boden, der mit einer Art Laminat in einem grässlichen Grau überzogen war. Von der tiefen Decke baumelten nackte Neonröhren – die grässlich moderne Version der Beleuchtung – und zweiflügelige Türen aus Metall führten in angrenzende Räume. An der linken Wand hing ein Feuerlöscher.

»In einem Horrorfilm würden wir hier alle sterben«, kommentierte Nàdi die Szenerie.

Oskar lachte. »Wir können uns ja aufteilen.«

»Bitte nicht«, erwiderte Nàdi und griff nach Ennas Handgelenk.

Fürsorglich tätschelte sie seine Schulter.

»Kommt«, meinte sie. »Hier entlang.«

Arm in Arm schritten Nàdi und Enna den Flur entlang und verteilten Schneematsch auf dem sterilen Laminat. Nàdi war froh, nicht allein durch das unheimliche Gebäude schleichen zu müssen. Seine Freunde schienen sein Unwohlsein zu bemerken und gemeinsam eilten sie voran. Keuchend erklommen sie eine endlose Treppe und Nàdi schwitzte nach kurzer Zeit bereits dermaßen, dass er seinen Mantel ausziehen musste. »Egal wie fit ich bin, Treppen sind asozial.«

Er hielt kurz an, um zu verschnaufen. Auch Enna und Oskar japsten nach Luft.

»Wie viele Stockwerke müssen wir hoch?«, fragte Oskar, seine Stimme noch kratziger als gewöhnlich.

Enna verzog das Gesicht. »Zu viele.«

»Gibt's hier keinen Aufzug oder was?«

»Ohne mich«, meinte Nàdi und hob abwehrend die Hände.

»Jup, auf den können wir echt verzichten, den finde selbst ich unheimlich«, pflichtete Enna ihm bei.

»Außerdem«, fuhr Nàdi mit wackelnden Augenbrauen an Oskar gewandt hinzu, »bist du doch ein Sportskerl.«

Grinsend zwinkerten Enna und Nàdi sich zu.

»Ach, leckt mich doch.« Meckernd kämpfte Oskar sich weiter.

Nach einer gefühlten Ewigkeit mündete die Treppe endlich in einen letzten trostlosen Flur. Nàdi leuchtete alles mit der Smartphone-Taschenlampe aus, konnte aber abgesehen von kaputten Feenlichtern nichts Spannendes entdecken. Schulterzuckend übergab er die Lichtquelle an Enna, damit er den Mantel von einem Arm auf den anderen verlagern konnte. Sie übernahm direkt erneut die Führung.

»Kannst du uns nicht einen Moment Pause gönnen?«, motzte Oskar und stützte seinen Ellenbogen auf Nàdis Schulter ab. »Ich kann nicht mehr.«

»Ach, komm schon. Sonst verpassen wir den Sonnenuntergang«, erwiderte Enna leichtfertig.

Mit finsterem Blick richtete Oskar sich auf. »Wehe, die Aussicht lohnt sich nicht.«

»Naa, die ist super.«

»Wie bist du eigentlich darauf gekommen?«, fragte Nàdi. »Bist du auf alle sechs Hochhäuser der Stadt geklettert?«

Enna grinste, ihre Augen funkelten schalkhaft. »Nein«, antwortete sie. »Deine Schwester hat mir diesen Ort vorgeschlagen.«

»Skrela?« Entgeistert starrte Nàdi sie an. »Sie redet mit dir?«

»Selten.« Enna zuckte mit ihren Schultern. »Da wären wir.«

Schwungvoll stieß sie eine Tür auf. Das Schild, auf dem in fetten roten Buchstaben »Betreten verboten« stand, ignorierte sie gekonnt. Nàdi zögerte. Angestupst von Oskar, trat er aufs Dach hinaus. Frische Luft schlug ihm entgegen. Sogleich wickelte er sich in seinen Mantel. Obwohl sie so viele Stockwerke hochgekrochen waren, befanden sie sich noch nicht an höchster Stelle. Daher stiefelten sie schnurstracks auf eine Metallleiter zu, die zwischen zwei Lüftungsschächten an der Außenmauer klebte. Enna begann den Aufstieg. Mit pochendem Herzen kletterte Nàdi ihr hinterher nach oben. Er hatte bereits Gefährlicheres gemacht, als eine ungesicherte Leiter an einem Hochhaus zu erklimmen, dennoch kribbelte sein Körper vor Aufregung. Schließlich schwang Nàdi sich über die letzte Sprosse, machte mit wackeligen Beinen ein, zwei Schritte von der Gebäudekante weg und hob den Blick. Die Aussicht raubte ihm den Atem.

Sie befanden sich an einem der höchsten Punkte der Stadt, höher als die Turmspitze der alten Stabkirche. Ein Netz aus Straßen und Gassen zog sich unter ihnen zwischen den Gebäuden hindurch und die Leute am Markt waren zu einer Menge kleiner Punkte geschrumpft. Der Wind, der die Geräusche der Stadt bis hoch hinauf trug, trieb Nàdi Tränen in die Augen. Über ihnen hatte der Himmel sich eine unbeschreibliche Farbenpracht angetan. Nordlicht, dessen sanftes Leuchten zwischen den goldenen Wolken hindurchströmte, verschmolz mit dem tiefen Blau der einbrechenden Nacht. Im Westen hing eine feuerrote Sonne tief über dem Horizont.

»O wow, heftig«, entschlüpfte es Nàdi, bevor ihm bessere Worte zur Szenerie einfallen konnten.

»Ja, echt!«, pflichtete Oskar ihm ebenso geistreich bei. »Gibt's jetzt was zu essen?«

Enna verdrehte die Augen. Ihre Nase und Wangen waren stark gerötet und Nàdi erinnerte sich daran, dass er glücklicherweise zwei Schals eingepackt hatte. Schleunigst verteilte er sie an seine Freunde – Oskar bedankte sich mit einem dicken Schmatzer – und holte nebst der

Verpflegung auch die Picknick- und eine Kuscheldecke aus seinem Rucksack.

»Oha, du hast ja an alles gedacht«, meinte Enna beeindruckt. Sie ließ sich im Schneidersitz auf der Picknickdecke nieder und schenkte Punsch aus.

»Haut rein.«

Während Nàdi seine Momos in scharfer Soße ertränkte, berichtete Oskar von der Reise mit seinen Eltern in den fernen Osten, wo sie neue Gewürze für ihren Laden aufgetrieben hatten. Während Nàdi von den fremdländischen Kulturen fasziniert war, wollte Enna alles über mögliche zukünftige Feriendestinationen und sichere Reisewege hören. Die Zeit verging wie im Flug, und bald schon verschwand das letzte schwache Glühen der Sonne. Das Licht der Stadt strahlte hell gegen die Nacht. Als Oskar keine Lust mehr hatte zu erzählen, da er nicht genügend zum Essen kam, stellte er stattdessen Fragen an Nàdi. Dieser hatte dieses Jahr zum zweiten Mal in Folge bei der Entfachung der Nordlichter mitgeholfen. Leider war alles problemlos verlaufen, sodass er nichts Interessantes zu berichten hatte.

»Ach was, die Aufgabe an sich ist doch schon spannend.« Enna nickte ihm anerkennend zu. »Ich meine, du wanderst den halben Tag über eine Schneeeinöde, pflückst eine seltene Blume und bringst diese auf den Hohen Berg. Und das alles ganz alleine.«

Ob Sarkasmus in ihrer Stimme mitschwang, vermochte Nàdi nicht zu sagen.

»Das ist ein ehrenhaftes Amt, das ich da vollbringe«, zitierte er die Dorfältesten, die ihm diesen Auftrag übergeben hatten. »Damit leiste ich den Göttern und dem Dorf einen wichtigen Dienst – oder sowas in die Richtung.«

»Prost«, meinte Oskar und schlürfte aus einem der dampfenden Punschbecher.

»Apropos Götter«, warf Enna ein, »ich hab da was mitgebracht.«

Aus ihrer Umhängetasche zog sie einen Strohkranz hervor. Verschmitzt lächelnd setzte sie ihn sich auf den Kopf.

»Sagt's nicht den Dorfältesten, aber ich dachte, wir können die Sonnenwende schon früher feiern.«

Nàdi kam nicht umhin, sich ihrem Grinsen anzuschließen. Strohkränze waren nebst dem Entfachen der Nordlichter eine der ältesten Traditionen hier in der Gegend. Bei Dämmerungseinbruch der Wintersonnenwende wanderten alle gemeinsam auf einen nahegelegenen Hügel, ausgestattet mit Kronen aus Stroh. Dort angekommen, reichten die Dorfältesten Kerzen umher, mit deren Flammen die Kränze in Brand gesetzt wurden. Und wer den eigenen Strohkranz am weitesten der aufgehenden Sonne entgegenwerfen konnte, hatte ein ganzes Jahr voller Glück vor sich.

»Klingt super.« Oskars Feuerzeug klickte, als er es entfachte. »Solange du nicht wirfst.«

»He!«, beschwerte Enna sich lautstark. »Ich hab das Ding extra hier hochgetragen. Außerdem wirfst du nicht besser als ich.«

»Dann darf ich«, mischte Nàdi sich ein.

Einen Moment funkelten die drei sich an. Im dunkler werdenden Licht der erlöschenden Straßenlaternen konnte Nàdi die Gesichtsausdrücke seiner Freunde zwar nicht klar erkennen, doch als Enna ihm den Kranz in die Hand drückte, strahlte ihr Lächeln heller als die Sterne am Himmel.

»Na dann, los geht's.« Aufregung schwang in Oskars Stimme mit, als er Nàdi hoch und zur Dachkante zog. Zu dritt bewunderten sie die Farbenpracht der Nordlichter über ihnen. Kindliche Freude sprudelte durch Nàdis Körper, als Oskar den Kranz in seiner Hand anzündete. Mit einer großen Bewegung holte Nàdi aus, schwang einmal um die eigene Achse und warf so weit er konnte. Enna kreischte auf und klatschte begeistert in die Hände, als sich das Feuer vollends entfachte.

Wie eine Sternschnuppe flog der brennende Strohkranz durch die Luft und zog einen Schweif aus Flammen durch die Nacht.

Jubelnd schlossen sich Nàdi und Oskar Ennas Freudenrufen an. Sie hielten sich gegenseitig an den Händen und hüpften euphorisch im Kreis, bevor sie sich umarmten. Nàdi genoss die Nähe und Vertrautheit seiner Freunde. Mit geschlossenen Augen drückte er die beiden an sich und lauschte dem kühlen Wind und seinem eigenen Herzschlag. Er wünschte, die Zeit würde stehen bleiben. Leider hob Oskar den Kopf und löste sich halbwegs aus der Umarmung.

»Ähm, Leute, da brennt was.«

»Der Kranz«, antwortete Enna übertrieben geduldig. »Den haben wir vorhin angezündet, weißt du nicht mehr?«

»Nein. Doch – Ich mein nur, da *brennt* was!«

Er löste sich gänzlich, was Enna und Nàdi dazu veranlasste, sich ebenfalls umzusehen. Und tatsächlich: Zwei Straßen weiter tanzten Licht und Schatten über die Gebäude, was an einer letzten flackernden Laterne liegen konnte. Viel wahrscheinlicher jedoch wurden sie von Flammen verursacht.

»Bitte sagt mir, dass ich den Kranz nicht in diese Richtung geschossen habe.« Nàdi biss sich auf die Unterlippe, sein Körper kribbelte vor unangenehmer Vorahnung.

»Möglich wär's«, sagte Enna.

»Scheiße!«

Schnellstmöglich setzten sie sich in Bewegung.

Außer Atem schlitterte Nàdi um die Kurve und kam rudernd zum Stehen. Auf dem kleinen Platz vor ihm stand eine leere Fahnenstange und ein mit Runen versehener Brunnen. Daneben wuchs eine prächtige Tanne, unter welcher die geschnitzte Statue einer Gottheit aufgestellt und mit geflochtenen, schön drapierten Zweigen geschmückt worden war. Da die Äste des Baumes die Statue überdachten, hatte sich kein Schnee darauf abgesetzt. Nun stand sie in Brand.

»Du hast Frigg angezündet!«, rief Enna. Sie rutschte über die schneenassen Pflastersteine und kam neben Nàdi zum Stillstand.

Laut keuchend betrat Oskar als Letzter den Platz. »Das ist Eir.«

»Das ist Eir«, äffte Enna seinen Kommentar nach. »Ist doch egal, bald ist sie verkohlt!«

»Wenn die Tanne nicht auch noch Feuer fängt.« Oskar zuckte mit den Schultern.

Fluchend löste Nàdi sich aus seiner Starre und raste zum Brunnen. Mit beiden Händen tastete er den Boden ab, doch er fand nur gefrorenen Schneematsch. Das Wasser war über den Winter abgelassen worden. Enna kam dazu und rüttelte am Hahn.

»Ach, Mist! Was machen wir denn jetzt?« Ihre Stimme zitterte.

Nàdi, dessen Hände und Arme zu zittern begannen, sah sich hilfesuchend um. »Vielleicht ist in der Nähe ein Hydrant.«

»Dazu fehlen uns die Werkzeuge«, jammerte Enna. »Oje, wir werden sowas von Probleme bekommen, wenn die Dorfältesten davon Wind bekommen.«

Verzweifelt warf Nàdi einen Blick auf die Statue, die zwar noch nicht lichterloh brannte, aber lange würde es nicht mehr dauern. So nah am Feuer konnte er dessen Hitze auf seinem Gesicht spüren. Von den Zweigen der Tanne lösten sich Tropfen.

»Meint ihr, das Schmelzwasser reicht aus?«, fragte Nàdi unsicher.

»Nein«, schaltete Oskar sich ein, »aber ich hab eine Idee.« Er griff nach der Fahnenstange.

»Wir können die Statue damit umstoßen. Sie brennt dann zwar trotzdem ab, aber in der Mitte des Platzes sollte sie nichts anderes anstecken können.«

»Feuer ist nicht ansteckend«, meinte Enna spitz, ihre Stimme ungewohnt hoch.

Bevor sie und Oskar sich in der aufkommenden Panik zanken konnten, gesellte Nàdi sich zu seinem Freund.

»Gute Idee, ich helfe dir.«

Das Metall war eisig kalt unter seinen Fingern, doch Nàdi ignorierte den Schmerz. Zu zweit hoben sie die Fahnenstange an und näherten sich der Statue. Hitze und Rauch schlugen ihnen entgegen. Umständlich manövrierten Nàdi und Oskar die Stange hinter die Statue, doch sie scheiterten bei dem Versuch, sie umzustoßen.

»Könnt ihr den Baumstamm nicht mitnutzen, um Hebelwirkung aufzubauen?«, rief Enna vom Brunnen her.

»So, dass ihr das eine Ende der Stange gegen den Baum drückt und am anderen Ende zieht?«

»Tolle Beschreibung«, knurrte Oskar, doch Nàdi hatte verstanden.

»Warte.« Er riss Oskar die Stange aus den Händen und quetschte sich an ihm vorbei.

Wenn sie hier herumdiskutierten, würde bald nichts mehr von der Statue zu retten sein. Nàdi drapierte die Fahnenstange zwischen Baum und Statue. Dabei kam er gefährlich nahe an diese heran und betete inständig, dass sein Mantel kein Feuer fangen würde. Oskar kam ihm zu Hilfe und gemeinsam rissen sie an der Stange. Die Statue bewegte sich nicht.

»Was haben die für Holz verwendet?«, knurrte Oskar. »Robinie? Diamantnuss?«

»Nicht reden, nochmal versuchen!«

Nàdi tauchte unter der Stange hindurch, sodass er sein volles Gewicht von der anderen Seite dagegenstemmen konnte. Vor Anstrengung und Hitze rann ihm Schweiß übers Gesicht.

Dann geschah etwas Unerwartetes. Mit voller Wucht klatschte ein Haufen Weiß auf Nàdi hinunter. Der Kälteschock ließ ihn erschrocken nach Luft schnappen und instinktiv ließ er die Stange los. Klirrend fiel sie zu Boden, da auch Oskar sich verdutzt übers Gesicht strich. Seine Schultern und sein Kopf waren schneebesetzt.

»Was ist denn jetzt passiert?«

Nàdi blickte zur Statue, auf welcher der Schnee zischend verdampfte und angesengtes Holz glühend zurückblieb. Verwundert sah Nàdi nach oben, wo sich der Schnee aus den Zweigen gelöst und somit das Feuer gestoppt hatte.

»Ha!«, meinte Nàdi. »So geht's auch.«

Als er den Kopf wieder senkte, entdeckte er eine Gestalt auf der anderen Seite des Platzes. In der plötzlichen Dunkelheit – so ohne das Feuer – war sie zwar gut verborgen gewesen, doch Nàdi würde sie überall erkennen.

Skrela.

Völlig ruhig stand sie da, einen Schneeball in der Hand.

»Oh, hey«, grüßte Enna, die sie ebenfalls erkannt hatte.

Skrela nickte ihr zu.

Dann hob sie den Blick und Nàdi bemerkte zu spät, was sie vorhatte. Gerade rechtzeitig zog er seine Schultern hoch, als sie den Schneeball warf und sich ein zweiter Guss Schnee zwischen den Tannenzweigen löste.

Er und Oskar schüttelten sich, um das kalte Nass loszuwerden. Etwas davon rutschte unter Nàdis Mantelkragen und schmolz ungehindert seinen Rücken hinunter. Darauf hätte er getrost verzichten können.

»Danke dafür.« Oskars Stimme triefte vor Sarkasmus, als er seine Schultern abwischte.

Skrela, die über den Platz auf sie zukam, sah ihn ausdruckslos an. »Gern geschehen.«

»Wirst du das den Dorfältesten erzählen?«, fragte Enna zögerlich.

»Nein«, entschied Skrela. »Solange ihr mir nicht sagt, was genau ihr angerichtet habt, weiß ich von nichts.«

»Danke, wirklich«, sagte Nàdi und meinte es auch so. Er ging auf seine große Schwester zu und umarmte sie.

Steif erwiderte sie die Geste.

»Wie geht es dir?«

Auf seine Frage hin zuckte sie bloß mit den Achseln. Ihre Augen, ihr Gesicht, alles an ihr war leer, wie betäubt. Nàdi presste die Lippen zu einem dünnen Strich zusammen.

»Was machst du hier?«

»Ich konnte nicht schlafen«, meinte sie matt. »Also ging ich auf den Markt, weil ich Lust auf weitere Kardamomknöpfe hatte. Aber da ist alles zu.«

»Es ist …« Oskar warf einen Blick auf seine Fitnessuhr. »… halb elf Uhr abends vor der Sonnenwende. Was hast du erwartet?«

»Kardamomknöpfe«, antwortete Skrela matt. »Stattdessen habe ich was Brennendes durch die Luft fliegen sehen.«

»Hm, ja, das haben wir auch gesehen. Keine Ahnung, wo das herkam.« Nàdi lächelte seiner Schwester unschuldig zu, während Enna und Oskar breit grinsten.

»Auf Süßgebäck hätte ich auch gerade Lust. Bei mir zuhause gibt's Kekse, falls ihr möchtet«, schlug Enna vor.

»Gute Idee!« Nàdi hakte sich bei ihr unter. »Dann können wir uns noch überlegen, wie wir morgen die verkohlte Statue erklären.«

Oskar legte ihm und einer missbilligend dreinblickenden Skrela den Arm um die Schulter.

»Und ob wir überhaupt etwas dazu zu sagen haben«, fügte er hinzu.

Zu viert machten sie sich auf und davon in die Nacht.

Filmtipps für die Weihnachtszeit

Maria Jimenez

- Schöne Bescherung
- Der Grinch
- Die Familie Stone - Verloben verboten!
- Kevin allein in New York
- Verrückte Weihnachten
- Santa Clause - Eine schöne Bescherung
- Das Wunder von Manhattan
- Mein Schatz, unsere Familie und ich
- Liebe braucht keine Ferien
- Die Weihnachtskarte
- The Holiday Calendar
- Last Christmas
- Noelle
- Der Polarexpress
- Prinzessinnentausch
- Christmas at the Drive-In
- Eine Weihnachtsgeschichte
- Buddy der Weihnachtself

21

Ein Elf zu Weihnachten

Lois M. Heitkamp

»Lori, bist du bald so weit, du wirst erwartet!« Die Stimme meiner Mutter schallte durch das ganze Haus und dröhnte bis in mein Zimmer.

Während zuhause reinster Trubel herrschte, saß ich gedankenverloren vor meinem Fenster und sah den Schneeflocken dabei zu, wie sie zu Boden trudelten. Es war ein Tag vor Weihnachten und als Weihnachtself hatte ich eigentlich noch jede Menge zu tun. Eigentlich. Alles an Weihnachten störte mich. Die stressigen Tage davor, arbeiten bis zum Umfallen und das Schlimmste: Wir wurden nicht einmal dafür bezahlt.

Jeder Weihnachtself sah es als Selbstverständlichkeit, an diesem Feiertag mitzuhelfen. Schließlich wurden wir in unser Elfendasein hineingeboren. Aber worin bestand der Sinn, wenn man sich kurz nach Weihnachten direkt wieder an die Arbeit machen musste?

Der einzige Lichtblick in meinem Leben war mein bester Freund Kaius, ein kanadischer Luchs, den ich kennen gelernt hatte, als ich mich als Kind im Wald verlaufen hatte.

Er steckte seinen Kopf durch die Tür, kam auf mich zu und schmiegte sich an meine Beine.

»Ich komme gleich«, antwortete ich meiner Mutter, nahm mir aber die Zeit, Kaius ausgiebig im Nacken zu kraulen. Wie erwartet, rollte er sich auf den Rücken und bot mir seinen flauschigen Bauch an, eine stille Aufforderung, ihn dort zu streicheln. Als ich dem nachkam, schnurrte er laut, was mich direkt lächeln ließ.

»Lorillis Haselmaus, komm sofort aus deinem Zimmer und gehe deinen Pflichten nach.« Ich horchte auf. Mein Vater war der strengste Elf, den ich kannte, und dass er mich mit meinem vollen Namen rief, konnte nur eins bedeuten – er war stinksauer.

Ich verdrehte die Augen, bevor ich aus dem Zimmer ging und die hölzerne Wendeltreppe nach unten in die Küche stieg.

Meine Mutter stand am Herd und rührte in einem Topf. Der gesamte Raum roch himmlisch nach Schokolade und Zimt und je näher ich kam, desto intensiver wurde das Aroma. Doch bevor ich meine Nase in den Topf stecken konnte, schlang sich ein Arm um meine Taille und zog mich zurück.

»Darf ich fragen, warum du in den letzten Tagen deinen Pflichten nicht nachgekommen bist?« Die Augen meines Vaters funkelten vor Wut.

»Kaius war langweilig und brauchte Gesellschaft.« Länger hielt ich dem Blick meines Vaters nicht stand. Betreten starrte ich auf meine Fußspitzen.

»Das Katzenvieh ist ein Einzelgänger. Er braucht dich nicht. Und du wärst besser dran, wenn du dich nicht mit ihm abgeben würdest.« Sein Blick wanderte von meiner blau-weißen Zipfelmütze bis zu meinen Schuhen.

Er hatte den Mund bereits geöffnet, um erneut etwas zu sagen, da fiel ihm meine Mutter ins Wort. »Ivan, du weißt, dass weder Lori noch Kaius es tolerieren, wenn du ihn ›Katzenvieh‹ nennst.«

Mein Vater achtete nicht auf den Einwand meiner Mutter und wandte sich wieder mir zu. »Und was hast du da eigentlich an? Deine Uniform hat Löcher und du trägst nicht einmal passende Schuhe und die richtige Mütze dazu. Bis morgen muss sich dein Aufzug ändern.« Um seinen Worten Nachdruck zu verleihen, strich er sich die makellose grüne Uniform glatt und richtete seine rotgrüne Zipfelmütze. Mein Blick fiel auf seinen Anstecker, den er jeden Tag voller Stolz trug und der ihn als direkten Gehilfen des Oberelfen auswies.

»Ich erwarte, dass du heute in der Schule erscheinst, von mir aus auch mit Kaius, wenn er dich dazu bringt, die Schule zu besuchen.« Sein Blick fiel auf ein Klemmbrett in seinem Arm, auf dem er sicherlich eine To-do-Liste festgepinnt hatte. Damit ließ er mich stehen. Die Tür fiel mit einem Poltern ins Schloss und ich atmete erleichtert aus. Mein Vater war weg.

Ich setzte mich zu meiner Schwester Auri an den Tisch und beäugte das Brot, welches für mich bereitgestellt wurde.

Auri hatte das Gespräch zwischen mir und meinem Vater mit großen Augen mitverfolgt. Auch wenn sie Ordnung so sehr liebte wie mein Vater, war sie eine kleine Träumerin, die mir in allem, was ich tat, nacheiferte.

»Hab Nachsicht mit ihm. Es ist kurz vor Weihnachten und er ist im Stress. Bitte mach in den nächsten Tagen keinen Ärger. Nur damit er sich nicht noch mehr aufregt.« Linn, meine Mutter, legte einen Schokokeks neben mir ab und schenkte mir ein warmherziges Lächeln, bevor sie in ihrer roten Uniform zurück an den Herd tanzte.

Sie war eine Elfe, die momentan nicht im Dienst war und sich stattdessen um mich und meine Schwester kümmerte.

Nach dem Frühstück schnappte ich mir meine Tasche vom Haken, forderte Auri auf, mitzukommen, und verließ das Haus.

Der Schnee bedeckte den gesamten Boden und ich sank bis zu den Knien darin ein, bevor ich auf Kaius' Rücken kletterte. Ich klammerte mich in das weiche Fell und der Luchs trug uns durch den Wald. Ihm machte weder der kalte Schnee noch der unebene Boden etwas aus. Erst als wir die Schule erreichten, die auf der Lichtung des Elfendorfes erbaut worden war, ließ er uns von seinem Rücken. Auri und ich umarmten uns kurz, bevor wir in unsere Klassen gingen. Ich beneidete meine Schwester etwas, die mit acht Jahren noch lernte, wie man las und schrieb. Ich musste mich mit fünfzehn damit auseinandersetzen, wie menschliche Häuser eingerichtet waren und wie man Geschenke möglichst effizient verteilte. Als wenn niemandem aufgefallen wäre, dass Elfen- und Menschenhäuser fast genau gleich waren.

Missmutig trottete ich im Klassenraum zu meinem Platz und ließ mich auf den Stuhl fallen. Kaius machte es sich neben mir gemütlich und legte den Kopf auf die Pfoten. Wenn alle mich so akzeptieren würden wie Kaius, wäre so vieles einfacher.

Der Raum füllte sich mit immer mehr Elfen und ich wurde von fast niemandem beachtet. Der Lehrer betrat den Raum, sein Blick flog suchend durch die Reihen, bis seine Augen an mir hängen blieben.

»Lorillis, der Rektor will dich sprechen.« Als ich aufstehen und aus dem Raum gehen wollte, räusperte er sich. »Ich schlage vor, du nimmst deine Tasche und deinen ...« Sein Blick fiel auf Kaius und er suchte nach einem passenden Wort für meinen Freund. »... dein Haustier mit.« Der Luchs erhob sich und bleckte die Zähne. Mein Lehrer verzog erschrocken das Gesicht, traute sich jedoch nicht, etwas zu sagen.

Unsicher und mit dem Gefühl, etwas verbrochen zu haben, folgte ich den menschenleeren Gängen, bis zu dem Büro meines Rektors. Ich blieb im Türrahmen stehen, bis er mich bemerkte.

Streng zog er die Augenbrauen nach oben, nickte dann aber auf den Stuhl vor seinem Schreibtisch. Ich setzte mich und starrte ihm entgegen.

»Mir liegen Informationen vor, dass du in den letzten Tagen nicht den Unterricht besucht hast und auch nicht bei den Vorbereitungen für das Weihnachtsfest geholfen hast. Sind diese Informationen korrekt?« Er schaute von dem Papier auf, dem er dies entnommen haben musste, und legte seine Halbmondbrille zur Seite.

Mein Mund öffnete sich zu einer Antwort, doch es kam kein Ton heraus. Ich wusste mir nicht anders zu helfen, also nickte ich benommen.

»In diesem Fall liegt mir eine Anordnung vom Oberelfen vor. Du wirst morgen beim Verteilen der Geschenke helfen. Inwiefern es eine Strafe sein soll, in einem so jungen Alter eine solche ehrenvolle Aufgabe zu übernehmen, verstehe ich zwar nicht, aber das habe ich nicht zu entscheiden.« Er machte eine kurze Pause und ich wollte bereits gehen, als er erneut zu sprechen begann. »Melde dich unverzüglich beim Oberelfen. Er wird dir die nötigen Informationen geben.« Ich war unsicher, ob noch etwas folgen würde, doch mit einer Handgeste entließ er mich und ich floh zu Kaius auf den Flur.

»Was ist passiert?«, fragte mein Freund, als ich aus der Tür gestürmt kam.

»Ich muss zum Oberelfen.« Mehr als diese paar Worte brachte ich nicht heraus. Kaius schmiegte sich tröstend an mich und probierte es mit einem aufmunternden Schnurren.

»Es wird schon nicht so schlimm sein, wie du es dir jetzt ausmalst.« Er hatte ja gar keine Ahnung. Ich ertappte mich dabei, mich selbst zu fragen, was an meiner Aufgabe eigentlich so schlimm war. Die reine Vorstellung, für immer hier festzustecken und das Gleiche machen zu müssen, schien unerträglich. Ich wollte die Welt sehen, Abenteuer erleben. Und nicht das hier.

»Lass uns gehen, bevor du noch Ärger bekommst, weil du zu spät kommst.«

Ich nickte nur benommen, schwang ein Bein über Kaius' Rücken und hievte mich auf ihn. Noch nie waren mir seine Bewegungen so beruhigend vorgekommen wie jetzt. Mit ihm an meiner Seite fühlte sich alles leichter an, selbst die Regeln und Strafen meines Vaters.

Kaius buckelte und ich wusste, dass wir angekommen waren. Der Oberelf lebte wie ein König, nur dass sein Palast kein Gebäude war, sondern ein uralter hohler Baum.

Ich tätschelte Kaius den Kopf und bedeutete ihm, draußen zu warten. Ein letztes Mal strich ich meine Uniform glatt, was nicht wirklich hilfreich war, angesichts der Löcher in meiner Hose. Meinen Kopf hocherhoben, marschierte ich durch den Eingangsbogen. Den Raum, der sich dahinter auftat, hätte man zu einer anderen Zeit als Thronsaal betiteln können. An den Wänden schimmerten die Schatten von Kerzenleuchtern. Meine Füße wanderten über den roten Teppich zu dem großen Schreibtisch, an dem der Oberelf über ein Stück Papier gebeugt war.

Als mein Schatten auf den Tisch fiel, hob er seinen Blick und musterte mich von meinen Schuhen bis zu meiner Zipfelmütze. Sein strenger Blick erinnerte mich an den meines Vaters und ich fragte mich, wer diesen Blick voller unnachgiebiger Ordnung wohl besser beherrschte. Bei diesem Gedanken musste ich augenblicklich schmunzeln. Der Oberelf kniff seine Augen zusammen und schaute mich nun aus schmalen Schlitzen heraus an.

»Du hast zwar Ähnlichkeit mit deinem Vater, strahlst aber lange nicht die Ordnung aus, die er repräsentiert.« Das waren ernsthaft seine ersten Worte an mich?

Trotzig hob ich das Kinn und starrte ihn herausfordernd an. »Dann bin ich wohl nicht als Weihnachtself geeignet.«

Seine Miene nahm etwas an, was vielleicht ein Schmunzeln hätte sein sollen. »So leicht kommst du nicht davon. Es hat sich herumgesprochen, dass du nicht viel von dem hältst, was wir tun. Das kann ich zwar nicht verstehen, aber ob du tatsächlich untalentiert bist, wird sich morgen zeigen.« Er war aufgestanden und kam um den Schreibtisch herum, musterte mich erneut. Plötzlich packte er meine Mütze und zog sie mir vom Kopf. »Wo ist dein Haustier?« Meine Nackenhaare sträubten sich bei seiner Frage.

»Er wartet auf mich. Warum?« Eigentlich wollte ich ihn nicht weiter provozieren, doch es rutschte mir einfach so heraus.

»Er wird dir bei deiner Aufgabe Gesellschaft leisten. Wie solltest du sonst die Geschenke transportieren?« Ein gehässiges Lachen breitete sich auf seinem Gesicht aus und er wendete meine Mütze genüsslich in seiner Hand.

In meinem Bauch begann die Wut zu brodeln. Ich biss die Zähne zusammen. Was dachte er, wer er war? Zu schade, dass ich nicht am längeren Hebel saß und ihn bestrafen konnte. »Kaius ist nicht verantwortlich für mein Verhalten. Also lassen Sie ihn da raus.« Ich bemühte mich darum, meiner Stimme einen ruhigen Ton zu verleihen, doch ich scheiterte.

»Ich glaube schon, dass er einen nicht unbedeutenden Anteil daran hat. Und von dieser Überzeugung lasse ich mich nicht abbringen.« Mit einer Hand wuschelte er durch meine blonden Locken und setzte mir meine Mütze wieder auf. Ich fühlte mich elend, unternahm aber keinen Versuch mehr, einen wütenden Kommentar zu erwidern.

»Komm morgen Abend zum Stall und du wirst alles erhalten, was du benötigst.« Damit wandte er sich ab und verschwand auf der Treppe, die vom Saal wegführte.

Mit hängendem Kopf schlurfte ich zurück nach draußen, wo Kaius brav saß und auf mich wartete. Ich konnte ihm nicht in die Augen schauen. Mit meinem unvernünftigen Verhalten hatte ich nicht nur mich, sondern auch ihn bestraft.

Statt uns auf den Weg nach Hause zu machen, trug Kaius mich zu unserem Lieblingsplatz. Die Klippe war zu dieser Jahreszeit in eine weiße Decke gehüllt und gab den Blick auf verschneite Tannen und bepuderte Gipfel preis. Erschöpft ließ ich mich neben meinem Freund fallen und lehnte mich in sein warmes Fell.

»Was hat er gesagt?« Kaius' Blick war in die Ferne gerichtet.

Die Frage war überflüssig. Ich wusste genau, dass er mit seinem feinen Gehör jedes einzelne Wort gehört hatte.

»Wir werden morgen Geschenke austragen müssen. Und mit ›wir‹ meine ich uns beide.« Meine Augen füllten sich mit Tränen. »Mit tut es so leid, Kaius, dass ich dich da mit hineingezogen habe. Ich habe nie gewollt, dass du unter meinen Fehlern leidest.«

Kaius starrte immer noch auf die vor uns liegende Landschaft. »In den Augen der anderen mögen es Fehler sein. Aber was ist, wenn es genau das ist, was du brauchst? Du bist ein Träumer, Lorillis, du träumst größer, als manch ein Elf sich trauen würde, und du bist bereit für deine Träume, für deine Freiheit zu kämpfen. Was ist falsch daran?«

Die Tränen rollten meine Wangen hinunter. »Alle anderen halten es für falsch.«

»Dann lass alle anderen es doch falsch finden. Das, was du denkst, ist doch so viel wichtiger als das, was andere denken. Hör nicht auf, deine Träume zu träumen, nur weil andere denken, dass sie es nicht wert sind, geträumt zu werden.«

Seine Worte drangen in mich ein und schwirrten mir im Kopf. Ich konnte keinen Satz mehr aufbringen für die Dankbarkeit, die ich in diesem Moment für ihn empfand. So saßen wir einfach schweigend da und genossen den Moment der Freiheit.

Zuhause auf meinem Bett, das ordentlich gemacht worden war, lag eine neue Uniform, fein säuberlich gestapelt. Ich verzog das Gesicht beim Anblick des Bettes. Wenn es so gemacht war, konnte nur mein Vater dahinterstecken.

Eigentlich sollte es mich nicht wundern, schließlich konnte man ihn als rechte Hand des Oberelfen bezeichnen. Und sicherlich war er auch nicht ganz unbeteiligt an meiner Strafe gewesen.

Damit ich nicht noch mehr Ärger bekam, legte ich die gefaltete Uniform auf meinen Schreibtisch, darauf bedacht, keine Falte hinein zu machen.

Kaius hatte sich bereits auf dem Teppich zusammengerollt und die Augen geschlossen, auch wenn ich wusste, dass er noch nicht schlief. Ich schlüpfte aus meinen Sachen, streifte mir meinen Schlafanzug über und kroch unter die warme Bettdecke.

Von meinem Kissen aus beobachtete ich die Sterne, die am Firmament funkelten. Einer heller als der andere.

Meine Lider wurden bereits schwer, als jemand an meine Tür klopfte. Ich fuhr hoch und meine Mutter steckte den Kopf in mein Zimmer.

»Ich habe dich gar nicht heimkommen hören.« Es klang nicht wie ein Vorwurf. Es schien eher, als wäre sie besorgt gewesen.

»Ich wollte dich nicht stören.« Ich ließ mich zurück auf das Kissen sinken.

Meine Mutter kam in mein Zimmer, stieg über Kaius und setzte sich zu mir auf die Bettkante. »Du weißt, dass dein Vater dich lieb hat, oder?« Als ich nicht antwortete, seufzte sie schwer. »Ich weiß, dass es manchmal nicht so wirkt, aber ihr beide, Auri und du, ihr bedeutet ihm alles. Und das morgen solltest du vielleicht auch weniger als Strafe, sondern eher als Chance sehen.« Sanft strich sie mir über meine blonden Locken.

»Ich werds versuchen.« Ich nahm ihre Hand und drückte sie fest.

Sie schenkte mir ein Lächeln, drückte mir einen Kuss aufs Haar und verschwand so leise, wie sie gekommen war.

Meine morgige Aufgabe schwirrte mir noch lange im Kopf herum, bis ich endlich in den Schlaf fand.

Kaius warme, feuchte Zunge weckte mich am nächsten Morgen. Die Sonne wurde bereits vom Schnee reflektiert und fiel hell in mein Zimmer, sodass ich die Augen zusammenkniff.

»Guten Morgen«, murmelte ich verschlafen und vergrub das Gesicht im Fell meines Freundes.

Kaius gab nur ein tiefes Maunzen von sich und hopste vom Bett. »Dein Vater hat bereits nach dir gerufen. Ich würde mich vielleicht beeilen.«

Ein Kribbeln breitete sich in meinem Bauch aus. Eilig stieg ich aus meinem Bett und zog vorsichtig meine neue Uniform an. Der Blick in den Spiegel fühlte sich fremd an, als würde ich eine völlig andere Person betrachten.

Kaius stupste mich von hinten an. Bevor ich mein Zimmer verließ und die Treppe hinunterstieg, streichelte ich meinem Freund noch einmal über den Kopf. Es schmerzte immer noch, dass ich ihn mit in meine Probleme hineingezogen hatte.

»Du siehst gut aus, mein Junge.« Der erste Schritt in die Küche wurde direkt von meinem Vater kommentiert. Ich hatte gedacht, er sei bereits aus dem Haus. An Heiligabend gab es besonders viel zu tun.

Auri saß wie immer am Küchentisch. Sie war in ein Bild vertieft, das sie gerade malte, und bemerkte nicht, dass ich mich zu ihr setzte.

»Sieht schön aus«, sagte ich und schaufelte gleichzeitig mein Müsli in mich hinein, das meine Mutter für mich bereitgestellt hatte.

»Danke«, murmelte sie, sah jedoch nicht von ihrer Arbeit auf.

»Nach dem Frühstück nehme ich dich mit und weise dich ein. Dann kannst du bereits mit deiner Arbeit beginnen.« Mein Vater setzte sich zu uns an den Tisch, seine Liste legte er ab und er nahm einen Schluck Tee.

»Es ist doch noch viel zu früh.« Eigentlich begann das Geschenkeverteilen erst am Abend. Wozu also die Eile?

»Du wirst sicher etwas brauchen, um mit Kaius und dem Schlitten zurechtzukommen. Wir wollen schließlich nichts riskieren.«

»Wie ›Schlitten‹?« Mit dem Löffel in meinem Mund hielt ich inne.

»Kaius wird so behandelt wie unsere Rentiere, außer dass er nicht fliegt. Er bekommt einen Gurt und einen Schlitten. Wie solltest du denn sonst die Geschenkte transportieren?« Die Stimme meines Vaters klang belustigt, als mache er sich einen Spaß daraus, Kaius einen Schlitten anzuhängen.

»Ich dachte, uns würde ein Rentier begleiten.« Kleinlaut beobachtete ich, wie die Müsliflocken in der Milch untergingen.

Mein Vater lachte laut, stand vom Tisch auf und ging zu meiner Mutter hinüber. Leise tuschelten sie miteinander und ich schämte mich für meine Bemerkung. Es wäre auch zu einfach gewesen, ein Rentier zu bekommen.

Das Müsli lag mir schwer im Magen, als mein Vater und ich zusammen durch den Schnee stapften. Er hatte mir verboten, auf Kaius' Rücken zu klettern, mit der Begründung, er würde seine Kräfte schließlich noch brauchen.

Den riesigen Fabrikbaum sah ich bereits von weitem leuchten. Auf der Lichtung, auf der der Baum stand, wimmelte es nur so von geschäftigen Elfen, die in ihrer grünen Uniform alle gleich aussahen. Mein Vater führte uns um den großen Baum herum. Dort befand sich ein Bereich, den die Menschen Garage genannt hätten. Die unterschiedlichsten Schlitten waren hier säuberlich aufgereiht. Jeder trug ein Schild mit dem Namen des Elfen, der dieses Gefährt fahren würde. Ganz am Ende der Reihen blieben wir stehen. Mein Vater strich über einen holzfarbenen Schlitten mit Ornamenten. An einer Seite waren die Buchstaben meines Namens eingearbeitet.

LORILLIS.

Ehrfürchtig strich ich über das glatt geschliffene Holz.

»Gutes, massives Eichenholz. Nur das Beste für meinen Sohn.« Ich spitzte meine Ohren, als ich meinen Vater diese Worte sagen hörte.

»Sollte das nicht eine Strafe sein?« Vielleicht war es dumm, diese Frage zu stellen, aber ich konnte das Verhalten meines Vaters in diesem Moment einfach nicht einschätzen.

»Aber ja. Nun ist es auch so, dass das Holz für einen Schlitten für dich auch keine Verschwendung sein soll. Dieser Schlitten soll dir noch viele Jahre erhalten bleiben. Und als echter Weihnachtself wirst du ihn brauchen.«

Jetzt wusste ich, was mein Vater mit all dem bezwecken wollte. Mein Missfallen an den Aufgaben eines Weihnachtselfen war ihm also nicht entgangen. Und so wollte er mich überzeugen und erreichen, dass ich doch noch Gefallen an dem Leben fand, das alle anderen Elfen führten. Ich ballte meine Hände zu Fäusten, um mich zu beruhigen.

Ich schwieg, wollte mich nicht zu einem Streit herablassen, der am Ende zwecklos sein würde. Das Schulterklopfen holte mich aus meinen Gedanken.

»Lass uns sehen, wie Kaius mit dem Schlitten umgeht.«

Mein treuer Freund schien nicht begeistert von seiner neuen Aufgabe zu sein, doch er ließ es über sich ergehen. Mir zuliebe. Der Schlitten hatte die gleiche Höhe wie Kaius' Schulter, war jedoch um einiges länger als er. Ohne zu knurren oder auch nur zu zucken, ließ er sich von einer Elfe den Gurt anlegen und die Karabiner einhaken. Dann drückte mein Vater mir einen roten Stab in die Hand.

»Damit treibst du dein Zugtier an, damit er losläuft oder stehen bleibt. Ich bin mir sicher, Kaius lernt schnell.« Er zwinkerte meinem Freund zu, doch der Hohn und die Schadenfreude entgingen mir nicht. Fest biss ich die Zähne zusammen, um meinen Vater nicht anzuschreien.

»Und jetzt?« Es war immer noch zu früh für den Weihnachtsabend.

»Du probierst jetzt ganz in Ruhe deinen neuen Stock aus und manövrierst den Schlitten auf die Lichtung. Dann werden die Geschenke verladen, du bekommst die Koordinaten für den Ort, der für dich vorgesehen ist, und du kannst starten.« Damit ging mein Vater davon und hakte im Gehen einen Punkt auf seiner To-do-Liste ab, als wäre ich nur eine lästige, abzuarbeitende Aufgabe.

Mit einem Seufzen stieg ich in den Schlitten und setzte mich in den Sitz. Er war überraschend gemütlich und mit roten Polstern bestückt. Ohne den Stock auch nur einmal zu benutzen, verstaute ich ihn im Fußraum und rief Kaius die Bitte zu, vorwärts auf die Lichtung zu fahren.

Nur mit Mühe und mit gebleckten Zähnen schaffte Kaius es, sich einen Weg durch die umhereilenden Elfen zu bahnen. Eine Weile standen wir auf der Lichtung wie bestellt und nicht abgeholt, bis ein paar Elfen die ersten Geschenke in meinen Schlitten luden. Von allen Seiten landeten große und kleine Päckchen hinter mir, bis der Stauraum voll war. Niemand hatte mich gegrüßt oder mich auch nur angeschaut, als wäre es verboten, meine Existenz wahrzunehmen.

Endlich tauchte mein Vater wieder auf, gab die Koordinaten in ein Gerät ein, das vorne in meinen Schlitten eingebaut war, und gab dann das Zeichen zum Losfahren. Ohne mich eines weiteren Blickes zu würdigen, verschwand er. Für einen Moment überlegte ich, einfach abzuhauen und nie wieder zurückzukehren. Doch was würde mich erwarten, wenn sie mich fanden? So sehr ich diese Strafe auch hasste, war sie ein notwendiges Übel, um nicht noch mehr in Schwierigkeiten zu geraten.

Das Licht der in den Bäumen gebauten Häuser begleitete mich noch ein Stück, bis ich mit Kaius allein war. Der weiße Wald war still und verschluckte jedes einzelne Geräusch. Was erst bedrohlich und angsteinflößend gewirkt hatte, war nun beruhigend und befreiend.

Irgendwann begann es wieder zu schneien. Die Koordinaten leiteten uns immer weiter auf die hohen Berge zu und ich ahnte bereits, dass unser Weg kein leichter sein würde. Immer wieder sank der Schlitten im Schnee ein und Kaius hatte große Mühe, ihn zu ziehen. Ich wollte ihm zur Hilfe eilen, doch mein bester Freund hielt mich mit einem Knurren zurück.

Als wir das Bergtal erreichten, erkannte ich durch den dichten Nebel, der sich um die Berge geschlungen hatte, flimmernde Lichter. Erleichtert atmete ich auf. Wir hatten es geschafft. Mit einem flüchtigen Blick auf die Anzeige versicherte ich mich, dass es auch wirklich die richtigen Häuser waren, die wir ansteuerten. Mir wurde leichter ums Herz.

Eine kleine Hütte stand etwas abseits von den anderen. Drinnen schien es dunkel zu sein und ich vermutete, dass sie wohl leer stehen würde. Mit einem kurzen Ruf bedeutete ich Kaius, diese Hütte anzusteuern. Eine kurze Pause würde uns sicherlich guttun.

Der Weg wurde leichter, als wir eine schneebedeckte Straße erreichten. Ich stieg vom Schlitten und half Kaius, den Schlitten den letzten Anstieg hinaufzuziehen. An der Hütte angekommen, stellte ich fest, dass doch ein schwacher Lichtschimmer hinausflackerte.

»Warte hier, Kaius, ich bin gleich wieder zurück.« Ich klopfte mir den Schnee von meiner Uniform.

»Kommt gar nicht in Frage. Du nimmst mich mit oder ich ziehe dieses Ding kein Stück mehr.« Kaius biss in die Gurte und Schnallen und versuchte vergeblich, sich zu befreien.

»Wenn ich dich mitnehme, musst du aber versprechen, keinen Unsinn zu machen und leise zu sein.« Mit einem strengen Blick sah ich ihn an.

»Würde ich nie tun«, versprach er mir.

Schnell löste ich ihn vom Gespann des Schlittens. Kaius schüttelte sich und bespritzte mich mit Schnee. Augenrollend klopfte ich ihn mir erneut von meiner Kleidung.

Einmal um die Hütte herum und wir hatten die Haustür erreicht. Der Himmel wurde langsam dunkel, ich konnte gerade noch eine Hand vor meinen Augen sehen.

Ich schaffte es gerade einmal, den Knauf zu erreichen und die Tür aufzustemmen. Die Tür gab ein unangenehmes Knarzen von sich. Das mit dem Leisesein hatte schon mal nicht funktioniert.

Der Flur, in den wir traten, war dunkel, doch unter einer Tür, die zu einem angrenzenden Raum führte, schien Licht hindurch. Meine Neugier siegte. Wir öffneten auch diese Tür, die zum Glück nicht so laut war, und traten in den warmen Raum ein.

Das Prasseln eines Feuers und der Geruch nach Glut und Rauch erfüllten den Raum. Ansonsten war es still. In einer Ecke stand ein festlich geschmückter Weihnachtsbaum, darunter waren keine Geschenke.

Zunächst dachte ich, dass niemand hier war, bis mir ein Mann auffiel, der an einem Fenster kniete und nach draußen in das Schneegestöber starrte.

Das oberste Wichtelgebot besagte, bei dem Verteilen von Geschenken unter keinen Umständen mit den Menschen in Kontakt zu treten. Doch irgendetwas ließ mich dieses Gebot vergessen. Vielleicht verlor diese Regel auch gegen meine unendliche Neugier, mal einen Menschen zu sehen, nachdem ich so viel über sie gelernt hatte.

Kaius legte sich wie selbstverständlich neben den Kamin und wärmte sich am Feuer, wie ein verwöhnter alter Kater, während ich langsam auf den Mann zuschlich.

Er war zur Hälfte in eine Wolldecke gehüllt und es sah aus, als würde er zittern. Sachte strich ich mit einer Hand über den weichen Stoff der Decke und ging um den Mann herum, um sein Gesicht sehen zu können.

Als sein Blick auf mich fiel, zuckte er zusammen und wich vor Überraschung zurück. Ich versuchte mich nicht zu bewegen, bis ich die Tränen in seinen Augen und auf seinen Wangen bemerkte.

»Geht es dir nicht gut?«, fragte ich und kam ein paar weitere Schritte auf ihn zu.

Wir musterten uns gegenseitig. Er trug Wollsocken und eine braune Hose. Sein Gesicht war von Falten durchzogen. Die grauen Haare und der lange Bart waren ordentlich gekämmt.

»Nein, mir geht es nicht gut«, antwortete er unsicher, als er mir wieder ansah. Seine Augen hatten die Farbe von flüssiger Schokolade. Bei dem Gedanken knurrte mein Magen.

»Warum?«, hakte ich weiter nach.

»Ich bin traurig.«

»Warum bist du traurig?« Ich setzte mich im Schneidersitz vor ihm hin.

»Du stellst ganz schön viele Fragen, kleiner Mann.« Der Alte hatte sich von seinem Schreck erholt und zog die Decke wieder enger um seinen Körper.

»Ich bin kein kleiner Mann, ich bin ein Weihnachtself, mit der Aufgabe, Geschenke zu verteilen.«

»Und warum kommst du dann hierher? Ich bezweifle, dass es hier Kinder zum Beschenken gibt.«

»Kaius brauchte eine Pause.« Ich deutete mit einem Kopfnicken zu Kaius. »Außerdem sind Geschenke nicht nur für die Kinder, sondern für alle.«

Der Alte folgte meinem Blick und seine Augen wurden groß. »Ich habe lange keinen kanadischen Luchs mehr gesehen.«

Ein Schweigen breitete sich zwischen uns aus. Mein Blick glitt durch den Raum und blieb an einem alten Foto hängen. Ich stand auf und schaute es mir näher an. Darauf war der Alte, noch mit vollem braunen Haar und einem jugendlichen Lächeln auf den Lippen. Er hatte eine Frau im Arm. Beide lachten ausgelassen. »Wo ist deine Frau?«

Der Alte wandte den Blick ab, doch im Feuerschein konnte ich sehen, dass wieder Tränen seine Wangen hinunterrollten.

Ich schwieg und eine beruhigende Stille legte sich zwischen uns. Nach einiger Zeit fand ich meine Stimme wieder. »Das tut mir leid für Sie.«

Dem Alten entfuhr ein Lachen. »Dass ein Weihnachtself mal sowas zu mir sagt. Außerdem brauchst du mich nicht zu siezen. Ich bin Knut.« Er hielt mir seine riesige Hand hin.

»Ich bin Lorillis, du kannst mich aber auch gerne Lori nennen.« Mit meiner kleinen Hand konnte ich gerade einmal drei seiner Finger umfassen. Knut schenkte mir ein herzliches Lächeln.

»Kann ich euch vielleicht irgendwie weiterhelfen?« Er sah von Kaius zu mir und dann nach draußen.

»Eigentlich darf ich gar nicht mit Menschen sprechen.« Beschämt sah ich auf den Boden.

»Warum tust du es dann?« Die Stimme des alten Mannes war nicht vorwurfsvoll, eher interessiert.

»Ich möchte eigentlich gar kein Weihnachtself sein. Ich würde viel lieber die Welt sehen und Abenteuer erleben.« Jetzt glitt auch mein Blick zum Fenster.

»Aber ist es nicht eine wundervolle Aufgabe, den Menschen Geschenke zu bringen und ihnen damit ein Lächeln ins Gesicht zu zaubern? Und korrigiere mich, wenn ich falsch liege, aber tust du als Weihnachtself nicht genau das: die Welt bereisen und Abenteuer erleben?«

Gespannt lauschte ich Knuts Worten. Aus diesem Blickwinkel hatte ich meine Aufgabe noch gar nicht betrachtet.

Als ich nichts darauf erwiderte, stand er auf und ging aus dem Raum. Aus dem Flur ertönte ein Rumpeln und Knarzen, bis er wieder den Kopf durch die Tür steckte, mich mit einer Mütze über den Haaren angrinste und sagte: »Lass uns den Menschen ein Lächeln ins Gesicht zaubern.«

Schaumig-süßer Zimtkaffee

Josephine Panster

Zutaten:
2 EL Kaffeepulver
Honig
Zimt
2 EL Wasser
Milch oder Milchersatz

Zubereitung:

1. Kaffeepulver in eine kleine Schüssel geben, Zimt und Honig nach Geschmack dazu.
2. Zu der Mischung kommt unser Wasser und dann wird das Ganze mit einem Handaufschäumer (oder einem Gerät mit gleicher Funktion) aufgeschäumt, bis eine fluffige Konsistenz erreicht ist.
3. Die Milch oder den Milchersatz nach Belieben in ein Glas geben, den zimtigen Kaffeeschaum darüber geben und genießen.

22

Was uns bleibt

FÜR MEINE FAMILIE – WEIL IHR DAS SEID, WAS BLEIBT,
WENN ALLES ANDERE GEHT.

Freya Holz

Lyra

»Welchen findest du am schönsten, Lyra?«

Ich sehe mich um, dutzende Tannenbäume stehen um mich herum. Der ganz leichte Duft der Tannenbäume, der beim Einatmen in meine Nase fliegt, erinnert mich daran, wie sehr ich mich wieder auf Weihnachten freue. Wir fuhren auch in den Jahren davor immer an meinem Geburtstag los, um einen Weihnachtsbaum zu fällen. Den perfekten Weihnachtsbaum. Es dauerte jedes Jahr fast den ganzen Tag, bis wir einen fanden, der meinen Ansprüchen gerecht wurde. So ist es auch dieses Jahr, aber heute ist mein sechster Geburtstag. Das heißt, Mama und Papa müssen meine Launen heute aushalten.

Es fängt an zu schneien. Mein Lieblingsanblick im Winter und mein Lieblingsgefühl, wenn wir im warmen Wohnzimmer sitzen, Kakao trinken und den Schneeflocken zusehen, wie sie vom Himmel fallen und die Erde berühren. Ich drehe mich ein paar mal um mich selbst mit ausgestreckten Armen und genieße die Kälte in meinem Gesicht.

»Komm, Lyra. Es wird langsam dunkel.«

Mama und Papa stehen da, Papa hält den alten Holzschlitten am abgenutzten Band fest und sie warten auf mich.

»Ich komme!«

Ich renne auf sie zu und setze mich rasch auf den Schlitten, damit Papa mich weiterziehen kann. Nach einer weiteren halben Stunde, in der meine Eltern durch den Schnee stapfen, während ich auf dem Schlitten sitze, bleiben wir stehen und ich sehe mich erneut genauer um. Mein Blick fällt auf eine schöne Nordmanntanne, keine großen Lücken, eine kräftige Farbe und sie hat die richtige Größe für unser Wohnzimmer. Glaube ich zumindest.

»Stop, ich hab den perfekten Weihnachtsbaum gefunden!«

Mein Papa nuschelt: »Na endlich.«

»Das habe ich gehört, Papa!«

»Was habe ich dir gesagt, Emil? Deine Tochter hört alles«, wirft meine Mama ein und ich grinse wie ein Honigkuchenpferd. Das ist mein neues Lieblingswort. Ich habe das Wort jetzt schon oft gehört und Honigkuchen verbinde ich sofort mit meiner Lieblingsserie, der Mondbär.

»Der ist gut, oder? Ich bin ein Naturtalent im Weihnachtsbaum-Finden.«

»Das bist du wirklich, mein kleines Weihnachtswunder«, sagt Mama und drückt mich fest. Ich lasse mich in ihre Arme sinken. Mamas Umarmungen sind immer warm, weich und ich fühle mich sicher. Bei ihr oder Papa habe ich nie Angst, auch wenn es draußen gewittert und ich mich am liebsten unter meiner Decke verkriechen würde.

Mein Papa sägt den Baum mit einer Säge, während Mama ihn festhält. Dann legen wir ihn auf den Schlitten und gehen nach Hause. Auch wenn es schön draußen ist, freue ich mich, wenn Mama gleich einen warmen Kakao für mich macht und ich mich in meine bunte Eulendecke kuscheln kann. Morgen schmücken wir den Baum und ich darf bestimmt wieder den roten Stern auf die Spitze setzen. Das ist meine Lieblingsaufgabe beim Schmücken.

Zuhause angekommen ziehe ich mir zusammen mit Mama den Schlafanzug mit den Glücksbärchis an und schmeiße mich danach auf das Sofa, während Papa schon mal die Milch warm macht. Ich greife nach der Fernbedienung und mir springt der Anblick von Beutolomäus entgegen. Ich freue mich wie ein Honigkuchenpferd, dass wir die Sendung nicht verpasst haben, und lege mir die große Eulendecke um, damit mir warm wird. Mit Mama und Papa neben mir und dem leckeren Kakao, der meine kalten Hände wärmt, möchte ich, dass es immer so bleibt. Es soll immer Winter sein, es soll immer Kakao geben, es sollen immer Weihnachtssendungen im Fernsehen laufen und Mama und Papa sollen für immer bei mir auf dem Sofa sitzen. Sie machen meine Lieblingszeit des ganzen Jahres erst zu einer besonderen.

Lyra

Glitzernde weiße Schneeflocken und brennende Kerzen.

Das ist das Erste, was man sieht, wenn man in mein Wohnzimmer kommt. Ich sitze vor dem flackernden Kamin auf meinem gemütlichen Sofa, eine Tasse heißen Kakao in der Hand, an der ich meine Hände wärmen kann. Nur habe ich ihn dieses Mal gemacht und nicht meine Mutter. Ich habe noch immer eine schwarze Anzughose und eine weiße Bluse an, die ich heute in der Firma getragen habe. Mein letzter Arbeitstag für dieses Jahr. Ein Jahr voller Höhen und Tiefen. Ein Jahr, das mich all meine Kraft gekostet hat.

Seit heute sind Weihnachtsferien und ab morgen habe ich endlich Urlaub. Seit meinem dreiwöchigen Sommerurlaub hatte ich durchgearbeitet. Es war viel zu tun in der Firma. Ist es immer, aber gerade im zweiten Halbjahr ist immer besonder viel zu tun. Die Planung unseres Sommerfestes stand an, für die neuen Azubis musste ein Kennenlernevent geplant werden und die Messen und Zukunftstage, die Anfang des nächsten Jahres stattfinden, mussten organisiert werden. Für all das sind hauptsächlich die Azubis und dualen Studenten zuständig. Ich bin froh, nächstes Jahr im Sommer endlich den Teil meines Lebens abgeschlossen zu haben. Obwohl ich traurig darüber bin, dass meine Eltern das nicht mehr erleben können. Sie sind Anfang des Jahres bei einem Autounfall ums Leben gekommen, weil ein unvorsichtiger Raser auf der Fahrbahn war. Als ich die Nachricht erfahren habe, dass meine Eltern nicht wiederkommen, ist für mich eine Welt zusammengebrochen. Ich bin bis jetzt immer noch verwundert, wie ich das alles ohne sie schaffen konnte. In dem gesamten Jahr hatte ich so viel gearbeitet wie noch nie, damit ich möglichst nicht daran denken musste, dass ich sie nie wieder sehen werde.

Bisher hat das ganz gut funktioniert, doch in der Weihnachtszeit, einer Zeit, die der Familie gewidmet ist, wird es schwer für mich. Es war schwer genug, den diesjährigen Weihnachtsbaum abzuholen, aufzustellen und zu schmücken, wie meine Eltern es immer mit mir gemacht hatten. Um dem ganzen Gedankenchaos in meinem Kopf etwas entfliehen zu können, habe ich mich dieses Jahr dazu entschieden, all meine finanziellen Rücklagen für eine Reise nach Island auszugeben. Schon morgen, an meinem dreiundzwanzigsten Geburtstag, geht es los. Ich liebe die weihnachtliche Zeit sehr und Island ist mein absolutes Traumreiseziel. Seit ich das erste Mal eine Präsentation in der Schule über Island machen durfte, wollte ich es unbedingt irgendwann dorthin schaffen und es ist immer noch surreal für mich, dass es bereits morgen so weit ist. Da es langsam spät wird, gehe ich in mein Schlafzimmer, um meinen Koffer zu packen. Wie bei vielen Dingen, bin ich auch beim Sachen packen ein absoluter Spätzünder und mache alles auf den letzten Drücker. Es wäre vernünftiger gewesen, wenn ich mich schon ins Land der Träume begeben hätte, anstatt jetzt erst damit anzufangen. Allerdings kann ich seit dem Tod meiner Eltern sowieso kaum noch schlafen und, dass jetzt der erste Todestag vor der Tür steht, macht mich fertig. Mehr als ich bisher dachte und mehr als mir lieb ist.

Lyra

18. Dezember

Man bekommt oft von anderen Menschen gesagt, dass man nur einmal lebt. Ich persönlich finde, man könnte das ‚nur‘ streichen, denn wenn man es richtig anstellt, ist dieses eine Leben, das man leben darf, genug. Meine Eltern und ich hatten noch so viel vor. Die meisten Teenies sind froh, wenn sie alt genug sind, um ausziehen zu können und halten sich oft aus den Angelegenheiten, wie Familienfeiern, raus. Ich dagegen wollte noch so viel Zeit mit meiner Familie verbringen, wie nur möglich, bevor es zu spät ist. Und jetzt ist es zu spät.

Wir wollten noch gemeinsam Urlaub in Costa Rica und auf Island machen und wir wollten mit unserem Wohnmobil nach Sankt Peter-Ording. Außerdem wollte ich ausziehen, wenn ich es möchte. Stattdessen zog ich aus, weil ich es musste. Genügend Gehalt bekam ich, trotzdem wollte ich, bis ich meinen Bachelor habe, das Zusammenleben mit meinen Eltern, was mich immer an meine Kindheit erinnerte, genießen. Meine Kindheit war großartig, voller schöner Erinnerungen und Momenten. Durch sie bin ich so geworden, wie ich eben bin. Ich bin meinen Eltern dankbar dafür, denn eigentlich mag ich, wer und wie ich bin. Ich weiß, viele Menschen können sich nur schwer so annehmen, wie sie sind, aber die Arbeit daran ist wichtig, denn das Selbstwertgefühl bestimmt einen großen Teil des Lebens. Ich hoffe, sie versuchen es weiter, denn am Ende zahlen sich die unzähligen Versuche aus.

Ich blicke aus dem Fenster des Flugzeugs und auf einmal sehe ich es. Island liegt unter mir. Mitten im Meer. Mit seinen Ecken, Kanten und Farben. Es sieht schon von oben wunderschön aus, dass ich mir kaum vorstellen kann, wie schön wohl die Landschaft ist. Aber das werde ich hoffentlich heute herausfinden.

Kristján

18. Dezember

Die Straßen Reykjaviks sind voller Menschen, die noch in allerletzter Minute versuchen, Geschenke für die ganze Familie zu besorgen. Alle tummeln sich auf den Gehwegen, überfallen die Geschäfte regelrecht mit ihren schon vorhandenen zehn Tüten in den Händen und versuchen, sich an mir vorbeizudrängen, was ihnen nur semi gut gelingt. Ich bin ein entspannter Mensch, der sich durch fast nichts aus der Ruhe bringen lässt. Aber eben nur fast.

»Entschuldigung«, murmelt eine Frauenstimme auf englisch, nachdem wir ineinander gerannt sind und sie ihre ganzen Unterlagen auf dem Gehweg verteilt hat.

»Schon gut, wir sind ineinander gerannt. Nicht du in mich. Hast du dir wehgetan?«, sage ich und helfe ihr, ihre ganzen Zettel aufzuheben, auf denen für mich fremdsprachige Worte stehen.

»Nein, mir gehts gut, danke. Und dir?«

»Mir gehts auch gut. Woher kommst du? Bist du auf Geschäftsreise?«, wage ich anhand der vielen Listen und Notizzettel zu fragen, während ich in ihre haselnussbraunen Augen sehe.

»Nein. Ich verbringe meinen Weihnachtsurlaub hier.«

»Allein?«

Sie nickt etwas beschämt und sieht weg.

»Ich schätze meine Zeit allein auch, bin aber der Ansicht, dass alles zu zweit mehr Spaß macht.«

Ich zwinkere ihr verspielt zu.

»Es wollte keiner mit mir nach Island fliegen. Hast du Interesse, mit mir meine Liste abzuarbeiten?«

Sie zwinkert zurück.

»Na klar. Was steht als erstes drauf?«

Ihr herzhaftes Lachen erfüllt die Straße und trotz der vielen Menschen um uns herum, ist es der schönste Klang, den ich seit langem gehört habe.

»Was? Das war kein Scherz.«

Ihr Lachen verstummt allmählich, nun sieht sie mich skeptisch an.

»Du willst alles mit mir machen, was ich auf meiner Liste stehen habe?«

»Warum denn nicht? Ich habe über Weihnachten auch nichts zutun.«

»Verbringst du die Feiertage nicht mit deiner Familie?«

Ich schlucke sichtlich. In meinem Hals bildet sich ein Kloß. »Meine Familie wird nicht kommen, wie jedes Jahr.«

Seit meine Eltern vor ein paar Jahren nach New York gezogen sind, habe ich sie kaum gesehen. Ich studiere gerade Maschinenbau an der Universität hier in Reykjavik und kann es mir beim besten Willen nicht leisten, sie zu besuchen. Und ihnen ist es nicht wichtig genug, für mich diesen Weg auf sich zu nehmen. Ich versuche, mir meine Enttäuschung darüber nicht anmerken zu lassen, aber die braunen Augen der Fremden scheinen mir direkt in die Seele zu blicken. Zum Glück ist sie feinfühlig genug, keine schmerzenden Fragen zu stellen. Ich bin ein Einzelgänger. auch wenn ich Aussagen treffe wie: *»Zu zweit macht alles mehr Spaß.«*

Doch an Weihnachten tut es immer besonders weh, niemanden zu haben, mit dem man die besinnlichste Zeit im Jahr feiern kann. Trotzdem könnte es schön werden, vielleicht mal ein Weihnachten nicht allein feiern zu müssen. »Okay, als erstes steht Eislaufen auf meiner Liste. Wann geht's los?«

»Wie wäre es mit jetzt gleich? Es wird langsam dunkel und zu dieser Zeit ist der Ingòlfur Square sehr schön beleuchtet.«

»Der was?«

Ich lege mir eine Hand aufs Herz. »Du bist mit Reiseführer Kristján unterwegs. Ich zeige dir natürlich die schönsten Spots in Reykjavik.«

»Alles klar, Reiseführer Kristján, dann führe mich zu Spot Nummer eins.«

»Selbstverständlich, aber erst, wenn ich jetzt auch deinen Namen wissen darf.«

Sie klatscht sich ihre rechte Hand leicht gegen die Stirn. »Wie konnte ich das vergessen? Nenn mich Lyra.«

Lyra.

In Gedanken wiederhole ich ihren Namen. Er klingt wie ein Wunsch, den ich mir immer gewünscht habe, wenn ich die Kerzen auf meinem Geburtstagskuchen ausgepustet habe. Aber er blieb bisher immer unerfüllt.

Lyra

18. Dezember

Über der Eisbahn hängen haufenweise Lichterketten, die die Nacht erhellen. Es sieht aus, als leuchteten tausende Sterne über uns, während wir über das Eis gleiten. Es hat sich herausgestellt, dass Kristján ein erstaunlich guter Schlittschuhläufer ist. Ich kann aber mithalten und so laufen wir um die Wette, lachen und feiern irgendwie das Leben.

Irgendwann fällt mein Blick auf ein kleines Mädchen, an der rechten Hand der Vater, an der linken Hand die Mutter. Erinnerungen an meine Eltern, wie sie mir das Schlittschuhlaufen zum ersten Mal vergeblich versucht haben beizubringen. Aber ich habe nicht aufgegeben, jeden Tag habe ich darauf bestanden, wieder in die Eishalle zu fahren. Selbst als ich es dann endlich konnte, wollte ich jeden Tag weitermachen.

»Was ist los? Alles okay, Lyra?«

Kristján kommt an meine Seite geschlittert, auch sein Blick richtet sich auf die kleine Familie vor uns. Ich blinzele meine aufsteigenden Tränen weg.

»Ja, ich musste nur an meine Eltern denken.«

»Was ist passiert?«

Ich weiß nicht warum, aber irgendwie vertraue ich ihm. Seine Nähe gibt mir ein Gefühl der Sicherheit. Die Sicherheit, die mir seit ein paar Monaten fehlt.

»Sie hatten Anfang des Jahres einen Autounfall. Sie haben es beide nicht geschafft.«

Die Stille zwischen uns ist ohrenbetäubend und sagt so viel mehr, als Worte es je könnten.

Irgendwann halte ich es nicht mehr aus und räuspere mich. »Ich habe heute Geburtstag.«

Er zieht seine Augenbrauen hoch. »Echt jetzt?«

Ich nicke und er fährt langsam Richtung Ausgang.

»Tja, dann muss ich mich wohl auf die Suche nach einem Geschenk machen.«

»Du kennst mich doch gar nicht richtig.«

»Du heißt Lyra und hast heute Geburtstag. Das reicht doch aus, oder?«

Er zwinkert mir zu, bevor ich ihm hinterher fahre, wir unsere Schlittschuhe wieder abgeben und auf den Weihnachtsmarkt gehen.

Ich fühle mich schlecht, weil ich für eine Weile nicht an meine Eltern gedacht habe. Seit dem Tag, der mein Leben veränderte, kann ich zum ersten Mal wieder richtig lachen, alles andere vergessen und ein bisschen mehr frei sein. In meinem Herz fühlt es sich richtig an, das zu tun, doch mein Kopf schreit: »Du bist ein schlechter Mensch!«

Ist das so? Ist man ein schlechter Mensch, wenn man das Belastende in seinem Leben für ein paar kostbare Augenblicke vergisst und einfach…lebt? Was bleibt einem, wenn man in schlechten Erinnerungen und Tatsachen versinkt? Gähnende Leere im Herzen und diese ist sogar schlimmer als der Schmerz, der sich zu Anfang in deinem Inneren ausbreitete und Tag für Tag quält. Ich hätte nicht gedacht, dass es irgendwo eine Person gibt, die es schafft, dass ich alles um mich herum vollends vergesse und plötzlich nur noch wir wichtig sind.

Kristján hält mir seinen Arm hin, woraufhin ich mich bei ihm einhake. Ein leichtes Kribbeln zieht an meinem Arm hinauf.

»Darf ich die Dame auf einen Glühwein einladen?«

»Ich trinke keinen Alkohol, aber ich würde einen Kakao nehmen.«

Innerlich bereite ich mich schon auf die beliebteste Frage aller Fragen vor, warum ich keinen Alkohol trinke, doch sie bleibt aus.

Er ist der erste Mensch, der mich nicht dafür verurteilt, dass ich keinen Alkohol trinke.

Ich hatte früher verschiedene alkoholische Getränke probiert, habe aber für mich festgestellt, dass ich keinen Alkohol mag. Warum sollte ich mich also dazu zwingen, nur weil die Mehrheit in meinem Alter Alkohol trinkt?

Ungefähr fünfzehn Minuten später stehen wir in einer kleinen Holzhütte, der Kakao wärmt meine Hände, meinen Bauch von innen und er schmeckt himmlisch. Er schmeckt nach Kindheit.

»Danke, Kristján. Es ist schön, meinen Geburtstag nicht allein verbringen zu müssen.«

»Es ist mir ein Vergnügen. Kommst du auch an meinem Geburtstag her? Dann muss ich ihn auch nicht allein verbringen.«

Er zwinkert mir wieder zu, wobei mein Herz einen kleinen Hüpfer macht.

»Du bist allein, ich bin allein. Warum sind wir nicht zusammen allein? Wenigstens für eine kurze Zeit.«

Bei dem Gedanken daran, jemanden zu haben, den es interessiert, was ich denke, sage, fühle, klopft mein Herz einen freudigen Rhythmus. Es ist selten der Fall, dass es jemanden interessierte, was ich fühle und die beiden letzten Personen, die sich für mich und meine Gefühle interessiert haben, sind nicht mehr da. Aber Kristján ist es. Er ist da und ich hoffe, er geht nicht.

»Weißt du, du darfst traurig sein, du darfst wütend sein und du darfst auch mal ausflippen und dich über alles aufregen oder beschweren. Das Leben ist eben manchmal hart, du musst nur lernen, wie du am besten damit umgehen kannst, damit es erträglicher wird und weniger wehtut.«

Der Schmerz wird niemals verschwinden, aber vielleicht wird er erträglicher. Mit Kristján an meiner Seite. Er kennt den Schmerz der Einsamkeit und vielleicht fühlen wir uns weniger einsam, wenn wir es zusammen sind.

Es fängt an zu schneien. Ich denke an meine Eltern und an die Zeit, die ich mit ihnen hatte, aber etwas ist anders als sonst. Es ist kein Drang da, mich einfach zu verstecken, als wäre nichts und im Stillen zu weinen. Und dann fällt mir auf, wie ich lächle.

Lyra
24. Dezember

Kein Tag vergeht, an dem wir uns nicht sehen. Mittlerweile ist er zu einem Menschen in meinem Leben geworden, den ich nicht mehr missen möchte. Das mag komisch klingen, weil wir uns vor ein paar Tagen das erste Mal gesehen haben, aber er ist zu einem wichtigen Menschen für mich geworden. Er ist derjenige, der es geschafft hat, dass ich mich wieder lebendig fühle, und das Gefühl hat mir gefehlt. Wahrscheinlich hatte ich einfach nur Angst, ich könnte meine Eltern vergessen in Momenten in denen ich gerade nicht an sie denke. Vergessen, wie sie ausgesehen haben. Vergessen, wie sie gerochen haben. Vergessen, wie sie geredet haben oder was für einen Klang ihre Stimme hatte. Ich hatte Angst, ich könnte die Menschen vergessen, die mir das Leben und eine unvergessliche Kindheit geschenkt haben. Nun sind sie fast ein Jahr tot und ich erinnere mich an alles. Ich erinnere mich an ihren Geruch, an ihre Stimmen, an ihre Gangart, an ihr Lachen und an ihre liebevolle Art. Das kann mir keiner nehmen. Die

Erinnerungen an sie werden mit der Zeit verblassen, aber sie werden immer da sein. Sie werden da sein, wenn ich einschlafe und aufwache, wenn ich träume und meinen Zielen nachjage. Einfach immer. Und dank Kristján fühle ich mich nicht mehr einsam. Mein Herz reißt jetzt schon, wenn ich daran denke, dass ich bald wieder nach Deutschland fliegen muss. Die Angst, dass die Einsamkeit und die Stille lauter sein könnten als je zuvor, steigt mit jedem Tag, der meinem Abreisetag näher kommt. Hätte ich kein Studium, das zu Ende gebracht werden möchte, könnte ich den Abschied wenigstens noch etwas hinauszögern. Aber ich hatte es dieses Jahr ohnehin genug vernachlässigt. Es war das, was ich immer machen wollte, doch ohne meine Eltern fühlte es sich nach einem leeren Wunsch an. Mittlerweile ist mir wieder klar, warum ich damals diesen Weg gewählt habe, und ich werde ihn zu Ende gehen.

»Irgendwo hier muss er sein.«

»Bist du dir sicher, dass du ihn nicht inzwischen weggeschmissen hast?«

»Ja, ich bin sicher.«

Kristján steckt zwischen zehn Kartons in seinem Keller und durchwühlt sie nach dem Weihnachtsbaumschmuck, den er vor Jahren gekauft, aber nur einmal benutzt hat.

»Ha! Ich hab ihn!«

Stolz hält er eine runde Plastikbox mit mattroten Kugeln hoch, das fetteste Grinsen aller Zeiten im Gesicht. Schnell zücke ich mein Handy und halte diesen Moment in Form eines Fotos fest.

»Hast du gerade ein Foto von mir gemacht?«

»Nein?«

Was nach einer Antwort klingen soll, hört sich eher wie eine Frage an.

»Irgendwann bekommst du das zurück, wart's nur ab.«

Wir schnappen uns den ganzen Schmuck und gehen zurück in seine Wohnung, in der auch ich Heiligabend dieses Jahr verbringen werde. Der Baum steht schon und jetzt kommt mein liebster Part an Weihnachten: das Schmücken.

Wir hängen abwechselnd Kugeln, Holztannenbäume und Pendelkerzenhalter an die Äste, während verschiedene Weihnachtssongs laufen, die wir über eine Musikbox angemacht haben. Auf dem kleinen Wohnzimmertisch stehen zwei Tassen gefüllt mit heißem Kakao und Sahne obendrauf, an denen wir ab und zu nippen. Es gibt mir ein ganz anderes Gefühl als mit meinen Eltern, aber es ist trotzdem wunderschön und gemütlich zugleich. Zusammen mit Kristján. Er gibt mir das, was ich nach den schlimmsten Monaten meines Lebens brauche. Mit ihm ist es friedlich, es ist lustig, ein bisschen verrückt und vor allem gibt er mir das Gefühl, gebraucht zu werden. Das war das Gefühl, was mir mein Leben lang fehlte. Immer fühlte ich mich nutzlos, egal wann und egal wo. Darüber hinaus war ich geradezu unsichtbar für die Menschen in meinem Umfeld. Aber das ist jetzt egal, denn ich bin hier, zusammen mit ihm.

Und mit jeder Minute, die wir zusammen verbringen, merke ich, wie mein Herz ein Stück mehr heilt.

Kristján

24. Dezember

Am Abend kochen wir zusammen. Wir marinieren das Hähnchen, kochen Kartoffeln für mich, Kartoffelklöße für Lyra, Rotkohl und eine dunkle Soße mit Rotwein. Das ist der erste Abend seit sieben Jahren, an dem ich noch mit jemand anderem als mir selbst koche. Meine Freunde haben alle eine Freundin, eine Verlobte oder eine Frau und haben dementsprechend wenig Zeit für Freundschaften. Die meisten von ihnen reisen und entdecken die Welt. Ich genieße derweil die Zeit in meiner Heimat und die diesjährige Weihnachtszeit mit dieser unglaublichen Frau, die neben mir am Herd steht und für die Klöße Croûtons in reichlich Butter anbrät. Manchmal verspüre ich das Bedürfnis, sie einfach an mich zu ziehen, aber ich mache es nie. Ich möchte nicht, dass sie sich unwohl oder überfordert fühlt, erst recht nicht bei mir. Als wir an jenem Abend ineinander gerannt sind, ist sie mir sofort aufgefallen. Ihre besondere Ausstrahlung, die jeder Mensch auf seine Weise hat und ihre Unsicherheit war so laut, dass ich nicht anders konnte, als hinzuhören. Und ich bereue es keine Sekunde.

»Darf ich dich was fragen?«, kommt auf einmal ihre weiche Stimme von links.

Ich kann mir denken, was kommt, aber bin für alles bereit.

»Alles.«

»Warum hast du aufgehört, Weihnachten zu feiern?«

Sie liebte Weihnachten schon immer, ich konnte mich darauf vorbereiten, dass so eine Frage kommen würde und trotzdem trifft sie mich mit voller Wucht.

»Meine Eltern haben sich vor ziemlich genau acht Jahren dazu entschieden, Island zu verlassen. Ich wollte nicht weg, also bin ich geblieben. Für das erste Weihnachtsfest, als ich achtzehn Jahre alt war, hatte ich mir einen Baum geholt und auch geschmückt, habe aber relativ schnell gemerkt, wie leer es sich anfühlt, Weihnachten allein zu verbringen. Also habe ich es in den letzten sieben Jahren gelassen.«

Und umso schöner finde ich es, Heiligabend jetzt mit Lyra verbringen zu dürfen. Ich weiß noch, wie es war, diese Zeit mit meinen Eltern zu verbringen und das war nicht halb so besonders wie dieses Jahr mit ihr.

Als das Essen fertig ist, setzen wir uns an meinen kleinen quadratischen Esstisch, den wir mit dem weiß-blauen Geschirr meiner verstorbenen Oma gedeckt haben, und fangen an zu essen. Währenddessen reden wir viel über unsere Vergangenheit und unsere Kindheit. Wir lachen viel, wenn wir uns gegenseitig alte Geschichten aus vergangenen Zeiten erzählen. Meine Eltern sind nicht mehr für mich da, aber sie waren nicht immer so. Ich habe als Kind viel mit ihnen unternommen und hatte eine schöne Kindheit. Umso verletzter bin ich jetzt, dass ich ihnen augenscheinlich nichts mehr bedeute. Sie melden sich seit Jahren nur noch an meinem Geburtstag mit einer kurzen Nachricht und sie fehlen mir. Ich schüttele meinen Kopf, um wieder ganz bei Lyra sein zu können und versuche, zu vergessen.

Nach dem Essen, als wir neben dem Baum sitzen und einen Kakao trinken, gebe ich ihr das Geschenk, das ich für sie besorgt habe. Eine Kleinigkeit musste ich ihr holen, es ist schließlich Heiligabend. Sie bestaunt die silberne Kette, an der ein kleiner silberner Tannenbaum mit ein paar roten Steinen hängt.

»Das hättest du nicht machen müssen, Kristján.«

»Ich weiß, aber ich wollte es für dich machen.«

Sie lächelt mich an und mein Herz macht einen Hüpfer.

»Dann hatten wir ja die gleiche Idee.«

Sie holt ein hübsch verpacktes Päckchen heraus und gibt es mir.

»Es ist nichts Großes.«

Ich packe es behutsam aus und zum Vorschein kommt mein Lieblingsbuch. Sie scheint mir meine Verwirrung anzusehen: »Schlag die erste Seite auf.«

Also tue ich das und mir springt die Signatur meiner Lieblingsautorin entgegen.

»Ein signiertes Exemplar von 'Die Erwählten'?«

»Du hast gesagt, es ist dein Lieblingsbuch und zufälligerweise hatte sie vor ein paar Tagen eine Signierstunde hier.«

Ich streiche über das Cover und bin verliebt. Aber nicht in das Buch.

Dieses Mal gebe ich meinem Bedürfnis nach, setze mich auf und ziehe sie in meine Arme. Es fühlt sich gut an, sie zu halten. Kurz habe ich Angst, sie würde es nicht erwidern und mich wegschieben, doch dann spüre ich ihre warmen Arme, die sich um meine Schultern legen. Mein Körper kribbelt und sehnt sich nach mehr Berührungen. Berührungen von ihr.

Das ist schönste Weihnachtsfest aller Zeiten.

Kristján

Wir verbrachten auch die beiden Weihnachtstage und Silvester zusammen. Wir hatten zwei wunderschöne Wochen miteinander. Wahrscheinlich die beiden schönsten in meinem gesamten Leben. In der ersten Woche hat sie in ihrer Unterkunft geschlafen und in der zweiten haben wir uns dazu entschieden, dass sie bei mir schläft. Ich habe ihr mein Bett überlassen und selbst auf dem Sofa geschlafen, alles andere wäre zu schnell gewesen.

Wenn ich daran denke, dass unsere gemeinsame Zeit gleich ein Ende hat und sie wieder nach Deutschland fliegen muss, wird mir ganz flau im Magen.

Sie ist anders als alle anderen Frauen, die ich jemals kennengelernt habe. Sie ist die verständnisvollste, aber ungeduldigste Person der Welt. In meiner Welt jedenfalls, denn obwohl ich sie erst seit zwei Wochen kenne, ist sie nicht mehr aus meiner Welt zu denken. Ich wollte es anfangs nicht wahrhaben, aber ich weiß, ich fühle mehr als Freundschaft für diese Frau.

Aber ich möchte sie auch nicht überrennen. Ich lasse ihr und auch mir selbst noch mehr Zeit, damit wir uns über alles klar werden können. Ich muss mich selbst und meine Gedanken erst einmal sortieren.

Ich stehe mit ihr am Flughafen, wir haben aber ausgemacht, dass ich an meinem Geburtstag zu ihr fliege und sie mir ihre Heimat zeigt. Trotzdem habe ich schon jetzt einen Kloß im Hals, wenn ich daran denke, dass sie gleich weg ist.

»Ich vermisse dich jetzt schon«, sage ich und sehe sie an.

»Ich dich auch. Aber wir sehen uns wieder, ja?«

Die Umarmung, die ich ihr schenke, ist Antwort genug. Sie legt ihre Arme um meine Taille, während ich mein Kinn auf ihrem Kopf ablege und sie fest an mich drücke.

Zum Abschied gebe ich ihr noch einen Kuss auf die Stirn. Das ist mein Versprechen an sie. Es ist mein Versprechen, dass wir uns wiedersehen werden. Denn eins steht fest. Sie ist mein Weihnachtswunder.

Lyra

Mein Herz tut schon etwas weh, als das Flugzeug abhebt und ich Island nur noch von oben sehe. Diese zwei Wochen hier waren die heilsamsten, die ich jemals hatte. Ich will nicht sagen, dass ich geheilt bin und es nicht mehr wehtut, an meine Eltern zu denken, aber ich habe gemerkt, dass ich trotzdem Spaß haben und lachen kann. Es ist normal, dass man denkt, das Leben geht nicht weiter und alles wäre zu Ende, aber das Leben geht weiter. Man braucht nur jemanden, der einem zeigt, wie es geht.

Ich weiß nicht, was mit Kristján und mir passieren wird. Ob aus uns etwas echtes und besonderes werden kann oder ob wir feststellen, dass wir als Freunde besser funktionieren, aber das ist erst mal egal. Was zählt ist das Hier und Jetzt. Im Moment bin ich froh, ihn kennengelernt zu haben und er hat dafür gesorgt, dass ich nicht mehr alles schwarz sehe, sondern dass es auch noch Licht am Ende des Tunnels gibt. Meine Eltern sind immer bei mir, aber sie sind trotzdem weg. Es gibt nicht nur sie. Vielleicht bekomme ich mit Kristján die Chance, auf die ich so lange gehofft habe. Die Chance, mich angekommen fühlen zu können. Egal, welche Schicksalsschläge uns erreichen und egal, was im Leben auf uns zukommen wird. Eins weiß ich jetzt: Wir selbst sind das, was uns bleibt.

ENDE

23

Verschenkte Freundschaft

Mia-Sophie Matzke

Ein Streichholz flammte auf und im nächsten Moment erfüllte der Duft einer zimtigen Kerze Felias Wohnzimmer. Sie pustete es aus und gesellte sich zurück in den Sitzkreis, den sie mit ihren drei Freund:innen Sena, Lasse und Raphaela vor dem Kamin gebildet hatte. Im Hintergrund dudelten die ersten Töne von *All I want for Christmas* aus ihrer Musikbox.

Lasse schmiss einen Scheit Holz nach, welcher bei der Berührung mit den anderen brennenden Stücken kleine Funken aufsprühen ließ.

»Sind wir dann so weit?«, fragte Sena und schüttelte den Geschenkesack, den er auf seinem Schoß liegen hatte.

Die Freund:innen trafen sich ganz nach ihrer Tradition seit sieben Jahren immer einen Tag vor Weihnachten, um bei einer Runde Plätzchen und heißem Sahne-Kakao ihre Wichtelgeschenke zu tauschen.

»Ja, es kann losgehen.« Raphaela klatschte in die Hände und streckte sie nach dem Geschenkesack aus. »Ich will zuerst.«

»Aha. Jetzt, wo Paulina nicht da ist, übernimmst du ihren Job?«

»Ich kann doch nichts dafür, dass ihr Sommer, Sonne, Strand und Meer wichtiger sind als wir. Dann kann ich wenigstens wie sie die Geschenke aus dem Sack ziehen.«

Bei dem Seitenhieb schnellten alle Augenpaare zu Felia, die gerade dabei war, ein Vanillekipferl zu verspeisen. Ein paar Sprenkel Puderzucker landeten auf ihrem Wollpullover.

»Was ist? Soll ich meine Freundin etwa verteidigen? Ich finde es auch doof, dass sie weg ist.«

»Sie hätte wenigstens unseren Vorschlag mit dem Videoanruf annehmen können«, schlug Lasse unnötigerweise vor. Immerhin hatte Paulina diesen bereits mehrfach abgelehnt.

»Ich glaube, sie freut sich, endlich ein wenig Abstand von ihrem alltäglichen Leben zu bekommen. Die letzten Monate waren ziemlich hart für sie.« Felia nahm sich ein weiteres Kipferl, um dem Gespräch schnellstmöglich aus dem Weg zu gehen.

»Das stimmt, aber nach all dem waren wir doch diejenigen, die zu ihr gestanden haben. Dass sie jetzt auch Abstand von uns braucht, tut weh.« Raphaela zuckte mit den Schultern. »Aber egal, ist ihre Entscheidung. Ich ziehe jetzt das erste Geschenk. Trommelwirbel bitte.«

Auch wenn die Traurigkeit über die fehlende Freundin noch immer im Raum stand, stiegen alle in Raphaelas Vorfreude mit ein und schauten gebannt auf ihre Hand, die langsam im Geschenkesack verschwand.

Raphas Nägel waren passend zum Feiertag in einem samtigen rot lackiert. Kleine glitzernde Sternchen und weiße Zuckerstangen-Streifen verzierten ihr Werk.

Als sie die Hand wieder hervorzog, waren ihre Finger um ein ebenso rotes Geschenk geschlossen. Die Form ließ sofort erkennen, dass es sich hierbei um ein Buch handeln musste.

Raphaela entfaltete den daran befestigten Zettel. »Zu niemandes großer Überraschung bekommt Felia auch in diesem Jahr ein Buch geschenkt. Da muss man die Spannungskurve gar nicht aufrechterhalten.«

Der Bücherwurm grinste, als ihr das Päckchen in die Hand gedrückt wurde.

»Cool, danke.«

Niemand verzog eine Miene, als Felia das Geschenk auspackte und mit funkelnden Augen über den Einband strich. Die Geheimhaltung dessen, wer, wem, was geschenkt hatte, funktionierte nicht in jedem Jahr. Doch dieses Mal ließ sich keiner der Freund:innen etwas anmerken.

»Das wollte ich schon lange haben. Vielen Dank!«, strahlend hielt sie ›Der Ruf der Lerche‹ in die Höhe.

»Sehr gut. Dann geht es jetzt weiter.« Raphaela zog das nächste Geschenk hervor. Es war eine flache, tannengrüne Geschenkbox.

»Das hier geht an … Sena!«, verkündete sie.

Der junge Mann nahm das Geschenk an sich und entfernte mit einem Ruck den Deckel. Darunter kam ein Umschlag hervor.

»Och Leute. Wir haben doch gesagt, keine Geschenkgutscheine. Das ist lame.« Ein wenig enttäuscht über den Briefumschlag, entfaltete Sena ihn trotzdem und öffnete die hineingelegte Karte.

Seltsamerweise war sie auf der Vorderseite gar nicht gestaltet und auch in ihrem Innern befand sich nur ein einziger Satz. In verlaufenden, roten Buchstaben stand dort:

Ich wünsche Dir zaUberhafte WeihNachten lieber Sena!
BluTige GrüßE
dein WeihNachtsmann

»Was soll der Quatsch?«, beschwerte er sich. »Das ist weder ein Geschenk noch gruselig. Denkt ihr, ich glaube noch an den Weihnachtsmann? Ich bin sechzehn.«

Die anderen runzelten die Stirn, während sie sich im Raum umsahen. Eine:r von ihnen musste seine Irritation sehr gut spielen, denn von irgendjemandem kam das Geschenk ja.

Doch da sich niemand zu erkennen gab und die Situation eher absurd als glaubwürdig war, prusteten sie los.

»Ja, anscheinend denken wir, dass du noch an den Weihnachtsmann glaubst«, meinte Lasse lachend.

»Das ist echt ein beschissenes Weihnachtsgeschenk«, meinte Raphaela. »Und wenn jemand von euch dieses Jahr nicht das Geld für unsere Wichtelaktion hatte, hättet ihr auch einfach etwas sagen können.«

»Warum guckst du mich jetzt an?«, fragte Lasse. »Ich war das nicht!«

»Ich auch nicht«, meinte Felia, da Raphaelas Blick als Nächstes auf ihr landete.

»Vielleicht warst du es ja selbst«, schlussfolgerte Lasse.

»Nein, war ich nicht.«

Kurz darauf herrschte Stille, da keiner der Freund:innen wusste, wie die Situation einzuordnen war.

Dann hatte Lasse eine Idee. »Wenn wir alle es nicht waren, musst du es wohl gewesen sein, Sena. Du hast das Päckchen an dich selbst adressiert und willst uns damit einen Schrecken einjagen.«

»Das ist doch Quatsch«, sagte dieser. »Warum sollte ich das tun?«

»Weil du ein ganz mieser …«, weiter kam Lasse nicht, denn plötzlich drangen ungewohnte Töne an die Ohren der Freund:innen.

»Was ist das?«, fragte Felia langsam. »Mach mal die Musik leiser.« Sie versuchte, ruhig zu bleiben, aber man hörte ihr die Panik trotzdem an.

Lasse, der sein Handy mit der Box verbunden hatte, stoppte das derzeit spielende Lied sofort.

Aus dem oberen Stockwerk wehte kaum hörbar Musik zu ihnen. Die Töne wurden seicht über die freie Treppe zu ihnen nach unten getragen. Es war der Beginn eines alten Weihnachtsliedes. *Stille Nacht, heilige Nacht* war es, wenn Felia sich nicht täuschte.

»Du meintest doch, deine Familie ist heute zu einem Weihnachtsessen verabredet«, beschwerte sich Raphaela bei Felia.

»Sind sie auch. Ich habe selbst beobachtet, wie sie in unserem Auto weggefahren sind.«

»Gut, aber wenn außer uns niemand hier ist, wer hat dann die Musik angemacht?«, fragte Sena unsicher.

Ein Schauer überkam Felia. Erst der seltsame Brief, dann die gruselige Musik. Was passierte hier? Sie war es gewesen, die Sena beim Wichteln gezogen hatte und wusste, dass dessen Geschenk noch sicher im Sack verpackt lag. Wer also hatte die Karte geschrieben?

»Kann die Person, die das hier zu verantworten hat, bitte endlich damit aufhören?«, fragte Sena in den Raum hinein. Lasse lachte bitter. »Der Spaß hat sicher gerade erst begonnen.« Er erhob sich von seinem gemütlichen Platz auf dem Sitzsack. »Ich gehe jetzt nachsehen.«

»Gut, ich komme mit.« Raphaela stellte den Geschenkesack auf dem Boden ab und folgte Lasse die Treppe hinauf. »So schlimm kann es ja nicht sein.«

Felia sah ihren Freund:innen unsicher hinterher, doch als schließlich auch Sena aufstand, folgte sie ihnen die Treppe hinauf.

Irgendwie machte es die Tatsache, dass sie sich gerade in ihrem Haus befanden, nur noch gruseliger. Sollte etwas nicht stimmen, würde sie gleich nicht wie die anderen das Grundstück verlassen und einfach nach Hause gehen können. Denn dies hier war ihr Zuhause.

Felia glaubte eigentlich nicht an Geister, doch irgendwer musste die Musik im oberen Stockwerk ja gestartet haben.

Die alte Holztreppe knarrte leise, als die vier Freund:innen emporstiegen. Währenddessen wurde die Musik immer lauter. Erst im Refrain von *Stille Nacht, heilige Nacht* setzte ein Chor ein und unterstützte das Orchester.

Während des Geschenkeauspackens am Heiligen Abend hätte das Lied sicher für eine kuschelige Atmosphäre gesorgt, doch gerade trugen die hohen Geigen, die im Refrain einsetzten, nur dazu bei, dass sich jedem die Nackenhaare aufstellten.

Felia stellte mit Schrecken fest, dass die Musik aus ihrem eigenen Zimmer kam. Die Tür war angewinkelt, sodass man nur einen Spalt Licht hindurchscheinen sah, der von der Straßenlaterne vor dem Fenster stammte.

»Auf drei öffne ich die Tür«, flüsterte Lasse von vorne. »Seid auf alles vorbereitet.«

Sena und Raphaela nickten, doch Felia war zu nervös, um irgendeine Regung von sich zu geben. Auch als Lasse mit zwei schnellen Schritten die Treppe verließ und die Tür aufstieß, rührte sie sich nicht vom Fleck.

»Hallo?«, fragte Lasse in das halbdunkle Zimmer hinein. Dann betätigte er den Lichtschalter, um besser erkennen zu können, womit er es hier zu tun hatte.

Doch zu Lasses Enttäuschung gab es nichts zu sehen – nichts, bis auf einen verlassenen Raum, der still und unberührt vor ihm lag.

Einzig und allein die alte CD-Anlage, die Felia nur aus dem Grund noch hatte, dass man über Bluetooth sein Handy verbinden konnte, zeigte eine Regung. Langsam drehte sich die eingelegte Disc unter einer durchsichtigen Plastikabdeckung und wechselte zum nächsten Lied.

Es war wieder ein Weihnachtslied, gespielt von einem Orchester. Dieses Mal klingelten kleine Glöckchen, bevor der Rest der Musiker:innen in Jingle Bells einsetzte.

»Irgendetwas ist hier faul«, meinte Lasse, als endlich auch Felia das Zimmer betrat. »Wer auch immer hier war, hat diese CD mitgebracht.« Er hielt eine alte CD-Hülle in die Luft, die ein wenig ausgeblichen und an einigen Stellen zerkratzt war. »Aber was will uns die Person mit *Holy Horror Christmas* sagen?«

»Vielleicht ist es der Geist der Weihnacht, der beschlossen hat, uns zu tyrannisieren«, witzelte Raphaela. Währenddessen sang der Chor *schlaf in himmlischer Ruh.*

»Das reicht«, entschied Sena und schaltete den CD-Player aus. Die Stille, die sich daraufhin ausbreitete, war jedoch nicht weniger beängstigend.

Felia erwiderte nichts, denn auf ihrem Rücken breitete sich gerade eine Gänsehaut aus. Noch vor fünf Minuten hatte sie vor ihrem knisternden Kamin gesessen und sich auf das Geschenkeauspacken mit ihren Freund:innen gefreut. Nun stand sie schweißgebadet in ihrem Zimmer, eine unbekannte Macht auf ihren Fersen. Wie war der Abend nur so schnell aus dem Ruder gelaufen?

Im nächsten Moment hörten die Freund:innen, wie im Treppenhaus eine Tür zuschlug und Felia erschrak so sehr, dass sie fast nach hinten umgekippt wäre. Auf den Knall folgte das Bellen eines Hundes, irgendwo in der Nachbarschaft.

Als könnte man Stille maximieren, war die Geräuschlosigkeit, die auf den lauten Knall folgte, noch einmal angespannter als eben.

»Ich habe Angst«, gestand Felia flüsternd. »Kann jemand von euch endlich zugeben, dass er oder sie uns einen Streich spielt?«

»Das ist doch Schwachsinn«, widersprach Lasse. »Wir bilden uns das alles nur ein. Die Tür wurde sicher von einem Windhauch zugeschlagen.«

»Und der kam woher?«, fragte Sena, wenig überzeugt. »Die Fenster und Türen sind im ganzen Haus geschlossen. Außerdem erklärt das auch nicht, woher diese CD kommt.« Er hob die zerkratzte Kunststoffhülle zur Erinnerung in die Luft. »Oder hatten deine Eltern die in ihrer Sammlung, Felia?«

»Ich … ich weiß es nicht. Sie haben so viele.«

Im Elternschlafzimmer im obersten Stockwerk gab es mehrere Regale voller CDs, die Felias Eltern seit ihrer Jugend sammelten.

»Dann gehen wir jetzt nach oben nachsehen, ob wir irgendwo eine Lücke erkennen können. Du meintest doch mal, dass deine Eltern die CDs nach Genre sortieren, oder? Sollte ja nicht schwer sein, die weihnachtlichen auszumachen.«

»Gute Idee. Ich denke auch, dass es die Tür oben war, die eben zugeschlagen wurde. Dann können wir gleich mal nachsehen, ob sich der Einbrecher dort versteckt.«

»Sag so was nicht. Glaubt ihr wirklich, dass es ein Einbrecher ist?« Felia war den Tränen nahe, und als Sena das bemerkte, legte er schützend seinen Arm auf ihre Schultern.

»Hey, alles wird gut. Bestimmt sind das nur doofe Zufälle und wir haben das gleich geklärt.«

Auch Raphaela nickte. »Und sollte doch ein Mensch dahinterstecken, sorge ich dafür, dass er uns unser Event nicht vermiest. Ich habe mich wochenlang darauf gefreut.«

»Genau. Wir verteidigen das Wichtel-Treffen gegen einen bluthungrigen Weihnachtsmann!«

»Leute, kommt ihr endlich?«, rief Lasse aus dem Treppenhaus. Felia fragte sich, warum sie nicht ein wenig Mut von ihrem Freund abbekommen hatte. Schon beim ersten Schritt waren ihre Beine wieder zu glitschigem Wackelpudding geworden.

Lasse war bereits die Treppe nach oben gelaufen. Dort wartete er vor der geschlossenen Zimmertür zum Elternschlafzimmer.

Felia wusste, dass dies eigentlich eine gesperrte Zone für Besucher:innen war, aber besondere Situationen erfordern besondere Maßnahmen. Dass die CD nicht aus dem Nichts aufgetaucht war, sondern in die Sammlung ihrer Eltern gehörte, wäre schon mal eine beruhigende Feststellung.

»Ich öffne jetzt die Tür«, verkündete Lasse erneut. Felia überkam ein Déjà-vu, das keine fünf Minuten her war. Sie hoffte, dass, was auch immer sie gleich vorfinden würden, weniger nervenaufreibender und verwirrender war als der spielende CD-Player.

»Alles klar.«

Knarzend schwang die Tür nach innen auf und enthüllte den Freund:innen eine schwarze Leere. Anders als Felia hatten ihre Eltern die Rollläden geschlossen und es kam somit kein Licht von draußen hinein.

Lasse betätigte den Lichtschalter und nacheinander betraten die Freund:innen den Raum. Sofort widmete er sich dem CD-Regal, während die anderen das restliche Zimmer in Augenschein nahmen.

Was wäre, wenn sich hier jemand verstecken würde?

Nicht nur Felia lief es kalt den Rücken herunter, als sie darüber nachdachte, die ganze Zeit von einem Paar mordlustiger Augen beobachtet zu werden. Ein paar Augen, die jede ihrer Bewegungen aus einem sicheren Versteck verfolgten.

Doch weder sie noch Raphaela oder Sena fanden einen Eindringling. Sie sahen unter dem Bett und in der Lücke zwischen Kleiderschrank und Tür nach, doch gaben ihr Suchspiel nach kurzer Zeit auf. Es war niemand im Raum, der hier nicht sein sollte. Dessen waren sie sich nun sicher.

»Hier könnte die CD gestanden haben«, meinte Lasse nach einiger Zeit. »Die Lücke ist groß genug und die zwei CDs daneben drehen sich ebenfalls um Weihnachten.«

Felia inspizierte den schmalen Abstand zwischen zwei Plastikhüllen.

»Ja, das müsste passen. Oh Mann, das beruhigt mich gerade echt doll.«

»Es erklärt auf jeden Fall, wo die CD herkommt, ja.« Lasse verschränkte die Arme vor der Brust. »Fragt sich nur, wie sie in deinen Player kam – Felia.« Er sprach den Namen fast wie eine Drohung aus.

Raphaela schaltete sofort. »Du glaubst doch nicht ernsthaft, dass Felia das hier alles geplant hat. Guck sie dir doch mal an. Sie hat Todesangst.«

»Wir wissen auch, dass sie jahrelang Schauspielunterricht genommen hat.«

Felia kam gar nicht dazu, sich selbst zu verteidigen, denn nun warf sich Sena metaphorisch schützend vor sie.

»Dein Ernst Lasse? Bevor ich glaube, dass Felia hinter all dem steckt, warst du es eher.«

»Ich? Wie hätte ich das vorbereiten sollen? Wir sind zusammen hergelaufen, ich kann also vorher nicht in diesem Haus gewesen sein.«

»Aber vorgestern waren wir allein hier, um für die Mathe-Arbeit zu lernen«, gab Felia zu bedenken. »Ich sage nicht, dass du es warst, aber theoretisch hättest du die Zeit gehabt, alles vorzubereiten. Immerhin war ich eine halbe Stunde lang in der Küche, um meiner Mutter mit den Einkäufen zu helfen, während du angeblich in meinem Zimmer saßt.«

»Das ist doch lächerlich«, schnaubte Lasse. »Du warst die Woche bestimmt auch mal mit Rapha oder Sena allein hier. Die könnten es genauso gewesen sein.«

»Allein waren sie nicht hier, aber zusammen. Also ja, sie könnten auch dahinterstecken.« Felia seufzte. »Aber ehrlicherweise hoffe ich nicht, dass eine:r von euch das hier vorspielt.«

»Dann wäre es dir doch lieber, wenn es der Geist der Weihnacht ist?«, scherzte Sena.

»Nein, natürlich nicht!«

»Also ich glaube, dass es Raphaela war«, sagte Lasse dann geradeheraus.

»Warum das denn jetzt?«

»Du versuchst die ganze Zeit nicht wirklich beim Lösen des Rätsels zu helfen. Entweder suchst du halbherzig nach Hinweisen, oder du versuchst, Felia seelischen Beistand zu leisten. Ganz so, als würdest du dich schlecht fühlen, dass sie so unter deinem Streich leidet.«

Raphaela sah ihn entrüstet an. »Das ist so ein Quatsch! Können wir endlich aufhören, uns gegenseitig zu beschuldigen? Ich dachte, wir wären beste Freund:innen? Und beste Freund:innen sollten einander glauben, wenn sie sagen, dass sie hiermit nichts zu tun haben.«

»Ich kann euch schlecht glauben, denn dann müsste ich annehmen, dass hier wirklich ein Geist sein Unwesen treibt«, erklärte Lasse langsam. »Dann war es eben Sena, mir egal. Solange ich es mir rational erklären kann.«

»Das ist mir zu blöd«, meinte Raphaela schnaubend. »Ich gehe wieder nach unten. Hier werde ich gleich noch eines Mordes beschuldigt.«

»Nein Rapha, warte. Wir müssen das klären!«, versuchte Sena sie noch zum Bleiben zu bewegen, aber da war die junge Frau auch schon weg. »Na großartig. Vielen Dank Lasse.«

»Tu jetzt nicht so, als würde das an mir liegen. Raphaela war die Erste, die nach dem Auspacken des Briefes jemanden beschuldigt hat!«

»Sie klang dabei aber weniger vorwurfsvoll als du jetzt.«

Felia beobachtete, wie Sena und Lasse sich den imaginären Ball der Schuld zuwarfen, ein hässlicher Kloß aus Enttäuschung über den verpatzten Abend. Er wurde immer größer, je öfter er an einem der beiden abprallte.

»Vielleicht sollten wir …«

»Leute?«, kam es plötzlich von unten. Raphaelas Stimme war leise, aber man erkannte trotzdem, dass sie vor Angst zitterte. Sofort schrillten alle Alarmglocken in Felias Kopf.

»Was ist los?«, rief Lasse wenig interessiert.

»Kommt und seht euch das an«, antwortete sie aufgebracht.

»Hast du eine weitere Botschaft vom Weihnachtsmann gefunden, oder was?«, fragte Lasse spöttisch. »So ein Schwachsinn.«

»Ja, hab ich und ihr solltet euch das ansehen.«

»Das kannst du vergessen. Ich bleibe jetzt so lange hier oben stehen, bis einer von euch zugibt, dass er oder sie es gewesen ist«, sagte Lasse zwar, doch als Sena und Felia langsam Richtung Treppe gingen, seufzte er und lief seinen Freund:innen nach. »Ach kommt schon.«

Während sie die Treppe nach unten gingen, wanderte Felias Adrenalinspiegel wieder nach oben. Sie fühlte sich wie ein kleines Häschen, welches kurz davor war, eine viel befahrene Straße zu überqueren und versuchte, den Abstand zwischen den Autos richtig einzuschätzen. Im Erdgeschoss angekommen gingen die Freund:innen sofort in das Wohnzimmer, in welchem Raphaela stand und panisch mit ihren Händen fuchtelte.

»Da seid ihr ja endlich. Seht euch das an!«

Auf dem Parkettboden war Puderzucker verteilt worden. In kleinen Häufchen führte das Pulver vom Kamin aus bis zum Plätzchenteller. Felia, die die Kekse fein säuberlich drapiert hatte, merkte sofort, dass sowohl ein paar Vanillekipferl als auch Marmeladenplätzchen fehlten.

»Sind das … Fußabdrücke?«, fragte Sena ungläubig.

»Ja. Es sieht aus, als kämen sie von Winterstiefeln, mit einem kleinen Absatz hinten.«

»Glaubst du uns jetzt endlich, dass wir nichts mit der Sache zu tun haben, Lasse? Hier ist der Beweis: Während wir alle oben waren, muss jemand hier gewesen sein, um die Spuren zu legen.«

Lasse blieb stumm und damit hatten alle ihre Antwort.

»Was machen wir jetzt? Offensichtlich sind wir nicht allein hier und die Person möchte mit kleinen Rätseln auf sich aufmerksam machen. Flüchten wir woanders hin oder versuchen wir herauszufinden, was hier los ist?«, fragte Sena nachdenklich.

»Ich frage kurz bei meinen Eltern nach. Vielleicht hat sich meine Schwester das ja ausgedacht. Die war sowieso nicht begeistert, dass sie heute mit auf dieses Essen musste. Es kann sein, dass sie sich den Plan ausgedacht hat und dann früher geflüchtet ist, um uns einen Schrecken einzujagen.«

Felia zückte ihr Handy.

»Alles klar. Wir nehmen solange das Wohnzimmer genauer in Augenschein.«

Einige Minuten lang herrschte angespannte Stille. Felia tippte auf ihrem Smartphone herum und fragte so bei ihrer Schwester nach – die natürlich von nichts wusste. Raphaela und Lasse suchten nach Hinweisen auf den Möbeln und in den Schränken, während Sena die ursprüngliche Nachricht mit den blutigen Buchstaben wieder hervorholte und lange ansah.

»Leute, ich glaube, hier ist ein Hinweis drauf versteckt. Manche der Buchstaben sind großgeschrieben und bilden das Wort UNTEN.«

»Lass mal sehen«, forderte Lasse und bekam im nächsten Moment die blutige Weihnachtskarte gereicht. »Stimmt. Dann sollten wir mal im Keller nachsehen.«

»Ich finde unseren Keller schon tagsüber gruselig«, sorgte sich Felia. »Aber jetzt im Dunkeln … ich habe immer noch das Horror-Orchester im Ohr, das mir *Stille Nacht, Heilige Nacht* für immer versaut hat. Mit dem Soundtrack den Untergrund zu betreten, garantiert mir eigentlich schon einen schmerzvollen Tod.«

»Das wird schon. Bleib einfach hinter uns«, beruhigte Raphaela sie sanft. Sie hielt die Tür zum Keller auf, um Lasse vorgehen zu lassen. Wenn er schon so großmäulig war, konnte er wenigstens der Gefahr als Erster ins Auge blicken. Raphaela fing Felia ab, bevor diese an ihr vorbeilaufen konnte. »Hat deine Familie geantwortet? Weiß deine Schwester was?«

»Nein, sie hat mir ein Beweisbild vom Essen geschickt. Und eins von sich mit meinen Eltern. Ich glaube nicht, dass sie dahintersteckt.«

»Schade.«

»Felia, wo ist euer Lichtschalter?«

Lasse und Sena waren bereits in dem dunklen Loch verschwunden und schienen keinen Spaß daran zu haben, orientierungslos in der Schwärze herumzuirren.

»Rechte Seite. Ein wenig in den Raum rein.«

Dann wurde es hell im Keller. »Ah, danke.« »Wenn du möchtest, kannst du oben warten«, schlug Raphaela vor. »Wir schaffen das auch allein.«

Doch Felia winkte ab. »Schon okay. Langsam glaube ich nicht mehr daran, dass es wirklich ein Einbrecher ist. Oder ein Mörder. Oder sonst jemand, der uns schaden möchte.«

»Sondern?«

Felias Blick war vielsagend und so verstand ihre Freundin sie, auch ohne, dass sie Weiteres erklären musste. Denn ein Name kam Raphaela in den Sinn.

Ein Name, der dem hier allem einen Sinn gab.

»Paulina«, flüsterte Raphaela freudig. Die fünfte Freundin war schon seit Kindheitstagen ein Fan von Horror- und Gruselgeschichten.

»Genau. Ich weiß nicht wie oder warum, aber anscheinend ist sie doch nicht in den Urlaub geflogen.«

»Das erklärt, warum sie auch keinen Videoanruf mit uns beim Geschenkeauspacken starten wollte. Dann hätten wir gesehen, dass sie gar nicht am Strand liegt.«

»Ja, sondern dass sie sich gerade in meiner Abstell-
kammer, meinem Bad, oder sonst wo versteckt.«

Raphaela nickte. »Das klingt logischer als alle Ideen, die
wir heute sonst schon so gehabt hatten.«

»Kommt ihr endlich?«, rief Lasse von unten.

»Ja.« Felia grinste. »Mal sehen, wie lange es dauert, bis
die Jungs es herausfinden.«

»Lasse erkennt es sicher nicht. Der ist zu versessen darauf, dass es jemand von uns war.«

Die beiden gingen nun auch die Treppe nach unten und
begannen dort mit der Suche nach weiteren Hinweisen. Die
Jungs hatten sich anscheinend bereits im Wäschekeller und
der Heizungszentrale umgesehen. Fehlte nur noch der große Raum, in welchem Vorräte und alte Erinnerungsstücke
gelagert waren.

»Irgendeine Idee, wonach genau wir Ausschau halten
könnten?«

»Den letzten Taten des Unbekannten folgend, müsste es
sich auch jetzt um was Weihnachtliches handeln.«

Felia nahm den gesamten Raum in Augenschein. »Das
kann schwierig werden. Die Weihnachtsdekoration befindet sich aus gegebenem Anlass gerade oben und auf den
ersten Blick sehe ich nichts, was hier neu abgestellt wurde.«
Ein paar weitere Minuten vergingen schweigend.
Nachdem der Adrenalinspiegel so lange ganz oben gewesen war, wusste wohl niemand mehr, was es noch zu
sagen gab. Doch irgendwann räusperte Lasse sich und
sagte: »Tut mir leid, dass ich eben so ausgerastet bin.
Unterbewusst war mir natürlich klar, dass keiner von
euch dahintersteckt, aber ich habe einfach krampfhaft
versucht, an meiner rationalen Erklärung festzuhalten.«
Nur mit diesen paar Worten erkannten die Freund:innen
mal wieder, wie wertvoll ihre Freundschaft war. Denn
natürlich gab es zwischen ihnen mal Streitigkeiten, doch
schlussendlich kamen sie immer wieder auf einen gemeinsamen Nenner.

»Mir tut es auch leid, Lasse. Immerhin habe ich sofort
dich beschuldigt«, gab Raphaela zu.

»Und mir tut es leid, dass ich sofort so panisch geworden bin«, meinte Felia.

»Dafür kannst du ja nichts.«

Sena nickte. »Und ich entschuldige mich dafür, nicht genug zwischen euch vermittelt zu haben. Denn ihr könnt alle ganz schön stur sein und seht dann gar nicht mehr, was ihr aneinander habt.«

Felia lächelte sanft. »Ich hab euch lieb.«

»Wir dich auch.«

Bevor die Freund:innen die Chance hatten, einander in die Arme zu fallen, nahmen sie das Klingeln von mehreren kleinen Glöckchen wahr.

»Wo kommt das schon wieder her?«

»Ich glaube, aus dem Wohnzimmer.«

»Dann auf, wieder nach oben.«

Dieses Mal jagten die Freund:innen die Treppe hinauf, Sena nahm sogar immer zwei Stufen auf einmal.

Oben angekommen empfing sie eine Überraschung, die endlich Licht ins Dunkel brachte. Denn neben dem Kamin, in einem der großen Ohrensessel, saß der Weihnachtsmann.

Oder zumindest jemand, der sich als Weihnachtsmann verkleidet hatte. Der dicke Mantel verdeckte die Körperform und das Gesicht war zum Großteil von einem dichten, weißen Bart verdeckt. Neben dem Sessel lag der immer noch halb gefüllte Wichtelgeschenke-Sack.

Raphaela lachte. »Aha, da haben wir also unseren Einbrecher.«

»Warum wirkst du darüber so amüsiert? Die Person hat uns den ganzen Abend versaut«, sagte Lasse misstrauisch.

Raphaela zuckte mit den Schultern. »Du wirst schon sehen.«

Auch die Person mit der roten Zipfelmütze lachte nun.

»Sie hat einfach besser eins und eins zusammengezählt als ihr Jungs.«

»Moment – die Stimme kenne ich«, meinte Sena stutzig.

Der Weihnachtsmann riss sich den falschen Bart vom Kopf, sodass das junge Gesicht darunter zum Vorschein kam.

»Richtig gehört.«

»Paulina!«, rief Sena entgeistert.

»Was machst du hier?«, fragte Lasse irritiert.

Die junge Frau wischte sich ein paar letzte falsche Haarfasern vom Gesicht, bevor sie antwortete: »Ich konnte mir das Weihnachts-Wichteln einfach nicht entgehen lassen.«

»Ja, ja. Und jetzt bitte noch die offizielle Version, warum du gerade nicht wie geplant am Strand liegst.«

»Ach so … na ja, die große Hochzeit, für die wir eigentlich nach Spanien geflogen wären, fällt ins Wasser. Meine Cousine und ihr Freund haben sich doch dazu entschieden, sich nur zu zweit trauen zu lassen. Da ich das aber erst erfahren habe, als wir bereits am Flughafen waren, durfte ich die ganze Rückfahrt zurück nach Hause darüber grübeln, wie ich mich für den nächsten Tag noch selbst zu unserem jährlichen Treffen einlade. Immerhin war es zu spät, jetzt noch ein Geschenk zu besorgen. Also habe ich mir diese ganze Aktion ausgedacht, um mich dafür zu entschuldigen, hier ohne Präsent zu erscheinen.«

»Du bist echt der Wahnsinn.« Felia lachte und ging zu ihr hin, um ihre Freundin in den Arm zu nehmen. »Aber dir ist schon bewusst, dass wir dich auch ohne Geschenk reingelassen hätten, oder? Wir freuen uns nämlich sehr, dass du da bist.«

»Stimmt«, bestätigte auch Sena. »Und da du unsere kleine Entschuldigungsrunde im Keller verpasst hast, hier noch einmal für dich: Wir haben dich ganz doll lieb.«

»Oh«, unschlüssig, wohin sie mit ihren Emotionen sollte, fasste sich Paulina ans Herz. »Das kam jetzt unerwartet. Ich dachte eigentlich, nach meinem Streich würdet ihr mich hassen. So verängstigt, wie ihr zeitweise aussaht.«

»Ich glaube, wir sind gerade einfach froh, dass es sich schlussendlich nicht um den Geist der Weihnacht gehandelt hat, sondern um eine existierende Person und dann auch eine, die wir sehr gerne bei uns haben.«

»Verständlich.«

Nachdem die Freund:innen Paulina alle der Reihe nach umarmt hatten, nahmen sie den Sitzkreis von vorhin wieder auf und begannen, die restlichen Geschenke zu verteilen. Da die verloren gegangene Freundin nun wieder da war, durfte sie den Part mit dem Ziehen aus dem Sack übernehmen.

»Du musst uns jetzt nur noch aufklären, wie du all deine Streiche angestellt hast. Warst du schon vor uns im Haus, um den Brief im Geschenke-Sack zu verstecken?«

»Ja genau. Felias Eltern haben mich hereingelassen und während Felia sie verabschiedet hat, habe ich den Brief für Sena schnell in den Sack gelegt. Ich wusste, dass er sich am meisten darüber aufregen würde, nur einen Geschenkgutschein zu erhalten. Dann bin ich nach oben gegangen, um mich für eine CD zu entscheiden und diese in Felias Player zu legen. Währenddessen seid ihr angekommen.«

»Ah, und als du gehört hast, wie ich das Geschenk auspacke, hast du die CD angemacht?«, fragte Sena.

»Ja genau. Ich habe mich im Bad versteckt und während ihr in Felias Zimmer gewesen seid, habe ich mich nach unten geschlichen, um die Fußspuren zu drapieren. Danach blieb nur noch zu hoffen, dass ihr die Nachricht ein zweites Mal lest und nach unten in den Keller geht, damit ich es mir in meinem Kostüm im Sessel gemütlich machen kann.«

»Wie cool, dass alles genau so geklappt hat, wie du es dir vorgestellt hast. Das muss sicher mega viel Arbeit gewesen sein und ein Haufen Stress, nicht entdeckt zu werden.«

Paulina winkte ab. »Ach Quatsch, das habe ich sehr gerne gemacht. Auch wenn ich zwischenzeitlich fast ein schlechtes Gewissen hatte, so angespannt, wie ihr alle ausgesehen habt. Und du hast recht, ein wenig Panik hatte ich schon, dass ihr mich vorher schon ertappt.«

»Scheißegal. Im Nachhinein war es eine supercoole Aktion und ein Tag, an den ich mich noch lange erinnern werde.«

»Das freut mich.« Paulina strahlte.

Da fiel Sena noch ein weiteres Detail auf, welches noch nicht geklärt war. »Und die Tür des Elternschlafzimmers, die auf einmal zugefallen ist? Wie hast du das gemacht, obwohl du gerade unten im Wohnzimmer warst?« Er grinste. »Da bin ich sehr gespannt.«

Keinem gefielen die großen Augen, die Paulina bei diesen Worten bekam. Und noch weniger die Worte, die sie danach aussprach.

»Das ... das war ich nicht.«

ENDE

Mein Tannenbaum

Mia-Sophie Matzke

Innere Werte spielten keine Rolle, als ich dich das erste
Mal sah.
Gesunde grüne Nadeln und ein hölzerner Geruch machten
mir klar,
dass du derjenige bist, der schon immer für mich bestimmt
gewesen war.
Es war Liebe auf den ersten Blick.
Ich spürte eine tiefe Verbundenheit auch ohne viele Worte.
Liebte dich bedingungslos und unverdorben.

All die Zuneigung die ich dir gab,
ließ dich erblühen, zeigte mehr von deiner Pracht.
Gold und Rot und Blau und Magenta, hängte ich an deine
Äste.
Erfreute mich am Glanz und Schimmer, schon Wochen vor
dem Fest der Feste.
Liebte das Gefühl von deiner Präsenz in meinem
Wohnzimmer
und deinen Duft im Raum.
Dir stundenlang beim Stehen zuzusehen war ein Traum.

Still und heimlich fing die Fassade an zu bröckeln.
Langsam, fast qualvoll, färbte sich die erste Nadel braun
und fiel dann zu Boden.
Deine Äste senkten sich, als wären sie ein Geigenbogen.
Die schmuckvollen Kugeln rutschten ab und zerschellten
am kalten Stein.
Ein Scherbenhaufen voller Erinnerungen breitete sich um
den kahlen Stamm aus.
Du sahst einfach dabei zu, wie ich die Reste des Schmucks
mühevoll zusammenkehrte.

Nun sind die Nadeln ganz verschwunden.
Sie fielen von dir ab wie Glieder einer durchbrochenen
Fahrradkette.
Sie zeigten deine wahre Gestalt, dein wahres Wesen.
Doch für mich ist es schon zu spät gewesen.
Ich kann mich nicht an den Gedanken eines nächsten
Weihnachtens erfreuen.
Will lieber dich zurück als etwas Neues.
Meinen Tannenbaum.

Ein Zimtstern zu Weihnachten

A. S. Schoepf

»Eine fröhliche Weihnachtszeit und viele einzigartige Glühweingespräche.« Die Stimme der mit Abstand anstrengendsten Arbeitskollegin dieses Universums schallte durch meinen Kopf. Nicht einmal nach Feierabend wurde ich von der grundsätzlich gekünstelten Freundlichkeit dieser Person mit ernsthafter Aufmerksamkeitsdefizitphobie verschont.

Schnaubend griff ich nach dem kleinen Päckchen Weihnachtsplätzchen, das vor mir auf dem Schreibtisch stand. Der Ursprung meines Gemützustands. Ich hatte keine Ahnung, wie der Fröhlichkeitskobold der Firma, auch Matilda genannt, es geschafft hatte, dieses grässliche Ding während meiner letzten Meetings auf meinen Arbeitsplatz zu befördern. Und trotzdem stand das Souvenir jetzt vor mir, brachte die perfekte Ordnung meiner Schreibutensilien durcheinander und spuckte mir die Weihnachtsfreude der ganzen Welt förmlich ins Gesicht.

Etwas zu aggressiv klatschte ich das Tütchen in meine geöffnete Laptoptasche. Der zusätzliche nicht gerade jugendfreie Fluch kostete mich einige fragende Blicke der anderen, die allesamt in kitschiger Weihnachtsdeko zu ersticken drohten. Insofern fiel ich nicht nur durch meinen penibel ordentlich sortierten Arbeitsplatz auf, sondern auch, weil dieser eben nicht unter Mistel- und Tannenzweigen, Girlanden jeglicher Form und Farbe oder kleinen Tannenbäumchen, deren Äste sich unter schweren Kugeln bogen, verschwand. Ein Punkt, den ich gekonnt ignorierte, der aber gerade Matilda ein ziemlicher Dorn im Auge war. Ihr Schreibtisch befand sich glücklicherweise am anderen Ende des Raumes. Zusätzlich saß sie mit dem Rücken zu mir. Meinen kleinen unkontrollierten Ausbruch sollte sie daher nicht mitbekommen haben.

Ich warf meinen Nachbarn ein entschuldigendes Lächeln zu, richtete das Päckchen in meiner Tasche mit spitzen Fingern und schloss behutsam den Reißverschluss. Dann griff ich nach meinem Mantel, wickelte mich in meinen Schal und drehte dem nicht mehr auszuhaltenden Weihnachtschaos den Rücken zu.

Doch auf der Straße nahm die Reizüberflutung kein Ende. Weihnachtsmänner, die Eltern Geld aus der Tasche zogen, Musiker, die zum fünfhundertsten Mal *O du fröhliche* spielten, und Kinder, die sich gegenseitig mit Schneebällen bekriegten, erschwerten meinen Heimweg. Noch zwei Tage, dachte ich und versuchte, meinen Herzschlag durch tiefe Atemzüge zu beruhigen. In zwei Tagen würde ich meinen heiß geliebten geordneten Alltag zurückerobern. Bis dahin war die Arbeit mein rettender Anker. Aufstehen, ins Büro fahren und gleichzeitig die Weihnachtsexplosion ignorieren, den Kalender mit Terminen bombardieren, gelegentlich eine Kleinigkeit essen, Kollegen höflich zunicken, schlafen. Ganz einfach und simpel. Mein Rezept als Weihnachtsüberlebenskünstlerin.

Erst als ich die Tür meiner Zwei-Zimmer-Wohnung im ersten Stock eines Mehrfamilienhauses hinter mir zufallen ließ, lockerten sich meine Schultern. Ich streifte meine durchnässten Stiefel und meinen Mantel ab, ehe ich nach meiner Tasche griff, um das elendige Päckchen dort hinzubefördern, wo es von Anfang an hingehört hätte. In den Mülleimer. Ich konnte Matildas entsetzten Blick vor mir sehen, als die knisternde Verpackung zwischen alten Eierschalen und der ein oder anderen stinkenden Bananenschale landete. Das Gefühl der Freiheit, das damit einherging, brachte mich dazu, mich mit einem Glas kalter Milch zufrieden an den Küchentisch zu setzen und beglückt ins Leere zu starren. Zugegeben, viel zu sehen gab es in meiner Wohnung nicht. Die leeren weißen Wände sahen genauso aus wie vor meinem Einzug. Die Ordnung der sterilen schwarzen Arbeitsfläche der Kücheninsel wurde von einer Kaffeemaschine und einem Küchengerät, dessen Namen ich vergessen hatte, unterbrochen. Die weißen Regale waren genauso nichtssagend wie alles andere.

»Eine bodenlose Frechheit«, erklang plötzlich eine hohe Stimme aus der Richtung des Wohnzimmers. »Eine respektlose, nicht zu verzeihende bodenlose Frechheit.«

Verwirrt stand ich auf. Ich konnte mich nicht daran erinnern, den Fernseher eingeschaltet zu haben. Wundern würde es mich jedoch nicht. Leise Hintergrundgeräusche unterstützten meine Produktivität enorm.

Schlurfend ging ich ins Wohnzimmer, stockte jedoch, als ich den dunklen Bildschirm des TVs erblickte. Komisch. Vielleicht litt mein Kopf mittlerweile doch unter den Spannungen der ständigen Weihnachtsdudelei. Ich zuckte die Schultern und befreite das Protokoll eines meiner aktuellen Projekte aus meiner Tasche, ehe ich mich damit am Küchentisch niederließ.

Glücklicherweise war ich den Weihnachtsmarketingaktionen dieses Jahr gekonnt aus dem Weg gegangen. Matilda hingegen hatte sich mit einigen anderen Kollegen förmlich darum gerissen. Stattdessen genoss ich die alltäglichen Marketingplanungen, die rein gar nichts mit der Manipulation der gestellten Freundlichkeit zu Weihnachten zu tun hatten.

»In fünfzig Jahren Arbeit habe ich so etwas noch nicht erlebt«, erklang abermals die helle Stimme.

Ich runzelte die Stirn. Normalerweise vertraute ich meinem Kopf hundertprozentig. Im Moment jedoch zweifelte ich an meiner Auffassungsgabe. Kopfschüttelnd beugte ich mich über das Protokoll.

»Ich habe Puderzucker im Hals. Es kratzt, es juckt, alles ist viel zu trocken.« Der Satz wurde von einem jämmerlichen Heulen unterbrochen, das von einem ekelhaften Schniefen unterstützt wurde.

Auffassungsgabe hin oder her, verrückt war ich noch lange nicht. Leise stand ich auf und schlich zur Kücheninsel, ehe ich mir aus einem der Regale eine Bratpfanne nahm, darauf bedacht, kein lautes Geräusch zu verursachen. Dann schlich ich weiter in die Richtung, aus der die Stimme zuvor gekommen war.

»Hallo? Hört mich denn niemand? Ich habe Puderzucker im Hals. Ein äußerst unangenehmer Umstand, wenn man mich fragt.«

Ich erstarrte. Jetzt konnte es wirklich kein Hirngespinst mehr sein. Hier war jemand. Und die Tatsache, dass dieser

Jemand keinerlei Wert auf Diskretion beim Eindringen in meine Wohnung an den Tag legte, verunsicherte mich. Sehr.

»Ich bin bewaffnet und rufe die Polizei«, sagte ich, darauf bedacht, meine Stimme möglichst fest klingen zu lassen. Gleichzeitig umfasste ich den Griff der Bratpfanne fester und ging in Angriffshaltung.

»Polizei?« Es erklang ein abschätziges Schnauben. »Dann würde ich wenigstens nicht mehr in diesem Berg aus Puderzucker ersticken.« Die Stimme blieb unverändert, ließ sich von meiner Drohung nicht sonderlich aus der Ruhe bringen.

»Ich zähle bis drei, dann möchte ich Sie mit erhobenen Händen sehen«, sagte ich, den Blick starr auf die Tür zum Flur gerichtet.

»Erhobene Hände? Dass ich nicht lache. Wie zum Weihnachtsmann soll ich mich aus diesem Gefängnis aus Zucker befreien? Hast du eine Ahnung, welchen Kraftaufwand mein Überlebensinstinkt gerade benötigt?«

Verwirrt schüttelte ich den Kopf. Vielleicht hatte ich heute Mittag auch einfach etwas Falsches gegessen und mein Kopf war vollkommen überfordert. Vielleicht sollte ich mein Projekt zurück in die Tasche packen und mich erst einmal schlafen legen. Vielleicht würde das die komische Stimme vertreiben.

»Hallo? Kann mir jetzt jemand helfen, oder ist das wirklich zu viel verlangt?« Ein angestrengtes Stöhnen erklang, das mich abermals dazu brachte, den Griff meiner Pfanne fester zu umklammern.

»Eins, zwei«, begann ich, kam jedoch nicht weiter. Ein Rumpeln, das eindeutig aus dem Mülleimer kam, ließ mich fluchend zusammenfahren.

Ich brachte gebührenden Abstand zwischen mich und den Tatort und schob zur Sicherheit einen der Hochstühle vor mich.

»Ich ersticke hier in Puderzucker und sie fängt an zu zählen. Wie lächerlich. Anstatt mir endlich hier herauszuhelfen.« Ein lauter Kampfschrei folgte und irgendetwas donnerte gegen die dünne Plastikwand.

Ich atmete tief durch.

Abermals ein Donnern.

Was auch immer sich in meinem Mülleimer versteckt hatte, sonderlich bedrohlich konnte es nicht sein. Immerhin schien sich die Größe eindeutig in Grenzen zu halten.

Vorsichtig schlich ich mich näher an den Mülleimer heran und schob mit der Bratpfanne den Deckel beiseite. Von hier aus konnte ich kaum mehr als die alten Eierschalen und den Inhalt eines abgelaufenen Joghurts erkennen. Ich beugte mich so weit nach vorne, bis ich beinahe vornüberkippte, ehe ich einen Blick auf die Verpackung von Matildas Souvenir erhaschte.

Die einst fest verschlossene Plastiktüte war jetzt eindeutig offen. Das bunte Geschenkband lag einige Zentimeter daneben.

Verwundert schüttelte ich den Kopf. Das konnte nicht sein. Ich hatte die Kekse garantiert nicht geöffnet. Und trotzdem lagen sie jetzt verstreut im Mülleimer.

Der Stuhl knarzte, als ich ihn zur Seite schob, um mich direkt vor den Tatort zu knien. Der Geruch nach Fäulnis stieg mir in die Nase und auch der Anblick war wirklich nicht sonderlich appetitlich.

»Warum guckst du denn so dämlich?«, erklang die helle Stimme.

Wie von der Tarantel gestochen sprang ich auf und stolperte einige Schritte zurück. Eindeutig zu schnell, denn meine Füße gaben unter mir nach und ich knallte unsanft auf mein Hinterteil. Für einen kurzen Moment blieb mir die Luft weg.

Das war es. Das waren die Anzeichen der Überarbeitung, von der alle sprachen. Warum auch immer hatte ich damit gerechnet, dass mich dieses mysteriöse Symptom niemals heimsuchen würde. Scheinbar hatte ich mich gehörig geirrt.

»Immer muss man die ganze Arbeit allein machen«, zeterte die Stimme und ließ sich von mir scheinbar kein bisschen aus der Ruhe bringen.

Ich fixierte den Mülleimer mit zusammengekniffenen Augen. Fasziniert hörte ich, wie etwas gegen die Wand donnerte. Einmal, zweimal, bis der Eimer gefährlich wankte. Ich wollte mich gerade aufrappeln, da verteilte sich der Inhalt des Restmülls bereits auf dem Boden vor mir. Das laute Krachen ließ mich zusammenzucken und einige Meter nach hinten robben.

Wie hypnotisiert starrte ich auf das Geschehen. Eine kleine Hand streckte sich aus dem Essensresteberg gen Decke. Die Finger fanden an einem zerknautschten Joghurtbecher Halt.

»Das wurde aber auch Zeit. Was ein Aufwand«, grummelte die Stimme angestrengt. Hinter dem Becher bewegte sich etwas und das Tapsen nackter kleiner Füße auf dem Fliesenboden erklang.

Meine zitternden Finger umklammerten den Griff der Bratpfanne wie einen Rettungsanker. Das konnte nicht sein. Das alles war vollkommen unmöglich. Ein reines Hirngespinst meines vom Weihnachtschaos reizüberfluteten Kopfes.

Vor mir stand ein kleiner dicker Zimtstern. Ja, er stand. Auf zwei Beinen, zwei nackten Beinen wohlgemerkt. Er konnte kaum größer als ein Hühnerei sein. Auf dem Kopf trug er eine knallrote Zipfelmütze, an deren Ende ein kleines Glöckchen bimmelte. Das Gesicht des Plätzchens war mit Puderzucker besudelt. Hustend hielt es sich eine Hand vor den Mund und fischte eine Eierschale von seinem rechten Fuß. Das Würgegeräusch, das es anschließend von sich gab, unterstützte den angewiderten Gesichtsausdruck..

Abermals kniff ich die Augen zusammen, in der Hoffnung, dass alles beim Alten war, wenn ich sie wieder öffnete. Pustekuchen. Das wandelnde Plätzchen stand noch immer auf dem Fliesenboden vor mir.

»Ich habe schon mit vielen bescheuerten Menschen gearbeitet, aber du scheinst mir ja eine besonders dämliche Sorte zu sein«, sagte es, als sein Blick auf mich fiel. Mit hochgezogenen Augenbrauen musterte es erst mich, dann die Bratpfanne, die ich umklammerte, als wäre sie das Einzige, das mich davon abhielt, jetzt und hier in Ohnmacht zu fallen.

»Hast du eigentlich schon einmal in den Spiegel geschaut?«, fragte es. »Das sieht wirklich vollkommen bescheuert aus.«

Ich schüttelte den Kopf. Erst einmal, dann ein zweites Mal. Doch der Zimtstern vor mir wollte nicht verschwinden.

»Was zum Teufel«, stieß ich aus und ein ersticktes Lachen drang über meine Lippen.

»Also als Teufel wurde ich noch nicht bezeichnet«, überlegte er und ließ sich von meinem mittlerweile hysterischen Lachen nicht stören.

»Ein Plätzchen, das mit mir redet«, sagte ich und verschluckte mich, als ein Grunzen aus meiner Nase drang.

»Streng genommen bin ich ein Zimtstern«, korrigierte mich das Plätzchen und stemmte die Hände in die Hüften.

Allein diese Geste reichte aus, damit ich in schallendes Gelächter ausbrach.

»Hat es irgendeinen Grund, warum du nicht mit mir sprechen möchtest?«, fragte der Zimtstern und musterte mich streng.

Verdutzt hielt ich den Atem an. »Warum ich nicht mit dir spreche?« Ich biss mir auf die Unterlippe, um das sich anbahnende Lachen zu unterdrücken. »Du bist ein Plätzchen«, prustete ich und legte die Bratpfanne neben mir auf den Boden. Mein Bauch schmerzte und ich lehnte den Kopf an den Kühlschrank hinter mir.

»Du machst mir meine Arbeit wirklich schwerer als nötig«, grummelte mein Gegenüber und machte plötzlich einen Satz nach vorne. Ehe ich mich versah, hatte es seine kleinen Finger auf meinen Handrücken gelegt. Sofort wurde mir schwarz vor Augen.

Als ich das nächste Mal die Augen öffnete, steckten meine Füße bis zu den Knöcheln im Schnee. Um mich herum war das reinste Winterchaos ausgebrochen. Dicke Flocken rieselten auf die Erde und kalter Wind wehte mir um die

Ohren. Ich war froh um die gefütterten Lederstiefel an meinen Füßen, so würde mir immerhin kein Zeh abfrieren.

Es dämmerte bereits, was mich darauf schließen ließ, dass wir späten Nachmittag hatten. Um mich herum war alles in Kindergeschrei und Weihnachtsmusik gehüllt. Dank des Schnees klang alles dumpfer und leiser. Menschen eilten hin und her, trugen sinnlos riesige Tannenbäume nach Hause oder diskutierten am Handy, welchen Braten es an Heiligabend dieses Jahr geben sollte.

Ich schnaubte. Wie froh ich doch war, keine Energie in solcherlei Kinkerlitzchen stecken zu müssen.

»Kommen wir hier heute noch weiter, oder bist du festgewachsen?«, erklang eine Stimme.

Sofort war ich hellwach. Wie konnte das sein? An den verrückten Traum konnte ich mich sehr gut erinnern, doch warum verfolgte er mich bis hierher?

Mit aufgerissenen Augen blickte ich mich um, konnte jedoch nichts von dem wandelnden Zimtstern ausmachen.

»Ich bin hier, du Trottel«, erklang es abermals und etwas klopfte auf meine rechte Schulter.

»Wie zum …«, setzte ich an und wischte panisch über meine Schulter.

Meine Hand katapultierte den Zimtstern einige Meter weiter in den Schnee. Das Geräusch, das er von sich gab, hätte mich in einer anderen Situation vermutlich zum Lachen gebracht. Aber es handelte sich nun mal noch immer um ein Plätzchen. Ein sprechendes Plätzchen wohlgemerkt.

Mit zusammengekniffenen Augenbrauen rappelte es sich auf, stemmte die Hände in die Hüfte und funkelte mich böse an. »Hast du eine Ahnung, wie mühsam es ist, mit dir meine Arbeit zu erledigen?«, fragte es.

»Ich hatte keine Ahnung, dass ich Teil deiner Arbeit bin«, sagte ich.

»Wow, sie kann also doch sprechen«, seufzte der Zimtstern und lockerte seine Schultern. »Ich bin ja dafür, dass wir noch einmal von vorne anfangen.« Er machte einige Schritte auf mich zu und streckte die Hand aus.

Ich hob eine Augenbraue und musterte ihn von oben bis unten. Erst jetzt fiel mir auf, dass er zu der Sorte Plätzchen gehörte, die ich früher gerne gegessen hatte. Ich schüttelte den Kopf. Jetzt war keine Zeit für Nostalgie. Schon gar nicht an eine Zeit, die ich so lange hinter mir gelassen hatte.

»Ich spreche hier gerade mit einem Zimtstern«, sagte ich und verkniff mir das Lachen.

»Exakt«, erwiderte das Plätzchen. »Der Zimtstern hat übrigens auch einen Namen.«

»Der da wäre?«, fragte ich desinteressiert.

»Zacharius Zabulon der Zweite, aber nenn mich gern einfach Zac.«

Hätte ich es nicht besser gewusst und wäre mein Gegenüber kein sprechender Keks, läge die Vermutung nahe, dass Zac gerade mit mir flirtete.

»Aha«, antwortete ich also nur und ging einer Gruppe Kinder aus dem Weg, die wild schnatternd an uns vorbeilief.

»Und du heißt?«, fragte Zac und zog die Wörter dabei unnötig in die Länge.

»Chiara.«

Zac schien zufrieden. »Also, Chiara, wir haben mittlerweile schon genug Zeit vertrödelt. Wir haben einiges zu tun und sollten schauen, dass wir in die Pötte kommen.« Er musterte mich und ging einige Schritte auf mich zu. »Entweder du folgst mir freiwillig oder das Ganze muss leider gegen deinen Willen geschehen.« Er drehte sich um und lief in die entgegengesetzte Richtung los.

Der Anblick war wirklich lustig. Er schlängelte sich an spielenden Kindern und umherhetzenden Eltern vorbei und war dabei kaum größer als eine Maus. Niemand schien ihn zu sehen, nur ich stand hier wie ein Volltrottel und begutachtete ein laufendes Plätzchen.

»Kommst du dann?«, rief er mir über die Schulter zu und wich gleichzeitig einem Schneeball aus, der ungefähr seine Körpergröße haben müsste.

Das alles war sowieso schon total abgefahren. Warum also nicht einfach machen, was er sagte.

Ich folgte Zac durch die verwinkelten Gassen des Dorfes. Überall roch es nach Lebkuchengewürz und Zuckerwatte. Allein der Geruch sorgte dafür, dass sich meine Nackenhaare aufstellten.

Nach einiger Zeit machte er vor einer unscheinbaren Tür halt. Ohne zu klingeln, öffnete er sie und schritt über die Türschwelle.

Ich wartete darauf, dass er zurückkam, doch Zac war verschwunden. Zögernd folgte ich ihm in den dunklen Flur. Aus dem Inneren der Wohnräume drangen fröhliches Gelächter und leise Musik.

»Was soll das hier?«, fragte ich und blickte mich im muffigen Eingang um.

»Nicht hinterfragen, hab Vertrauen«, sagte Zac verschwörerisch und zupfte vorsichtig an meinem Hosenbein.

Ich zuckte mit den Schultern. Er hatte Recht. Dieser Traum würde früher oder später garantiert ein Ende nehmen.

Gemeinsam gingen wir durch den Gang, der in einen Wohnraum mündete. Grelles Licht empfing uns, die Stimmung war ausgelassen.

In der Mitte des Raumes stand ein großer Tannenbaum. Zwei Kinder, ein Junge und ein Mädchen, befestigten bunte Kugeln daran. Eine ältere Dame saß in einem Schaukelstuhl und strickte, während sie mit einem jungen Ehepaar Weihnachtslieder sang und ihren Blick immer wieder liebevoll über die Kinder schweifen ließ.

Von uns schien niemand Notiz zu nehmen.

Zac ging auf den offenen Kamin zu, in dem ein kleines Feuer knisterte, und wärmte sich daran die Hände, während er lächelnd zu mir aufschaute.

Die Familie vor mir war alles, was ich mir so lange erträumt hatte. Gemeinsam die schönste Zeit des Jahres genießen, füreinander da sein und liebevolle Momente teilen.

Meine Mutter hatte sechzehn Jahre lang ihr Bestes gegeben, die Weihnachtsabende ohne meinen Vater schön zu gestalten. Ein Mann, der sich dafür entschieden hatte, sein Leben besser ohne uns weiterzuleben. Doch nach seinem Verschwinden war Heiligabend nicht mehr das, was er einmal gewesen war. Der leere Platz an unserem Küchentisch erinnerte an diesem Abend schmerzlich daran, dass wir nicht gut genug für ihn gewesen waren.

Irgendwann hatte ich dem Fest der Liebe endgültig den Rücken gekehrt und hatte mich Hals über Kopf in meine Arbeit gestürzt. Das ganze Jahr über, aber in diesen Wochen noch mehr.

Das kleine Mädchen rief hilfesuchend nach seinem Papa, der es behutsam auf den Arm nahm und ihm dabei half, eine rote Kugel etwas weiter oben zu befestigen. Alle waren so ausgelassen und glücklich.

Ich blinzelte gegen die Tränen an. Wie von selbst trugen mich meine Beine zurück zur Haustür, hinaus auf die Straße. Der kühle Wind peitschte mir ins Gesicht, dicke Flocken erschwerten die Sicht. Das Schneechaos hatte sich in der letzten halben Stunde schier verdoppelt. Ich stolperte über die Straße und verfluchte mich dafür, dass mich die Szene der Familie aus dem Konzept brachte.

Schwer atmend stützte ich mich an eine Straßenlaterne und ignorierte den Kinderchor, der viel zu fröhlich *Alle Jahre wieder* performte und sich vom Schneesturm kein bisschen aus der Ruhe bringen ließ. Ich warf der Chorleiterin einen etwas zu bösen Blick zu und starrte anschließend zu Boden.

»Weihnachten ist das Fest der Liebe und der Freundschaft«, erklang Zacs Stimme. Der kleine Zimtstern stand direkt zwischen meinen beiden Schuhspitzen.

Kurz überlegte ich, ihn einfach kurzerhand plattzumachen. Ein Gedanke, der viel zu attraktiv schien.

»Was willst du eigentlich von mir?«, zischte ich und funkelte ihn böse an.

»Ich möchte, dass du den Zauber von Weihnachten wieder zulässt«, flüsterte Zac. Sein sonst strenger Blick war jetzt weich und liebevoll. Behutsam zupfte er mit seinen kleinen Fingern an meinem Hosenbein. Eine Berührung, die ich kaum spürte.

»Warum zur Hölle ist dir das so wichtig?«, fragte ich, schloss die Augen und reckte mein Gesicht gen Himmel. Ich genoss das Gefühl der kalten Flocken, ehe ich wieder zu Zac sah.

Erst jetzt bemerkte ich, dass der kleine Zimtstern über mein Hosenbein nach oben kletterte.

»Was genau wird das, Zac?« fragte ich, konnte mir mein Grinsen jedoch nicht verkneifen.

»Auch Plätzchen machen Sport«, erwiderte er ächzend und baumelte gefährlich an meiner Gürtelschlaufe.

Seufzend gab ich nach und setzte ihn auf meine Hand.

»Ich weiß, dass auch du irgendwo da drin«, er deutete auf meinen Brustkorb, »noch ein Fünkchen Weihnachtsmagie hast.«

Ich zuckte mit den Schultern. »Vielleicht ist das so«, überlegte ich laut. »Aber vielleicht möchte ich nicht, dass das wieder zum Vorschein kommt.«

Zacs Gesichtsausdruck zeigte mir deutlich, was er von dieser Aussage hielt. Er schüttelte den Kopf, schien kurz zu überlegen, ehe er seine Handfläche gegen meine drückte.

Wieder hatte sich unsere Umgebung verändert. Dieses Mal standen Zac und ich in einer abgelegenen, verschneiten Straße. Hinter einigen Fenstern brannte noch Licht, Weihnachtsgirlanden hingen von Laterne zu Laterne. Aber alles in allem war es hier totenstill.

»Wo sind wir hier?«, flüsterte ich. Mein Atem bildete kleine Wölkchen.

Zac saß noch immer auf meiner Hand und deutete auf das Haus unmittelbar vor uns. »Das wirst du gleich sehen«, flüsterte er.

Auch hier brannte Licht, hinter den Scheiben war jedoch niemand zu sehen.

Ein kleiner gewundener Pfad, der frei geräumt worden war, führte zur Eingangstür.

Ich drehte mich um, doch meine Schuhe hinterließen im frischen Schnee keine Spuren. Stirnrunzelnd ging ich auf das Haus zu. Auch diese Tür ließ sich ohne Probleme öffnen.

Im Inneren empfing uns warme Luft, die von dem Geruch nach frisch gebackenen Plätzchen geschwängert war.

Ich warf Zac einen kurzen Blick zu, der mich ermutigend ansah, und schloss die Tür hinter mir. Klavierklänge von Weihnachtsliedern vermischten sich mit der leisen Stimme einer Frau.

Langsam folgte ich dem Geruch, gelangte in eine kleine gemütliche Küche und erstarrte.

Ich hatte keine Ahnung, womit oder eher mit wem ich gerechnet hatte, doch damit garantiert nicht. Vor einer hölzernen Arbeitsfläche hantierte eine etwas molligere Frau mittleren Alters mit einigen Küchengeräten. Ihr Haar war zu einem Knoten zusammengesteckt. Als sie sich zu mir umdrehte, konnte ich jegliche Zweifel verwerfen. Ich stand gerade mitten in der Küche des Fröhlichkeitskobolds unserer Firma. Matilda.

Matilda trug eine mit Mehl besudelte Schürze. Vor ihr standen einige Backbleche, die bereits mit ausgestochenem Teig belegt waren. Daneben erkannte ich die bereits fertig gebackenen Kekse. Kleine dicke Zimtsterne.

Matilda wollte gerade ein weiteres Backblech in den Ofen schieben, als ihr Telefon klingelte. Eilig stellte sie es ab und griff nach dem Hörer.

»Hi, Mom«, erklang eine helle Stimme von der anderen Seite der Leitung.

»Oh hi, Mäuschen«, erwiderte Matilda überrascht und wischte sich ihre Hände an der Schürze ab.

»Ich wollte dir eigentlich nur Bescheid geben, dass wir es nicht zu Heiligabend schaffen. Tom hat noch einige wichtige Termine und das Schneechaos würde unseren Flügen vermutlich sowieso einen Strich durch die Rechnung machen. Aber das ist sicher kein Problem, richtig?«

Matildas Tochter schien keine Ahnung zu haben, wie wichtig ihrer Mutter das Weihnachtsfest zu sein schien. Ihr Gesichtsausdruck zeigte deutlich, wie sehr sie dieser Anruf enttäuschte. Trotzdem setzte sie ein Lächeln auf. »Nein, Mäuschen, das ist kein Problem, ich mache mir, wie letztes Jahr, einfach einen schönen Abend. Wir sehen uns in ein paar Wochen.«

Sie wechselten noch ein paar Worte, ehe Matilda den Hörer neben sich legte und sich schwerfällig auf einem Küchenstuhl niederließ.

Zac und ich hatten das Ganze schweigend beobachtet. Der Zimtstern nickte mir kurz zu, ehe er seine Handfläche wieder auf meine drückte.

Noch immer saß ich mit dem Rücken an meinen Kühlschrank gelehnt. Vor mir war der Inhalt des Mülleimers noch immer auf dem Boden verteilt. Matildas Szenario wollte mir einfach nicht aus dem Kopf gehen. Der Weihnachtskobold der Firma hatte die letzten Heiligabende also tatsächlich allein verbracht. Komisch. Irgendwie wollte dieses Bild gar nicht zu der Kollegin passen, die sonst immer alle in jeglicher Weihnachtsdeko erstickte.

»Woher wusstest du, dass Matilda allein feiert?«, fragte ich Zac und blickte auf meine Handfläche, doch der kleine dicke Zimtstern war verschwunden.

Am nächsten Morgen stopfte ich meine Unterlagen in meine Laptoptasche, ehe ich Hals über Kopf ins Büro stürzte. Auf meinem Kopf saß eine kitschige Weihnachtsmütze, die ich in den Tiefen meines Kleiderschranks gefunden hatte und die mir einige verwirrte Blicke meiner Arbeitskollegen bescherte. Doch ich lächelte lieb, wünschte ihnen frohe Weihnachten und ging zu meinem Schreibtisch, auf dem ich ein kleines Tannenbäumchen drapierte. Dann wanderte mein Blick zu Matildas Arbeitsplatz. Jackpot! Meine Eile hatte sich gelohnt. Ihr Tisch war noch leer, von Matilda weit und breit keine Spur.

Ich wühlte in meiner Tasche und zog ein kleines Kuvert hervor, ehe ich mich umsah und zu Matildas Schreibtisch lief. Behutsam legte ich den Brief so darauf ab, dass sie ihn unter keinen Umständen übersehen konnte.

Weder Matilda noch ich würden dieses Jahr an Heiligabend allein sein.

Ich genoss das warme Gefühl, das diese Tatsache in meinem Brustkorb auslöste, und ließ meinen Blick über ihre kitschige Weihnachtsdeko schweifen. Ich stockte.

Am oberen Tischrand stand ein kleiner Bilderrahmen.

Ich blinzelte, konnte nicht glauben, was meine Augen da sahen.

Auf dem Bild war ein kleiner dicker Zimtstern zu sehen. Seine nackten Ärmchen waren ausgestreckt und er winkte lächelnd in die Kamera.

Fröhliche Weihnachten!

Danksagung

So schnell kann es gehen. Jetzt ist das Buch schon wieder vorbei. Wir hoffen, dich glücklich gestimmt, berührt und unterhalten zu haben.

Danke an jede helfende Hand, die uns bei diesem einzigartigen Projekt unterstützt hat. Ohne euch könnte dieses besondere Werk jetzt nicht vor uns liegen. Danke an Lara Pichler und Anja Schöpf, die die Cinnamon Society ins Leben gerufen haben und leiten. Danke an Elci J. Sagittarius für dieses traumhafte Cover. Danke an Natalie Gille, Nadine Koch und Lena Zoe Dernai, die »Polarlichtfunkeln« auch von innen durch den Buchsatz und die Grafiken auf so einzigartige Weise gestaltet haben. Danke an Marie Mosch, Ulrike Asmussen, Anna Marie Muß, Rebecca Voeste, Hanna C. Legnar, Rieke Conzen sowie Birgit Groß, die sich die Mühe gemacht haben, uns im Lektorat und Korrektorat zu unterstützen und dabei viel Zeit in dieses Projekt investiert haben. Danke für das Herzblut, das jeder Autor und jede Autorin in dieses Projekt gesteckt hat. Danke für das Schreiben dieser wundervollen Geschichten und für die kleinen Überraschungen, die »Polarlichtfunkeln« einfach perfekt machen.

Zu guter Letzt bedanken wir uns natürlich auch bei dir. Danke, dass du unsere Charaktere durch Höhen und Tiefen begleitet hast. Danke, dass du unser Projekt unterstützt. Danke, dass du anderen ein Lächeln schenkst.

Deine Cinnamon Society

Unser 1. Vereinstreffen im März 2023

Über die
Cinnamon Society

Die Cinnamon Society wächst mit jedem Projekt, sodass sie derzeit aus über 60 Mitgliedern besteht. Dieses Jahr durften die Autorinnen und Autoren der sozialen Schreibgruppe ihre achte Anthologie »Polarlichtfunkeln« veröffentlichen.

Vor »*Polarlichtfunkeln*« sind die Kurzgeschichtensammlungen *»Lichtfunken und Schattenmärchen«*, *»Winterwaldträume«*, *»Sommerregentänze«*, *»Kaminfeuerabende«*, *»Frühsommernächte«* und *»Mittwintertage«* die Posiebände *»Zimt und Poesie - Mitternachtsgedanken«* und *»Zimt und Poesie - Sternschnuppenstunden«* entstanden.

Zusammen möchten sie auch in Zukunft mit ihren Büchern für den guten Zweck Menschen, Tieren und der Umwelt helfen. Schon jetzt sammeln sie fleißig Ideen für neue Projekte, die bald in Angriff genommen werden.
Folge der Cinnamon Society gerne auf Instagram, um nichts zu verpassen und abonniere den Newsletter, um zu den ersten zu gehören, die von neuen Projekten, Reveals und Nachrichten erfahren.

Hier erfährst
Du mehr

Über die Gründerinnen

Über Anja S. Schöpf

Anja S. Schöpf lebt und schreibt in München. Seit einigen Jahren widmet sie einen großen Teil ihres Lebens den Büchern. Was anfangs reines Lesefieber war, ging schnell in das Schreiben eigener Texte über. Dabei tummelt sie sich hauptsächlich im Romance Bereich. Ein Genre, das aus ihrem Leben einfach nicht mehr wegzudenken ist.

Mit der Gründung der Cinnamon Society, einer ehrenamtlichen Schreibgruppe, wurden zwei ihrer Texte 2021 erstmals veröffentlicht. Seitdem widmet sie sich sowohl ihren eigenen Romanen, als auch weiteren ehrenamtlichen Veröffentlichungen und ihrer Ausbildung zur Schauspielerin.

Hier erfährst
Du mehr

Über Lara Pichler

Lara Pichler wurde 2004 in Oberösterreich geboren und lebt derzeit in der Schweiz. Ihre Kreativität zeigt sich an den zahlreichen Projekten, die sie bereits umgesetzt hat. Darunter mehrere Kurzfilme, Fotografien und literarische Texte, aber auch Podcasts wie Big Sister Chats. Durch ihre Ingenieurs-Ausbildung zur Medientechnikerin sieht sie sich als Regisseurin oder Drehbuchautorin.

Mit »Mittwintertage« konnte sie die Cinnamon Society gründen und im Zuge dessen ihre erste Kurzgeschichte veröffentlichen.

Ihr ist es besonders wichtig, möglichst viele neue Menschen auf das Projekt aufmerksam zu machen.

Wenn sie nicht gerade in den Untiefen einer neuen Idee versinkt, postet sie auf ihrem Instagram-Account @podcast_bigsisterchats Content rund um physische und mentale Gesundheit.

Hier erfährst
Du mehr

Du kannst nicht genug bekommen?

Dann folge gerne dem »Buchstäblich Zimtig«-Podcast, der von Lara, Carlos, Jo & Nadine gehostet wird. Jeden zweiten Freitag sprechen sie dort über ein Thema rund ums Lesen und Schreiben.

Hier erfährst
Du mehr

Projekte

Jeglicher Erlös unserer ersten Kurzgeschichtensammlung »Mittwintertage – Geschichten der leuchtenden Jahreszeit« geht an die *Krebshilfe Wien*.

Jeglicher Erlös unserer zweiten Kurzgeschichtensammlung »Frühsommernächte – Geschichten der blühenden Jahreszeit« geht an das *Frauen helfen Frauen e. V.* Frauenhaus in Regensburg.

Jeglicher Erlös unserer dritten Kurzgeschichtensammlung »Kaminfeuerabende – Geschichten der kalten Jahreszeit« geht an den *Zürcher Tierschutz*.

Jeglicher Erlös unserer Gedichtsammlung »Zimt und Poesie – Mitternachtsgedanken« geht an die Stiftung *Denk an mich.*

Jeglicher Erlös unserer vierten Kurzgeschichtensammlung »Sommerregentänze – Geschichten der schillernden Jahreszeit« geht an die *Flachgauer Tafel.*

Jeglicher Erlös unserer fünften Kurzgeschichtensammlung »Winterwaldträume - Geschichten der verschneiten Jahreszeit« geht an das *Kinder- und Jugendhaus Runkel* in Deutschland.

Jeglicher Erlös unserer sechsten Kurzgeschichtensammlung »Lichtfunken und Schattenmärchen – Geschichten zwischen Tag und Nacht« geht an das Ostschweizer Kinderspital.

 Jeglicher Erlös unserer zweiten Gedichtsammlung »Zimt und Poesie – Sternenschnuppenstunden« geht an die *Flachgauer Tafel.*

Alle Bücher sind überall online und im Buchhandel erhältlich

Merry Christmas